KB260230

비익조(比翼鳥)

비 익 조 (比翼鳥)

펴낸날 | 2002년 6월 15일 초판 1쇄
          2002년 7월 11일 초판 2쇄

지은이 | 김준식
펴낸이 | 이태권
펴낸곳 | 소담출판사
          서울시 성북구 성북동 178-2 (우)136-020
          전화 | 745-8566~7 팩스 | 747-3238
          e-mail | sodam@dreamsodam.co.kr
          등록번호 | 제2-42호(1979년 11월 14일)
기 획 | 박지근 이장선
편 집 | 김효진 가정실 구경진 마현숙
미 술 | 박준철 김정희 손희자
본부장 | 홍순형
영 업 | 박종천 김진갑 박성건
관 리 | 안근태 안찬숙 장명자

● 책 가격은 뒤표지에 있습니다.

비 익 조(比翼鳥)

김준식 지음

소담출판사

차례

아니오, 우리는 달랐어요.

우리 사랑은

둘로 나누어졌던 한몸을 되찾는 일이었어요.

생애 마지막 날 아침 1

오랜 추락의 끝이었습니다.
높은 하늘을 날 수 있기까지
그대와
심장을 함께 쓰며
처음으로 느껴 본 상승의 기쁨
사랑, 사랑이었습니다.
이른 아침 푸른 동맥을 타고 흐르는
그리움 하나 깃 속에 품고
그대와 한몸으로 날기 위한
긴 기다림의 깨침이었습니다.
우리가 외눈 외날개 새라는 것을
사랑하지 않으면 날지 못하는
사랑하지 않으면 살지 못하는
우리들 모두가 비익조라는 것을.

— 〈정예린 유고시집〉에서

자, 이제 이별의 시간이 가까워졌군.

내 생의 마지막 순간을 대하고 있어. 친구여, 지금 나는 분명히 해두고 싶은 게 있다네. 내가 확신한 대로 살았던 내 삶의 방식을 이야기해 볼게…….

프랑크 시나트라의 노래, '마이웨이'가 흐르는 집안은 아직 청회색 여명이 가득하다. 그는 아무도 손대지 않은 순수한 시간인 새벽을 좋아했다. 언제나 가슴을 흔들며 생기를 퍼 올려주는 듯한 여명의 푸른 빛. 그는 팔짱을 낀 채 밝아오는 여명을 묵묵히 바라보다 노래의 마지막 소절을 따라 불렀다.

Yes, it was my way(그래, 그것은 나만의 방식이었어).

이제 그는 그녀와 이 노래를 듣던 배경은 잊었다. 학교 앞 카페였던가, 아니면 조각 전시실이었던가. 하지만 그는 이 노래만 들으면 언제 어디서나 망연해진다. 점점 깊어지는 노래의 리듬을 타고 어느덧 그녀가 눈앞으로 날아오는 것이다. 형을 만나기 전 난 외눈 외날개를 지닌 비익조였다며 한쪽 팔을 파닥거리던 모습이나, 이젠 형 때문에 하늘을 날게 되었다며 양

팔을 활짝 벌리고 빙빙 돌던 모습으로.

아, 예린아

음악이 그치자, 아직 여명이 채 가시지 않은 집안이 더욱 조용하다. 마치 잠에서 깨어나기 바로 직전 더욱 깊은 잠에 빠진 커다란 짐승의 그림자로 꽉 차있는 것만 같다. 그렇지만 그의 머릿속에선 방금 그친 노래가 계속해서 들려오고 있다. 비익조, 누군가를 사랑하지 않으면 날지 못한다는 전설의 새처럼 운명적으로 사랑을 나눈 그녀의 모습과 노래 가사가 뒤섞여 귓전을 울리는 것이다.

그래, 우린 그렇게 사랑했지. 심장을 함께 쓰며 푸른 하늘을 나는 새처럼 말이야. 그러면서 항상 우리만의 방식대로 살았지. 타인의 삶을 복제하거나 남들이 앞서 보여준 이미지를 흉내내지 않고 우리 기질에 따라 당당하고 거침없이 살았던 거야. 그러기에 짧았던 우리 삶이 굉장했던 거고, 생의 마지막날 아침에도 이렇게 후회가 없는 거고…….

어느새 그는 조용히 눈을 감고 이제 마지막 일인 회상에 빠져들었다. 그녀가 세상에 유일하게 남긴 시집을 마음속으로 한 장 한 장 넘기면서.

토우

    생각보다 토우는 묵직했다. 아마 지금까지 속이 텅 빈 서양 인형만 갖고 놀았기 때문일 거였다. 손목이 휘청일 정도의 무게가 느껴지고, 그 묵직함은 이내 강렬하고 근원적인 하나의 의미로 다가온다.

    어쩌면 이 토우에겐 전생이 있어서, 그 생의 무게를 아직도 벗지 못해 이렇듯 무거움으로 남아 있을 거라는 영생의 버거움.

*

    예린은 결국 그 남자가 준 토우를 맡을 수밖에 없었다. 오후 네시쯤, 관람을 마치고 미술관을 나올 때까지 들킬까봐 전전긍긍하며 토우를 보관하고 있다가 소영에게 보여주자 의외의 반응이 나왔다. 어, 이거 그 인형이네, 이 말 한마디를 던지곤 끝이었다. 토우 귀신에 씌여 그림자처럼 그곳에 달려갔던 일을 까마득하게 잊은 듯했다. 미술관에서 관람 기념으로 나누어 준 책받침 그림에 쏠린 시선을 거두지 않았다. 토우가 혹성이 아니라 미켈란 미술실험학교 초록반에서 갑자기 길을 잃는 순간이었다.

    혹시, 그 남자도 지금쯤 소영이 그랬던 것처럼 이 토우를 까마득하게 잊은 건 아닐까? 원룸, 자취방에 돌아와 토우의 무게를 한번 더 가늠하다 예린은 문득 그런 생각을 한다. 그렇다면 이건 정말 해프닝 중에 해프닝이다. 경주에서 구워져 이태리 베니스까지 갔다 온 이 토우가 과천 현대미술관에서 그녀의 책상 위에 놓일 때까지, 오직 그녀 혼자서만 진지해하고 겁먹고 애를 태운 턱이니까.

아무려면 어때, 혹성에서 방황하던 토우 하나가 무사히 내 방으로 안착했으면 되는 거지.

예린은 토우를 바라보며 씽긋 웃었다. 그리곤 토우의 이마 한가운데에 가벼운 입맞춤으로 무거운 마음을 떨쳐내고 욕실로 들어갔다.

늘 오늘만 같아라, 하는 기분으로 시작했던 하루.

많이 긴장하고 애태우고 겁을 먹고 기대에 차서 보냈던 모양이다. 쏴아, 하는 따듯한 물줄기가 온 몸에 흐르자 그대로 녹아버릴 것만 같다. 특히, 그 남자에게 토우를 건네 받고 전시실을 빠져 나올 때의 기분이라니. 그 기분은 투포환만큼이나 묵직한 토우의 무게처럼 자극적이고 굉장한 거였다. 전시실 관리원에게 들킬지 모른다는 두려움과, 이건 결국 도둑질이라는 양심의 외침에 반해서 행동이 진행됨으로써 몰려들던 죄악의 감미 등, 그녀가 처음으로 경험하고 겪는 격랑의 감정이었다.

'문제는 저 토우야.'

샤워를 하고 나서 토스트로 간단하게 저녁을 때우면서 그녀는 중얼거린다. 토우에 눈길이 닿자 다시 그 남자가 생각난다. 한번도 상상해 본 적이 없는 얼굴인데도 친근한 이미지로 남아있는 김민우라는 남자. 그러나 어딘지 모르게 토우처럼 투박하고 원시성이 느껴져 와락 다가가기 힘든 구석이 있는 사람이다.

길고 무거운 이야기는 딱 질색이라니까요.

그녀는 토우에 못박혔던 시선을 거두고 컴퓨터를 부팅시켰다. 삼각 팬티 하나에 아랫단이 허벅지까지 길게 내려오는 와이셔츠 차림이다. 청색 네온빛이 섞여있는 형광불빛 아래 그녀의 깨끗한 이마와 긴 다리에 아침 우유처럼 맑고 신선한 빛이 우러나 있다.

차르르, 저 깊은 우주 어디선가에서 추억을 퍼 올리는 듯한 소리가 들리고 이어 컴퓨터 화면에 몇 가지 메시지가 뜬다. 시인이 촌장인 동네, 청색시대, 뭐든 하나에 전부를 건 바보들 등 몇몇 동호회에서 날아오는 정모 안내 쪽지와, 왜 하필 미술실험학교니? 하고 묻는 진희의 메일과 제목 대신 기호 (·_·)만을 남긴 다다의 메일이다. 10시 40분, 그녀는 벽에 걸린 시계를 힐끗 바라보고 나서 다다의 메일을 열었다. 조금 전, 그녀가 샤워를 할 때 보낸 메일이다.

·_· 지금 나, 널 보고 있는 거 알지? 눈을 동그랗게 뜨고. 오늘 하루 잘 보냈고? 난, 좋았어. 또 다른 접속, 반쯤 성공이야. 후후, 넌, 내 생각 안 해도 괜찮아. 내게 빠지지 않는 여자도 있어야지, 한둘은.
……뚝, 별 하나 떨어진다. 네가 사는 동네 쪽으로. 조심해, 그 별에 이마 부딪치지 말고. 넌 깨끗한 이마가 캡이야, 알고 있었냐? 그거. 깨끗한 이마가 캡이라는 거. 죽여주는 그 이마. 쪼오~~~~~옥.
- 多多-

좀처럼 세 음절을 넘기지 않는 문장으로 쓰인 성진의 메일.
가볍고 경쾌하고 뒤끝이 없다. 그녀는 답장 대신 '多多'라는 그의 닉네임을 바라보며 빙그레 웃는다. 같은 과 여자들 앞에서 거침없이, 여자는 많을

수록(多多) 좋고, 여자와 즐길 수 있는 저녁(夕)이 넷이 모여 있는 多多와 자기의 만남은 운명적일 수밖에 없다고 너스레를 떠는 그다. 그에게 있어 언어는 여자처럼 유희고 장난감이다. 언어가 사람의 마음을 정확히 표현하지 못하는 이상, 언어는 의미전달이 아니라 유희여야 한다고 단언한다. 그래서 그는 화려하고 완벽한 문장을 좋아하지 않는다. 뭔가 부족하고, 의미전달이 잘 안되고, 좀 거들어주고 싶은 문장을 아끼고 사랑한다. 덕분에 그의 글은 제도권 문단에선 멸시를 받지만 채팅 방에선 굉장한 시다. 가볍고 빠르고 단순하고 톡톡 튀어 언제나 대환영이다. 그 힘으로 그는 자타가 공인하는 이 시대 접속의 대가가 된 것이다.

예린은 잠시 떠오른 다다의 얼굴을 가벼운 미소로 지운다. 그녀에게 다다는 그가 사용하는 언어의 한계를 넘지 못한다. 허공 속을 부유하는 먼지처럼 가볍고 빠른 그의 언어처럼 잠시 즐겁게 해줄 뿐이다. 그래서 그녀의 눈길을 길게 사로잡은 적이 드물었다. 마치 프랑스의 요절화가 모딜리아니가 그린 눈동자 없는 여인상을 바라볼 때처럼 뭔가 부족하고 뭔가 빠진 느낌으로 마무리가 되고 만다.

이제, 이거다 하면 붙잡고 늘어져야 하는 졸업반이라서 그런가. 기왕이면 크고 무거운 것을 잡고 늘어지고 싶어서…….

그녀는 컴 화면에 자문자답을 올렸다 지우고 컴퓨터를 껐다.

몸은 몹시 피곤한데 마음은 오히려 또렷해진다. 낮에 꽉 차있던 바람이 비로소 몸 밖으로 빠져나가고 있는 듯 허전한 것도 같다. 좀처럼 잠이 오지 않을 것 같았다. 늘 이랬으면 하는 날의 조건 가운데 잠을 쉽게 들 수 있는 것도 포함되어야 했었다고 그녀는 비로소 생각한다. 요즘 들어 잠을 기다리는 것이 오지 않을 사람을 기다리는 것보다 훨씬 힘들다는 것을 실감하고 있기 때문이다. 그런데 좀처럼 잠이 오지 않을 것 같은 기분 때문인가. 아니면, 오늘 일이 자꾸만 떠오르기 때문에 잠이 오지 않은 건가. 다시 토우를 준 그 남자의 얼굴을 앞세우고 오늘 하루가 줄줄이 떠오른다.

더도 말고 덜도 말고 언제나 지금만 같아라.

오전에 아이들을 이끌고 과천 현대미술관에 도착했을 때, 그녀가 받은 첫 느낌이다. 여기저기서 피어나는 봄꽃들, 나뭇가지 끝에서 고물거리며 기어 나오는 연초록 나뭇잎, 파란 하늘에 수채화처럼 번져있는 흰 구름이 가뜩이나 봄바람에 부푼 가슴을 더 부풀리고 있었다.

"모두들 여기서 꼼짝 말고 기다려요, 선생님이 매표소에 다녀 올 때까지. 착하고 예쁜 초록반 학생들은 그렇게 할 수 있는 거죠?"

오늘 그녀가 맡은 아이들은 모두 22명으로, 유치반, 초등반, 중등반, 대입반, 성인반까지 있는 미켈란 미술실험학교의 유치반을 인솔하고 온 거였다.

"정예린 선생님, 어때요? 할 만한가요?"

그녀가 매표소에 도착하자 대입반 학생들을 이끌고 먼저 도착해 있던 원장선생이 의례적인 미소를 보냈다.

"교실 안에서 수업을 진행할 때보다 훨씬 재미있는데요. 아이들도 흥미 있어 하고."

"하긴, 척 봐도 선생님은 야외체질이니까."

원장이 그녀의 몸매를 한눈에 넣고 의미심장한 웃음을 보냈다.

"네?"

"놀라긴, 좋은 뜻인데, 저기 서있는 멋진 여자 같다는."

원장이 미술관 뜰에 전시된 여인상을 시선으로 가리켰다.

"아, 네, 감사합니다. 그렇게 봐주셔서."

기쁜 마음은 다른 사람에게도 금방 전이되는 것인가. 원장에게 입장권을 받아 쥐고 아이들을 향하는 그녀의 발걸음이 더욱 가볍다. 그러나 방금 원장이 자기와 비교한 여인상을 다시 관조하며 기쁨을 더할 생각은 없었다. 마이욜의 '일드 프랑스', 그녀는 지금 국문과 4학년이지만 그 여인상이 얼마나 굉장한 조각인지 잘 알고 있었다. 3년 동안 미술교육을 부전공으로 선택했기 때문이다. 167센티미터, 늘씬한 키에 품위있는 몸매에 좀처럼 양립하기 어려운 관능과 건강함을 동시에 지닌 마이욜의 대표작 중 하나다. 비록 빈말이 섞여있을지라도 같은 여자의 입장에서 자신을 그렇게 봐준 원장의 시선이 즐겁지 않을 리 없다. 그러나 그 정도다. 그런 건 교생 자격으로 첫 수업에 임하는 설렘과 기쁨에 비하면 얼마든지 지나칠 수 있었다.

"여러분, 이건 백남준이라는 예술가의 작품이에요. 천 개의 텔레비전을 가지고 우리 나라 고유의 이미지를 영상으로 나타낸 거랍니다."

그녀는 원형 미술관 입구에 들어서자마자 관람객의 시선을 잡는 텔레비전탑 앞에서부터 아이들에게 열심히 설명하기 시작했다. 물론, 그녀 자신도 잘 이해하기 힘든 현대미술을 어린애들이 이해하리라고는 생각지 않았다. 그림책에 미술관이 포함된 여러 건물이 나왔을 때, '야, 이거 현대미술관이다.' 하는 정도만 아이들이 기억하고 있으면 되었다. 그렇지만 그녀는 하나라도 더 아이들에게 알려주고 싶었다. 조금이라도 더 아이들 곁에 가까이 다가가 함께 느끼고 싶었다.

이내, 그녀의 오뚝 선 콧날엔 송글송글 땀방울이 맺히기 시작하고, 보라빛 티셔츠의 소매가 몇 번 더 걷어 올려졌다. 초발심의 신선함이라고 할까, 아니면 자연스런 표정과 동작의 편안함이라고 할까. 그 순간 그녀는 아름다워 보였다. 가볍고, 투명하고, 원죄의 습기나 처짐이 없고. 마치 밝고 투명한 빛이 그녀 주위를 둘러싸고 있는 것 같았다.

그런데 누구지? 그녀는 벌써부터 문득문득, 아니, 지속적으로, 그러나 어렴풋한 느낌을 받고 있었다. 원형 전시실에서 전수천 작, '방황하는 혹성들 속의 토우'를 관람하고 2층, 어린이 관람객을 위한 실습 공간에 도착했을 때였다. 웬 남자가 주시하고 있다는 막연한 느낌, 그 느낌이 구체적으로 강하게 다가오고 있었다.

"선생님, 흑흑."

그때였다. 그 어렴풋한 느낌을 밀어내고 아이들의 맨 뒷줄에서 훌쩍이는 소리가 들려 왔다. 다른 아이보다 좀 늦된 성호가 자기 짝인 소영이가 없어졌다고 울고 있었다.

"뭐라고, 소영이가 없어졌어?"

그러고 보니 아무리 둘러보아도 소영의 모습이 보이지 않았다.

"성호야, 언제부터 없었니? 언제부터?"

소영이 다른 아이보다 당차 보였기 때문에 믿거라, 한 것이 잘못이었다. 그렇지 않아도 성호처럼 좀 처진다 싶은 애들이 대열에서 이탈할까봐 주의를 기울이는 중이었다. 그녀는 잠시 아이들을 자리에 앉혀 놓고 소영이 오기만을 기다렸다. 그러나 곧 올 거라고 생각했던 소영은 10분, 20분, 반시간이 지나도 나타나지 않았다.

이 애가 정말 어디 갔을까. 설마 유괴를 당하거나 사고가 난 것은 아니겠지. 점심 시간이 다 되도록 소영이 나타나지 않자 그녀는 원장에게 보고하고 아이를 찾아 나섰다. 이런 땐 왜 그렇게 불길한 생각만 드는지. 그녀는 미술관 내부를 한바퀴 돌 때까지 아이의 그림자도 찾아내지 못하자 당황하기 시작했다. 미술관의 맨 꼭대기 층인 4층에서 다시 1층에 이르렀을 때, 그녀의 셔츠가 땀으로 흠뻑 젖기 시작했고, 원형 전시실을 다 돌고 저만큼 특별실이 내다보일 때는 숨결마저 거칠어져 있었다.

"혹시, 저 곳에?"

그녀는 1층 원형 전시실에 있는 특별실 곁을 지나치다 발걸음을 조금 늦추었다. 그러나 이내 발걸음을 재촉했다. 1995년 베니스 비엔날레에서 전수천이 수상한 작품을 전시해 놓은 그곳은 어두웠다. 오브제로 푸른빛 네온을 쓰기도 했고, 또 작품 전체 분위기가 우주의 어둠을 밑바탕으로 했기 때문에 유치원생이 혼자서 들어가 있기엔 무리였다. 아까 무리를 지어 그 곳을 관람을 할 때도 아이들이 무서운지 자연스럽게 그녀의 주위로 몰려들었었다.

그렇다면 이제 어떻게 할 수 없다는 말인가? 소영이 부모님께 연락해서 경찰의 도움을 받아야 하나? 특별전시실을 뒤로하며 그녀는 치미는 눈물을 참느라 이를 악물었다. 첫 수업을 이렇게 망치는 구나, 하는 실망보다는 혼자 울고 있을 소영의 두려움과 외로움이 가슴에 짚어진 거였다.

정말이지 그 순간 당혹스러웠던 기분이라니.

지금도 예린은 가슴이 뛰는 듯하다. 그녀는 줄줄이 이어지는 지난 몇 시간을 돌아보다 냉장고에서 찬물을 꺼내 쭉 들이켰다. 잠자리에 들기 직전엔 아무것도 먹지 말아야 한다는 생각조차 그녀는 잊고 있었다. 더도 말고 늘 오늘만 같아라, 하던 하루가 엉망으로 되려던 순간에 구세주처럼 나타난 그 남자의 생각이 이어진 탓이었다. 예린은 빈 컵을 냉장고에 넣으며 다시 낮의 일을 떠올렸다.

"저어, 예린 선생님."

특별 전시실을 지나친 그녀가 몸을 돌려 막 출구 쪽으로 가려던 때였다.

그녀의 처진 어깨를 잡아끄는 목소리가 뒤에서 들려왔다.

"아니, 얘! 소영아."

그녀는 왠지 자신의 온몸을 향해 밀려드는 듯한 목소리에 끌리듯 몸을 돌리는 순간 낮게 소리쳤다. 소영은 미려하면서도 다부진 질감을 주는 남자의 팔에 잠이 든 채 안겨있었다.

"소영아, 이게 어떻게 된 일이니?"

그녀는 거의 반사적으로, 남자의 얼굴을 바로 볼 틈도 없이, 남자에게 안겨있던 아이를 받아들었다.

"아마, 이 앤 토우가 몹시 갖고 싶었던 모양입니다. 그 어두운 전시실 한 구석에서 토우를 바라보다 잠든 것 같았어요."

아이를 넘겨주고 나서 가만히 그녀의 행동을 지켜보던 남자가 입을 열었다. 그제야 비로소 예린은 남자의 얼굴을 보았다. 그리 크지 않은 키에 마른 몸매, 우선 편한 타입이었다. 그러나 남자의 얼굴에서 시선을 돌리는 순간에 그녀의 기억을 사로잡은 것은 그의 눈빛뿐이었다. 무엇이라도 빨아들일 것처럼 깊고 맑으면서도 강렬한 눈빛. 고집과 의지가 엿보이는 각진 턱과 흰빛이 서려있는 듯한 밝은 이마 등, 그럴 리가 없는 데도 어디서 많이 본 얼굴 같다는 느낌을 받은 건 조금 뒤의 일이었다.

"아무튼 고마워요, 아이를 찾아주셔서."

예린은 소영을 안은 채, 남자를 향해 목례를 했다.

"고맙긴요. 저는 오히려 기쁜데요. 나처럼 토우에 끌리는 아이를 발견한 일도 그렇고, 또 선생님과 자연스럽게 대화를 하게 되어서 더더욱이요."

남자는 짧게 숨을 몰아 쉰 다음 그녀의 얼굴에 똑바로 시선을 못박았다. 그는 뭔가에 좀 망설이는 듯싶었다. 마치 자신에게 몰아치는 운명을 눈치채고 그것으로부터 달아나고 싶어하는 사람처럼, 그러나 그런 태도가 닥쳐온 운명을 재차 확인하는 일일 뿐 아무런 소용이 없다는 것을 아는 사람처럼 그의 눈빛이 흔들렸다.

"전, 김민우입니다. 반갑습니다."

그가 눈가에 어리던 망설임을 지우고 가볍게 웃었다.

"예, 전 정예린입니다."

그녀는 그와 인사를 나눌 여유가 없었지만 이름을 말하고 고개를 숙었다.

"알고 있었습니다. 예린 씨. 교생실습을 나왔다는 것도."

남자가 대꾸하며 빙그레 웃었다.

"예? 알고 있었다고요? 어떻게 나를……."

예린은 소영을 추스르다 말고 눈을 동그랗게 떴다. 그러고 보니 처음부터 이 남자는 자기의 이름을 불렀었다.

"어떻게 알긴요. 예쁜 눈으로 보니까 자연히 알게 되던데요. 하지만 지금 예린님은 미운 제 눈으로 보고 있는데도 무척 예뻐 보이는군요. 하하."

아, 그럼 이 남자가 바로 그 남자? 아까 2층에서 누군가가 줄곧 지켜보고 있다는 느낌을 준? 예린은 아이들에게 예쁜 눈으로 보면 다 알게 된다고 말하던 순간을 떠올리며 그를 자세히 쳐다보았다. 그는 자기가 한 말이 좀 민망했는지 약간 건들거리는 표정을 짓고 그녀를 마주 바라보았다. 그런데 왜일까. 그의 가벼운 몸짓이 그녀의 눈동자에 어리기 시작하던 경계심을 풀어주었다. 그 대신 호기심을 동반한 약간의 설렘과 어떤 기대감이 찾아들었다. 만약 그가 그 순간 그렇게 하지 않았다면 점점 무게를 더하는 아이의 몸무게처럼 무거워져 얼른 피하고 말았으리라.

"예린님, 왜 그런 날 있죠. 마음이 저절로 열리는 날요. 또렷한 이유는 알 수 없지만 오늘이 바로 그런 날이었습니다. 마음이 한 곳으로 막 기울어지고, 몸에 바람이 든 것처럼 가벼워지는 날."

그들은 오래된 연인처럼 어깨를 나란히 하고 걷기 시작했다. 그러면서 의미가 통하는 것 같기도 하고 안 통하는 것 같기도 한 이야기를 주고받았다. 그 사이 예린은 그가 H미대 대학원생으로 조각을 전공한다는 것을 알고, 민우 또한 예린이 청색을 좋아한다는 것을 알았다. 하늘빛이고 바다빛이고 청춘의 빛깔로 그 역시 제일로 좋아하는 색이었다.

"예린님, 힘드시면 아이를 제게 주세요."

입상으로 된 자기 작품 앞에 커다란 거울을 놓아 감상자가 작품 안에 포함되도록 한 외국 설치미술가의 작품 곁을 지나칠 쯤, 그가 불현듯 말했다.

"괜찮아요. ……그런데?"

"아, 어디까지 따라올 것인가 묻는 겁니까?"

"아니, 그냥, 전 이만 가봐야 되거든요."

그녀는 더듬듯 말을 끌며 잠시 그에게 쏠리던 감정을 정리했다.

어디, 우연한 일로 스치는 사람이 한둘인가. 꼭 약속한 것도 아닌데 도서관에서 거의 매일 나란히 앉게 되는 남학생, 자판기에서 커피를 꺼내다보면 항상 와 있어 생체리듬이 비슷하다고 느껴지는 사람 등. 마음먹기에 따라서는 우연이 중첩된 운명이라며 강력한 메타포로 재해석할 수 있는 일이 널려 있는 것이다.

"이거, 가라는 말보다 더 무섭군요."

가겠다는 예린의 의사표현에 어떤 아쉬움을 웃음으로 감추려는 듯 그가 활짝 웃었다.

"어이, 민우야, 거기서 뭐해."

그때 그들 사이를 어떤 여자의 목소리가 파고들었다.

"뭐야, 일행이 있었네."

여자는 전시실의 코너를 돌면서 그를 보았기 때문에 그녀를 보지 못한 듯했다. 미소를 띤 채 그를 향해 다가오던 여자가 예린을 보고 가벼운 미소를 보냈다. 그리고 여전히 미소를 띤 표정으로 그에게 오른쪽 손을 살짝 들어 보이고 주춤 물러났다.

"아, 마침 잘 됐군요. 그럼 전 이만……."

예린은 반사적으로 여자를 의식하며 그에게 인사하고 몸을 돌렸다. 잘 되다니, 뭐가. 돌아서는 예린의 시선 끝에 당황해 하는 민우와 여자의 잔형이 어른거린다. 그냥 서 있었음에도 몸에 밴 세련된 매너가 넘쳐흐르는 여자의 독특한 분위기가 무척 인상적이다.

"어, 예린 씨. 잠깐만요."

그녀가 돌아서서 서너 발자국쯤 옮겨 놓았을까. 잠시 망설이고 있던 민우가 결심한듯 땅을 박차고 예린을 향해 대각선으로 뛰어갔다. 그리곤 다급한 동작으로 가방 속에서 뭔가를 꺼내서 그녀에게 불쑥 내밀었다.

"아니, 이건……."

예린은 그가 내민 토우와 그의 얼굴을 번갈아 쳐다보았다.

"맞아요. 전시실에 전시해 놓았던 토우입니다. 아까 소영이에게 주려고 슬쩍했어요. 그런데 갑자기 예린님이 임자라는 생각이 드는군요."

"아무리 그렇지만, 그래도 이건……."

그녀는 너무나 엉뚱한 일이라서 얼른 판단을 내리지 못하고 머뭇거렸다. 그러면서 반사적으로 주위를 살폈다. 미술관에서 전시된 작품을 슬쩍하다니. 그것도 멀쩡한 명문미대 대학원생이. 예술을 하는 사람들 중엔 가끔 괴팍한 행동을 하는 사람이 있다더니 그가 그런 게 아닌가 싶어서 그녀는 그를 다시 쳐다보았다.

하지만 그녀는 그 토우를 받지 않을 거였다면 그 순간 그를 쳐다보지 말했어야 했다. 여전히, 고집을 부리고 있는 아이처럼, 남들의 시선은 아무래도 좋다는 듯, 토우를 그녀에게 건네고 있는 그의 표정엔 도무지 떨쳐내기 힘든 분위기가 서려 있었다. 토우를 받지 않으면 금방이라도 울어버릴 것처럼 진지하고, 내가 왜 이런 행동을 하는지 나 자신도 잘 모르고 있으니 당신이 꼭 그 이유를 설명해줘야 한다는 절박함 같은 것이 깔려 있었다.

그 남자는 토우를 건네며 왜 그런 표정을 지었을까? 그저 버릇일까? 아니면 토우와 관련된 기막힌 사연이라도 있는 것일까?

예린은 다시 돌아보아도 오늘 하루가 그의 얼굴로 맺어지자 질문을 이었다. 그러나 너무도 뻔한 질문이다. 답을 줄 수 있는 그에 대해서 그녀가 아는 것이라고는 하나도 없었다. 바로 질문을 하게 한 그 남자의 알 수 없는 표정뿐이었다.

그래, 문제는 토우나 그 남자가 아니라 나야. 이젠 그럴 수 없다는 것을 알면서 문득문득 할머니 전화를 기다리는 바로 나.

예린은 침대에 몸을 누이며 구석에 있는 전화기를 내려다보았다. 핸드폰이 보급되기 시작하면서 장식품처럼 돼버린 유선 전화기다. 그 전화기가, '내 벨을 마지막까지 울려주던 주인을 잃어 나도 슬퍼요.' 하고 말하는 것 같다. 핸드폰은 감이 멀고 왕왕거린다며, '거 치워 뿌려라, 고마. 어데 그게 내 고운 손녀 목소린거.' 하시면서 항상 유선 전화를 이용하던 할머니……

이제 할머니는 전화를 할 수 없는 먼 곳에 계신다. 아기 때부터 부부교사인 부모를 대신해서 먹여주고 닦아주고 가방을 챙겨주시던 할머니였다. 작년 가을, 선산 아래 도라지 밭에 할머니를 묻고 오는 길에 예린은 할머니가 이제 전화를 하고 싶어서 어떻게 하실까, 하는 생각에 슬픔을 길게 이은 적이 있었다. 그녀가 D시에서 서울로 유학을 온 뒤에 할머니는 하루도 거르지 않고 밤 열한시가 되면 어김없이 전화를 하셨었다. '저녁밥은 챙겨 묵은나?' 하는 질문으로 시작해서 '잠 잘 자고 아침밥은 꼭 챙겨 묵그라.' 하는 당부의 말씀으로 끝을 내는 전화. 어느 땐 지겹기조차 하던 그 전화가 지금은 속이 상할 만큼 그립다.

투박하고 원시적이고 맹목적이던 사랑을 꼭 '챙겨' 주시던 할머니.

예린은 다시 토우를 본다. 그러고 보니 살아 생전 할머니의 모습과 닮은 것도 같다. 거칠면서도 정겹고 묵직한 만큼 진솔해 보이는 그 모습이. 그녀는 팔을 뻗어 토우를 만지작거리다 머리맡으로 끌어당겼다. 그리고 눈을 감는다. 그리곤 늘, 이랬으면 하는 날의 조건에 하나를 더 보탠다. 누군가의 옆에서 깊은 잠에 빠져드는 것.

토우, 신라시대 경주 어디쯤에서 살다가 죽은 다음, 일천 몇 백년 만의 주기로 지구를 도는 혹성을 타고 다시 이 땅에 내려 온 영혼에 닿아 있을지도 모를 토우, 그 순간 그녀는 토우 옆에서 자신도 잊을 만큼 깊은 잠에 빠져들기 시작했다.

생애 마지막 날 아침 2

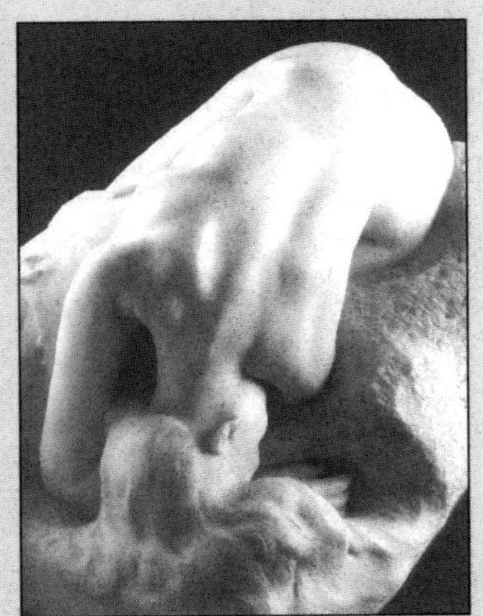

한 여인을 조각하기 위하여
단단한 돌을 두드리기 시작했을 때,
거기에서는 돌이 작아지는 만큼,
하나의 살아있는 형상이 커져만 간다.
조각가의 눈과 가슴 속에서 동시에.
스물 두 번째 생일날,
그가
미켈란젤로가 말한 것을
이제야 이해하겠다고 내게 말했다.

— 〈정예린의 일기장〉에서

그는 지금 갈색 탁자에 앉아있다.

예린이 몹시 좋아하던 바로 그 탁자다. 한때, 그들이 너무나 가난하여 물건들을 내다 팔아야만 할 시절에, 이 탁자 역시 중고상인에게 팔려 갔었다. 그랬던 것을 형편이 좀 나아지자 그녀가 일주일을 쫓아다녀서 다시 구해 온 탁자다.

탁자 위엔 식어 가는 커피가 한 잔 놓여있고, 그 옆에 오래된 일기장이며 편지들이 놓여있다. 바랜 종이, 번진 잉크가 그들이 밀어낸 세월의 흔적을 생생하게 말해주고 있는 것들이다. 아마도 그것들은 그가 지상에서 보는 마지막 책들이리라.

그는 그 가운데서 하나를 조용히 펼쳐들었다.

이제 그에겐 마지막이라는 어감이 주는 막막함은 없다. 예린의 죽음을 접했을 때 이미 감정의 맨 밑바닥을 경험했기 때문이다.

그러기에 그는 지금 놀랄 만큼 차분하게 일기장의 한 문장에 시선을 줄 수 있었다. 미켈란젤로가 조각을 시작하고 얼마 되지 않아 남겨 놓은 말.

그는 이 말만 떠올리면 가슴에 격랑이 일고, 사랑은 흔해 보이지만 그렇게 쉽게 시작되는 게 아니라는 것을 절감한다. 그는 사랑의 이미지가 먼저

었고, 그 뒤를 따라 여인(예린)이 나타났다고 기억한다.

그는 예린을 알기 전부터, 아니 여자를 알기 훨씬 이전부터 사랑을 가장 적절하게 표현한 것 같은 미켈란젤로의 말에 이끌렸다. 그래서 의미도 잘 모르면서 메모를 해 두었고, 시간이 날 때마다 가끔씩 되뇌곤 하였다. 그리고 예린이 나타났을 때 - 그랬다, 다른 여자가 아니라 바로 그녀가 나타났을 때 - 그 의미를 명확하게 깨달은 것이다.

단단한 돌에 한 여자를 새길 때 돌이 작아지는 만큼 한 여자가 점점 커가는 것을. 그리하여 그 여자가 자기 속으로 서서히 밀려들어오기 시작하고, 마침내 숨이 막힐 만큼 자기 안을 꽉 채운다는 것을.

그랬지…… . 너는 내게 그런 존재였어. 실존 이전의 무엇.

그는 일기장 한 쪽에 쓰여있는 메모를 보다 다시 그녀를 상상한다. 데스피오의 '에바'처럼 서양여인의 아름다운 윤곽과 동양여인의 신비한 분위기가 섞여있는 여자의 얼굴을, 조화롭지 않을 줄 알았던 관능과 우아함이 편하게 몸을 섞고 있는 듯한 여자의 모습을. 그는 그녀를 만나고 나서야 그 사실을 안 거지만 그녀의 그런 이미지는 마치 자신의 팔과 다리처럼 한 부분을 이루며 자라고 있었다고 생각했었다. 아주 먼 옛날부터, 어쩌면 토우가 만들어지기 시작할 무렵부터.

아무튼 뭔가 달라도 다른 사람이야.

이른 아침 그를 만나기 위해 집을 나서던 예린은 책상에 놓인 토우를 힐끗 쳐다보았다. 못해도 열 번은 망설인 일이었다. 그를 한번 만나보기로 결심한 건. 그래서일까. 그녀는 아직도 느닷없는 그의 데이트 신청이 얼떨떨하기만 하고, 다시 생각을 바꾸고 싶은 생각도 있다.

"저 김민우입니다. 기억하시죠? 현대미술관에서 토우를 건네준."

어제 저녁 열한시가 넘어서였다. 사람을 놀라게 하는 것이 취미인가 싶도록 그의 전화는 특별했다. 처음 그녀를 본 미술관 앞뜰에서 기다리고 있을 테니 아침 아홉시까지 나오라는 거였다. 그리곤 토우를 건네줄 때처럼 일방적으로 전화를 끊었다. 어떻게 전화번호를 알았는지에 대한 설명도 없었고, 만나서 무얼 하려고 한다는 말도 하지 않았다. 다만 말미에 많이 생각하고 한 전화였다는 말은 분명하고 또렷하게 했다.

"정말입니다. 깊게 생각해 보았는데 이렇게라도 해야 했습니다."

아마도 그가 말미에 그 말을 붙이지 않았다면 그녀는 그의 전화를 무시했을지 모른다. 그를 만났던 게 이미 한 달 전이었다. 토우만 불쑥 안겨주었을 뿐, 아무런 기별이 없다가 갑자기 아침 아홉시에 만나자니. 처음에 그녀는 그가 시간을 잘못 말한 것이 아닌가 싶어 되묻기까지 했다. 그녀는 이제껏 그렇게 이른 시간에 데이트 신청을 받아본 일이 없었던 것이다. 하지만 그녀는 그가 깊게 생각했다는 말을 지나칠 수 없었다. 토우처럼 원시성이 느껴지는 그가 깊게 생각하는 모습이 떠오르자 어쩐지 이상했고, 그 이상함은 이내 진지하고 거절할 수 없는 실마리로 바뀌었다.

그리고 오래된 습관이란 얼마나 편하고 맹목적이던가. 방 한쪽 구석에서 뜬금없이 울리는 유선전화기 벨소리에 그녀가 맨 처음 떠올린 건 어이없게도 할머니였다. 뭔가를 하나라도 더 챙겨 주고 싶어하던 할머니의 전화. 그래서 수화기를 드는 순간 그녀는 자신도 모르는 사이 귀에 꽉 밀착시켰다. 어쩌면 그런 사소한 일이 그의 데이트 신청을 받아들이는 데 한몫을 했는지 모른다. 핸드폰처럼 울리지 않고 제 음색이 그대로 깨끗하게 전해지는 그의 목소리가 왠지 다정하게 느껴지고 안심해도 좋을 것 같다는 예감을 더했으니까.

정예린, 그녀가 과연 올 것인가, 오지 않을 것인가.

벌써 민우의 입안을 몇 번씩이나 맴도는 질문이다. 과천 현대미술관 입구. 사람 하나 오고가는 게 뭐 그리 큰 문제냐고 웃어 넘겨도 마찬가지다. 그녀에겐 분명히 빈 웃음으로 넘겨지지 않는 무엇이 있다. 그렇다. 그 무언가가 있었다. 아직, 그 실체가 명확하진 않지만 민우는 그것이 굉장한 것임을 인정한다. 마음 한 구석을 팽팽하게 잡아당기는 것 같기도 하고, 머릿속에서 오랜 동안 잠들어 있던 거대한 무엇이 비로소 몸을 일으켜 세우고 있는 듯한 그 무엇이다.

그 날, 그가 그녀를 본 것은 그의 두 눈만이 아니었다. 사람들이 흔히 직관이라고 말하는 마음의 눈도 함께 보았다. 그 때 그녀는 미술관 앞뜰에서 아이들에게 뭔가를 말하고 있었고, 그는 자기 자신에게 몰두한 채 그 곁을 지나고 있었다. 그런데 그녀 곁을 서너 걸음쯤 지났을 때였다. 그는 강력한 힘이 자기의 목덜미를 잡아당기는 것 같은 느낌 때문에 뒤를 돌아보았다. 아니, 돌아볼 수밖에 없었다는 표현이 옳았다. 그것은 별다른 기대를 하지 않고 전시실에 들어섰는데, 굉장한 작품과 마주칠 때와 비슷했다. 차분한 시선으로 따져보기 전에 무언가가 와락 다가오는 느낌이고, 대상을 찾아 오래 웅크리고 있던 무의식 — 의식 이전의 무엇 — 이 비로소 꿈틀거리는 것 같았다. 그리고 그것이 그 날의 모든 걸 결정했다. 그녀를 향해 발걸음을 돌리게 한 것도, 그녀와 거의 같은 보폭으로 뒤따르며 차분하게 그녀를 지켜본 것도, 결국 아이를 찾기 위해 토우가 있는 특별 전시실에 들렀던 것도 다 그 때문이었다.

혹시, 그녀를 그렇게 느낀 건 작품을 감상하듯 사람을 보는 습관 때문이 아니었을까.

8시 40분. 아직 시간은 충분하다.

그는 천천히 미술관 언덕길을 오르며 이미 답을 내렸던 질문을 다시 끄집어낸다. 그런 특이한 감정이란 대상의 문제가 아니라 항상 관찰자의 감정상의 문제가 허다한 법이니까.

미술관이 도심에서 멀리 떨어졌고, 이른 시간이어서 그런지 무척 한산했다. 너무 밋밋하게 움직이고 있어 시간의 흐름을 방해하는 듯한 미술관 직원 몇몇이 오가는 모습만 눈에 띄었다.

일요일 아홉시, 그는 너무 이른 시간을 고집했다는 생각이 들었다. 미술관 앞뜰, 분수대에 거의 도착했을 때 그는 다시 시계를 보았다. 그녀가 사는 신촌에서 이 시간에 나오려면 늦어도 일곱시엔 일어나야 했다. 달콤한 휴일의 늦잠을 반납해야 하는 것이다. 그는 눈을 들어 청계산 기슭을 바라보았다. 햇빛은 이미, 골짜기 어둠을 말끔히 가셔 내고 잎새 위에 제 몸을 밝게 드리고 있었다. 5월 중순 아침, 연초록 숲에 둘러싸인 현대식 건물 앞에서 새로운 사람을 새로운 기분으로 만나기엔 최적인 분위기라고 말하는 것 같았다.

"숲이 참 곱네요. 미운 내 눈으로 봐도요."

그가 조각품처럼 지나가는 빛의 각도에 따라 달리 보이는 숲의 미묘한 질감을 보고 있는데, 등 뒤에 여자의 목소리가 얹혔다. 숨을 죽이고 긴장하며 살피곤 하던 미술관 아래쪽에서가 아니라 위쪽에서였다.

"아니, 먼저 와 있었습니까?"

민우가 환하게 웃음 띤 표정으로 그녀를 반겼다.

"왜요? 내가 사람을 기다리게 할 것처럼 보였어요?"

예린 역시 웃음으로 그의 웃음 띤 표정을 받았다. 전에 입고 있던 엷은 보라색 티셔츠와 감색 면바지 차림의 그녀는 아침 햇살처럼 당당하고 활달해 보였다. 귀 뒤로 둥근 곡선을 그리며 넘겨서 턱선과 목선이 만나는 곳에서 예쁘게 자른 머리카락도 그랬고, 말을 할 때마다 세기를 더하는 것 같은 맑은 눈빛도 그랬다.

"아니…… 아니, 그런 게 아니고 좀 이른 시간이어서요."

그는 그녀의 활달함에 압도되는 것 같아 잠시 말을 더듬었다.

"난 이른 아침을 무척 좋아하는 편이거든요."

"그건 저와 같군요. 전 이 시간에 곧잘 이곳에 오는데, 이곳의 아침 풍경이 그만이죠."

"그래서 이렇게 일찍 만나자고 하셨나요?"

"그런 셈이죠. 우연인지 모르지만 아침에 예린님의 생각을 가장 많이 했거든요. 그래서 아침에 보고 싶다는 생각도 했습니다. 어쩐지 예린님에겐 아침의 푸른 이미지가 있는 것 같기도 하고요."

"그것도 깊게 생각한 건가요?"

예린은 그의 말이 마음에 들어 장난스럽게 물었다.

"하하, 그렇게 생각하면 그런 것 아닐까요."

민우는 그녀의 말에 크게 웃었다.

"그렇지만 이를 어쩌죠. 나는 늦잠을 더 좋아하는 거 있죠."

"뭐라고요? 이른 아침을 좋아하면서, 늦잠을 더 좋아한다고요?"

"왜, 그러면 안 되나요. 난 그래요. 지금처럼 이렇게 신선한 아침 공기를 마시는 것도 좋고, 늘어지게 늦잠을 자는 것도 좋고요."

"맞아요. 저 역시 그렇죠. 그리고 그 두 가지를 동시에 할 수 있으면 얼마나 좋을까, 하는 쓸데없는 생각도 하고요. 그건 그렇고 좀 일찍 서둘러야 했죠? 신촌에서 이곳까지 오려면."

"그렇긴 했지만 불만은 없었어요. 실은 그래서 여기에 나올 마음이 생겼을 거예요. 만약 민우 씨가 그런 식으로 약속을 정하며 오후 늦게나 저녁시간을 댔다면 아무리 오래 기다려도 소용이 없었을 걸요, 아마."

"아참, 사과드려요. 그렇게 일방적으로 약속을 정한 거."

"괜찮아요. 민우 씨 전화에 좀 당황한 건 사실이지만 아무튼 지금 이렇게 만나고 있잖아요."

"그래도 좀 걸립니다. 때아닌 전화를 해서 아이를 찾아줬으니 한 번쯤은 만나줘야 하는 것 아니냐며 때를 쓴 격이니 말이죠."

"그래서 이렇게 한 번쯤, 만나려고 나왔잖아요."

예린이 그를 향해 미소를 던지고 그의 얼굴을 똑바로 보았다.

"왜 그러죠? 제 얼굴에 뭐가 묻었어요?"

그가 그녀의 시선을 느끼고 얼굴을 쓸어 내렸다.

"아니에요, 그런 건. 여기까지 오는 동안 민우 씨를 못 알아보면 어쩌나 싶었거든요. 민우 씨를 생각하면 자꾸 토우 얼굴이 떠올라서요."

"그랬습니까? 제 얼굴이 그 정도입니까?"

그들은 이야기를 나누면서 미술관 뜰을 지나 매표소를 향했다. 워낙 이른 시간이라 매표소엔 아무도 나와 있지 않았다. 그들은 매표소의 직원이 나올 때까지 좀 기다려야 했다.

"이러고 보니, 오늘 우리가 첫 관람자가 되는군요."

이런저런 말을 하며 한 삼십분 정도 기다렸을까. 매표소에서 표를 받은 민우가 그녀와 어깨를 나란히 하고 전시실로 향했다.

"괜찮은데요. 이렇게 작품만 있는 전시실에 들어와 보는 것도."

예린이 원형 전시실에 들어서면서 쾌활하게 주위를 둘러보았다.

"뭐랄까, 작품들이 눈을 달고 오히려 나를 감상하는 느낌이 드네요. 전시실 안에 묵직하게 가라앉아 있는 아침 공기의 질감도 좋고요."

때마침 전시실엔 아무도 없었다. 관리 여직원이 한 명 있긴 했지만 너무 반복적이고 익숙한 자세로 의자에 앉아 있었기 때문에 전시된 작품처럼 사물화되어 그의 존재를 느끼기조차 어려웠다.

"예린님, 작품이 오히려 우리를 감상하는 느낌이 든다고 했습니까?"

"예, 그런 것 같아요. 원래 예술작품 속엔 온화하든 처절하든 작가의 메시지를 담고 있다는 걸 알지만 지금처럼 이렇게 강하게 느껴지기는 처음인데요. 작품들이 내뿜는 강렬한 메시지에 내 자신이 함몰되어 구경거리가 된 느낌이라고요."

"예린님은 전시장에 자주 오시나 보죠?"

"왜요?"

"작품을 대하는 태도가 무척 자연스러워 보여서요."

"제가 좀 넘친다는 의민가요? 고수 앞에서."

"넘치긴요, 그런 예린님을 보니까 저도 감각의 눈이 활짝 열린 것 같은 걸요."

그는 유쾌하게 말을 하며 마음 한 구석에 남아있던 일말의 긴장을 풀었다. 경험상 아는 일이지만 잘 알지 못하는 사람과 미술품을, 그것도 현대미술을 함께 관람한다는 것은 매우 부담스러운 일이다. 아무리 현대미술의 요구가 궁극적으로는 미학의 놀이가 아니라, 총체적인 삶의 경험에서 비롯된 잠재 의식을 침투해 보고, 반영해 보는 하나의 수단이라고 해도 그랬다. 귀에 걸면 귀걸이, 코에 걸면 코걸이 식의 작품감상은 곤란하다. 오히려 그러기에 서양미술사 정도는 이해하는 바탕 위에 접근해야 하는 것이고, 그래서 함께 관람하기가 힘든 것이다.

"어때요? 예린님. 전과 좀 다른 느낌이 들지 않아요?"

'무의식의 해석' 이라는 주제로 전시되어 있는 원형 전시실의 작품들을 반쯤 돌아보았을 때 민우가 입을 열었다. 그들 앞에는 인코스텍 색상이 주는 강렬함이 내부에 웅크리고 있는 힘을 자극하고 있는 것 같은 미국의 유명한 미술가 재퍼스 존스의 작품과 아무렇게나 물감을 뿌려 놓은 것 같은 잭슨 폴록의 작품 '청색기둥' 이 놓여 있었다.

"그러네요. 전에는 아이들 때문에 작품을 감상할 경황이 없었거든요. 폴록의 이 작품만 해도 함부로 물감을 뿌려놓은 것처럼 복잡하게만 보였는데 다시 보니 그렇지 않네요. 그 복잡함이 단순함으로 환원되면서 안겨주는 호소력이 내면을 강하게 흔드는 것 같아요."

예린이 작품 감상에 대한 설명으로 잠시 끊어졌던 대화를 이었다.

"그렇지만 현대미술이 어렵게 느껴지는 건 여전하군요. 초보는 할 수 없는 모양이에요. 작가의 시선을 의식하며 하나하나 감상하다보니 감동은 없고 무수한 질문만 넘치는 것 있죠."

예린이 그를 만나서 처음으로 아연한 표정을 지었다.

"아닐 거예요, 그런 건. 예린 씨가 그렇게 느꼈다면 작가가 관람자로 하여금 질문을 던지게 의도했기 때문일 거예요. 내가 조금 전에도 말했잖아요. 예린 씬 아주 특별한 재능을 지녔다고."

그가 그녀를 향해 가볍게 팔을 내저으며 말했다. 사실, 그는 그녀와 작품을 감상하는 동안 그녀의 감각에 내심 놀라고 있었다. 별다른 생각 없이 그냥 툭툭 던지는 것 같은 그녀의 말이 작품의 핵심을 짚고 있었던 것이다.

"그렇게 좋게 말하지 않아도 돼요. 난 내 자신을 아니까요."

"아니라도 그러네요, 정말로 그래요. 예린님은 미술을 전공한 학생들보다 작품을 보는 안목이 나아요. 제가 이래 보여도 제 전공을 말할 때는 인정사정을 두지 않는 버릇이 있는데, 놀라울 정도로요."

그가 한 번 더 자신의 느낌을 말했다.

"정 제 말이 못미더우면 우리 이렇게 하죠. 제가 한 말을 예린님 스스로 납득할 수 있는 방법이 있으니까요."

예린이 아무런 대꾸 없이 그의 말을 웃음으로 넘기자 그가 다시 입을 열었다.

"어떻게요?"

"작가가 작품에 붙인 이름을 보지 말고 우리 나름대로 작품에 이름을 붙여보는 거예요. 그러고 나서 작가가 붙인 작품명과 비교해 보는 거죠. 그러면 자신의 감상력이 얼마쯤 되는지 감이 잡힐 테니까요."

그의 말에 예린은 동의했고 그들은 좀더 거리를 좁혀 작품에 이름을 붙여주기 시작했다. 그러고 나서 감상한 느낌을 서로 교환하고 다시 다음 작품에 이름을 붙여 나갔다.

"예린님이 생각하는 이 작품의 이름은요?"

"글쎄요……. 오만한 명상? 아님 깊은 사유?"

"그럼 이 작품은요?"

"음……. 그건, 실존의 여백."

"이건 또?"

"잊혀진 향연, 혹은 사랑이라면 알맞겠는데요."

"우와, 혹시 여기 있는 작품들의 이름을 미리 외우고 있던 것은 아니죠?"

작가가 무제로 남겨놓은 작품에까지 한 열 다섯 작품에 이름을 붙이며 지났을까. 그렇지 않아도 내심 놀라고 있던 그가 흥분된 표정으로 그녀에게 물었다. 미술을 전공한 그보다 오히려 예린이 작가가 붙인 명제에 더 가깝게 이름을 붙였던 것이다. 비슷한 의미까지 친다면 거의 70%를 상회하는 놀라운 수준이었다.

"예린님, 이건 굉장한 일입니다. 그래요. 굉장한 일!"

그녀가 외운 적이 없다고 하자 그는 전시실이 울릴 만큼 크게 소리쳤다.

"예린님은 뛰어난 직관을 가지고 있는 게 분명해요. 치열한 훈련에 의한 것이라기보다는 마음이 너무 순수하기 때문에 자동적으로 본질에 접근할 수 있는 그런 마음의 눈을요."

"괜히 그러지 마요. 어쩌다 일치한 걸 가지고 뭘 그래요."

"그러니까 더욱 그렇다는 거예요. 요즘엔 예술과 관련된 재능에는 창조력뿐만 아니라 비평감각도 인정하는 추세인 것 알잖아요. 더구나 현대미술에선 특히 더하죠. 이제 창조란 없고 발견만 있을 뿐이라는 극단의 말을 들먹이지 않더라도 비평이 날로 중요해지고 있죠. 그런데 예린 씬 그런 능력이 있어요. 작가조차 자기 작품 속에서 발견하지 못하는 것을 집어내어 명쾌하게 설명할 수 있는 뛰어난 비평감각이요."

그는 조금 전 느낀 바를 다 말했다. 그리고는 여전히 놀라운 눈빛을 하고 그녀를 바라본다. 좀 앞서 같은 느낌도 있지만 그런 건 그녀의 숨겨진 재능을 보고 느낀 충격에 비하면 너무도 사소한 것이었다. 그는 종종 학부학생들을 전시장에 데리고 와서 그런 식으로 감상력을 알아보곤 했었다. 아주 잘하는 학생이 40% 정도 작가의 주제에 근접하고 그 외엔 거의 퍼즐게임 수준이었다. 그런 사례에 비한다면 예린의 안목은 천부적이라고밖엔 말할 수 없었다.

그런데 타인의 재능을 발견하는 일이 왜 이처럼 즐거운가.

민우는 그녀와 어깨를 나란히 하고 원형전시실을 다 돌 때까지 입가에 어리기 시작한 웃음을 멈추지 않았다.

*

어느새 조용히 창가에 내린 어둠처럼 민우의 표정에서 웃음기가 가셨다. 어둠의 심장을 가를 만큼 진지하고 예리한 조각가의 눈빛으로 그는 한 조각상을 응시하고 있다. H 미대 외진 작업실에서 불도 켜지 않고, 창문으로 흘러드는 교정의 가로등불에 의지한 채였다.

깊은 사유를 위해 고통스럽게 뛰어 다녀야 했을 발이라니…….

예린과 헤어진 이후 민우는 그 말을 한시도 잊은 적이 없다. 굉장한 책을 읽고 났을 때, 그 많은 내용을 단 한 줄로 압축해 놓은 듯한 문장처럼 그 한마디가 그녀와 첫 데이트의 모든 풍경을 압도한다.

그들이 원형 전시실을 다 돌고 제2전시실에 갔을 때였다. 그곳엔 '현대 조각사의 매듭들' 이라는 주제 아래 많은 조각품들이 전시되고 있었다. 조각의 기원으로 인정받고 있는 '빌렌드로프의 비너스' 를 제외하면 모두 로댕으로 시작된 현대 조각품들이었다.

복제품이지만 로댕의 생각하는 사람을 비롯하여, 그의 제자로 추상조각의 선구자랄 수 있는 브랑쿠시의 키스, 여성의 인체로 인간과 자연을 해석한 감성의 조각가 마이욜의 밤, 가는 선으로 응축된 인간을 표현한 자코메티의 키 큰 인물상, 조각에 움직임을 과감히 도입한 칼더의 모빌, 그리고 조각으로 인간애를 구현한 헨리 무어의 가족상 등이 시대별로 차례차례 전시되어 있었다. 그런데 전시실에 있는 조각품을 다 관람하고 맨 처음 출발했던 자리, 로댕의 '생각하는 사람' 앞에 섰을 때였다. 이미 너무 많이 눈에 익은 작품이기에 별다른 감흥 없이 서 있는 그를 향해 그녀가 입을 열었다.

"어때요, 민우님은? 나는 이 조각상을 보면 어떤 전율 같은 것이 느껴지는데요."

"전율이라니요? 왜요? 너무 자세가 진지한 것 같아 그런가요?"

그는 그 조각품을 보면 누구나 하는 말을 떠올리며 물었다.

"아니, 그게 아니고요. 땅에 발가락을 힘차게 꼽고 땀을 흘리고 있는 듯한 저 발 때문에요. 저 사람이 지옥문의 중앙에 앉아 지구가 흔들려도 꿈쩍하지 않을 만큼 단단한 내면에 시선을 두고 깊은 사유를 할 수 있기까지 저 발이 얼마나 열심히 뛰어다녀야 했을까, 하고요. 왠지 나는 저 사람이 저렇게 생각할 수 있는 건 저 발, 심한 노동으로 울퉁불퉁해진 근육이 뭉쳐있는 듯한 저 발 덕분이라는 생각을 지울 수 없거든요."

"뭐라고요, 저 조각상의 발 때문이라고요? 울퉁불퉁해진 발……!"

순간 그는 이 말을 정말 이 여자가 했나 싶었다. 그건 머리를 한 대 탁 얻어맞는 것 같은 충격이었고, 확 깨치는 일깨움이었다. 조각가들 사이에선 신이라고 해도 과언이 아닌 로댕. 그에 있어서도 로댕은 역시 신이고, 이미지고, 끝내 넘어서야 할 스승이고, 대선배였다. 때문에 그의 생애나 작품을 줄줄이 꿰고 있다고 자부했다. 그럼에도 그때 그녀가 발견했던 것 이상을 발견해 낼 수 없었다.

어떻게 그녀는 그런 사실적이고도 은유적인 의미를 잡아낼 수 있었을까? 그만큼 자신도 열심히 발로 뛰어다녔다는 의미가 되는가?

그는 조각품 전시실에서 그녀가 했던 말을 되뇌이자, 새삼스럽게 자신을 용서할 수 없는 기분이 들었다. 몇 해 전, 그는 조각가의 길을 선택한 이후 로댕의 한마디의 말을 그의 성경으로 삼았다. '내겐 영감이 있는 것이 아니라 작업이 있을 뿐이며, 여명과 함께 시작되어 만찬의 연주를 끝낸 악기의 여운처럼 남는 작업이 끊임없이 이어지는 것뿐.' 이라는 천재조각가의 말. 그리고 그 말을 되뇌이며 누구보다도 열심히 데생을 하고 점토를 이기고 돌을 깎았다고 생각했다. 그러나 지금 그는 자신이 치열하지 못했음을 절감한다. 머리로만 열심이었지 실제는 편히 앉아 조각가입네, 하고 폼만 잡았다는 생각을 떨칠 수 없다. 그는 한번도 좋은 예술가가 되기 위해서는 발가락까지 근육이 번져야 한다는 사실을 생각조차 한 적이 없었다.

그런데 땀을 삘삘 흘리고 있는 것 같은 발이라니.

민우는 음영 깊숙이 파고든 불빛에 더욱 윤곽이 선명해진 조각상을 본다. 어떻게 저토록 부드러운 이미지를 지닌 여자가 그런 말을 할 수 있었을까. 그의 시선을 잡고 있는 건 데스피오의 '에바'였다. 일체의 불필요한 세부를 제거해버린 소극적인 표현 속에 풍부하게 자아가 넘치는 여성이 지니는 은근한 뉘앙스가 풍기는 여인상이다.

그는 그 여인상을 보는 순간 받았던 충격을 지금도 잊을 수 없다. 천년의 시공과 동서양의 거리를 뛰어 넘어 하나로 모이는 어떤 이미지를 보았다. 그 조각상에서 우리 나라 해변가 절에 가면 볼 수 있는 해수관음상과, 죽은 누이와 어머님의 모습을 발견했기 때문이다. 그래서 그는 대학 졸업작품으로 누이의 초상조각을 만들었다. 그렇게도 조각가의 길을 말리던 그의 어머니를 수도원으로 영영 떠나게 한 누이. 그는 에바와 사진으로만 남은 누이를 수백 번도 더 쳐다보며 작업에 열중했고, 눈이 흩날리던 어느 밤, 작품을 완성시켰다. 그러나 아니었다. 작품을 끝내고 일주일쯤 지났을 때, 그는 그 사실을 확연히 깨닫고 말았다. 누이는 결코 에바를 닮지 않았다는 것을, 에바를 닮은 여인은 자기 마음속의 여인이라는 것을. 언제부턴지 알 수 없지만 마음속에 둥지를 틀고 있는 바로 그 여인이라는 것을.

그런데 그는 지금 그 여인을 본다. 언제나 얼굴에 드리우고 있던 웃음기를 조금 누른 채, 가는 미소만 남기고 로댕의 '생각하는 사람'의 발을 뚫어져라 바라보던 여자. 바로 예린의 모습이 에바와 겹치고 있는 것이다.

"아니, 아니야, 이건 허상일 수도 있어. 내 안에 어떤 여자도 들이지 않겠다는 결심을 무너트리기 위한 자기 기만일 수도……."

그는 말을 다 끝내지 못하고 자리에서 벌떡 일어났다. 그리곤 작업실 안을 서성인다. 그의 허리춤에 걸려 의자가 쓰러지고 석고덩이가 발에 밟혀 어둠 속에 흩어졌다. 뭔가 불안하고, 뭔가 혼란스럽다. 순간순간 부족한가 하면 넘치고, 가벼운가하면 더없이 무겁다. 도대체 이런 격동과 무질서를 딛고 찾아오려는 게 무엇일까. 사랑인가.

사랑?

그는 그 말을 되뇌어 본다. 그러나 알 수 없다. 그는 아직 사랑을 모른다. 실연으로 누이가 죽은 이후 그는 왠지 사랑을 할 수 없었다. 언젠가 한번 학교 축제가 있던 날 밤, 술에 취했다 깨어보니 얼굴도 잘 모르는 여자가 옆에서 자고 있었던 기억이 그가 알고 있는 사랑의 전부다. 그리고 사랑이라니……. 그는 침착해야 한다고 생각한다. 갑작스런 그녀의 출현은 너무도 사소한 일이라고 간주하기로 한다. 예술가의 길을 가기 위해 세상에서 단 한 명뿐인 엄마마저 저버리지 않았던가. 땀을 흘리는 발이라…… 좀더 치열하게 예술가의 길을 가라는 채찍으로 생각하자. 그래, 그렇게 생각하자.

그는 엉거주춤 서서 담배 한 대를 빼어 물었다. 어둠 속에서 빨간 담뱃불이 한 송이 붉은 꽃처럼 타들어 간다. 그는 불을 켜고 에바를 원래의 자리로 치우기 위해 조각상이 있는 쪽으로 걸음을 옮겼다.

"여기 있었구나."

그때 문이 열리며 익숙한 목소리가 그의 등 뒤에 얹혔다.

"지금 뭐 하고 있는 거야? 혼자서 이 밤에."

유진이었다. 그의 4년 선배인 그녀가 문 앞에 서서 호기심이 가득한 눈빛으로 그를 바라본다. 희미한 불빛 아래선 학부학생이라 우겨도 될 만큼 스포티한 차림이다. 유진은 저번 미술관에서 보여준 세련된 분위기와는 사뭇 다르게 경쾌한 분위기를 연출하고 있었다.

"무슨 일이에요? 선배야말로. 이 밤중에."

아마도 유진은 부자 남편과 야간 골프를 즐기다가 야간 강의가 있다는 핑계로 살짝 빠져 나왔으리라. 그러나 그런 것은 그의 관심 밖이다. 그녀가 거짓말을 하고 나왔든 남편을 마춰시켜 놓고 왔든.

"넌 좀 사근사근할 수 없니? 선배도 대선배에게."

유진이 그가 서성이느라 쓰러뜨렸던 의자를 세우며 눈을 흘겼다. 그러나 그 눈흘김은 그저 시늉일 뿐 이내 애정이 담긴 눈길로 변했다가 그의 눈길이 닿지 않자 자기 안으로 사라진다.

"생각할 게 좀 있어서요. 졸업작품도 구상해야 하고."

그가 에바를 원래 있던 자리에 옮겨놓으며 말했다.

"졸업작품?"

"그래요. 벌써 마지막 학기가 코앞이잖아요."

"하긴…… 그런데, 뭐야, 넌. 어째 졸업시즌만 돌아오면 여인상이냐? 현대미술이 이미 오래 전에 인체를 떠났다는 것을 잘 알면서. 저 에바만 해도 그래. 그게 어느 시절 할머니니. 손자를 봤어도 수십 명은 봤겠다."

"그런 건 나와 상관없는 일이에요. 현대가 인체를 버렸건 말건. 더구나 현재만 따지고 있다보면 정작 미래를 놓치는 경우가 허다하니까."

그가 좀 부드러워진 목소리로 유진의 말을 받았다.

역시, 익숙한 것엔 불안이 없다. 세련됨이 시작된 곳엔 충격이 없는 것과 마찬가지다. 그는 유진의 출현으로 예린 때문에 요동치던 마음이 조금 가시는 것을 느낀다.

"그건 그렇고. 네 분위기가 좀 이상하다. 오늘은."

유진이 그를 유심히 훑어보다 농담처럼 말했다.

"익숙하다는 것은 변화도 일찍 알아차릴 수 있다는 의미도 되나보죠, 선배."

"무슨 얘기야? 그건."

"그런 게 있어요. 나도 잘 설명이 안 되는 무언가가."

"그 여자 때문이구나. 현대미술관에서 만났던 예린이라는 그 여자."

"무슨…… 그런 말이 어디 있어요? 여자 때문이라니."

"내숭은 그만 둬. 민우, 넌 나를 속이지 못해. 널 옆에서 지켜본 지가 벌써 몇 년이냐. 장장 6년이다, 6년."

하긴 그랬다. 그에게 유진은 선배고 친구고 후원자였다. 유진은 우리 나라 예술계의 병폐이자 현실인 전형적인 연줄파로 그와는 정반대의 길을 걸어왔지만 그와는 남다른 인연이었다. 그가 대학 1학년 때 조교였던 유진이 대학미전에 출품한 그의 작품을 보고 반한 이후 지금까지 친분을 이어오고 있는 것이다. 그리고 선후배라기보다는 스승에 가까운 관계를 허물고 그것도 모자라 친구처럼 지내기를 원한 건 그녀였다. 특히 돈으론 살 수 없는 재능에 한계를 느낀 그녀가 조각가의 길을 포기하고 재벌급 출판사 회장의 며느리로 들어간 이후부터는 더욱 더 그랬다.

"아무튼 목석처럼 무덤덤한 것보단 나아 보인다. 그 여파가 나에게 미칠지도 모르니 기대도 되고."

유진이 좀 과장된 제스처를 써가며 가볍게 말했다.

"그렇게 앞서서 나가지 말아요, 선배. 아무 일도 아니니까."

"아니긴 뭐가 아냐. 이번엔 다른 것 같은데. 저번의 대학 졸업작품을 할 때완 다른 게 느껴져. 뭔가에 불안해 보이고 흔들리는 네 눈동자가 그 사실을 말하고 있어."

유진은 여전히 호기심을 거두지 않고 흥미롭게 그를 쳐다보다가 무슨 생각을 하는지 한옆으로 치워놓은 에바에 시선을 못박고 있다 다시 입을 열었다.

"참, 예쁜 젖가슴을 가진 여인상이다. 안 그러니? 민우야."

유진이 해석되지 않는 표정을 짓고 그를 향해 가볍게 미소를 던졌다. 화려한 파티 석상에서처럼 아무리 속이 상하는 일이 있어도 겉으론 우아한 모습을 조금도 잃지 않는 그녀 특유의 모습이다.

"지겹도록 봐왔으면서 새삼스럽게 왜 그래요?"

"새삼스러운 게 아니야. 언제 보아도 저 여자의 젖가슴은 멋져!"

유진이 민망스러울 정도로 여인상의 젖가슴에 시선을 못박았다. 그러다 한참 만에 시선을 거두고 입을 열었다.

"넌 내가 왜 학부에서 전공했던 조각을 포기하고 이론 쪽으로 돌아섰는지 알아?"

"언젠가 한번 들었던 것도 같은데요, 선배에게."

"했었지. 너처럼 조각에 천부적인 재능을 타고나지 못했고, 또 현대미술의 흐름이 조형이나 회화 등 고유한 미술영역을 허물고 통합되는 쪽으로 간 이유도 있다고."

"생각나네요. 그때 선배는 술을 한잔했죠."

"고맙네. 그런 사소한 것까지 기억해주고……. 그러나 그건 진짜 이유가 아니야. 그런 건 다 명분이고 거죽이라고. 진짜 내 진로를 바꾸게 한 심정적인 이유는 다른 데 있었어."

유진이 무슨 수줍음을 동반한 비밀을 말할 때처럼 미묘한 표정을 짓고 그를 바라보았다.

"그게 뭐였는지 짐작하겠니?"

"글쎄요."

"바로, 저처럼 멋진 젖가슴 때문이야. 로댕의 '키스'나 마이욜의 '밤'에 등장하는 여인상들의 젖가슴들 말이야. 그 완벽한 젖가슴이 내 기를 죽이게 했기 때문이라고. 나는 내 손으로 저런 젖가슴을 빚고 싶은 욕망보다는 눈썰미 좋은 조각가들 앞에서 당당하게 벗을 수 있는 나를 원하고 있었거든. 마치 로댕의 연인이었던 카미유 클로델처럼. 하지만 어쩌겠어. 보다시피 내 가슴은 자코메티의 조각을 닮은 걸. 나이가 들수록 점점 자신이 없어지더군. 그래서 이론이 강한 현대미술 쪽으로 도망간 거였어. 그런 거라면 자신이 있었으니까."

"왜요, 선배도 멋있잖아요. 우아하고 세련되고, 거기다 늘 미술계 화제의 중심이고. 그래서 지금 남편의 시선을 사로잡았잖아요."

"물론, 그런 점도 있지. 그러나 내가 정말로 원했던 것은 뛰어난 조각가의 시선이었다고 했잖아. 민우, 너처럼."

"또 그 얘기, 내가 뭐 그리 대단하다고 그래요?"

"아니야. 넌 대단하고 단단해. 5년 전, 내가 '모정'이라는 주제로 열렸던 대학미전에 출품한 작품을 보고 난 일찍 널 발견했어. 다른 학생들 거의가 엄마가 아이를 안고 있는 모습이나 아이를 바라보는 엄마의 시선 등 천편일률적으로 엄마 중심이었지만 넌 달랐잖아. 천진한 아이의 가슴속에 엄마 얼굴을 새겨 넣음으로써 모정을 한 차원 높게 그려냈던 거라고. 그만큼 넌 재능이 있어. 거기다 순수하고."

"아무튼 선배의 칭찬하는 솜씨는 알아주어야 한다니까."

민우는 조금 민망해져서 웃음으로 넘겼다.

"의례적으로 하는 말이 아니다, 너. 진심이야. 내가 네 최초의 단독 모델이 되고 싶은 것도 포함해서."

"그만 하라니까요, 선배."

"알았어. 그만하지. 이제까지 충분히 말했으니까. 그렇지만 명심해야 한다, 너. 특히, 내가 네 최초의 모델이 되고 싶다는 말."

유진이 웃음을 섞어 가볍게 말을 던지고 나서 한쪽 눈을 찡긋했다. 아, 결국 이 말 때문이었나. 내 앞에서 발가벗을 수도 있다는 이야기. 민우 역시 유진처럼 웃어넘기곤 있지만 기분이 묘했다. 그가 무서울 정도로 이지적이며, 참을성이 많아도 한편으로는 팔팔한 육체를 즐길 수 있는 청년이기도 한 것이다. 더구나 지금은 밤이었고, 이 시간에 작업실에 들를 사람이 없다는 것을 두 사람은 잘 알고 있었다. 그러나 유진이 눈 앞에서 사라지자 그것으로 그만이다. 그녀가 왜 오늘따라 그런 이야기를 했을까, 하는 한두 차례의 질문을 끝으로 그녀의 모습은 이내 어둠 속으로 흩어진다.

민우는 작업실을 나와서 밤거리를 좀 걸었다. 대학가 밤거리는 유흥가 못지않게 현란했다. 낮에 회색 빛 콘크리트 벽에 붙어 숨을 죽이고 있다 거리로 쏟아져 나온 형형색색의 불빛들이 자기들끼리 알아서 설치미술을 펼치고 있는 것 같았다.

도대체 그 여자가 뭐길래 익숙한 얼굴을 이토록 쉽게 지우는가.

민우는 도심 밤거리의 불빛 사이로 떠오르는 예린의 얼굴을 본다. 자꾸만 신비한 미소를 짓고 있는 에바와 겹쳐지는 흐릿한 모습. 그러기에 더욱 강하게 머릿속을 움켜쥐고 있는지 모른다. 좀더 선명히 그녀를 보고 싶어서, 좀더 정확히 예린을 알고 싶어서.

만약, 그녀가 내 졸업작품의 모델이 되어달라면 승낙할까.

그는 웨딩 숍 근처를 지나다 문득 그런 생각을 한다. 형광불빛을 받아 더욱 깨끗하고 우아하게 보이는 웨딩드레스가 왠지 인상적이다.

아무래도 무리겠지. 남자의 시선 앞에 발가벗고 장시간 있어야 한다는 게……. 하늘에서 떨어지듯 갑자기 나타나 어느새 심장의 한 구석을 움켜쥐고 있는 것 같은 여자!

그는 오랜만에 동녘 하늘로 떨어지는 유성을 보았다. 마치 어둠 속에서 누군가의 얼굴을 비추기 위한 불빛처럼 새하얀 빛줄기가 하늘 한쪽을 환히 밝히다 사라졌다. 아마도 그녀의 나상은 저토록 아름답고 깨끗한 빛깔이리라. 그는 발가벗은 여자 모델 앞에 처음 섰을 때처럼 가슴이 뛰어 저절로 빨라진 발걸음을 재촉했다.

첫 키스

심장과 심장이 먼저 닿았습니다.
그대 입술 위로 흐르는 내 영혼
어떤 떨림이 이만할까요.
안아줘야 비로소 잠잠해지는 숨결 아래
목련꽃처럼 열리는 속살
나는 다만
심장을 그대에게 기울인 채
두 눈을 감았을 뿐입니다.
전생의 힘, 입술에 모으고
두 눈을 꼬옥 감았을 뿐입니다.

— 〈정예린 유고시집〉에서

강력하고 자극적인 추억은

영원히 지워지지 않는 하나의 이미지로 남는다. 엄청난 감정과 숨결이 강화되어 남겨진 영상은 의식 이전의 무엇이고, 한순간 꼼짝 못하게 하는 강력한 흡인력을 갖는 것이다.

갈색 탁자에 앉아 예린의 유고시집을 펼치던 그는 이내 침잠된다. 첫키스 뒤 고개를 숙이던 그녀의 모습에 모든 의식을 빼앗긴 것이다. 벌써 몇 년이 지났건만 어제 일어난 일처럼 선명한 첫키스의 추억. 그 이미지 위로 수많은 문장들이 빗물처럼 흘러가고, 얼마간 숨을 죽이고 있던 그는 긴 한숨을 터트렸다. 입술을 맞대고 있던 짧은 시간 속에서 아득한 영원을 체험했던 그 순간……

그가 처음으로 여자를 앞에 두고 눈을 감았던 것도 그때였고, 눈을 감고 자신의 육체보다 더 강렬하게 타인의 몸을 원했던 것도 그때였다. 그러나 그때 그는 정녕 알지 못했다. 그 순간이 이토록 오래 남아 있을 줄은, 이렇게 선명하고 생생하게 남아 마지막 순간까지 그리움을 더하게 될 줄은.

그렇지만 예린은 그때 이미 그를 알고 있었던 것 같았다. 그녀의 유고시집이 되어버린 첫 시집의 서시로 '첫키스'를 삼은 것도 그렇고, 책표지에 브랑쿠시의 조각 '키스'를 넣은 것도 그런 사실을 짐작하게 했다. 그가 파리에서 돌아왔을 때, 그녀는 시집의 표지 디자인까지 마친 상태에서 발간을 기다리고 있었다. 아무도 모르게 준비한 거라며 그의 귀국 선물로 부끄럽기만 할 거라는 후기와 함께였다. 비익조, 그러니까 그가 들고 있는 시집은 그녀가 그에게 쓴 유언인 셈이었다. 그는 그녀가 쓴 시를 천천히 읽어 내려가다 시집을 덮고 표지 사진에 시선을 못박았다.

심장과 심장이 먼저 닿았습니다 / 그대 입술 위로 흐르는 내 영혼.

표지에 그려진 브랑쿠시의 '키스'와 너무도 잘 어울리는 시구이다. 하나의 돌덩이에 겨우 남녀 구별만 식별케 하는 윤곽을 넣어 원초적이고도 영원한 사랑을 추상적으로 표현한 조각에서도 심장과 심장이 닿아 있었다. 아무리 많은 세월이 흐르고 엄청난 충격이 몰아쳐도 끝까지 꼭 붙어있을 것처럼, 예전에 그들이 그랬던 것처럼.

첫키스

김민우, 김, 민, 우.

　오늘은 그와 네 번째로 만난 날이다. 그를 만난 지 만 두 달, 몽울져있던 봄꽃들을 겨우 피우게 한 짧은 기간이다. 그런데 그가 왜 이토록 오래 사귄 사람처럼 느껴지는가. 마치 전생에서 이생의 사랑을 미리 연습해 본 것처럼 그와 함께 한 시간이 편안하고 아늑하다.

　예린은 오랜만에 깨끗한 노트를 펴놓고 글을 쓴다. 저번에 그를 만나고 돌아오는 길에 일부러 문방구에 들러 산 두툼한 노트다. 컴퓨터에 글을 쓴다고 없어지는 것도 아닌데 그랬다. 그와의 일들을 숨결 하나까지 전부 남기고 싶다는 생각이 들었을 때, 그녀가 제일 먼저 떠올린 것은 노트였다. 손을 움직일 때마다 흰 종이 위에 쓰여지는 동글동글한 글자들. 새삼스럽게 노트에 쓰여 있는 그 글자들이 눈동자 속에 꼭, 꼭, 박히는 것도 같다.

　갑자기 내가 왜 이렇게 촌스럽고 비현실적이 됐을까? 전생에서 이생에 있을 사랑을 미리 연습해 본 것 같다니…….

　그녀는 불현듯 글쓰기를 멈추고 설핏 웃는다. 모든 은유는 위험하다. 부드러운 표정 속에 날카로운 칼날을 숨기고 있는 것이다. 이성과 현실감각을 단숨에 마비시키고 때로는 전혀 색다른 삶을 요구하기도 하는 것이다. 정예린, 너, 조심해.

그녀는 이와 비슷한 검정을 딱 한 번 느낀 적이 있었다. 중학교 3학년 가을이었다. 봉숭아 꽃씨가 터지는 것을 보고도 깜짝깜짝 놀라고, 사소한 말에도 조약돌처럼 동글동글한 웃음을 그치지 못할 때였다. 그녀는 잘 알지도 못하는 남학생에게 편지를 받고 얼마나 마음을 졸였는지 모른다. 그 편지가 남자에게 처음으로 받아보는 편지인 점도 있었지만 '그립다'는 말이 쓰여 있기 때문이었다. 그립다. 그때 그녀는 그런 말들은 이름난 시인이나 쓰는 말인 줄 알고 있었다. 그런데 그런 말들이 자신에게 쓰여지다니. 그녀는 그 한마디의 말에 갑자기 자신이 한 차원 높아진 것 같고, 불쑥 어른이 된 느낌도 있었다. 그래서 조심스럽게, 그립다는 표현이나 설렌다는 말을 애써 피해가며 정성 들여 답장을 썼으나 그 끝은 터무니없는 실망이었다. 그 남학생은 너무 자주 그 말을 썼다. 더구나 다른 여학생들에게도. 그 뒤부터 그녀는 매력적이고 화려한 말이 안겨주는 미감이나 뉘앙스를 조심했다. 대학에 들어와 시를 공부할 때조차 그랬다.

그러나 다시 그 말을 쓰는 지금은 즐겁고 기쁘다. 몸무게가 훨씬 가벼워진 것 같고, 모든 근육이 느슨해진 것도 같다. 다시 펜을 잡는 그녀의 입가엔 미소가 번지고 눈동자가 반짝반짝 빛을 낸다.

어쩌면 이런 감정들은 지표면에 흘러 넘치는 샘물 같은 것이리라. 겉보기엔 한없이 가볍고 연약해 보이지만 오랫동안 땅속 깊은 곳에서 숙성된 힘으로 두꺼운 표면을 뚫고 나오는, 그래서 차고, 달고, 맑고, 가볍고, 운명을 능히 움직이는 힘을 가진.

김민우, 다시, 그립다. 그가……. 아니, 궁금한 건가?

예린은 노트를 덮고 커피를 한 잔 탄다. 이제 교생실습도 마치고 얼마 안 있으면 기말고사다. 잘 봐야지. 학점에 특별히 욕심이 있는 건 아니지만 얼마 남지 않는 학창시절을 성실하게 마무리짓고 싶다. 그도 오늘 그런 말을 했다. 이번 졸업작품에 온 정성을 쏟고 싶다고. 누구의 평가를 받고 싶어서가 아니라 자신이 그것을 원하고 있다고.

저녁 여덟시 반, 커피잔을 치운 예린은 책을 보기 시작했다. 요즘 들어 새롭게 조명되기 시작한 키치문학에 대한 비평서다. 넓고 환한 방 안에 아무런 움직임이나 빛의 굴절이 없다. 그녀의 숨소리와 책장을 넘기는 소리뿐이다. 그녀 특유의 공부분위기가 연출해 놓은 풍경이다. 공부할 때 그녀는 다리를 꼬고 앉아 다리를 떨거나 몸을 뒤틀지 않는다. 마치 선승이 좌선에 들었을 때와 비슷하다. 정좌를 한 상태에서 시선을 연필 끝처럼 한 곳에 모으고 책을 파먹을 듯 집중한다.

넌, 다 좋은데 공부하는 태도가 좀 그래. 구식이고, 질린단 말이야. 언젠가 다다가 그녀에게 한 말이다. 그러면서 그는 또 덧붙였다. 그렇게 집중력이 강한 시선이 남자에게 향한다면 일을 내도 크게 내겠다고.

그녀가 오랜만에 허리를 폈을 때, 핸드폰의 디지털 시계가 자정을 넘기고 있었다. 벌써 시간이 이렇게 됐나. 핸드폰의 액정 화면에 사각 기호가 깜박인다. 그제야 그녀는 핸드폰에 문자 메시지가 와있다는 걸 안다. 아마도 다다일 것이다. 누군가와 채팅을 하다가 별 의미 없이 보냈을 메시지. 잘 자, 아니면, …;;, 와우, 기분 좋은 밤 등등.

그녀는 가벼운 웃음으로 다다의 메시지를 지우고 잘 준비를 했다. 물을 추긴다는 기분으로 손과 발을 씻고 습관처럼 토우를 본다. 어쩐 일인지 오늘은 토우가 조금 자란 것 같다. 키도 좀 크고 서로를 바라보느라 눈동자도 조금 커진 것 같다. 그녀는 애정 어린 눈길로 토우를 주시하다 웃었다.

그는 지금 무얼 하고 있을까. 졸업작품 구상은 다 끝났을까?

막상 불을 끄자 그의 모습이 더 선명해진다. 그녀는 이불을 끌어당겨 가슴 위를 꼭 눌렀다. 크고 쭉 뻗은 코의 강인함이 쌍꺼풀진 눈의 부드러움에 경감되어 다정해 보이는 얼굴이다. 그러나 그의 눈을 찬찬히 바라보고 있노라면 두렵기조차 했다. 부드러운 눈빛 한 곁에 무엇으로도 꺾을 수 없는 강철 같은 의지가 섞여 있었다.

그녀는 조금 전 노트에 쓴 글들을 간추려 그에게 e-메일로 보낼까 하다가 그만둔다. 그 동안 그와 e-메일을 몇 차례 주고받았지만 그는 왠지 주춤거렸다. 대화를 나눌 때, 서로 쳐다볼 때, 그녀를 향한 손짓과 몸짓, 목소리의 톤, 미소 등 시시각각 끌리는 느낌을 애써 건조한 화제로 넘겼다. 오늘 낮에 만났을 때도 그랬다. 졸업작품에 관해 이야기하며 뭔가를 말하려 하다 말꼬리를 엉뚱한 방향으로 돌렸다.

아무튼 못 말리는 구식이야.

그녀는 머리맡에 놓인 토우를 본다. 우직하고 원시적인 토우의 투박한 모습이 그와 많이 닮았다. 그러나 예린은 그런 그가 싫지 않다. 그의 망설임과 되작임 속에서 충동을 자제하려는 노력과 타인에 대한 배려를 읽는다. 곁에 있는 사람의 무한한 고통을 요구하는 예술가의 삶. 그녀도 그쯤은 알고 있다. 아마도 그는 겉멋에 취해 아무렇게나 행동하는 예술지망생과는 달리 생을 진지하게 대하려는 것이리라.

그렇다면 내가 적극 나서야지. 내가 그를 원하니까.

예린은 내일 그의 학교에 찾아가기로 마음먹었다. 그렇지 않아도 그의 작품을 보고 싶었다. 아이의 가슴속에 엄마의 얼굴을 새겨 넣었다는 '모정'이라는 첫 작품은 물론, '에바'를 닮았다고 생각하던 그의 누이는 어떻게 생겼는지.

다음날, 예린은 수업이 끝나자마자 강의실을 빠져 나왔다. 때마침 성진이 그의 학교 근처 어디에서 인터넷 동호회 번개팅이 있다며 함께 가자고 따라나섰지만 그녀는 발걸음을 재촉했다. 6월 말 오후, 본격적으로 날을 세우고 있는 햇빛이 따가웠다. 더구나 낯선 남의 학교로 남자를 찾아가는 길이다. 그림자 둘레에 모여드는 새하얀 햇빛처럼 더위와 탄탄한 긴장이 그녀를 둘러싼다. 그의 학교 교문 앞에서 한 학생이 일러준 대로 언덕길을 조금 오르자 미대 건물이 보였다. 대학 건물들은 왜 그렇게 하나같이 위압적인지. 그 건물 역시 미려함보다는 권위를 우선한 듯 보인다. 그녀는 건물 앞에서 숨을 한 번 가다듬고 빠른 걸음으로 현관으로 들어섰다.

이렇게 불현듯 찾아 온 나를 보고 그는 어떤 표정을 지을까?

이미 강의가 끝난 건물 안은 한가하다. 드문드문 학생들이 눈에 띄고, 간간이 강의실 문을 여닫는 소리가 복도를 울릴 뿐이다. 그가 조교로 관리하는 작업실을 금방 찾을 수 있었다. 맨 위층 좌측 끝이었다. 그녀는 먼발치에서 그의 작업실을 확인하고 일단 화장실로 들어가 거울 앞에 섰다.

장작불꽃을 보고 있을 때처럼 조금 열기를 품은 눈동자, 불그스름하게 상기된 볼, 아랫입술이 약간 말려 도톰한 느낌을 주는 입술……. 예린은 기분이 좀 묘하다. 이렇게 한 남자의 시선을 위해 거울 앞에 선 건 처음이었다. 어쨌든 예뻐 보이고 싶다. 여학생 하나가 그녀 곁을 지나치다 거울 속에서 그녀의 눈과 마주쳤다. 괜찮아 보이는데 뭘 그래요. 그녀는 여학생에게 달뜬 속마음을 들킨 것 같아 멋쩍었지만 침착하게 옷맵시를 가다듬고 성큼 거울 앞을 떠났다. 그런데 그때, 그녀보다 서너 걸음 앞서 그의 작업실을 향하는 여자가 있었다. 하이힐에 연보라색 투피스 정장, 세련된 걸음걸이가 한눈에도 학생은 아니었다. 예린은 조금 걸음을 늦추었다.

“아, 저 여자는?”

여자가 노크도 없이 그의 작업실에 들어설 때, 예린은 그 여자를 기억해 낸다. 현대미술관에서 그를 처음 만나던 날 보았던 바로 그 여자다. 이를 어쩌지, 왜 하필 이때 저 여자가. 유진이 그 학교 시간강사라는 것을 그에게 들었지만 힘이 쭉 빠진다. 예린은 그의 작업실 문 앞에서 머뭇거리다 돌아섰다. 다리에 뭔가가 매달린 것처럼 무겁고 몸이 후끈 달아올랐다. 갑자기 이게 무슨 짓인가 싶어진다. 만화에 나오는 주인공처럼 짠, 하고 나타나 그의 감동을 우려내려던 자신이 어설프다. 그러나 이대로 돌아갈 수는 없다. 조금 기다려보자는 미련이 그를 압도한다. 그녀는 작업실 반대편 복도 끝에서 유진이 나오기를 기다렸다.

십분 ,이십분, 삼십분. 도대체 둘이서 무얼 하고 있는 걸까. 그는 핸드폰마저 꺼 놓고 있었다. 다리가 아파 오고 몸에서 열이 나는 것도 같았다.

어느새 학교 운동장에 땅거미가 내리고 가로등이 하나 둘씩 켜졌고, 그의 작업실에서도 불빛이 새어 나왔다. 예린은 건물 밖으로 나와 그의 작업실이 올려다 보이는 벤치에 앉아 그를 기다렸다. 하지만 그는 좀처럼 나오지 않았다. 그의 작업실 창에 어리는 그림자가 환영처럼 몇 차례 눈동자 위를 스쳐 지나갔을 뿐이다. 어떤 땐 진했다, 어느 순간엔 흐리고, 가끔씩 겹치기도 하는 두 그림자.

그렇게 기다리기를 꼬박 세시간. 예린은 터덜터덜 언덕길을 내려왔다. 바삐 올라갈 때 팽팽하던 긴장 때문일 거였다. 그녀는 바람 빠진 풍선처럼 활기가 없다. 그런데도 그의 얼굴이 더 집요하게 머릿속을 헤집는다.

혹시, 그 여자가 그의 졸업작품의 모델이 된 건 아닌가! 예린은 이런저런 기다림 끝에 생각이 그에 멎자 심란했다. 아니, 울고 싶어진다. 그럴 수도 있지. 그는 조각을 하는 사람이 아닌가. 그녀는 미행자를 따돌리려는 사람처럼 서둘러 걷는다. 그러나 발자국을 옮길 때마다 그와 유진의 모습이 따라나선다. 어느새 체념 섞인 너그러움이 사라지고, 자신도 이해할 수 없을 만큼 심장이 마구 뛰었다.

그녀는 교문을 벗어났을 때 핸드폰을 집어들었다. 여전히 그의 핸드폰은 꺼져있다. 메시지를 남기려면 1번을 누르라는 말만 귓전을 울린다. 그녀는 귀에 댔던 핸드폰을 내려 물끄러미 바라보았다. 그때였다. 누군가 그녀 곁을 지나다 어깨를 툭, 건드렸다. 꺼져 있는 그의 핸드폰. 그는 작업에 집중하기 위해 특별한 날이 아니면 핸드폰을 켜놓지 않는다고 했다. 그때 그녀는 자기 일에 성실한 그의 일면을 보는 것 같아 믿음이 가기조차 했는데 지금은 다르다. 야속하다. 그가 유진과의 시간을 방해받지 않기 위해 꺼놓은 것만 같다.

"어떻게 된 거야, 예린이 너. 사람이 건드려도 모르고."

그녀가 핸드폰에 시선을 박고 있는데 누군가 그녀의 어깨를 세게 친다.

"어, 성진이구나."

예린은 놀라며 눈을 크게 떴다. 그 바람에 핸드폰이 땅에 떨어지고, 그녀는 급히 핸드폰을 집어든다. 오늘 왜 이럴까. 땅에 떨어지면서 분리된 밧데리를 끼워 넣었는데도 핸드폰이 먹통이다.

"여기서 이렇게 잡힐 거면서 아깐 왜 그렇게 도망치듯 가버렸냐?"

성진이 싱글거리며 그녀의 팔을 잡아끌었다. 훤칠한 키에 유연한 허리. 갈색으로 물 들인 그의 머리카락과 목에 걸린 금목걸이가 찰랑이며 유흥가 못지 않게 현란한 대학가 불빛을 끌어 모은다.

"착각하지 마. 너에게 잡히려고 여기에 온 게 아니니까."

그녀는 성진의 팔을 획 밀치며 웃었다.

"그런데 너야말로 어쩐 일이니. 지금쯤 룰라나, 라라나, 사랑고파를 데리고 호프집에나 락카페에 가 있어야 하는 거 아니니?"

"그래서 이렇게 서 있잖아. 너, 사랑하고 파, 하고 가려고."

"꿈도 꾸지 마. 내가 죽어도 대타는 사절이라는 걸 아직도 모르니?"

"대타? 대타라니. 넌 언제나 내 킹카고, 공주고, 님프야."

성진이 그 특유의 가벼운 미소를 지은 채 싱글거린다.

"그렇게 웃지 마. 그 미소에 속을 뻔한 걸 생각하면 지금도 소름이 다 끼친다."

예린은 이제 웃어 넘겨도 될 만큼 힘이 빠진 성진과의 추억을 떠올린다. 대학 생활을 막 시작할 무렵, 그녀는 서울이 낯선 평범함 여학생이었고, 성진은 뒷말이 똑똑 떨어지는 서울내기였다. 그는 늘 친절하고 유쾌했다. 함께 다니며 서울 지리도 알려주고 연극 구경도 같이 갔다. 하지만 드라이하고 청색이 느껴지는 그의 표정과 매너가 중학교 때 편지를 건넸던 그 아이를 상기시키는 데는 채 1년이 걸리지 않았다. 어느 날, 성진은 다른 여자애와 잤다고 말하면서도 똑같이 웃었던 것이다.

"그건 속은 게 아니고 네가 너무 과민하거나 고지식했던 거야. 이 바보야."

마주보고 있다 그녀가 먼저 몸을 돌리자 성진이 급히 그녀를 따라나섰다. 그녀는 그런 성진을 보고 그의 말이 사실이라는 것을 또 느낀다. 그걸 재주라 해야 하나, 아니면 축적된 경험의 힘이래야 옳은가. 성진은 몸과 마음을, 개체와 사회를 분리시키는 데 익숙하다. 그에게 섹스는 사랑이 아니라 단지 육체의 반응이다. 그래서 함께 잔 여자의 이름도 묻지 않은 적이 있다고 했다. 마음을 주고받지 않을 바에야 익명의 아이디만으로 충분하다는 것이다. 더구나 그는 인간이란 익명일 때만 사회가 요구하는 엄숙주의에서 벗어나 솔직하게 자신의 정체성을 나타낸다는 번개철학을 구축중이다.

"아무튼, 넌 괴물이야. 내가 과민하건 고지식하건."

그들은 어깨를 나란히 하고 걷기 시작했다. 마네, 프로랑스, 미네르바 등 거리를 메운 각종 카페에서 흘러나온 불빛이 그들의 다리를 타고 올라와 그들의 얼굴을 붉게 물들인다. 그는 지금쯤 작업실에서 나왔을까? 시시한 이야기도 재미있게 풀어내는 성진의 말재주도 오늘은 소용없다. 알아요? 나, 여기서 네 시간이나 기다린 거. 그녀의 빈 시선은 현관을 걸어나오는 민우의 환영에 사로잡힌다. 오늘 그 말을 그에게 꼭 했어야 했는데, 그래야 잠도 잘 올 것 같은데.

"뭐야. 너 지금 시험 공부 중이냐? 단어를 외우고 있어?"

성진이 걷다말고 그녀의 팔을 잡아끌었다.

"얘가 빠져도 아주 단단히 빠졌군. 바람을 맞고도 이러는 걸 보니."

"누가 바람을 맞았는데, 오늘 접속에 실패한 거는 너잖아."

그녀는 족집게처럼 자기 마음을 집어내는 성진의 말에 속마음을 다 숨기지 못하고 얼굴을 붉혔다.

"예린아, 그러지 말고 맥주나 한잔하자. 커피도 좋고. 우리 사이가 그 정도는 되잖아. 더 이상 은근히 밀어내며 사람 기죽이지 말고."

"네가 기가 죽어? 여자한테? 아주 대자보에 붙을 일이네."

예린은 좀 미안한 생각에 성진이 잡고 있는 팔을 빼지 않았다.

"모르겠다, 나도. 네가 그냥 여자가 아니라, 처어—녀 라서 그런 거 아닐까."

성진이 여러 가지 의미가 뒤섞인 눈으로 그녀를 쳐다봤다.

"야, 윤성진. 너 자꾸 그런 말 할래. 20미터쯤 떨어져!"

"알았어. 알았다고. 그럼 니체 아저씨의 말로 대신할까? 내게 없는 것은 모두 나의 신. 그렇지만 넌 내가 풀 수 없는 화두인 건 확실해."

성진이 팔을 휘두르며 몸을 뒤로 빼는 시늉을 했다.

"그건 그렇고 예린아. 정말 술이 고프다. 맥주 한 잔만 하자. 내가 쏠게."

성진이 조금 걷다 아쉬운 듯 다시 말했다.

"좋아. 그 대신 능청떨기 없기다."

저녁 여덟시 반, 집에 가기엔 어정쩡한 시간이다. 공부도 될 것 같지 않고 배도 고프다. 그녀는 좋은 곳이 있다며 오던 길을 거슬러 오르는 성진을 따라 나섰다. 그런데 한 30미터쯤 갔을까. 이번엔 환영이 아니었다. 혹시나 싶었는데, 민우다. 그가 함박웃음을 짓고 있는 유진과 어깨가 맞닿을 정도로 가깝게 붙어서 언덕길을 내려오고 있었다.

그 순간, 나는 왜 성진과 거리를 더 벌려야 한다고 생각했을까? 그들이 유지하고 걷던 거리보다 충분히 떨어져 있었는데…….

예린은 벌써 몇 번째, 조금 전 시간으로 되돌아가 얼굴을 달군다. 빈속에 찬 맥주가 스미고 있는데도 별반 맛을 느낄 수 없다. 왜 그렇게 얼뜬 계집애처럼 굴었는지. 그와 마주쳤을 때보다 오히려 돌아보는 지금이 훨씬 선명하다. 깜짝 놀라며 반가워하던 민우와 옆에서 그런 그를 가만히 지켜보던 유진, 그리고 자신과 그의 얼굴 사이를 빠르게 오가던 성진의 시선. 오직 흐릿하고 불분명한 건 그녀 자신이다. 그와 마주섰을 때, 가슴이 철렁 내려앉을 정도로 반가웠는데도 종잡을 수 없었다. 아마도 유진과 함께 있던 그가 너무 많이 기다리게 한 때문이었으리라. 안녕하세요, 우린 구면이죠. 처음 뵙겠습니다. 민우와 성진 사이, 유진과 그녀 사이에 의례적인 인사가 끝나길 기다렸다 민우가 유진에게 먼저 가야겠다는 양해를 구할 때, 그를 막아선 건 그녀였다. 아니에요. 민우 씨, 우린 어디에 좀 가던 길이었어요. 그리곤 먼저 자리를 떴던 것이다.

바보, 멍청이. 정예린, 너 그 정도로밖에 안 되는 애였니? 왜 당당하게 하고 싶은 말을 못한 거야? 그 여자가 너무 노숙해 보여서? 꼭, 술기운 때문만은 아니다. 예린은 목청껏 소리라도 지르고 싶은 심정이다. 어쨌든 유진과 성진이 서로에게 선약인 셈이고 그렇게 헤어지는 것이 당연한지 모른다. 하지만 그런 건 아무래도 좋았다. 문제는 성진과 먼저 돌아설 때 자신의 뒷모습을 따라잡던 그의 시선이다. 그녀는 시선만 생각하면 가슴이 따갑고 얼굴이 후끈거린다.

"예린이 너, 아까 왜 그랬냐? 왜 그렇게 못나게 굴렀어?"

성진이 그답지 않게 진지한 표정을 짓고 그녀를 쳐다보았다.

"못나게 굴긴, 너와 이렇게 맥주를 마시기로 되어있었잖아."

"그런, 뜬웃음으로 넘길 생각 말고 한번 시원하게 말 좀 해 봐라. 토우를 닮은 그 남자지? 집중력 강한 너의 시선을 그렇게 맹하게 만들어 놓은 사람이."

"웬 궁금증이야. 신경 끊어, 이미 지난 일이니까."

"말해봐."

"채팅고수의 제 1수칙, 먼저 말하지 않는 한 묻지 않는다."

그녀는 성진의 시선을 따돌리기 위해 맥주 잔을 들었다.

"넌 예외라고 했잖아."

"제 2수칙, 반복해서 묻는 건 금물이다."

"엇쭈."

"제 3수칙, 물어서 아는 건 채팅고수의 치욕 중 치욕이다."

"점점……."

"제 4수칙, 그러다 수신거부 당하면 영원한 쪽팔림만 남는다."

"그래, 그만 묻지. 고수의 자존심도 있으니까."

성진이 포기한 듯 진지한 표정을 풀고 싱겁게 웃었다.

"그보다 성진아, 우리 락카페에 갈까?"

잠시 이어지던 침묵 속에서 그녀가 잔을 다 비우고 말했다.

"싫다. 사양하겠어, 오늘은."

"왜?"

"너, 채팅고수의 최고 자존심이 뭔지 아니?"

"아니, 그건 아직 네가 알려주지 않았잖아."

"굶을지언정 대타자리는 거들떠보지 않는다고. 이, 맹꽁아!"

그래, 대타자리는 나도 싫지. 성진과 헤어져 집으로 오는 예린의 발걸음이 무척 무겁다. 골목 안 깊숙한 곳에서 웅크리고 있던 어둠이 따라나와 발목에 칭칭 감기는 것만 같다. 마음이 뭔가에 눌린 듯 무겁기 때문일까.

오늘 하루에 일어난 일이 무성영화처럼 지나간다. 잠자리에서 일어나 토우를 바라보던 순간부터, 그와 그렇게 헤어질 때까지. 그녀는 먹통이 되어버린 핸드폰을 또 본다. 액정 화면엔 당연히 아무런 메시지도 없다. 모르지, 집으로 한 열통쯤 왔을지도. 그녀는 이 엉뚱한 기대가 발걸음을 재촉하는데 또 한번 놀란다. 그녀는 문득 이런 자신이 낯설기조차 하다. 아무런 근거 없이 비대해진 자신감과 활기, 격렬한 감동과 행복에 대한 예감, 알 수 없는 불안과 떨림. 그를 향해 일직선으로 내닫는 마음 말고는 어느 것 하나 똑바른 게 없다. 무엇보다 복잡해졌다. 마치 자신 속에 또 다른 누군가가 긴 잠에서 깨어나 마구 속을 뒤집고 있는 것도 같다. 김민우, 그녀는 열쇠를 찾아들고 현관문을 열며 그의 모습을 또 떠올렸다.

"대체 어딜 그렇게 쏘다니니, 이 늦은 시간까지."

예린이 집안으로 막 들어서는데 잔뜩 부은 목소리가 그녀의 이마에 꽂혔다.

"엄마, 엄마 언제 왔어?"

그녀는 반갑게 웃으며 엄마를 맞았다.

"어서 들어오기나 해라."

그러나 그녀의 엄마는 냉기가 어린 표정을 조금도 풀지 않았다. 금방 매라도 들 것처럼 그 자리서 꼼짝 않고 탐색하듯 예린을 쳐다본다.

"올려면 미리 전화라도 주지 그랬어."

그래도 그녀는 사려 깊은 눈으로 엄마를 쳐다보았다.

"왜, 이렇게 흐트러진 모습을 감추고 싶어서?"

"흐트러진 모습요?"

"그럼 아니냐. 이 시간까지 술 마시고 다니는 모습이 흐트러진 게 아니고 뭐냐. 상이라도 받을 일이냐?"

"엄마."

예린은 또 엇갈리는구나 싶다. 이젠 다정하고 다감해도 될 모녀 사이. 문제는 이성적 판단이 아니라 오래된 감정의 뒤틀림이었다. 어려서부터 그녀가 기억하는 엄마는 냉정한 선생님이었다. 따듯하게 안아주기에 앞서 늘 지시만 내렸다. 학교에서 학생들에게 그렇게 하듯 이것도 잘해라, 저것도 잘

해라. 왜 이건 이 정도뿐이니. 시도 때도 없이 그녀를 닦달했다. 하지만 그런 닦달도 함께 살을 맞대고 살았다면 문제될 게 없었을지 모른다. 그녀가 말을 배우기 시작할 무렵부터 엄마는 할머니에게 살림을 맡기고 식구들과 따로 살았다. 발령을 받은 학교가 집에서 좀 멀다는 것이 엄마가 내세운 이유였다. 엄마가 자기 희생을 조금만 감수했더라도 충분히 출퇴근을 할 수 있는 거리지만 엄마는 반 독신생활을 선택했던 것이다. 그래서 그녀는 엄마가 그리우면서도 토요일만 되면 숙제를 안 해온 학생처럼 긴장했다. 엄마가 와도 멈칫거렸고, 그 긴장이 겨우 해소되기 시작하면 엄마는 다시 떠났다. 결국, 그녀는 함께 밥을 먹고, 서로 손을 잡고 다니고, 때때로 간식을 먹으며 텔레비전을 보고, 한 이불 속에서 어깨를 비비며 잘 때, 알게 모르게 커가는 정을 엄마와는 쌓을 수 없었다.

"알았어요, 엄마. 다음부터는 이런 일 없도록 할게요."

예린은 경직된 감정이 결국 엄마의 불행임을 느끼고 마음을 달랬다. 다 큰딸을 한번도 덥석, 안아주지 못하는 엄마의 마음도 그렇게 편할 리 없을 테니까.

"그런데 엄마, 혹시 내 전화 없었어?"

예린은 좀 망설이다 더 이상 궁금증을 참지 못하고 말했다.

"핸드폰으로 받는 전화와 유선으로 받는 전화가 따로 있냐?"

"그만해 엄마, 잘못했다고 했잖아."

"누구냐. 민우라는 사람이."

아, 그의 전화가 왔었구나. 예린은 더욱 냉담해지는 엄마의 표정을 살필 겨를도 없이 기분부터 좋아진다.

"누구냐니까?"

“좀 아는 사람이에요.”

“뭐하는 사람인데?”

“지금은 대학원생이고, 내년에 졸업해요.”

그녀는 의도적으로 그가 조각을 전공한다는 말을 하지 않았다. 그녀가 볼 때 엄마는 도덕선생으로서 실천은 없고 엄숙주의 명분만 고집하는 사람이었다. 예술가도 아니고 예술지망생이라니 안 된다, 그런 사람은. 엄마에게 말해봤자 그렇게 잘라 말할 것이 너무도 분명하다.

“집안은 좋으냐?”

“아직 그런 단계가 아냐. 엄마.”

“하는 짓이란. 도대체 넌 언제나 철이 들래. 이제 사람을 만나면 그런 것부터 따져 봐야 할 때도 되지 않았냐?”

“알았어. 기회를 봐서 소개해 줄게요.”

“아무튼, 밤에 전화하지 말라고 내가 따끔하게 일렀다.”

그녀가 그쯤에서 화제를 돌리려는데 그녀의 엄마가 다짐하듯 말했다.

“엄마, 뭐라고요?”

따끔하게 일렀다는 엄마의 말에 예린의 표정이 굳어졌다.

“말 그대로다. 밤에 다시는 전화하지 말라고 했다.”

“엄마!”

“그런데 얘가 왜이래? 눈을 동그랗게 뜨고!”

“엄만, 내가 아직도 엄마 앞에서 숙제를 안 해와 주눅이 든 학생처럼 보여요?”

보진 못했지만 엄마의 차가운 목소리에 당황했을 그를 생각하니 좀처럼 자제하기 힘들다. 예린은 표정을 일그러트리며 목청을 높였다.

"제발, 엄마 잣대로 모든 사람을 재려고 하지 마. 나도 그렇고 그 사람도 그렇고 어린애가 아냐. 아무 때나 전화를 할 수 있을 정도는 된단 말이야."

"너 정말 취해서 그런 거냐? 아니면, 그 사람이 나보다 더 중요하다는 거니? 난 네 엄마다. 그만한 자격은 있어."

"자격요?"

"그래."

"있겠죠. 나를 낳았으니. 그런데 힘들고 낮은 엄마의 자리는 마다하고, 편하고 높은 엄마의 자리만 요구하는 건 모순임을 엄마가 더 잘 알잖아요."

"뭐라고, 네가 지금 감히 엄마의 자격을 논하는 거냐?"

그녀의 엄마가 자기 분에 못이긴 듯 부들부들 떨었다. 책임을 다하지 못한 사람이 잘 보이는 자격지심이리라. 그녀는 그런 엄마의 모습을 대하자 갑자기 슬퍼진다. 이상하게 꼬이기만 하는 하루. 눈물이 솟구쳤다. 아무려면 엄마의 감정보다 그의 감정이 소중할까. 예린은 얼마간 흐느끼다 엄마와 화해를 했다.

*

그러나 다음날, 이른 새벽 예린을 잠자리에서 일으킨 것은 그였다. 눈을 뜨자마자 그녀는 그의 생각에 사로잡힌다. 영문도 모르고 상처를 받았을 그의 마음이 아프게 짚어지고, 그가 오해했을까봐 안타깝다. 유난히 여명의 푸른빛을 좋아한다는 그.

그녀는 잠옷차림으로 창가에 서서 밖을 내다보았다. 골목 안을 가득 메우고 있던 어둠이 흩어지기 시작하고, 조금씩 여명이 밝아오고 있었다. 며칠 전 그는 이메일로 아무도 손대지 않은 이 시간을 통째로 보내주고 싶다고 했다. 그리하여 여명의 밝은 빛으로 어둔 마음을 씻어내고 활기차게 하루를 시작하라고 했다. 지금 그 사람도 저 여명을 보고 있을까? 그러면서 심란했을 지난밤의 꿈을 말끔히 씻고 있을까? 다시, 마음이 상했을 그에게 미안하다. 시가 써질 것도 같은 심정이다.

이른 새벽 맨 처음 눈뜬 자리 / 동맥을 타고 흐르는 청색 그리움.

그녀는 눈길을 방안으로 돌렸다. 방안은 아직 어둡고 엄마는 벽을 향해 잠들어 있다. 엄마에 대한 미안한 마음은 이제 없다. 그녀는 방안을 서성이다 냉장고 문을 열고 물병을 꺼냈다. 빈 속에 차가운 물이 흘러들어도 가시지 않는 갈증. 아무래도 그에게 무슨 말이라도 해야 할 것 같았다. 그래야 마음이 진정될 것 같다. 미안해요. 정말. 그럴 맘은 조금도 없었는데 그랬어요. 가슴속에서 들끓던 말들이 목젖까지 차 오른다. 그녀는 소파 옆에 놓여 있는 전화기를 바라보다 불도 켜지 않은 채 컴퓨터를 켰다. 그리고 여명에 의지해서 메일을 쓰기 시작했다.

민우님, 민우님도 단지 한 사람 때문에 허둥대고, 가슴이 터질 듯하고, 울고 싶은 적이 있었나요. 정말 바보처럼, 지금 내가 그렇거든요. 이른 새벽조차 말이에요.

그 동안 그에게 감추고 있던 마음을 열자 메일은 단숨에 쓰여진다. 한 줄, 두 줄, 세 줄, 네 줄……. 미처 커서가 깜빡거릴 틈도 없다. 여명이 이끌고 있는 아침햇살처럼 그녀의 마음이 빠르고 힘차게 그를 향했다. 하지만 가슴엔 무언가가 더욱 차 오른다. 그의 눈빛, 그의 손길, 그의 목소리, 하다 못해 그

의 침묵까지 숨결을 막아서는 것 같다. 그녀는 메일을 다 쓴 다음, 읽어보지
도 않고 보내기 버튼을 눌렀다.

　　받는이 : 김민우
　　보낸이 : 정예린
　　메일에 기록된 보낸 시간은 6월 21일 06시 10분 29초였다.

　　그런데 그녀가 보내기 버튼 누를 때 들여 마신 숨을 채 뱉기도 전이었다.
한 통의 메일이 날아왔다. 아, 그 순간 그녀는 그 메일을 예감하고 있었던가.
새편지 1통, 그녀는 메일을 보지도 않고 그 메일이 민우가 보낸 것임을 안
다.

　　보낸이 : 김민우
　　받는이 : 정예린,
　　보낸 시간 06시 10분 36초.

　　정확히 7초 차이었다. 그들은 같은 시간에 서로를 향해 메일을 쓰고 거의
동시에 보낸 것이었다. 마치 같은 주파수에 동시에 반응하는 로봇 같았다.
그녀는 거짓말 같은 이 우연에 어떤 운명이 느껴져 한동안 메일을 읽지도
못했다.

　　제목 : 시간을 정하지 않고 기다릴렵니다.
　　사위는 고요하고, 오직 예린님을 향한 내 마음만 깨어있습니다.

민우의 메일은 다다와는 달리 완전한 문장으로 시작되고 있었다.

예린님에게 이미 말했듯 나는 여명의 푸른빛을 무척 좋아합니다. 혼돈과 무질서가 새롭게 정렬되는 힘이 느껴져서요. 그래서 새벽은 늘 밖에서 맞는데 오늘은 그 일을 멈춰야 했습니다. 예린님께 무슨 말이든 하지 않으면 아무것도 할 수 없었기 때문에요.

아, 그도 나와 똑같은 심정이었구나. 그녀는 메일을 위로 밀어 올리기 위해 마우스를 움직이다 짧게 숨을 토했다. 동시에 주고받은 메일의 감동이 조금 가셨을 때, 혹시 그의 감정이 자신과 다를 수도 있다는 생각을 불현듯 했었던 것이다. 다시 메일을 읽어 내려가는 그녀의 눈빛이 살고 손동작이 기민해진다.

그런데도 무슨 말을 어떻게 해야 할지 모르겠군요. 갑자기 모든 생각이 달아난 것 같기도 하고, 멍청해진 기분이 들기도 합니다. 그렇지만 이는 나에게 무척 큰 의미가 있는 일입니다. 몇 년 전, 내가 조각가의 길을 끝내 가겠다면 영원히 수도원에서 나오지 않겠다는 어머니를 잡지 않고 그 길을 선택하면서 다짐했던 결심을 허문 것이기 때문입니다. 이제 다시는 사람을 내 안에 들이지 않고 그 대신 돌을 끌어안고 살겠다는 그 다짐요.
나는 예술가의 길이 곁에 있는 사람에게 무한히 큰 고통을 지속적으로 요구하는지 알고 있고, 또 조금은 경험했다고 생각합니다. 그리고 그 길의 험난함도 압니다. 마티즈의 화려한 색상과 경쾌함이 엄청난 고뇌의 산물이고, 로댕의 심미안이 오랜 동안 어둡고 그늘진 시간을 눈물로 견딘 상처의 발광이라는 것을 느끼니까요. 더구나 대다수의 예술가가 이름 한 번 불리지 못하고 사라진다는 냉엄한 현실이 두려워 떨었던 적도 있습니다. 그래서 나는 그런 결심을 했던 것이고, 또 강화하지 않을 수 없었던 겁니다.

하지만 그 결심은 이제 아무런 의미가 없게 되었습니다. 내 안에 어떤 사람도 들이지 않겠다던 결심을 허물고 예린님을 향해 문을 연 때문에요.

그러나 변명이 아주 없는 것은 아닙니다. 예린님은, 예린님을 향한 내 마음은, 내 자아가 파악할 수 있는 한계를 넘어선다는 느낌이었으니까요. 예, 그래요, 그랬습니다. 이제껏 내가 배우고 보고 생각해서 쌓은 자아로는 도무지 해석할 수 없었거든요. 애초부터 예린 씨는 내 안에서 이미 존재했었기 때문에 아무리 마음의 문을 닫아도 소용이 없다는 것을 어렴풋이 깨닫기도 했고요. 지금, 예린님이 내 안에서 이렇게 살아 움직이는 것처럼요.

예린님, 미술관 앞에서 시간을 정하지 않고 기다리겠습니다.
　　　　　　　　　　　　　　　　　　　　　　　　　—민우

어느새 여명이 걷히고 우윳빛 햇살이 예린의 이마를 스치고 있었다. 그녀는 그의 메일을 읽고 또 읽었다. 그의 그리움이 있고, 이끌림이 있고, 고뇌와 번민의 흔적이 묻어있는 메일. 그녀는 갑자기 그가 가깝게, 너무나 가깝게 느껴졌다. 마치 자신의 가슴속에 있는 것 같았다. 아, 민우 씨, 그녀는 본능적으로 그 느낌의 정체를 알아차린다. 관능적이고 직접적인 그의 손을, 널찍한 가슴을, 그의 메마른 입술을 간절히 원하는 거였다.

때마침, 엄마가 침대에서 몸을 일으키고 있었지만 그녀는 개의치 않았다. 외출 준비를 서둘렀다. 그리고 심장의 맥동을 타고 온몸에 울려 퍼지는 그의 목소리를 따라 달려나갔다.

*

그날, 그들은 첫키스를 했다. 짧고도 긴 키스. 순간에서 아득한 영원을 느끼며, 마치 브랑쿠시의 유명한 조각 '키스' 속의 연인들처럼 둘이는 그렇게 떨어질 줄 모르고 서 있었다.

석순(石筍) ## 생애 마지막 날 오전 1

그 기억 돌처럼 단단합니다.
그대 향한 그리움 굳어진 자리
누구도 그 기억 깰 수 없습니다.
무엇도 그 흐름 막지 못합니다.
동굴 안 깜깜한 어둠 속
홀로 깨어 똑, 똑, 흐르는 눈물.
말간 영혼의 눈물로 자랐습니다.
백만 년에 한 마디씩
그댈 향해 조금씩 자랐습니다.
끝내는 그대 품에 닿기 위해
끝내는 그대와 한 몸 되기 위해.

— 〈정예린 유고시집〉에서

오전 여덟시 반,

숲 속 깊은 곳까지 여명이 가시고 아침이 밝았다. 조잘조잘, 깃에 묻어 있는 찬 이슬을 털며 지저귀던 산새들도 하나 둘 자리를 뜨고, 새날을 시작하는 분주한 햇살이 창가에 그득하다.

첫키스의 추억에 싸여 한동안 창문에 걸린 풍경을 바라보던 그도 몸을 움직이기 시작한다. 어제 대충 정리를 끝냈지만 그래도 할 일이 많이 남아 있었다. 예린의 일기장이며, 시집, 그리고 예린의 초상과 토우 등 산으로 가지고 갈 물건도 챙겨야 하고, 언제 이 집에서 사람이 들어와 살지 모르지만 전기, 수도, 가스 등도 어떻게 해야 했다.

그는 뜰에 있는 조각들도 마지막으로 닦을 생각이다. 예린이 그렇게 떠난 뒤, 한번도 닦지 않아 먼지와 때에 찌들었지만, 그가 집으로 돌아 왔을 때 모든 조각품들은 윤이 났었다. 마치 작업을 막 끝냈을 때와 같았다. 그녀가 매일 닦고, 어루만지고, 쓰다듬은 덕이었다.

그는 일을 시작하려다 커피를 끓였다. 이 집을 떠나기 전까지 그는 일상을 깨고 싶지 않다. 가스 불을 켜고, 냉장고 문을 열고, 토스트를 굽는 모든 동작들 하나하나에 추억이 배어 있다.

내가 어리석었어. 이런 일들의 소중함을 이제야 깨닫다니.

그는 얼마 남지 않은 식빵 봉지에서 빵 한쪽을 꺼내 커피에 적셨다. 빵에 부드럽게 스미는 커피와 향긋한 커피 향. 그는 빵 한 입을 베어 물다 문득, 몇 해 전 지독히 가난했던 데이트를 떠올린다. 그때 그들은 그의 졸업작품을 위한 고급 대리석을 사느라 돈이 없었다. 그래서 일부러 커피와 함께 과자나 식빵을 내주는 카페를 찾아 다녔다. 가난은 서서히 그들에게 낭만이 아니라 무거운 짐으로 다가오고 있었지만 그래도 그들은 마냥 행복했다. 그는 그녀를 사랑했고 그녀는 그를 믿었으므로…….

그는 예린이 수없이 내다보았을 창문 너머를 다시 바라본다. 앞뜰 중앙에 서 있는 조각상 하나. 그가 예린을 모델로 해서 처음으로 대리석에 조각한 여인상이었다.

아, 그때 그녀는 얼마나 아름답고 신비로웠던가.

그는 몇 년 전 일을 어제 일처럼 생생하게 떠올리기 시작했다. 처음으로 알몸을 드러내며 수줍게 웃던 그녀의 모습, 격정을 누르느라 더욱 조용해진 숨소리. 그리고 하얀 천 위에 그녀를 뉘였을 때 창문 가득 쏟아지던 첫 눈송이 등.

졸업작품

"뭐야, 토우가 하나 더 늘었네."

1학기 종강 파티를 하고 예린이 친구들과 집에 왔을 때였다. 교사 임용고시를 함께 준비해 온 진희가 현관을 들어서자마자 책상 위에 놓인 토우 앞으로 달려들었다.

"먼저 토우가 외로울 것 같아서 하나를 더 구했어."

물론, 자신이 그렇게 놓은 것이지만 예린은 책상 위에서 마주 바라보고 있는 토우가 무척 좋아 보인다. 마치 둘이서 기나긴 옛 이야기를 나누고 있는 것도 같고, 밀어를 속삭이는 것도 같다.

"얘, 예린아. 이거 나에게 줄 수 없니? 처음엔 그저 흙덩어리 같더니 저렇게 쌍으로 있으니까 괜찮아 보이는데."

"얘는, 달랠 걸 달래야지, 너 이 토우를 얘가 얼마나 아끼는지 아직도 모르니? 봐라, 지금. 네가 놓치기라도 할까봐 벌벌 떠는 꼴을."

뒤따라온 또 한 친구가 진희에게 눈치를 주었다.

"그럼, 예린이 네가 구해줘라. 이것과 똑같은 것으로."

진희가 토우를 제자리에 놓으며 예린을 쳐다보았다.

"넌, 어린애도 아니면서 왜 그래. 네가 언제부터 토우에게 관심을 가졌다고. 그보다 어서 내놔봐. 네가 맡은 과목의 출제경향 분석서!"

예린은 그 정도에서 화제를 돌리려고 적당히 얼버무렸다.

"아냐, 정말이야. 번거로우면 어디서 구한 건지만 알려 줘라. 그럼 내가 집적 구해볼 테니."

진희는 정말 토우가 갖고 싶은 듯 예린을 따라 붙었다.

"현대미술관에서 구했다. 왜, 됐니?"

"정말?"

"그렇다니까. 그러니 너도 한번 시도해 봐."

예린은 사실을 농담처럼 웃으며 말했다. 그러자 진희는 그녀의 말이 믿기지 않는 눈치였고, 그녀는 진희의 시선을 피할 겸 토우의 자리를 다시 잡아 준다. 꼭 하려 들면 못할 이야기도 아니지만 그녀는 그렇게 하고 싶지 않았다. 첫키스를 하던 그 날, 전시실 안으로 성큼 걸어 들어가 토우를 꺼내 오던 그. 무엇보다 그와 있었던 일들이 친구들 입에서 가벼운 화젯거리로 떠다니는 것이 싫었다. 얘, 원래 예술을 하는 사람들은 그렇게 이상한 짓을 한다더라. 아마도 그 이야기를 들려주면 애들은 그런 반응을 보이리라. 속된 호기심을 덧붙여서 말이다.

"아무튼, 너, 이 토우가 없어지면 내가 가져간 줄 알아."

진희가 더 이상 묻지 않고 토우에서 눈길을 뗐다. 그리곤 가방에서 교사 임용고시 출제경향 분석서를 꺼내 탁자 위에 펼쳐 놓았다. 그들은 그것을 신호로 머리를 서로 맞댔다. 가끔 과자를 먹거나 커피를 타서 마시며 공부를 하기 시작했다. 그들에겐 최종시험일 교사 임용고시 준비다. 이제 그들의 인생 행로가 거의 정해진 것과 마찬가지였다. 전년도 선배들의 합격률을 비교해 볼 때 실패할 일이 거의 없는 만큼 특별한 일이 없는 한 그들은 중학교 교단에 서게 될 것이고, 여드름이 나기 시작하는 아이들과 분필가루에 싸여 긴 세월을 보낼 것이었다.

"아, 이 지겨운 시험. 이것만 끝나면 더 이상 시험은 없겠지."

한참 만에 진희가 기지개를 길게 펴며 푸념을 늘어놓았다.

"그건 아니야. 이게 시작이야. 엄마, 아빠를 보니까 허구한 날 시험이더라. 무슨무슨 연수에다 교감, 교장 자격시험까지."

예린이 웃으며 진희의 말을 받았다.

"역시 넌 천상 선생님이다. 벌써 그런 것까지 생각하는 걸 보면."

하지만 정말 그럴까. 예린은 진희의 말에 별다른 반응 없이 웃기만 했다. 만약 몇 달 전에 진희가 그렇게 말했다면 그녀는 고개를 끄덕였을 거였다. 그 때 그녀는 자기 앞길이 선명해 보였으니까. 과도, 실도 적은 선생이라는 직업. 그러나 그를 만난 뒤부터 변했다. 평교사, 주임교사, 교감, 교장 등, 교직처럼 앞길이 평탄하고 선명하게 그려질 리 없는 예술가의 삶을 그녀는 자기의 삶과 제외시킬 수 없다. 진희같이 연애 따로 결혼 따로라는 생각을 품고 있지 않는 한, 그의 삶이 자신의 삶을 송두리째 흡수하고 말 것임을 그녀는 예감하고 있었다. 마치 심장을 빨아드릴 것 같은 강렬한 그의 키스가 정신을 모두 빼앗아갔던 것처럼.

아, 그는 지금 무얼 하고 있을까.

친구들을 보내고 좀 한가해지자 눈앞이 온통 그의 모습이다. 이제, 예린은 그녀 자신을 한시도 그와 분리할 수 없다. 그날, 그녀가 미술관 앞뜰에 도착하자 망설임이나 주위의 눈치를 보지 않고 힘껏 껴안던 그와 오직 안아줘야만 잠잠해지는 숨결을 처음으로 느끼고, 떨며, 불안해 하고, 울음이라도 터트릴 것 같던 그녀 자신. 키스를 예감하고 조도가 낮은 특별 전시실에 들어섰을 때 그녀는 이미 자신이 이 세상 사람이 아닌 것처럼 여겨졌다. '방황하는 혹성들 속의 토우'를 전시해 놓은 특별 전시실, 감히 그런 공개적인 장소에서 키스를 할 생각을 하다니. 그녀는 그 순간 어디선가 푸른빛을 타고 날아온 외계인이었으며 외계인답게 이 세상의 규범을 자연스럽게 잊었다. 오직, 요동치는 그의 심장과 심장을 맞대고 감긴 눈 위로 길고 길게 늘어지는 시간의 이완을 느꼈을 뿐이다. 그러고 나서 그에게 토우 하나를 더 받았던 것이다. 나는 너를 위해 무슨 짓이라도 할 수 있다는 진지하고도 열정적인 그의 눈빛과 함께.

　그날 이후 민우는 새벽같이 일어났다. 그녀를 그리는데 한치의 밝은 빛도 허비하고 싶지 않았기 때문이었다.

　오늘도 그는 일찍 학교 작업실에 나와 구상에 몰두하는 중이다. 벌써 드로잉을 하기 위해 버려진 파지가 수십 장이 넘었다. 데스피오의 '에바'를 뚫어질 듯 보고 있는 그의 옆에 파지가 수북하게 쌓여 있다. 불상처럼 정면을 바라보는 모습, 밀로의 비너스처럼 어깨를 조금 틀어 균형을 파괴하면서 또 다른 균형을 나타내려 했던 모습, 단 몇 줄의 선을 긋다 구겨버린 것 등.

　아냐. 이것도…… 이 모습도 달라. 그는 '에바'에서 시선을 떼고 곁에 놓아두었던 화집을 다시 들춘다. 마이욜의 작품, '일드 프랑스'의 사진을 보기 위해서다. 이내 그의 시선은 아름답게 흐리는 여인의 윤곽선과 의젓한 자세, 당당하고 박진감 넘치는 167센티미터의 여인상에 끌리듯 머물렀다.

　그는 이 두 조각상의 이미지를 합쳐 예린을 표현하고 싶다. 내면을 향해 조용히 숨을 쉬며 고요하고 부드러운 분위기를 자아내는 에바와 금방이라도 움직일 것 같은 율동감이 느껴지는 일드 프랑스의 상반된 이미지를 섞어서. 그건 그가 그녀를 과대하게 포장하려는 것은 아니었다. 실제로 예린은 그렇게 미묘한 이미지를 지니고 있었고, 그는 자기 손으로 그를 표현하고 싶은 것이었다. 아, 이게 내 한계인가? 그런 건가? 그는 자리에서 일어나 주머니를 뒤적인다. 담배가 어디 있었지? 기억만으로 그녀의 이미지를 잡아내는 게 쉽지 않다. 머릿속에선 분명하게 그려지는데 연필을 잡으면 이내 연기처럼 흩어진다. 그녀의 이미지가 하나로 모아지지 않고 시각에 따라 조금씩 달리 보이던 여러 개의 형상으로 분산되는 탓이리라.

그는 장초를 그냥 버리고 다시 의자에 앉았다. 눈을 감고 예린을 상상한다. 빛을 끌어 모으고 있는 듯 깨끗한 이마, 첫키스 뒤 숙였던 고개, 웃을 때 세로로 두 가닥쯤 주름이 잡히는 콧날 등, 모든 게 너무 선명하다. 그렇지만 양감을 느낄 수 없었다. 사진처럼 평면에 가깝게 보일 뿐, 삼차원의 형상으로 그려지지가 않는다. 그는 좀더 입체적으로 그녀를 떠올리기 위해 노력했지만 소용없었다. 그녀를 보고싶은 마음만 더해진다.

"그건 아직 자네가 부족한 탓이야. 평범한 사람이라면 그렇게 기억해도 되지만 조각가는 달라야지. 증명사진을 놓고도 양감을 되살려 완벽한 형상으로 볼 수 있어야 한다고."

민우는 문득 작년 가을 산행에서 우연히 만났던 불상 조각가의 말을 떠올린다. 아, 그의 말이 그런 의미였나? 민우는 혹시 그 사람이 자기 아버지와 연결된 사람이 아닌가 싶었기에 아직도 기억에 생생히 남아있다.

그는 시간이 나면 불상이나 장승 등 오래된 조각상을 보러 다니곤 했는데, 서산에 있는 마애삼존불상을 보고 막 언덕을 내려오던 때였다. 로댕의 발자크상처럼 성난 듯 돋은 머리카락을 붉은 헝겊으로 묶고, 한복을 입고 있어 언뜻 조선시대 사람 같아 보이는 사람이었다. 그 사람은 그에게 대뜸 조각하는 학생이 아니냐며 말을 걸었고, 몇 마디를 나누지 않아 뭔가 서로 통한다고 느껴져 대화가 시작되었다.

"산에 오래 있다보니 사람이 그리워 말을 건 거긴 하네만, 기왕 시작한 거니 모든 것을 말해 주지. 아직도 강인규 교수는 잘 있나?"

다시 불상이 있는 곳에 올라 그가 미처 놓친 것들을 말해 주던 그 사람이 그에게 문득 말했다.

"선생님이 어떻게 제 지도교수님의 이름을 ……?"

민우가 놀라 되물었다. 그는 그 사람이 정규교육을 받지 않고 전통적인 도제 식으로 조각기술을 익힌 줄 알았던 것이다. 최유영, 자칭 조각쟁이라고 자신을 소개한 그는 알고 보니 그의 대선배였다. 지금 학교에 남아있는 강 교수와 동기로 몇 해 전까지만 해도 그의 학교에서 전설처럼 떠돌던 사람이었다. 조각에 천부적인 재능을 가지고도 국전 등 공모전에 단 한 번도 입상을 못했던 불운의 조각가. 돈과 인맥에 좌우되는 공모전을 거부했을 뿐 아니라, 그 비리를 폭로한 결과였다.

"그 분을 삭히는 데 한 십 년 걸렸지. 괜한 일로 세월을 허비한 셈이야. 그러나 돌아보니 그들의 탓만은 아니었네. 나 역시 그런 사람들에 의해 부풀려진 찬사에 우쭐댔던 게 사실이거든. '나에겐 영감은 없고 오직 작업이 있다.'는 로댕의 말을 이해한다고 생각했지만 이제야 겨우 그 말을 알아들을 수 있으니까."

그러면서 그는 그에게 또 한 사람에 대해 말했다. 지금도 자신이 그분 앞에서는 무릎을 꿇는다며 조각의 신선이라고도 했고, 또 손가락 끝에 기를 모아 돌을 조각을 한다는 믿기 어려운 말도 했다.

"직접 보지 않으면 믿기 어렵겠지만 사실이네. 깜깜한 그믐날 밤 손의 감각만으로 불상에 정확히 점안을 하는 것을 나는 보았으니까."

"그런데 그런 분이 왜 세상에 드러나지 않는 거죠?"

민우는 그의 말이 아무래도 믿기 힘들어 되물었다.

"이미 그런 것들이 무의미해진 경지에 이른 거지. 그분에 있어 삶이 곧 조각이고 조각이 곧 삶이니까. 모든 명예란 그 명예를 안겨 준 일과 조금이라도 분리되었을 때 의미가 있는 것이지. 하지만 그 자체와 하나가 되면 어떤 의미가 있겠나. 함께 소멸되는 것이 가장 큰 명예지."

그는 선문답처럼 이해가 될듯 말듯 한 말을 끝으로 자리를 털었다. 그리곤 자네의 눈빛이 마음에 든다며 마지막 말을 덧붙였다.

"무엇보다 자넨 기억되는 모든 이미지를 선명하게 입체화할 수 있는 힘을 길러야 할 걸세. 그러면 모델 없이도 초상조각을 할 수 있고, 구상과 추상을 마음대로 넘나들 수 있을 거네."

이미지를 입체로 볼 수 있는 힘을 길러라! 민우는 다시 자리를 잡고 그의 말을 되뇌었다. 그러다 보니 그가 무얼 말한 것인지 알 것도 같다. 평면과 입체의 중간쯤에 머물러 있는 이미지를 바로 눈앞에 있는 조각상처럼 선명한 입체로 기억해 내라는 것이리라. 하지만 어렵다. 아니, 불가능한 일처럼 여겨진다. 어떻게 기억 속의 이미지가 현상처럼 보일 수 있단 말인가.

벌써 날이 저물어 가고 있었다. 방학인 탓도 있지만 교정은 놀랄 만큼 고요하다. 커다란 나무 밑이나 건물 뒤에 어둠이 조금씩 쌓이고 있다. 그는 팔짱을 끼고 밖을 바라보다 의자에 앉았다가는 다시 일어난다. 예린의 이미지를 형상화해서 졸업작품을 하기로 마음 먹은 지 한 달 반. 처음엔 석고를 뜨거나 점토작업 등은 생각도 안 했다. 모델링 없이 기억만으로 모든 작업을 할 수 있을 것 같았다. 직접 대리석에 조각하여 두 달이면 작품을 끝낼 수 있으리라고 예상했다. 그랬던 것이 아직 제대로 된 드로잉 한 장 내 놓지 못하고 있는 것이다.

아무래도 이 작품은 모델의 도움이 필요한 건가.

어름어름, 땅거미가 내리는 운동장을 바라보던 그는 갑자기 복잡해진다. 그렇게 되면 무엇보다 별도의 작업실이 필요한 것이다. 개인 모델을 학교 작업실에서 세울 순 없는 노릇이다. 거기다 모델도 문제였다. 그는 맨 먼저 예린을 떠올렸지만 왠지 그녀를 모델로 쓰고 싶지 않다. 그녀를 그리는 것임에도 하나의 도구로 쓰는 것 같은 생각이 들었고, 그러면 마치 사랑이 희석되는 것 같아 그녀를 제일 먼저 제외시킨다. 그래서 그는 그녀에게 그녀를 모델로 졸업작품을 하고 있다는 말도 하지 않았다. 작품이 완성되면 보여줄 생각이었다.

유진 선배에게 부탁해 볼까.

아무튼, 더 이상 미룰 일이 아니지 싶다. 유진 선배를 쓰든 직업 모델을 구하든, 그는 집에 가서 좀더 생각해 보기로 하고 작업실을 정리했다. 파지를 모아 휴지통에 넣고 화집을 책꽂이에 꽂았다. 이미지를 입체로 볼 수 있는 힘을 길러라. 그는 에바를 원래 자리로 옮기다 또 그 생각을 한다. 그러면 예린을 이 조각처럼 더욱 선명하게 느낄 수 있을 텐데.

"삐이, 삐이, 삐이."

그때 작업실 한쪽에 걸려있는 인터폰이 울렸다. 그는 예린에게 몰두했기 때문에 세 번째 발신음이 울릴 때 그를 알아차린다. 지도 교수였다. 오랜 동안 가성으로 쌓은 권위적인 목소리가 이젠 진짜로 묵직해져 수화기에서 흘러나왔다.

"예, 알겠습니다. 곧 올라가서 뵙겠습니다, 교수님."

그는 수화기를 내려놓고 교수실로 향했다. 무슨 일이지. 학생지도를 위해

방학에 학교로 나올 그는 아니었다. 미술계, 특히 조각계의 실력자 강인규 교수. 그는 언제나 바빴다. 학교에 있어도 좀체 만나기 힘들었다. 그러나 그는 작업으로 바쁜 게 아니고 술자리 때문에 바빴다. 언론사 사주, 문화부장, 건축사무소 소장, 문화부 미술국장, 건설회사 회장 등이 그의 주요 파트너다. 건축법에 명시되어 있는 건축 조각의 주문을 따기 위해서다. 그래서 그의 작품이 — 실은 이름만 건 거지만 — 이 땅의 내노라 하는 빌딩 앞에 수두룩하다. 자연 그의 술좌석은 언론과 인맥을 거머쥘 수 있게 해주었고, 재벌급 수준의 부를 향유하는 발판으로 작용했다.

"김 군, 졸업작품 구상은 끝났나?"

그가 미대 학장실로 들어갔을 때 강 교수는 뭔가를 보고 있었다.

"아직 끝내지 못했습니다. 교수님."

"이번엔 대작을 낼 모양이지. 자네가 그렇게 고심하는 걸 보면."

강 교수가 그를 보고 부드럽게 웃었다. 사람을 끌기 위한 관성의 웃음이라 해도 그 웃음 한 곁엔 뛰어난 제자를 대하는 기쁨이 있다. 그래, 이 놈 정도면, 하는 대견함이 강 교수의 눈빛에 섞여 있다.

"어디 들어볼까?"

강 교수가 보고 있던 문서를 든 채 맞은편 소파를 가리켰다.

"예, 교수님."

민우가 허리를 약간 숙이고 소파에 앉았다.

"음, 초상조각에 가까운 여인상이라……."

민우의 말을 조금 듣더니 강 교수가 천천히 고개를 끄떡였다.

"자네가 아직 학생 신분이니까 초상조각도 괜찮겠지."

뭔가 할 말이 있거나 다른 데 관심이 있구나. 민우는 말을 길게 늘이는 강 교수를 보고 그렇게 느낀다. 이제껏 강 교수가 학생작품의 구상 단계에서부터 신경을 쓴 적이 없었다. 작품이 다 끝났을 때, '음, 됐군' 하는 정도가 그가 보인 최대의 관심이었다.

"현대조각이 인체를 떠났다고 하지만 자네는 충분히 그를 극복하고 좋은 작품을 낼 수 있는 재능이 있으니까."

"과찬이십니다. 교수님."

"아냐, 아냐. 자네 듣기 좋으라고 하는 말이 아닐세."

강 교수가 표정을 활짝 펴며 너털웃음을 지었다.

"그런데 김 군!"

"예, 교수님."

"그 작품을 뒤로 좀 미루지."

"예?"

안 됩니다. 그건. 민우는 반사적으로 튀어나오는 말을 간신히 목젖 너머로 삼켰다.

"왜, 곤란한가?"

민우는 대답하는 대신 침묵을 지켰다.

"공모전도 함께 준비한 거라면 내가 충분히 고려하겠네."

강 교수가 그와 눈길을 마주치며 말했다. 국전에서 영향력을 행사해 주겠다는 강 교수의 갑작스런 호의…… 뭘까? 그것이. 강 교수가 그렇게 하면서까지 바꾸고 싶어하는 그것이. 민우는 짐작조차 할 수 없었다.

"다른 뜻이 있는 게 아니네. 몇 주 후에 발주될 국립박물관 기념비 건립 프로젝트에 구상 단계부터 자네를 참여시키고 싶어서 그래. 발주 자체가 백 년에 하나 나올까 말까 할 만큼 귀한 거고, 더구나 커미션만도 수십억에 달하는 아주 큰놈이야."

강 교수는 이미 그 프로젝트를 딴 것처럼 기뻐했다. 아마도 그는 그 프로젝트로 40년 조각인생을 마무리지으려는 듯싶었다. 그와 관련된 문서를 보는 그의 눈길엔 탐욕과 열정이 뚝뚝 흐르고 있었다.

"김 군, 생각해 보게. 아마 자네에게도 쉽게 오지 않을 기회일 걸세."

"예, 교수님. 생각해 보겠습니다."

민우는 고개를 깊게 숙이고 강 교수 방을 나왔다. '건방진 녀석. 생각해 보겠다니.' 그는 강 교수가 혀를 차는 소리가 들리는 듯해 마음이 무거웠다. 기념비적인 작품에 햇병아리인 그를 끼워준다는 것은 강 교수 입장에서는 백 배, 천 배 절을 받아도 시원치 않을 일이 아닌가. 실력자 앞에선 자기 생각이 없어야 하는 것이다. 오직, 힘만이 정의고 덕이었다. 아닌 것 같지만 예술계 역시 그랬다. 아니, 특히 심했다. 그렇지 않으면 작품을 발표할 기회는 고사하고 생존을 위협받게 되어 있었다.

"미쳤니. 민우, 너. 그 프로젝트가 얼마나 근사한 건지 몰라서 그래? 말 그대로 기념비적인 프로젝트야."

프로랑스, 분당 신도시 빌라 촌에 새로 생긴 최고급 레스토랑이다. 그곳에서 민우와 디저트로 마실 붉은 포도주를 사이에 두고 마주 앉은 유진이 눈을 동그랗게 떴다. 입에 댔던 술잔을 도로 내려놓은 뒤였다.

"이유가 뭐니? 그런 천우의 기회를 마다하는 이유가 뭐냐고?"

"말했잖아요. 작업중인 작품이 있었다고."

"단지 그게 이유야?"

유진이 어이가 없다는 듯 실소를 터트렸다.

“선배, 너무 그러지 말아요. 나도 힘들었어요.”

민우는 며칠 간 오락가락하던 마음을 정리하자 오히려 홀가분해져서 차분하게 말했다.

“그렇겠지. 그러나 이 문제는 그리 간단하지가 않아. 네가 학부학생만 돼도 그냥 넘어가겠는데, 아니다 이건. 어차피 넌 강 교수의 제자야. 그런데 그분이 그렇게 심혈을 기울이고 있는 대작에 참여하길 거부한다는 것은 자살 행위와 마찬가지라고. 그러고도 네가 이 땅에서 조각가로 살아남을 것 같니? 강 교수님이 십 년은 건재할 텐데.”

“선배님, 그렇게 확대 해석할 것까진 없잖아요. 나는 단지 지금 하고 있는 작품이 있고, 그것을 우선 마치고 싶은 것뿐이에요.”

“이런, 맹추. 이렇게 뭘 몰라. 확대 해석이 아니라 현실을 말하는 거야. 강 교수님이 작품의 구상 단계부터 왜 널 참여시키려 했겠니. 우선 네 재능을 고려한 거겠지만 널 키우겠다는 뜻이 담긴 거야. 더구나 커미션을 받고 따낸 작품을 너에게 맡겨 그 돈으로 네가 학업을 계속하게 한 것도 교수님이야. 그런데 네가 거절해 봐라, 기분이 어떻겠나. 교수님의 입장에서 보면 그건 거절이 아니라 배반이야, 배반!”

“알고 있어요. 선배. 교수님의 의도도 알고, 내가 교수님께 은혜를 입었다는 것도. 하지만 교수님 작품을 대신 맡아 하면서 꼭 좋았던 것만은 아니었어요. 비록 교수님이지만 다른 사람의 이름으로 작품을 한다는 사실이 견딜 수 없는 비참함을 몰고 왔던 적도 많아요.”

“물론 그랬겠지. 하지만 민우야, 그건 어쩔 수 없는 현실이고 또 배움의 한 단계라고 할 수 있어. 누구나 성공한 사람은 그런 과정을 겪어야 되는 것이기도 하고, 그러니 지금이라도 결심을 바꿔. 네가 구상중인 작업은 좀 미

루면 되는 일이잖아. 아니면, 이 프로젝트를 하면서 시간이 남으면 틈틈이
할 수도 있고."

"아니오. 그럴 순 없어요. 선배 말은 고마운데 그 프로젝트를 틈틈이 도울
순 있어도 내 작품을 미룰 순 없다고요."

그는 단호하고 매정하게 잘라 말했다.

"아, 이렇게 꽉 막혀서야, 어디."

유진이 잔을 들어 남아 있는 술을 단숨에 털어 넣었다. 유진 역시 그를 이
프로젝트에 참여시키려고 무진 애를 썼고, 또 자신이 한 멤버이기도 했다.
그런데 그토록 사소한 일로 애를 태우다니. 사랑, 고까짓 게 뭐라고. 유진은
자기 마음을 그토록 몰라주는 그를 매몰차게 내치고 싶지만, 어쩌지 못하고
다시 입을 연다.

"다시 말하지만 넌 지금 일생일대의 갈림길에 서 있는 거야. 왜 그걸 몰
라. 강 교수 편에 서면 궁상을 떨지 않고도 조각가로 이름을 얻을 수 있는 거
고, 그렇지 않으면 조각쟁이로 살아가게 될 거야. 재능? 너, 그거 이제 옛날
말이다. 재능만으로 예술가가 클 수 있는 시대는 고흐와 로댕으로 끝났어.
현대미술이 미학의 추구가 아니라 정신세계의 무의식에 도전한다며 추상에
비중을 두는 한, 비평가와 언론에 끌려 다니게 되어있어. 한마디로 예술가
의 재능이 비평가의 한마디 말보다 힘을 쓰지 못하는 시대란 말이야. 지금
이!"

"그렇다 해도 하는 수 없어요. 나는 무엇보다 나에게 의지하고 싶어요. 예
술은 자신이 자신을 절대적으로 긍정하면서, 끝없이 해야 할 욕구를 스스로
만들어야 한다고 믿고 있으니까요. 그런 믿음의 끝이 가난이라면 피하지 않
겠어요. 원래부터 가진 게 하나도 없이 태어난 몸이라 이미 익숙하기까지

하니까."

"민우야, 결코 그렇지 않아. 예술가에겐 가난도 참기 힘들지만 무명은 더욱 견디기 힘든 거야. 대중매체가 지배하는 지금은 가난하면서 유명한 예술가는 어디에도 없으니까. 넌, '선배가 어떻게 가난을 알아요.' 하겠지만, 난 알아. 그런 사람을 너무 많이 보았거든. 재능은 있지만 세상과 타협하지 못해 가난에 찌들다 이름 없이 사라지는 사람들을 말이야. 넌 결코 그런 사람이 되고 싶은 건 아니잖아."

"물론 그렇지요. 조각을 하며 호화롭게 살고 싶지는 않지만, 적어도 작품 활동이 가난 때문에 방해받는 것은 원하지 않아요. 그러나 사람에게는 죽어도 양보할 수 없는 감정이 생길 때가 있다는 걸 선배도 잘 알잖아요. 지금 내가 그래요. 처음으로 그런 감정을 느꼈단 말이에요. 그러니 선배가 교수님께 잘 말씀드려 줘요."

민우가 더 이상의 말은 끊어버리겠다는 단호한 표정을 지었다. 그러면서 그는 어떤 운명을 느낀다. 우연히 양자택일을 강요받게 된 예린의 사랑과 출세의 기회. 그는 이제 주저하지 않았다. 사랑이었다. 그녀였다. 지금 이 순간 절실하게 보고 싶고 안고 싶은 사랑하는 연인이었다.

"민우야, 너, 그 애가 그렇게 좋으니?"

잠시 둘 사이를 침묵이 파고들었고, 그 침묵을 깨고 들려오던 올드팝, Anne Murray의 'you needed me' 가 끝나자 유진이 입을 열었다.

"……."

"아무튼 넌 원시인에 가깝구나. 아직도 사랑을 믿고 그걸 최우선으로 하다니. 연구 대상이야."

그가 아무런 대꾸를 하지 않자 유진이 힘없이 일어서서 핸드백을 들었다.

그런데 왜일까. 느린 걸음걸이, 처진 어깨. 그의 눈에 유진이 쓸쓸해 보였다. 저 여자에게 그런 면도 있었나 싶을 정도로.

"그래도 난 네 편이야. 질 게 뻔하지만 너에게 끝까지 패를 걸겠어. 교수님껜 내가 잘 말씀드려 볼 테니까, 경거망동하지 말고 좀 기다려."

유진이 승용차에 오르며 그를 향해 손을 들었다. 너와는 아직 여러 번 손을 흔들 기회가 남아 있다는 듯 짧고 경쾌하게.

이제 선택의 여지는 없다. 예린에게 가리라. 그는 버린 것을 향한 미련보다, 신기하게도 마음이 개운하다. 며칠 간이었지만 힘든 시간이었다. 그는 만리동 고개 맨 꼭대기, 아무도 없는 집에 들어서며 머릿속을 시끄럽게 했던 번민을 훌훌 털어 버린다. 유진이 그에 관해 잘 모르는 것도 있었다. 그 정도는 그에게 엄청난 문제는 아니었다. 그가 이 집안 곳곳에 배어있던 사랑하는 사람들의 숨결을 하나하나 털어 버려야만 했던 쓰라린 추억에 비한다면야.

그의 집은 좁았다. 좁을 뿐 아니라 낮았다. 두 담장 사이에 지붕을 올린 듯 짧은 처마, 대문이랄 것도 없는 현관에 들어서면 마주 보이는 부엌 겸 거실, 집이 아니라 칸막이로 나누어진 큰방 같았다. 하지만 환했다. 산꼭대기에 있는 집이어서 서울 시내가 다 내려다 보였다. 그래서 그의 집은 밝고 아기자기하다. 가까이 마주보고 있는 벽에서 금방 옛날 이야기가 튀어나올 것도 같다. 결국, 슬픈 장면으로 막을 내리는 비극이지만 그 시간 속엔 몇 가지 아름다운 사연도 있다.

그 이야기는 성당 언덕길에서 시작된다. 이십 구 년 전, 신앙심 깊은 한 아가씨가 명동성당 언덕길을 오르다 한 남자를 보았다. 신들린 듯 성모상을 조각하는 남자. 그녀는 그의 손이 움직일 때마다 돌덩이 속에서 하나의 생명이 살아나는 감동을 몇 달 간 간직한다. 나도 저렇게 아름다워질 수 있을까? 저 사람과 함께라면……. 그녀는 그를 사랑하기 시작했고, 성모상이 완성되는 날 그들은 첫키스를 했다. 몇 년의 꿈 같은 시간이 흐르는 동안 두 살 터울로 딸과 아들이 태어났다.

그러나 남자는 조각과는 떨어져 살 수 없는 사람이었다. 이번엔 동해 낙산사로 달려갔다. 해수관음상을 조각하기 위해서다. 부처님이든 예수님이든, 신령님이든 그는 상관이 없던 것이다. 조각만 있으면. 차라리, 돌멩이와 결혼할 것이지. 왜 나하고 연을 맺어 가지곤. 민우는 어려서부터 이 말을 귀가 아프도록 들으며 자랐다. 그녀가 습관처럼 하던 말이었다. 결국, 남자는 돌멩이와 새 장가를 갔는지 가끔 돈만 보내올 뿐 발길을 끊었다. 그리고 셋이서 살았다. 아마 그때가 이 집의 전성기리라. 남자가 갑자기 없어진 것도 아니어서 세 모자는 그 존재를 접어두고 서로 비비고 의지하며 사랑했다. 그러다 어느 날이던가, 음악을 한다는 남자가 이 집에 들어서며 평화는 깨졌다. 반대, 역정, 흐느낌, 원망. 갑자기 엉터리 연주가 집안을 뒤흔들더니 그 남자가 떠나고 처녀애가 죽었다. 예술에 미친 사람들은 언젠가 떠난다. 그것이 그 남자를 반대한 그녀의 이유였지만 너무 큰 충격이었다. 죽음, 그것은 더 이상 떠나고 말 것도 없는 것이기 때문이다. 그때부터 그녀는 웃음을 잃었다. 그리고 아들이 조각가의 길로 나섰을 때 이 세상이 싫어졌다. 아니, 더 이상 살 힘이 없었다. 그래서 그녀는 자신을 맨 처음 감동시킨 성모마리아 품으로 들어갔다.

어머니……. 누구든 힘든 계기를 만나면 추억은 더욱 선명해진다. 그는 새삼 식구들이 그립다. 아니, 사람이 그립다. 웃음과 기쁨도 주지만 슬픔과 상처를 가장 많이 주기도 하는 가까운 사람들이…….

─이제 나는 네 아버지를 조금 이해할 것 같구나. 네 아버지가 조각한 성
모상을 매일 닦다보니 정이 드는 게여. 숨결이 느껴지고 촉감이 느껴지
는구나. 그러니 이걸 조각한 네 아버지 마음은 어떻겠느냐. 그러니 어미
걱정일랑 말고 너는 네가 선택한 길을 가거라. 예전의 내가 아니라 지금
나처럼 조각가의 마음을 조금이라도 이해하는 사람과 함께라면 더욱 좋
을 거고.

민우는 얼마 전, 엄마에게서 받은 편지를 되새기다 예린을 떠올린다. 그
래, 사랑을 선택한 일은 잘한 일이었어. 그는 창문을 열고 시내를 내려다보
았다. 한참을 바라보았다. 목을 길게 빼고 그녀가 잠들어 있을 동쪽 하늘을.

*

인사동의 찻집, 장승의 사랑에서 민우를 만나러 가는 예린의 발걸음이 가
볍기도 하고 무겁기도 하다. 옛것과 새것이 편하게 몸을 섞고 있는 거리의
풍경과 같다고 할까. 그녀는 평소와는 달리 느릿느릿 걸었다. 방학의 끝머
리고 토요일이어서 그런지 거리는 만원이다. 서너 발짝 떼다보면 어깨가 부
딪치고, 수많은 젊은 사람들 사이에 파란 눈, 금발의 외국인도 눈에 띈다.
　"파리에서 유학할 때 인사동 거리가 가장 그리웠어요."
　그녀는 그저께 만난 유진을 떠올린다. 아주 오래된 골동품과 초현대미술
품이 전시되고 있는 거리처럼 이중적인 이미지를 지닌 그 여자.
　"다시 말하지만 이러는 거 우습다는 거 나도 알아요. 꼭 두 사람을 방해하
는 것 같아 이상하고요. 그렇지만 이번 기회가 민우에게 그만큼 중요하기

때문이라고 이해해 주었으면 좋겠어요, 예린 씨."

뜻밖에 찾아온 유진을 앞에 두고 예린은 얼마나 당황했던가. 그래도 침착하게 유진의 말을 들었다. 특히, 한 시간 여 동안 호칭을 생략하고 대화를 나누다가, "예린 씨"하고, 단 한 번 자신의 이름 붙이며 했던 마지막 말을.

예린은 그때 느낀 묘한 기분이 아직도 생생하다. 사실을 사실로 받아들이기에는 유진의 표정이 너무나 절실했다. 세련된 매너에 막힘없는 달변으로 대부분 가려있었지만 예린은 알 수 있었다. 민우에게 흐르는 유진의 감정이 결코 가볍지 않은 것임을. 그래서 예린은 지금까지 마음이 편치 않다.

"여기야."

민우는 먼저 와 있었다. 창문 너머 스치고 다가오고 지나치는 행인의 물결을 내다보다 그녀가 문을 열자 직감으로 알아챈다.

"오늘은 내가 기다리려고 했는데 벌써 와 있네요."

민우를 보자 예린은 마음이 좀 가벼워진다. 그는 고동색 면바지에 하늘색 셔츠의 긴소매를 팔꿈치까지 둘둘 말아 걷어올리고 있었다. 계절이 바뀌었어도 소매의 길이가 좀 짧아졌을 뿐 변함이 없는 그의 모습이 그녀는 오늘따라 무척 믿음직스럽다.

"그런데 너 오늘 좀 수척해 보인다. 무슨 일이 있었어?"

그녀가 미소 띤 얼굴로 다가와 앉고, 말을 걸고, 자리에 앉을 때까지 가만히 지켜보다 그가 입을 열었다.

"그러는 형은?"

"나야 무슨 일이 있겠어. 늘 작업장에 처박혀있으니까."

"아닌데 뭘 그래. 갑자기 나이가 들어 보일 정도로 고민한 흔적이 얼굴에 쓰여 있는데."

"고민은 무슨 고민, 요즘엔 졸업작품 하랴 논문 쓰랴 그럴 시간도 없다. 너를 만나는 시간조차 유일한 휴식이야."

그가 그녀를 향해 웃음을 보이고 때마침 주문을 받으러 온 여종업원을 향해 시선을 돌렸다. 하지만 그녀는 그의 과장된 웃음 속에서 그의 속마음을 읽는다. 아, 그랬구나. 그 역시 그 일로 무척 고민을 많이 한 모양이구나. 그녀는 다시 그를 자세히 바라보았다. 좋은 기회를 포기하고 자신을 선택해준 그. 예린은 그런 그가 몹시 고마우면서도 한편으로는 야속하다. 왜 그런지 모르지만 마구 화도 나고, 울고 싶은 심정도 조금은 있다.

"예린아, 뭘로 할래?"

그러나 민우는 그녀의 속마음을 눈치채지 못하고 메뉴를 받아 그녀 앞으로 내밀었다.

"형이 먼저 시켜, 나도 같은 걸로 할게."

"그러지 말고 말해, 난 그러는 게 좋아."

"아니, 오늘은 좀 역할을 바꿔보고 싶어. 형이 무슨 일을 하든 따라하고 싶고, 베풀어주고 싶고…… 그래, 보듬어 주고 싶단 말이야."

그러나 그는 그녀의 취향을 고려해서 허브를 시켰고, 그녀도 그에 따랐다. 그녀는 음식의 경우 맛의 여운이 남는 것보단 담백한 것을 좋아했지만 차의 경우는 달랐다. 박하향처럼 입안에 오랫동안 여운이 남는 것을 좋아했다. 그의 경우 그녀를 만나고 나서야 겨우 허브라는 걸 안 거지만.

"왜 그래, 오늘? 정말 무슨 일이 있었어?"

"아니, 그냥. 내가 형의 이런 따듯한 사랑을 받을 자격이 있나 싶어서."

"뭐라고? 사랑을 받을 자격? 점점 이상하네."

그녀를 향한 민우의 시선이 비엔나 커피의 크림처럼 부드럽다.

"네가 그러니까 겁난다. 꼭 헤어지자고 말할 것 같아서."

그는 종업원이 아무렇게나 놓고 간 찻잔을 그녀가 집기 좋게 손잡이를 돌려놓고 자기 잔을 들었다. 잘 드러내지 않으면서도 빈틈없이 타인을 배려하는 그의 습관적인 태도였다. 그녀는 저런 사람이 어떻게 어머니를 떠나면서까지 조각가의 길을 택했을까, 생각해본다. 다 알 것 같으면서도 모르겠는 사람. 그녀는 그를 물끄러미 쳐다보다 입을 열었다.

"그래 형, 오늘은 정말 그런 생각을 안 했던 것도 아냐."

그녀는 머릿속을 시원하게 가셔내는 듯한 박하향을 맡으며 더 이상 감상에 빠져서는 안 된다고 다짐한다. 민우가 그 프로젝트에 참여하게 하는 일. 유진이 말하지 않았어도 그녀도 그쯤은 알고 있었다.

"뭐라고?"

그녀의 말에 그가 들고 있던 찻잔을 소리나게 놓았다.

"왜 그랬어? 형."

"무슨 말이야? 지금?"

"그렇게 수척해지도록 고민한 결론이 내 기분을 배려한 거였어? 바보처럼."

그렇다. 그는 바보 같았다. 그녀는 말을 하면서도 그렇게 생각한다. 사랑 때문에 굉장한 기회를 포기한 남자. 하지만 그녀는 그런 그가 좋다. 당장 고맙다고 말하고 싶고, 실은 나도 그렇다고, 형을 위하는 일이라면 모든 것을 포기할 수 있다고 힘주어 말하고 싶다.

"어떻게 알았어? 그 일을."

그가 겨우 긴장을 풀고 놓았던 찻잔을 다시 들었다.

"몰라도 돼."

“유진 선배가 널 찾아간 모양이구나.”

“내가 어떻게 안 게 뭐가 중요해.”

그녀는 흔들리는 눈빛을 가리기 위해 찻잔 바닥에 조금 남은 차를 마저 마셨다.

“중요한 건 형이 그 일에 참여해야 한다는 거지. 내 초상조각이 뭐가 그리 중요한 거라고. 나중에 해도 얼마든지 되는 일을.”

그녀는 스스로 감동에 빠져드는 느낌 속에서 말을 이었다.

“형, 그렇게 하자. 형이 꼭 하겠다면 할머니가 되어서도 기다릴게. 나도 형이 빨리 유명해지는 것을 보고 싶어.”

“너 정말 그렇게 생각하니?”

그녀의 말을 가만히 듣고 있던 그가 물었다.

“그렇다니까.”

“정말?”

“응.”

이번에 그녀는 대답 대신 그를 향해 고개를 끄떡였다. 그런데 갑자기 눈물이 핑, 도는 건 무슨 까닭인가. 이제 그녀에겐 젖어드는 눈가를 가릴 무엇도 없었다. 정예린 너, 겨우 이 정도야. 자신을 단속하며 속마음을 들키지 않게 웃음을 지어낼 수 있을 뿐이다.

“안 돼, 그건.”

그가 명령을 하듯 짧게 말했다.

“이미 결정한 일이라서?”

“아니, 내가 가장 하고 싶은 일이 그 일이니까.”

“형! 내가 지금 이렇게 원하고 있는데도?”

그녀는 굳어지는 그의 눈빛에 다급해져서 소리치듯 말했다.

“예린아, 너, 왜 그래. 왜 감정을 속이려고 해. 뭐가 두려워서.”

“형.”

그녀는 감정을 속이려는 게 아니라 이성으로 판단하는 거라고 말하려다 입을 다물었다. 그녀를 꼼짝할 수 없도록 잡아매는 듯한 그의 눈빛 때문이었다. 안 돼, 그건, 하고 말할 때부터 변하기 시작한 그의 형형한 눈빛이 그녀의 입을 막았다. 그 눈빛은 온갖 고난을 고스란히 받아들이겠다는 자의 것이며, 스스로 보다 나은 논리와 진리를 소유하고 있다는 믿는 자 특유의 태연자약함까지 나타나 있었다.

그 순간, 그녀는 너무 행복하여 두려움조차 느꼈다. 자신을 선택한 마음을 끝까지 지키겠다는 단호함이 밴 남자의 저 눈빛. 앞으로 어떻게 전개될지 감조차 잡히지 않지만 내 삶은 저 눈빛 속에 영원히 포함되리라. 예린은 첫키스를 할 때 자신의 몸을 완강하게 조여오던 그의 팔처럼 그의 눈빛이 요동치는 마음을 조여오고 있음을 느낀다. 스스로 모든 굴레를 벗어버리고 무방비 상태로 해방을 맞고 싶어하는 마음을 자극하는 조여옴.

“좋아요. 그럼. 그 대신 나도 부탁할 게 하나 있어.”

그녀는 깊게 심호흡을 하고 입을 열었다.

“형의 졸업작품에 내가 모델로 서게 해줘요.”

“뭐라고. 모델?”

그의 표정에 놀라움과 기쁨을 함께 흘렸다.

“그래, 모델 말이야. 형의 전속 모델. 설마 모델이 뭔지 모르는 건 아니지.”

“……”

모델, 모델, 모델…… 누드 모델.

집에 돌아 왔지만 예린은 아직도 흥분이 가시지 않는다. 그 말을 했을 때, 두 사람 사이에 짧게 이어지던 침묵, 그 침묵은 수많은 말을 대신하는 거였다. 그들이 키스를 할 때 육체적 흥분 때문에 말이 끊긴 것과는 달랐다. 그 침묵 속엔 신뢰, 영원, 공헌, 감사함, 영혼의 안식이 있었다. 그도 그것을 알아 차렸고, 그녀 또한 그를 느낄 수 있었다. 예린은 우선 가방을 책상에 내려 놓고 천천히 옷을 벗었다.

아무도 손대지 않은 처녀의 몸으로 발가벗고 남자 앞에 선다는 것. 여자면 누구나 겪어야 하는 일이고, 자신도 예외가 될 수 없다는 것을 알지만 그녀는 그 일이 무척 특별하다. 무슨 정조관념이니 하는 그런 건 아니었다. 보여진다는 것은 이미 본 사람의 소유가 되는 것이고, 보는 시선 속엔 정복의 의미가 있다. 그녀는 발가벗고 그 앞에 서는 순간 자신을 잃을 것임을 안다.

샤워를 끝내고 물기를 잘 닦아 낸 그녀는 발가벗은 채 거울 앞에 섰다. 자기 몸을 세밀하게 보기 위해서다. 물론, 그녀는 벌거벗은 자신의 몸을 본 적은 있었다. 목욕을 할 때나 풀장의 탈의실을 나설 때 등. 아마도 수백 번은 되었으리라. 그러나 모두 스치는 눈길이었다. 오직 자신의 몸을 관찰하기 위해 이렇게 서 보기는 처음이었다. 거울 속에 그녀를 바라보는 한 여자가 서 있었다. 167센티의 키에 아침 우윳빛이 흐르는 희고 균형 잡힌 육체. 말할 것도 없이 정예린, 그녀 자신이다. 그런데 왜일까. 그녀는 약간 창피하고 가슴이 설렌다. 시선이 익숙한 얼굴을 떠나 젖가슴으로 배꼽으로 조금씩 내려갈 때마다 야릇한 기분이 더해진다. 그것은 갑자기 남자의 시선이 느껴진 것 때문은 아니었다. 이제껏 그녀 자신도 잘 모르고 있던 자신의 육체를 자세히 봄으로써 비로소 대상과 관찰자, 정복자와 피정복자의 시선을 동시에

갖기 때문이었다. 부끄러움은 보여지는 그녀가 피정복자의 입장에서 느끼는 것이고, 야릇한 기분은 보고 있는 그녀가 정복자의 시선으로 느끼는 욕망이었다. 범함과 범해짐, 오목과 볼록, 시선의 꽂힘과 꽂음. 그녀는 난생 처음으로 자기 몸에서 관능을 느낀다. 자기 자신이 자기를 범하고 싶고, 소유하고 싶고, 욕망하고 싶은 것이다. 그녀는 자신도 모르는 사이 양팔로 젖가슴을 감싸쥐고 눈을 감았다. 그리고 한동안 서 있었다. 비록 그 순간 그녀는 그런 사실을 또렷이 알지는 못했지만 곧 타인의 시선에 잃을 자기 자신을 마지막으로 사랑하고 싶었던 것이다.

*

이제, 그녀를 맞이할 모든 준비는 끝났다. 그녀가 서 있을 받침대, 쉴 때 덥고 있을 담요, 필요하면 사용할 조명등까지. 민우는 벌써 몇 번째 작업실을 들러본다. 마치 개막 전날, 체크리스트를 가지고 전시장을 둘러보는 큐레이터와 같았다. 이것저것을 돌아보다 다른 생각이 떠오르면 위치를 바꿔보기도 했다. 그가 유학을 떠난 친구에게 부탁해서 몇 달 간 쓰기로 한 작업실은 그리 넓지 않았다. 돌 작업을 하는 천막 작업장을 빼면 열 평 정도 될까. 작업실의 삼분의 일 정도는 흙과 석고를 갤 때 사용하는 여러 기구와 재료가 놓여 있는 작업대가 차지하고 있고, 그 옆에 데생을 하거나 커피를 끓일 수 있는 책상이 놓여 있었다.

그는 창문을 통해 밖을 내다보다 버스 정류장에 나갈 준비를 했다. 열시 반. 예린이 올 시간이다. 아침에 그녀와의 통화에서 나오지 말고 작업장에 있으라고 말했지만 그럴 순 없다. 그는 이제 아무리 가까운 거리라도 그녀를 혼자 걷게 하고 싶지 않았다. 더구나 오늘 같은 날은. 그는 그녀가 서 있을 빈 공간에 눈길을 주고 현관문을 열었다.

"뭐야, 벌써 와 있었던 거야?"

"응, 조금 전에."

그가 대문 앞으로 나가자 예린이 싱긋 웃었다. 그리고는 그보다 한 발 앞서 작업실 안으로 성큼 들어왔다. 그는 천천히 그녀의 뒤를 따라 들어오며 현관문을 소리나지 않게 닫았다. 대문 앞에서 그녀가 보여준 웃음과 크게 내딛는 발걸음. 그는 그녀가 어느 때보다 긴장했음을 안다. 그 동안 그들은 키스를 몇 차례 했지만 첫키스를 빼면 지극히 가벼운 것이었다. 언제나 그의 손은 그녀의 등뒤에 머물렀고 그녀의 양손은 그 자신의 가슴을 향해 모아져 있었다. 특히, 그녀가 모델을 서겠다고 선언한 이후부터는 더더욱 그랬다.

"여기가 내가 서 있을 곳이야, 형?"

예린이 흰색 패널을 배경으로 놓인 받침대를 눈길로 가리켰다.

"그래, 네가 그곳에서 수선화처럼 피어날 곳이다. 왜?"

그가 부드러운 눈길로 그녀를 바라보았다.

"형도 내가 부탁하면 이 곳에 설 수 있는 거지?"

"물론, 언제든지. 네가 원한다면 히말라야 꼭대기에서 발가벗고 설 수도 있어."

"알았어, 그럼 형이 먼저 서봐."

"그러지, 뭐."

그는 가로 세로 80센티미터, 높이 20센티미터인 받침대에 성큼 올라섰다. 그리곤 그녀와 동시에 웃음을 터뜨렸다. 마치 소꿉장난을 하는 아이 같은 태도였다. 하지만 그들은 긴장하고 있었다. 자꾸만 차 오르는 숨결을 토해 냈다. 그도 그녀도 두려웠던 것이다. 한순간 충동을 이기지 못하면 서로를 끌어당기는 일 외엔 아무 일도 할 수 없다는 사실이.

"형, 이제 그만 시작하자."

그들의 웃음이 바닥에 닿아 침묵으로 가라앉을 쯤, 예린이 단호하게 고개를 들었다. 그녀가 머릿속으로 몇 번이고 그려본 행동이었다. 그가 그녀를 가볍게 안아주고 나서 의자에 앉자, 그녀는 받침대 옆 의자 위에 놓여 있던 담요를 들고 방으로 들어갔다.

휴우, 그녀는 옷을 벗기 전에 한숨부터 쉬었다. 그 앞에서 큰소리를 치긴 했지만 심방이 마구 뛴다. 몸이 금방이라도 터질 듯 땅땅해진 것 같고, 아찔 아찔, 어지럽기까지 하다. 그가 만약 문 앞에 서 있다 껴안기라도 하면 그대로 쓰러지고 말리라. 흰색 블라우스의 단추를 풀고, 길이가 무릎까지 내려온 청색 스커트의 호크를 따는 그녀의 손이 몹시 떨렸다. 아, 브레지어 호크는 왜 이렇게 열기 힘든지. 그러나 팬티까지 내리고 세상에 태어나는 순간, 강보에 싸였던 것처럼 부드러운 담요 하나로 온몸을 감싸자 마음이 좀 안정된다. 이대로 깊은 잠에 푸욱, 빠져들었으면 하는 생각도 든다. 작품은 한 백 년쯤 뒤로 미루고 그의 널찍한 품안에서 조용히 잠들고 싶다.

그녀가 담요를 걸치고 밖으로 나오자 그는 설핏 웃는다. 냉방에서 추위를 견디다 나온 사람처럼 그녀는 담요로 머리까지 뒤집어쓰고 있었다.

"형, 여기 이렇게 서면 되는 거야?"

그녀가 여전히 담요를 꼭 말아 쥔 채, 받침대에 올라 그와 눈길을 마주쳤다. 그리곤 살짝 웃었다. 하지만 그 웃음은 허공에 떠다니다 이내 그녀 자신 속으로 사라진다.

"응, 그래."

순간 그의 눈동자가 흔들렸다. 그녀의 어깨와 가슴의 굴곡에 따라 자연스럽게 흘러내린 담요의 사선과 그 뒤에 숨은 그녀의 나신. 지금 내 눈빛이 정상일까. 그는 자기가 그녀의 자리에 선 기분이다. 똑바로 그녀를 바라보기가 민망스러우면서도, 동시에 그만큼 강하게 그의 시선은 그녀에게 집중된다. 하나, 둘, 세엣…… 그는 숫자를 헤아리는 기분으로 숨결을 고르며 그녀를 쳐다보았다. 그러다 불현듯 누드 드로잉의 첫 시간을 떠올린다. 그때도 지금처럼 그녀와 비슷한 모습으로 한 여자가 서 있었다. 그러나 그 여자는 사물에 가까웠다. 사랑하지 않았으므로 사물에 가까웠다. 그랬다. 호기심이 가시자 그 여인의 몸은 석고상과 별반 다름이 없었다고 그는 기억한다. 그런데 지금 그는 떨고 있었다. 그녀를 사랑하기 때문에 떨고 있었다.

"자, 봐요. 형!"

짧은 침묵을 흘린 뒤, 좀 머뭇거린다 싶던 그녀가 뒤집어쓰고 있던 담요를 단번에 탁, 놓았다. 주르르, 폭포수처럼 담요가 흘러내리자 꽃잎이 빠르게 봉우리를 터트리듯 그녀의 알몸이 드러났다.

극도의 긴장의 끝은 언제나 웃음 아니면 울음으로 가장하여 나타난다. 그 순간 그녀는 웃었다. 아무것도 모르는 아이처럼 그렇게 천진스럽게 웃었다. 그녀의 무의식이 긴장의 해소로 웃음을 택했고, 그때 그녀가 느꼈던 건, 현기증, 아련한 현기증이었다.

아, 환하구나. 그는 갑자기 커진 눈동자로 그녀의 나신을 접한다. 아니, 그녀의 알몸을 접하자 눈이 밝아진 건가. 신선한 우윳빛이 흐르는 그녀의 육체. 밝음은 언제나 대상을 객관화시킨다. 빛나는 그녀의 알몸을 접하자 그는 오히려 어두운 충동이 잦아드는 것을 느낀다. 그녀가 그의 잠재의식 속에 깊이 박히는 순간이었다. 그의 눈길은 상상 속에서 몇백 번은 그려보았을 그녀의 나신을 좀더 세밀하게 기억하기 위해 본능적으로 움직인다.

그녀의 육체는 완벽했다. 머리, 가슴, 하체가 황금비율로 나누어져 있었다. 목에서 팔로 흐른 선이 완만하게 흘러 좀 넓다 싶은 어깨의 각을 부드럽게 경감해 주고, 가슴 한가운데 오목하게 패인 자리에서 겨드랑이 사이로 흐르는 젖가슴의 곡선이 반원을 그리며 어깨선과 고운 대칭을 이루고 있었다. 그리고 조금 고개를 든 듯 봉긋하게 솟아오른 양 젖무덤의 젖꼭지를 잇는 수평선이 배꼽과의 사이에 정확하게 역삼각형을 이루면서, 그 배면에 줄어들기 시작한 허리선을 받쳐주었고, 바로 그 길이만큼의 아래에 그녀의 숨겨진 성이 위치해 있었다. 그러니까 그녀의 육체는 양 허벅지 사이에서 올라온 선이 둔덕을 깃점으로 두 갈래로 갈려 생긴 Y선과, 양 젖꼭지와 배꼽, 그리고 성을 연결했을 때 그려지는 또 다른 Y선이 기본축을 이루면서 상하좌우가 정확한 비율로 그려지는 완전한 형태였다.

그는 그런 그녀를 보면서 해부학적으로 완벽한 인체라는 말을 비로소 실감한다. 그녀는 마치 조각을 위해 태어난 것 같았고, 그 자체가 하나의 예술품이라고 생각한다. 그런데 왜 이토록 저 육체가 낯이 익을까. 분명히 처음 보는 것인데. 지금도 너무 많은 감정이 이입되고 있기 때문일까. 그는 그녀를, 점점 운명이라고밖엔 생각할 수 없는 그녀를, 좀 더 명료하고 객관적으로 보기 위해 더욱 날카롭게 시선을 모은다.

그렇지만 현기증에서 벗어난 예린은 점점 아연해진다. 그의 눈길이 진지하게 변하는 순간부터 꿈쩍할 수 없었다. 마치 무언가가 꼼짝할 수 없도록 자신을 잡아 누르는 고통을 느꼈다. 그의 예리한 시선이 지나는 자리마다 불에 대인 듯 회열을 동반한 고통이 느껴지고, 얼굴엔 미열이, 복부 저 깊은 곳은 묵직한 무엇이 그득 차기 시작한다. 안 돼, 이건 뭔가 좀 우스워. 진지하게 작업에 임하는 저 사람을 봐. 그녀는 마음의 동요를 막기 위해 눈을 크게 떴다. 그리고 당당해지려고 애썼다. 모든 감정의 흐름을 통제하고 돌처럼 그렇게 서 있는 거야. 하지만 그것도 순간이다. 십분, 이십분…… 계속되는 침묵 속에서 그녀의 시선은 이내 길을 잃고 만다. 끝없이 자신의 몸을 유린하고 있는 것 같은 그의 눈길. 그녀는 간혹 그와 눈길을 마주치며 어색한 미소를 지었지만, 바로 그 순간이 그녀는 더 두렵고 혼란하다. 그가 그대로 몸을 일으켜 다가올 것 같아서. 그의 눈빛 속으로 그대로 녹아 들 것만 같아서. 그녀는 자기 발끝에 머물러 있던 그의 시선이 위로 움직이기 시작할 때 자신도 모르는 사이 눈을 감았다.

……그래, 바로 저 모습이야. 그녀의 또 다른 이미지.

그녀가 숨을 쉴 때, 가슴의 움직임까지 놓치지 않고 주시하던 그는 순간적으로 그녀의 몸에 흐르는 관능을 본다. 건강하고 풍부한 양감의 이미지와는 또 다른 그녀의 모습이다. 모든 관능과 신비함은 외부의 시선을 차단하고 자신이 자신과 접촉할 때 비로소 광휘를 발휘하는 것이다. 비록 그녀가 눈을 감고 있던 것은 아주 짧은 순간이었지만, 그는 그것을 놓치지 않은 것이다. 여자를 더욱 여자답게 하고, 남자를 흡인하는 마력 같은 관능의 흐름을.

"아, 형. 좀 쉬었다 하자. 더 이상 못하겠어."

그가 좀더 세밀하게 그녀의 새로운 모습을 보기 위해 눈을 드는 순간 그녀가 갑자기 양팔로 젖가슴을 감싸안으며 소리쳤다. 이제야 그녀는 창피함을 느끼는가. 우아한 모습으로 서 있던 조각상이 한순간에 무너지듯 자세를 흐트러뜨린 그녀의 표정엔 온갖 감정이 다 섞여있다. 어색함, 미안함, 황당함, 애교스러움, 비난 섞인 용서, 벗은 여자 특유의 교태까지.

"알았어, 좀 쉬었다 하자."

잠시 아연해하던 그가 의자에서 일어났다. 그리곤 끌리듯 그녀를 향해 다가섰다. 그녀는 그때까지 목욕을 끝낸 계집아이가 떨며 서 있는 것처럼 엉거주춤 서 있었다.

"자, 이거."

하지만 민우는 그녀를 끌어안는 대신 밑에 떨어져 있던 담요를 집어들어 그녀의 알몸을 덮었다. 그러고 나서야 담요째 그녀를 끌어안았다. 아, 따뜻하고 부드러운 남자. 순간, 예린은 담요 너머로 그를 너무도 생생하게 느끼지만 두 사람 사이에 놓인 담요의 의미를 긍정한다. 그는 자기 모델이나 유혹하는 얼치기 조각가가 아니고 싶은 것이리라. 지금이라도 당장, 섬세한 조각가의 손으로 여자의 몸을 만지고 싶을 것이지만 엄청난 인내심으로 참고 있으리라. 좀 더 나은 작품, 좀 더 아름답게 사랑하는 여인을 조각하기 위해. 그녀는 그렇게 생각한다.

"형, 이제 됐어. 다시 시작할 수 있겠어."

그녀는 담요 밖으로 팔을 뻗어 그의 목을 끌어안은 다음 먼저 돌아섰다. 이제 그녀는 괜한 웃음으로 자신을 감추지 않았다. 걸치고 있던 담요를 벗어 차곡차곡 개어 놓은 다음 받침대에 올라서 자세를 잡았다. 비로소 그녀의 눈에 그가 정확히 보이고, 작업실 풍경과 창문을 통해 들어오는 빛의 흐름이 보이기 시작한다.

그의 눈길이 더욱 건조하고 날카로워졌다. 그냥 보는 눈이 아니라 육체를 나누고 재단하는 기계적인 눈이다. 하지만 그는 눈동자를 반짝이며 그녀를 바라볼 뿐 아무런 동작도 취하지 않았다. 흙 작업은 물론 데생을 하기 위해 연필 한번 잡지 않았다. 간간이 그녀에게 팔을 올려 보라든가, 고개를 어느

쪽으로 기울여 보라든가, 하는 주문이 전부였다.

　첫날도 그랬고, 둘째 날도 그랬고, 그 다음 날도 마찬가지였다. 그는 그렇게 지키고 있지 않으면 그녀가 연기처럼 사라져 없어질 것처럼 그녀를 뚫어질 듯 바라만 보았다.

　그러나 그의 머릿속엔 수십, 수백 장의 드로잉이 그려지고 지워지고 또 다시 그려졌다. 그는 섣불리 그녀를 조각하고 싶지 않았다. 커다란 항아리에 채워지던 물이 한 바가지의 물에 막 넘치는 순간처럼 머릿속을 온통 그녀의 모습으로 채우다가 마지막 순간 톡, 하고 튀어 오르는 영감으로 그녀를 그리고 싶었다. 그녀보다 더 그녀답고, 그녀 개인을 넘어 선 보편적이고 영원한 모습으로 정예린, 그녀를 조각하고 싶었다.

　그러던 어느 날이었다.

　아아, 이런 것이었나? 이런 거였어? 그는 자려고 누웠다가 벌떡 일어났다. 눈앞에 또렷하게 그려지는 그녀의 영상. 물론 그녀는 그 앞에 없었다. 그날도 그녀는 모델을 서고 몇 시간 전 돌아간 뒤였다. 그런데도 실물과 다름없는 그녀의 모습이 눈앞에 있었다. 기억 속에서 그녀의 모습이 3차원의 입체로 떠오른 것이었다. 아냐, 이럴 수는 없어. 혹시 내가 환영을 보고 있는 거 아닌가. 그는 한편으로는 그 영상이 사라질까 겁내하며 눈을 질끈 감았다. 그러나 그 영상은 변함이 없었다. 맨 첫날, '자, 봐요' 하며 담요를 탁 내리던 그녀의 모습이 눈앞에 그대로 있었다.

　이후 그는 정신없이 점토작업을 하고 실물크기로 석고를 떴다. 기억으로 3차원 영상을 정확히 볼 수 있으면 모델 없이도 초상조각을 할 수 있다는 불운의 조각가, 최유영의 말은 옳았다. 그는 교사 임용고시 준비에 바쁜 그녀를 오지 못하게 하고도 완벽하게 석고 작업을 마쳤다. 그리고 실물 크기의 대리석 작업에 들어갔다.

*

돌 작업을 하는 동안 시간이 빠르게 지나갔다. 여름이 다 지나가고, 가을이 왔다. 그러나 그는 가을을 별로 느끼지 못했다. 단단한 대리석에 그녀의 형상을 새기기 위해 두드리는 그의 정 소리와 그라인더 소리에 낙엽이 한 잎 두 잎 떨어졌다. 마지막 남은 단풍이 차가워진 북풍에 바르르 떨고 있었다.

그는 손질을 다 끝낸 작품을 그녀가 서 있던 자리에 옮겨 놓았다. 아직 그녀도 보지 않은 작품이었다. 그는 그 여인상을 새하얀 천으로 덮을 때, 목청껏 소리라도 지르고 싶은 심정이었다. 그는 자기가 조각한 여인상과 사랑에 빠진 피그말리온의 마음을 이해할 것 같았다. 단단한 대리석에 한뜸한뜸 그녀를 새기는 동안 그는 얼마나 여러 번 환상에 빠지곤 했는지 모른다. 돌이 아니라 살아있는 그녀가 자기 손에 다시 태어나고 있는 것 같아서, 그녀가 바로 옆에 있는 것처럼 느껴져서.

사랑한다, 예린아, 정말 널 사랑해.

창 밖은 눈이라도 내리려는지 잔뜩 흐려 있었다. 회색빛 구름이 낮은 구릉에 걸려있고 습기를 머금은 바람이 불어왔다. 민우 씨, 아무래도 첫눈이 올 것 같아요. 그러니 어디 가지 말고 있어요. 그녀는 그에게 마지막 수업이 끝났다며 전화를 하면서 그 말을 덧붙었다. 마지막 수업. 12년 동안 받아온 수업을 끝내고 지금쯤 그녀는 어디쯤 오고 있을까. 첫날처럼 그렇게 와 있는 게 아닐까. 그는 놀란 듯 현관문을 열어보았지만 그녀는 없었다. 그 대신 희끄무레한 하늘을 배경으로 띄엄띄엄 눈송이가 날리고 있었다.

그는 핸드폰으로 그녀가 어디쯤 오는지 확인하려다 그대로 버스정류장으로 향한다. 시간을 정하지 않고 기다리겠습니다. 그는 자기가 했던 말을 떠올렸고, 그렇게 말했어도 그녀가 오래 기다리지 않게 했다는 것을 동시에 기억한다. 사실, 그녀를 오래 기다리게 한 건 그였다. 그날 이후, 그는 자신이 작업을 하는 모습을 아무에게도 보여주지 않았다. 그는 감동이 필요했다. 그의 졸업작품이자 그녀에게 졸업선물로 줄 이 작품을 보며 드러낼 그녀의 감동이. 어느새 그녀의 기쁨이 그의 가장 큰 기쁨으로 자리하고 있었기 때문이리라.

"아, 형……."

작품을 덮었던 휘장이 걷히고, 이윽고 작품이 모습을 드러내자 예린은 입을 다물지 못했다. 그녀보다 더욱 그녀답게 조각된 여인상의 아름다움 때문만이 아니었다. 작품의 주된 분위기는 '자, 봐요' 하며 그녀가 그 앞에 처음으로 알몸을 드러내던 순간을 포착한 것이었는데, 건강하고 싱싱한 소녀의 경쾌한 이미지와 사람을 안으로 끌어 당기는 듯한 신비한 여인의 관능을 동시에 보여주고 있었다. 그리고 하나의 형상으로 좀처럼 얻기 힘든 상승감과 안정감을 획득하고 있었다. 그것은 그녀가 담요를 벗을 때 약간 옆으로 기울였던 고개와 내밀한 웃음을 짓던 표정, 그리고 흘러내리던 담요를 없애버리지 않고 그녀를 받쳐주는 꽃받침처럼 처리한 데서 왔다. 마치 백제의 미륵반가사유상처럼 조금 기울은 고개와 가는 미소는 소녀적 신비함과 관능을 보여주면서, 꽃잎이 만개하고 있는 듯한 꽃받침의 역할로 여인 전체를 밀어 올리는 상승감을 눌러주는 역할을 하고 있었고, 군살하나 없는 상체와 발끝에서부터 풍부한 양감의 허벅지 선까지 힘차게 올라온 받침은 젊고 싱싱한 여인의 경쾌함을 느끼게 했다. 그러니까 그 여인상은 꽃잎을 밀어내며 쑥 올라오는 꽃술처럼 한 여인이 대지로부터 힘차게 솟아오르다 처음 마주친 태양의 정념에 수줍은 듯 고개를 기울이고 있는 모습이었다. 따라서 표정도 보는 시각에 따라 달리 보이게 했다. 환한 이마는 경쾌함을 드러내는 꽃받침과 유기적인 관계로 처리하고, 입가에 맴도는 내밀한 미소는 하체의 관능과 통합되도록 소극적인 표현에 머물렀다.

"어떠니? 나는 잘 모르겠어. 하도 여러 번 보고 다듬어서."

그는 예린의 작품 감상력을 익히 알고 있었으므로 조금 긴장했다. 경쾌한 운동감과 우아한 관능의 이미지, 상승감과 안정감을 동시에 획득할 수 있게 처리하는 게 얼마나 큰 욕심인지 그도 잘 알고 있는 것이다. 하지만 그녀가 그런 요소를 동시에 지니고 있는 것 또한 사실이었다. 석가탑의 탱주처럼 하늘로 솟아오를 것 같은 모습과 탑신처럼 굳건하게 땅을 딛고 있는 이미지를.

"형, 고마워. 아니, 사랑해."

예린은 그의 질문에 대답하는 대신 몸을 돌려 그의 몸을 힘껏 껴안았다. 그녀는 그보다 더 이상 진한 감동의 말이 없다는 것을 본능적으로 알고 있던 것일까. 그녀의 숨결은 이미 그를 향해 무섭게 달려들고 있었다. 그래, 예린아, 나도 널 사랑해. 아주 많이. 그는 그 말이 입안을 벗어나기 전에 그녀의 입술을 찾았다. 아, 그 동안 얼마나 안고 싶었던가. 그는 참았던 열정을 한꺼번에 터트리듯 격렬하게 그녀를 안았다. 수없이 그녀의 형상을 쓰다듬던 손으로 살아있는 그녀의 몸을 꽃잎을 만지듯 애무하기 시작했다.

그리곤 작품을 덮었던 하얀 천 위에 그녀의 알몸을 천천히 눕혔다.

그러면서 그는 그제야 자신이 무엇을 원했던 것인가를 어렴풋이 안다. 동

정의 그녀를 하나의 작품으로 완성시켜 영원히 보존하는 동시에, 그녀의 동
정을 파괴함으로써 새롭게 태어나게 하려 했다는 것을. 그것은 한 생에 대
한 졸업인 동시에 새로운 삶의 출발이었다.
　그들이 한 몸이 되어 깊고 긴 사랑을 나누는 동안 첫눈이 수북하게 쌓여가
고 있었다.

명화

내 방의 가장 값진 그림은
동쪽으로 난 작은 창문.

해와 달과 여명의 푸른빛
초록이 모여 붉게 익힌 과일,
아름답게 그려 놓는
동쪽 창문은 내 가장 값진 그림.

그 창문, 그에게 주고싶다.
창틀째 떼어
그의 방에 걸어주고
빈 그 자리에 마음하나 걸고싶다
하늘도 바람도 이제 그만,
아무도 무엇도 통과할 수 없는
오직 그대 향한 푸른 마음하나
영영 걸어놓고 이 생을 살고싶다.

내 가장 값진 명화는 바로 그대.

— 〈정예린 유고시집〉에서

오전 10시.

정원을 가득 메운 햇살이 꽉 찬 웃음처럼 밝고 기운차다. 그는 정원 한가운데에 있는 여인상 앞에 섰다. 청색 그리움. 그날, 그들이 깊은 사랑을 나누고 났을 때, 옆에서 그 모습을 지켜보던 이 여인상을 위해 예린이 지은 이름이다.

청색 그리움. 그는 모든 기억을 잃고 오직 한 단어만 기억하는 사람처럼 가만히 그 이름을 되뇌며 여인상을 바라보았다. 아직 아침 이슬을 머금고 있는 그녀의 모습은 싱싱했다. 맑은 햇살에 얼굴이며 가슴의 윤곽이 더욱 또렷하고, 조금만 건드려도 금방 움직일 것 같다.

있잖아요, 민우 씨. 난 아무것도 겁나지 않아. 민우 씨만 이렇게 옆에 있으면. 아마 그녀가 돌에서 불현듯 깨어난다면 그리 말하리라. 그는 팔을 뻗어 천천히 여인상을 쓸어 내렸다. 그녀의 고운 턱, 실제보다 큰 양감을 주는 젖가슴, 허리, 복부, 다리까지. 그의 손길이 지날 때마다 조각상의 매끄러운 살갗엔 이슬이 지워지며 흔적이 남고, 그 흔적이 더할수록 많은 회한이 그의 가슴을 채운다.

졸업과 동시에 시작된 전업 조각가의 생활, 예린의 교직 포기와 집안의 결혼 반대, 허름한 한 농가를 빌려 살림집과 작업실을 꾸미던 일. 모두 소나무의 옹이처럼 단단히 박혀있는 기억들이다. 삶은 오직 추억 속에서만 완전하고 영원한 것인가. 그는 지난 추억을 하나하나 되짚으며 여인상을 닦기 시작했다. 청정한 하늘, 가벼운 바람. 도시에서 멀리 떨어진 농촌임에도 노천의 조각상엔 적지 않게 먼지가 묻어있었다. 그 동안 무심히 흘러간 시간이 남긴 자국들이다. 언젠가 이마저 먼지에 묻히거나 바람에 닳아 없어지겠지.

그렇지만 그는 간절한 염원을 놓지 않았다. 그녀의 귀밑머리 아래며, 겨드랑이와 젖가슴 사이를 마지막으로 세심하게 닦아 나가며 그녀의 행복한 영생을 기원했다. 그들이 이곳에 처음 왔을 때, 이제 나는 저 창문만 있으면 된다고.

……하늘과 산과 들, 그리고 민우 씨 얼굴을 내다 볼 수 있는 저 푸른 창문만 있으면 된다고 말하던 그날처럼.

푸른 창문

"형, 이제야 우리의 둥지 짓기가 끝난 거야?"

농가 개조의 마지막 순서로 동쪽 벽을 반쯤 헐고 커다란 창문을 냈을 때, 예린이 밝게 웃었다. 모처럼 마음을 툭 터놓은 모습이다. 창문을 통해 내다보이는 원경처럼 그녀의 표정이 시원하고 환했다.

"그래, 정예린, 김민우 조각공원의 터를 잡은 셈이지."

새 집, 새 집이다. 사랑하는 사람과 살갗을 비비며 살아갈 새 집이었다. 민우는 이 순간만큼은 강하게 끓어오르는 영혼을 숨기고 싶지 않다. 욕망하고, 꿈을 꾸며, 사랑하고 싶은 자신의 모습을 그대로 내보이고 싶다. 자기의 이름을 딴 조각공원. 그는 쉽고 편한 길 대신 힘들고 험한 길을 택하면서 꿈을 더 키웠던 것이다. 그것은 그의 특질이기도 했다. 고난의 운명이여 오라! 내 그대의 멱살을 끌고서라도 나의 길을 가고 말겠다. 그는 이제껏 어려움을 피한 기억이 별로 없었다. 어려우면 어려울수록 꿈을 더욱 선명하게 하고 그 꿈의 실현을 위해 온 정열을 바쳤다. 스스로 욕망을 키우고 그 욕망이 가리키는 방향에 따라 자기 전부를 거는 예술가 특유의 기질이 그에게 있었다. 무엇보다 예린이 옆에 있는 것이다. 사랑하는 여인이 옆에서 지켜보고, 웃어주고, 감동해주고 있는 것이다.

"지금은 비록 까치집 정도지만 나중엔 꼭 그렇게 될 거야. 공원 한가운데에 수많은 여인들의 시샘을 받으며 네가 서 있을 거고."

민우는 그녀의 감동을 좀더 바랐다. 창 밖에 시선을 던져놓고 있는 그녀를 눈길로 끌어당기며 다짐하듯 덧붙인다.

"그러면 얼마나 좋겠어. 상상해보는 것만으로도 가슴이 막 떨린다. 아이들 손을 잡은 엄마나 연인들이 형의 작품 속을 거닐며 정답게 이야기를 나누는 모습이 말야. 그러나 난 지금도 행복해. 형이 옆에 있잖아. 형 옆에서 숨을 쉬고 조잘거리며 형을 마음껏 바라보는 것, 그 이상의 기쁨이 어디 있겠어. 그리고 저길 좀 봐. 우리가 얼마나 부자인가. 아름다운 숲과 숲의 눈동자 같은 진청색의 호수, 우리 창문을 중점으로 말갈기처럼 굽이치는 높은 산까지 모두 우리 거잖아."

그녀가 그를 향해 빙긋 웃어 보인 다음 그의 시선을 창 밖으로 끌었다. 저만큼 저수지와 들과 산이 조화롭게 펼쳐져 있었다. 멋진 원경의 아름다움이라니. 그녀는 자연이 안겨주는 진중한 감동에 눈길을 떼지 못한다. 그것은 팝콘처럼 톡톡 튀는 달콤한 감각과는 달랐다. 그 감동 속엔 깊이가 있고 염원이 있었다. 자기도 알지 못하는 어떤 생, 유전에 유전을 거듭하여 내려온 삶의 줄기까지도 울리는 것 같은 혜안의 감동이었다.

"참, 이상한 거 있지. 나는 처음부터 여기가 좋았어. 왠지 낯설지가 않아서. 분명히 처음 오는 것인데도 오래 전에 살다 간 것 같기도 하고, 또 꿈속에서 보았던 것도 같다니까."

"그랬니?"

"응."

"다행이다. 실은 많이 걱정했는데."

"아마, 형이 옆에 있기 때문이겠지. 좋은 사람 옆에 있으면 모든 게 다 좋아 보이는 그런 거."

　그녀가 콧날에 새로 주름이 잡히도록 웃으며 그의 널찍한 가슴에 등을 기댔다. 시선은 여전히 창문 밖 아득한 원경에 메어둔 채였다. 그런데 왜일까, 멀리 초록빛으로 출렁이는 숲의 고요 때문인가, 아니면 원경과 함께 전해오는 그의 따듯한 가슴 때문인가. 그녀는 가파르게 상승하는 사랑의 충동과 이대로 영원히 잠들고 싶은 평화를 동시에 느낀다. 가벼움과 무거움, 우울함과 쾌활함, 애정과 미움, 도무지 함께 하지 못할 것 같던 감정들이 편하게 몸을 섞고 있었다. 도대체 이런 감정의 뿌리는 어디에 있는 것일까. 그녀는 그런 사실에 다시 한번 놀란다. 요즘 들어 그런 감정들이 무척 자연스러워진 까닭이다. 이전에는 도무지 알 수도, 이해할 수도 없었으며, 지금도 논리적으론 설명이 잘 안 되는 그런 감정들이. 변했어, 내가. 졸업한 다음부터, 아니 사랑을 알고 나서부터. 그녀는 그에게 더욱 깊숙이 몸을 기댄다.

　사실, 발령까지 받아놓은 교직을 포기하고 그를 따라나서기로 했을 때, 가장 놀란 것은 바로 그녀였다. 너, 아주 미쳤구나. 엄마의 말대로 그녀는 혼란스럽기까지 했다. 시는 사랑하지만 시인은 아니라는, 예술은 좋아하지만 예술가는 멀리하는 세상의 영악함에 물들진 않았다 해도 그녀는 그렇게 무모한 여자가 아니었다. 감상적이라기보다는 현실적이고 따듯하지만 냉철한 여자라고 여러 사람이 알고 있었고, 그녀 역시 그렇게 자신을 인정했다. 그러나 그녀는 너무나 쉽게 그를 따라나섰다. 그래요, 미쳤는지도 모르죠. 하지만 사랑에 미쳤다는 그런 말을 듣는 내가 얼마나 소중한지 엄마는 모를 거예요. 그날 그녀는 십여 년 동안 준비해 온 삶과 결별하고 사랑을 선택하며 얼마나 기뻤는지 모른다. 그에게 달려가는 동안 위험 수위에 이를 정도의 힘이 솟구쳤고, 이 지상에 살고 있다는 것이 그처럼 행복하게 여겨진 적도 없었다. 그가 가는 곳이라면 어디든 따라가리라. 설사 그곳이 지옥이라 해도. 그런 연후에 충남 조치원에 있는 비암사 부근, 겨우 시간 강사 자리가 날지 모를 그의 모교의 분교가 있고, 질이 좋은 대리석이 나는 채석장이 있다는 것 외엔 아무런 연고도 없는 이곳에 온 거였다. 그런데도 이토록 마음이 편한 걸 보면 아직도 내가 몽롱한 상태에 있는가. 아니면, 먼 옛날부터 예정된 내 진짜 삶이 이런 것이었을까.

그녀는 뒤에서 자기 몸을 껴안는 민우의 팔에 양팔을 올려놓았다. 진흙을 개고 대리석을 쪼느라 굳어진 그의 팔 근육이 뼈 속까지 전해진다. 그녀는 몇 차례 그의 팔뚝을 쓸어 내렸다. 지금 자신을 가두고 있는 강인하고 따듯한 그의 팔뚝. 세상에 이보다 더 확실한 행복이 있을까. 어느새 몸과 마음이 겹쳐진 그들은 그대로 선 채, 먼 시선으로 같은 방향을 바라본다. 저만큼 내다보이는 푸른 숲에 그들의 미래가 그려져 있기라도 하듯.

어디선가 뻐꾸기 울음소리가 들렸다. 이 산에서 뻐꾹, 저 산에서 뻐뻐꾹. 아, 여기가 시골이지. 왜 사람은 사랑하는 사람과 함께 있으면 시간과 공간을 잊곤 하는 걸까. 그들은 고개를 반쯤씩 돌려 눈길을 마주치고 웃었다. 그 사이 한 마리 새가 들판을 가로질러 옆 산으로 날아갔다. 그리곤 한 십여 분 지나자 숲에서 두 마리 새가 동시에 산등성을 차고 날아올랐다. 아마도 들판을 사이에 두고 서로를 부르던 새들이리라. 숲 속에서 못 다한 사랑을 나누는 듯 높이 날아오른 두마리 새가 서로 부리를 비비고 꼬리를 물며 오르내리다 나란히 푸른 창공을 가르며 산너머로 사라졌다.

"아참, 토우."

예린은 불현듯 토우가 생각나 그의 팔을 풀었다. 그 동안은 짐을 정리할 수 없어 토우를 가방에 넣어 두고 있었다. 그녀는 얼마 되지 않은 금액의 저

금통장이며 그의 어릴 때 사진과 약혼정표로 주고받은 커플링 등, 중요한 것이 들어 있는 가방에서 토우를 꺼냈다. 그 사이 민우가 창가에 갈색 탁자를 옮겨왔고, 그녀가 토우 두 개를 조심스럽게 그 위에 올려놓았다. 창문 반대편, 서쪽 벽면에 길게 가로놓인 침대에서 옆으로 누우면 마주 보이는 곳이었다.

"형, 배고프지. 잠깐만 기다려."

그녀는 침실이자 거실인 방을 대충 정리하고 저녁을 준비했다. 밥을 안치고 감자를 까고 풋고추를 씻었다. 그 사이 민우는 작업실에 나가 있었다. 작업실, 조각가의 아틀리에는 이름처럼 그렇게 멋진 곳이 아니다. 아름다움을 탄생시키는 장소 대부분이 그렇듯 혼란스럽고 무질서하게 보였다. 석고나 점토를 개는 크고 작은 통, 정과 망치, 철사, 그라인더, 거푸집 등이 즐비한 곳. 다행히 농산물을 저장하던 가건물을 개조해서 만들었기 때문에 넓기는 했다. 그녀를 모델로 세워 놓고도 자유롭게 진흙 작업을 할 수 있을 정도였다. 그는 출병을 앞둔 병사가 무기를 점검하듯 찬찬히 작업장을 둘러보고 거실로 향했다. 식사를 하라는 예린의 목소리가 그의 귓전을 달콤하게 울린다.

이제 해는 완전히 기울었다. 한낮 동안 열심히 흘러왔기에 고인 붉은 노을 빛이 회색에 녹아 내렸다. 산골짜기로 흘러내린 어둠이 어느새 산등성을 덮고 하늘에 하나 둘씩 별을 메어두고 있었다. 그녀는 전등불 대신 촛불이라도 몇 개 켜고 싶다. 도시의 러브호텔 방처럼 강요된 어둠이 아니라, 숲 속의 나뭇잎 뒤로 처마 밑으로 순수하게 퍼지는 어둠. 어떤 제의라도 벌이고 싶은 시간이다. 그 어둠 속엔 수백 년, 아니 수천 수만 년의 시간이 녹아든 것 같은 경건함이 있는 것이다. 어쩌면 그들이 그곳에 있어야 하는 이유를 알지도 모를 시간이.

　민우 역시 그녀와 거의 같은 생각이다. 그는 여명의 푸른빛을 좋아하는 것처럼 막 어둠이 내리는 순간도 좋아했다. 깨어남과 묻힘. 소멸과 생성. 그러한 순간의 이동 속에서 생명의 어떤 원천이 느껴지기 때문이다. 그래서 가끔 그는 자기의 작품을 그런 반투명의 어둠 속에서 바라보곤 했다. 그렇게 하고 있으면 그 작품들이 신비한 힘으로 살아나는 것 같았다. 사물로만 머물러 있지 않고 생명을 얻으려는 어떤 움직임이다. 그 순간 작품의 헛점이 보이고 장점이 보였다. 그는 언제부턴가 이 시간대에 그녀를 보고 싶었다. 그런데 지금 그의 눈앞에 예린이 앉아 있는 것이다. 세상에서 가장 사랑하는 여자가 제의에 참여하는 여신처럼 완벽한 모습으로 자신을 보고 있는 것이다. 그는 조각가의 본능으로 어떤 시간이 왔음을 느낀다. 그는 창문 너머로 잿빛에 젖는 하늘을 올려다보았다.

　그렇지만 어둠을 반투명으로 가둘 수 있는 촛불이 어디 있단 말인가. 원래 이런 예기치 못한 기회는 준비할 수 없는 무엇이다. 이제서 초를 사러 시내로 나갈 수는 없었다. 이미 늦은 것이다. 그는 갈색 탁자 앞에서 가만히 창밖을 내다보는 그녀를 다시 본다. 안타깝지만 하는 수 없었다. 이 다음 이런 분위기를 위해 초라도 준비해두는 수밖엔. 그러나 그런 순간이 다시 오기는 할까. 그는 긴장을 허물고 그녀에게 다가갈 생각으로 몸을 일으켰다.

　그런데…… 그는 그녀 곁으로 다가서려다 멈칫했다. 동쪽 하늘에 달이 떠오르고 있었다. 둥근 보름달이었다. 누군가 그리운 마음을 하늘로 밀어 올린 듯한 둥근 달이 창문에 달빛을 뿌리고 있었다. 아, 은쟁반을 찬물로 깨끗이 씻어 진청색 하늘에 걸어 놓은 듯한 보름달. 매연이 자욱한 도시에선 도무지 볼 수 없던 상아빛 보름달에 그들은 숨을 들이켰다. 그들은 그제야 왜 그토록 많은 동양의 시인들이 달을 많이 노래했는지 알 것 같았다. 해가 이미 생산된 사물이라면 달은 말랑말랑하게 생성하고 있는 그 자체였다. 그러기에 자신과 접촉하는 관능이 있고, 함께 생성에 참여하고 싶은 욕망을 주었다.

하룻밤 내내 끌어안고 있어도 좋을 만월. 그 환한 달을 바라보고 있던 그들은 이미 연결되어 있었다. 더구나 정적과 고요에 싸여있는 생명은 서로를 깊이 인식하는 법이다. 그가 다가갔을 때 그녀는 떨고 있었다. 마치 첫키스를 하던 날 멈칫거릴 때처럼, 첫눈이 내리던 날 처음으로 몸을 열 때처럼. 그녀는 어렴풋이 알고 있었다. 오늘의 사랑이 다른 날의 사랑보다 훨씬 깊을 것임을. 새로운 삶을 시작하는 제의라는 것을.

달빛 아래 보름달처럼 탄력있고 깨끗한 피부를 가진 그녀의 나체는 아름다웠다. 그 자체가 하나의 조각품이었다. 창문에 기대어 온몸에 달빛을 받고 있는 그녀를 바라보던 그는 아, 여인의 육체가 이럴 수도 있구나, 하는 깨우침이 먼저 들었다. 우선, 온몸으로 달빛을 끌어들이는 듯한 분위기가 그를 압도했다. 마치 은색 달빛 아래 무더기로 핀 배꽃을 바라보고 있는 것과 같았다. 신비하고 황홀하여 그 자신이 그로테스크하게 된 느낌이 들 정도였다. 달을 향해 꼿꼿이 선 젖가슴과 둥근 달의 탄력이 그대로 이어진 듯 팽팽한 엉덩이. 달빛이 머물러 있는 곳을 경계로 오목과 볼록, 명암이 또렷이 대비되면서 그녀의 몸은 삼차원을 넘어선 어떤 입체감을 보여주었다. 그것은 과장된 입체감이라고 할 수 있는 것인데, 그 입체감이 그녀의 볼륨 부분을 두드러지게 강조하면서 그녀를 더욱 여성스럽게 했다. 그리고 그녀가 조금만 움직여도 만월 속에서 달빛이 찰랑이는 것처럼 그녀의 온몸이 흔들리는 것 같았고, 그럴 때마다 그녀의 몸에서 시시각각으로 찬란한 빛줄기가 흘러나오는 것 같았다. 거기에 달빛이 닿지 않은 음영 부분은 어떤가. 젖가슴 사이나, 허벅지 사이, 겨드랑이 등. 밝게 빛나는 살갗과 명도의 차이가 별로 없는데도 그곳은 두려울 정도의 깊이가 느껴졌다. 마치 무엇이라도 흡수하고야 말 것 같은 긴장된 힘과 나른한 관능이 우물처럼 고여 있는 것 같았다.

그는 홀린 듯 달빛에 찬 그녀의 육체 앞에서 처음으로 살아 있는 몸에서 조각을 발견한다. 고요하게 정지되어 있는 것처럼 보이다가 어느 순간 말간 빛을 발하고, 소녀인가 싶었던 몸이 어느새 은근한 관능을 띠는 그녀의 육체는 움직이는 조각과도 같았다. 그렇다. 끝없이 변하며 생성하는 달을 닮은 살아있는 조각이다.

그녀는 달빛 건너에 그의 눈빛이 타고 있는 것을 본다. 정적에 싸인 그 눈빛 속엔 아우성치는 열기와 깊은 염원이 있다. 그녀는 달을 꿀꺽 삼키듯 숨을 들이마셨다. 그녀는 이미 차가운 달이 내뿜는 정염에 난생 처음으로 온몸을 채우는 우주의 힘을 느끼는 중이었다. 아, 저토록 깨끗한 달빛이 이렇게 온몸을 채우는 굉장한 힘이 있다니. 그녀는 지금 자신이 뭘 원하고 있는지 안다. 먼 옛날 잉태를 소원하며 달빛을 들이마시던 여인처럼 그녀의 몸은 남자를 갈망하고 있었다. 지금 자신의 몸을 꽉 채우고 있는 기운과 만나 밤의 생성을 완성할 수 있는 그 힘.

이제 그는 그녀를 그만 보고 싶다. 눈을 감고 열 손가락으로 완벽한 조각품을 쓸어 내리듯 그녀의 육체를 쓸어 내리고 싶다. 의식 이전의 무엇으로 느끼고 싶은 거였다. 온몸으로, 영혼으로, 자연의 힘으로 사랑하는 여인의 전부를 느끼고 싶은 거였다. 느낀다는 것은 본다는 것과 차원이 다르다. 대상과의 일체를 이루는 것이고, 경계를 허문다는 것이고, 자신을 그 대상에 포함시키는 일이었다. 그는 그렇게 그녀와 하나가 되고 싶다.

그는 천천히 그녀에게 다가갔다. 다가가 무릎을 꿇고 그녀의 하체를 소중하게 껴안았다. 그리고 달빛이 그의 등을 타고 조금 이동할 때까지 정지해 있었다. 아, 이 사람이었구나, 정말 사람이었어. 그는 격렬하게 뛰는 심장 안쪽에서 아련히 울리는 감동의 소리를 듣는다. 자기 자신이 중얼거리는 것 같기도 하고 가슴 깊은 곳에서 울려 퍼지는 것 같기도 한, 그 울림에 갑자기 그는 그녀를 잃을까 두려워진다. 안개 낀 강가처럼 흐릿한 풍경 속에 이별하는 남자와 여자가 있다. 타인의 몸을 내 몸에 완벽하게 흡수시키고 싶을 정도로 강력한 사랑이 안겨주는 환희의 절망감이었을까. 그는 고개를 들어 그녀를 올려다보았다. 그 순간 그녀 역시 그를 내려다보고 있었다. 그래, 이 사람이구나. 이 사람이야. 그녀는 그가 양팔로 자신의 하체를 안을 때, 그의 전부를 확인하고 싶었다. 달빛에 더욱 또렷해진 그의 등허리 윤곽. 새로움이 더해졌다. 아니, 먼 옛날에 잊었던 것의 확인일지도 모른다. 익히 알고 있던 그의 몸뿐만 아니라, 그 몸을 스쳐간 시간의 흔적까지 모두 알 것 같았다.

"아, 내 사랑, 나의 영원한 사랑."

그녀는 자기 하체에 머물러 있던 그의 얼굴을 끌어 올렸다. 그녀의 젖가슴을 덮고 있던 달빛이 그의 널찍한 등에 묻히고 그녀의 상체가 그의 팔에 갇힌다. 귓전에 부서지는 신음 소리와 뜨거운 열기. 그녀는 심장을 빼앗아 갈 듯 무섭게 흡인하는 그의 입술에 비로소 눈을 감는다. 그토록 그의 몸 속 깊이 스미고 싶지 않았던가. 그녀는 그의 목을 으스러져라 껴안고, 그의 입 안에 자신의 전부를 빠트렸다. 서로의 코끝이 부딪치고 그녀의 더운 숨이 그의 몸 속으로 흘러들었다.

"예린아, 아, 예린아."

그는 그녀의 양 볼을 감싸쥐고 그녀의 볼에서 얼굴을 떼었다. 경이로움이 그의 표정에 어렸고, 그녀는 그를 놓치지 않는다. 반투명한 어둠 속에 빛나는 눈동자가 담고 있는 경탄. 그것은 성적 욕망보다 훨씬 큰 힘으로 그들을 연결시켰다. 소멸이 아니라 생성이고 순간이 아니라 영원이었다. 그는 그 순간 그녀에게 복종하고 싶었다. 완벽하게 자신을 낮추어 복종하고 싶었다. 자기 기쁨에 앞선 그녀의 기쁨으로 이 밤을 완성하고 싶었다. 그는 다시 무릎을 꿇었고, 그녀는 빛나는 등허리로 달빛을 차단했다. 그의 열 손가락 끝에 그녀의 육체에 머물러 있던 달빛이 부서지고 방안의 어둠이 녹아 내렸다. 그는 그녀의 발끝에서 머리카락 끝까지 더듬고 또 더듬었다. 거친 대리석 조각에 윤을 내듯 그렇게 어루만지고 또 어루만진다. 그러면서 그는 생각한다. 이로써 그녀를 영원히 기억하리라고. 눈이 멀어 볼 수 없고, 귀가 먹어 들을 수 없어도, 다시는…… 다시는 잃지 않으리라고.

달빛이 많이 기울었다. 그녀는 그의 팔에 안겨 모로 누워있다. 입이 벌어질 정도로 강력하게 자기 안으로 밀고 들어왔던 그의 일부, 아니 전부. 설핏 잠이 들었었나. 그러나 그녀는 여전히 그의 손을 쥐고 있다. 그녀는 그의 손을 더욱 세게 쥐며 그의 턱에 뺨을 갖다 대었다. 아직 그가 몸 속에 남아있는 듯하다. 몸 속이 그의 뺨처럼 따듯하다. 그녀는 섹스 뒤에 이런 느낌이 좋다. 허전하지 않고 따듯한 기운이 꽉 차있는 느낌. 그가 팔을 올려 그녀의 젖가슴을 부드럽게 어루만졌다. 한 번, 두 번, 세 번. 그는 곧 잠이 들리라. 그녀는 그의 몸을 자기 몸처럼 잘 알았다. 왜 타인의 몸이 내 몸 같은지. 그와 겹쳐진 몸이 중력에서 해방된 듯 가벼워진다. 그녀는 감았던 눈을 뜨고 창문 쪽을 바라보았다. 갈색 탁자 위에 그들을 지켜보는 토우가 보이고 아직 창가에 기대고 선 달빛이 보였다.

저 달빛이 다 기울면, 여명의 푸른빛이 창을 메우겠지. 그러면 달빛의 힘으로 배태한 모든 생명들이 비로소 꼬물거리기 시작할 것이고. 그녀는 푸른 꿈 하나를 창문에 걸어 놓은 채 깊은 잠 속으로 빠져들었다.

생애 마지막 날 오전 3

인내는 그 사람의 사랑 속에 있으며,
사랑으로 인해 그 인내는
끊임없이 새로워졌습니다.
그가 사랑하는 사람이었고,
그 어느 것도 그에게 저항할 수 없다는 것이
아마도 이 예술가의 비밀일 겁니다.
그의 요구는 그렇게 깊고
열정적이고 치열했기 때문에
모든 사물이 그에게 굴복했습니다.
그는 쉽게 경탄하지 않고
경탄하는 법을 배우려 했던 것입니다.

— 정예린 메모장에서 《릴케의 로댕론》 중

"예린아, 조금만 기다려. 내가 곧 갈게."

그는 그녀를 모델로 한 여인상들을 정성을 들여 닦은 다음, 실제 그녀가 옆에 있기라도 한 듯 중얼거렸다. 오랜만에 말끔히 닦인 여인상 속의 그녀는 무척 고왔다. 아침 푸른 안개를 헤치고 막 피어난 수선화처럼 우아하고 생기가 느껴진다. 하지만 작별을 하기 위해 내민 그의 손에 닿은 그녀는 차가웠다. 하얀 시트를 벗기고 마지막 화장을 해줄 때처럼 그렇게 차가웠다.

차라리 이런 모습으로 널 남겨놓지 않았더라면.

그는 그녀에게 따듯한 온기를 불어넣을 수 없는 자신이 또 안타깝다. 안타깝고 서글프다. 이제 그에게 다른 미련은 없다. 국제 미술전에 입상했을 때의 화려한 찬사도, 비평가의 뒤늦은 경탄도, 그리고 그들을 그렇게 갈라놓은 가난조차 그의 기억을 조금도 흔들지 못한다. 물 위에 떠 있던 그림자처럼 모두 사라지거나 희미해졌다. 다만 돌로 남아 있는 그녀가 있을 뿐이다. 돌 속에 갇혀서 라이너 마리아 릴케의 '석상의 노래'를 되풀이해서 부르고 있는 것 같은 그녀의 모습만 남아 있을 뿐이다.

누구 아니 계시오니까, 날 죽도록 사랑해줄 님 아니 계시오리까. 만약 그런 님 있어 내게 입을 맞춘다면 이내 돌에서 풀려나련만…….

한줄기 바람이 불어와 석상처럼 서 있는 그의 머리카락을 날렸다. 그는 무의식중에 릴케의 시를 읊조리며 천천히 돌아섰다. 그러다 뒤에서 뭔가가 확 잡아당기는 느낌에 다시 돌아선다. 꼭, 그녀와 파리 드골 공항에서 작별하고 돌아설 때와 같은 느낌이다. 가슴이 쫙 오그라드는 것처럼 아프고 눈물이 핑 돈다. 아, 예린아. 정원 한가운데서 그녀가 햇빛을 헤치며 걸어온다.

민우 씨 기다려요. 내가 돌에서 풀려났단 말이에요. 그는 밝은 햇빛이 한꺼번에 쏟아지는 듯 눈동자를 파고드는 현기증에 비틀거렸다. 환영인가. 몸을 바로 세우자 모든 움직임은 사라지고 빈 공간만 남는다. 볼을 스치고 지나는 바람뿐이다. 그는 여전히 혼자 서 있었다.

그래, 넌 깨어나라고 해도 깨어나지 않을 거야. 대신 사랑하는 사람이 죽어야 한다면. 오로지, 오로지 나를 위해 살았으니까. 그는 자기 생애 중 가장 화려했던 순간들을 떠올리며 집안으로 들어섰다. 가난했지만 그녀가 곁에 있었기에 가능했던 시간들을.

오직 너를 위하여

　낡은 청바지에 헐렁한 셔츠의 앞자락을 질끈 동여 맨 예린은 꼭 농활에 참가한 여대생 리더 같았다. 그녀는 '케리' 라고 이름 붙인 반 트럭을 몰고 비포장 도로를 달리고 있었다. 채석장에 다녀오는 길이다.

　"돌도 임자가 있는 모양이여. 결이 그만인 이 놈을 봤을 때, 문득 그네들 생각이 난 걸 보면."

　그녀는 채석장 김 반장의 말을 떠올리고 웃는다. 처음 채석장에 찾아갔을 때, 돌을 만지는 일이 뭐 장난인 줄 아냐며 심드렁해 하던 그였다. 그런 김 반장이 그렇게 호의를 보이게 하는 데 1년 반이라는 시간과 그녀의 수많은 애교가 필요했던 것이다. 그녀는 모델 일이 끝나면 나른한 눈길로 조각가를 바라보는 그런 모델이 아니었다. 밥하고 빨래하고 살림을 하는 것말고도, 때로는 진흙과 석회를 개는 잡부였고, 돌을 나르는 운전사였으며, 그의 영감을 위해 자료를 수집하고 정리하는 비서이자 비평가이기도 했다. 그래서 그녀는 항상 바빴다. 늘 시간에 쫓겼다. 그가 오로지 조각에만 전념할 수 있도록 그녀는 자질구레한 일을 향해 가녀린 몸을 돌진했다.

　이 돌을 보면 민우 씨가 얼마나 좋아할까. 그녀는 상상만 해도 기쁘다. 이제 그녀도 반 조각가가 다 되어 있었다. 조각에서 차지하는 돌의 비중이 얼마나 큰지 잘 아는 것이다. 겉은 멀쩡해 보여도 중간에 사암이 섞여 있거나 줄이 간 게 의외로 많았다. 특히 입술 윤곽이나 눈꺼풀 등 디테일 부분에 그런 결점이 드러나면 그걸로 끝이었다. 처음부터 작업을 다시 시작해야 했다. 그녀는 백미러를 통해 짐바에 실린 대리석을 보았다. 길이 다섯 자에 너비와 높이가 각각 세 자. 꽤 큰 돌이 초여름 햇살에 그 맑은 표면을 빛내고 있었다. 저번주에 석고 작업을 끝낸 '복종의 기쁨'을 새길 돌이었다. 저 정도면 충분할 거야, 색감도 좋고. 그녀는 돌에서 눈길을 돌리고 핸들을 꼭 움켜잡았다. 들길이 끝나고 언덕길이다. 복종의 기쁨, 그녀는 그 작품만 떠올리면 아직도 입안이 간질거리며 선웃음이 흘러나온다. 작년 여름 동쪽으로 창문을 내던 날 밤, 그들이 달빛 아래서 사랑을 나눌 때 민우가 처음 취했던 자세를 형상화한 것이기 때문이다. 그녀의 하체를 양팔로 감싸안고 정지해 있던 바로 그 모습이었다.

"어, 그런데 갑자기 차가 왜 이러지?"

그녀의 입가에서 선웃음이 지워지고 긴장감이 맴돌았다. 별로 가파르지 않은 언덕길을 오르면서 차가 힘을 받지 못하고 있었다. 그녀는 얼른 기아를 변속해서 1단으로 놓고 액셀러레이터를 밟았다. 출렁출렁, 부르릉. 빌빌거리던 차는 간신히 앞으로 전진했다. 그녀는 아주 짧은 순간이지만 마음이 조마조마했다. 핸들을 얼마나 세게 쥐었는지 손바닥에 핏기가 다 가시고 등줄기가 후끈 달아오른다. 중고차란 1년만 지나면 돈을 파먹는 애물단지라더니. 그녀는 핸들을 툭툭 쳤다. 제발 너라도 좀 봐 주라. 조금만 기다려. 문제는 돈이다. 그들에겐 돈이 없다. 워낙 적은 돈으로 시작을 하기도 했지만 기대를 걸었던 분교의 시간강사 자리가 무산되는 바람에 더했다. 유진의 말에 의하면 강인규 교수가 그 대신 다른 사람을 추천했다고 했다. 그러니까 일 년 반 동안 그들에겐 한푼의 수입도 없는 거였다. 그녀의 아버지가 다녀가며 싱크대 위에 놓고 간 오십만 원 이외에는……. 그녀는 얼마 남지 않은 은행잔고를 떠올리자 답답해진다. 지금 같은 추세라면 일 년 뒤엔 재료를 살 수조차 없을 것이다. 그러면 어떻게 해야 하나. 나라도 돈을 벌러 나가야 겠지. 그녀는 그 정도 각오쯤은 되어 있다. 하지만 문제는 그다. '그렇게까지 널 희생시킬 순 없어.' 하는 식의 말은 안 했지만 그녀는 그의 마음을 잘 알고 있었다. 어떻게 되겠지. 이번 가을 공모전에서 좋은 상만 탄다면 주문도 들어올지 모르고……. 그녀는 액셀러레이터를 좀 세게 밟았다. 그러나 차는 크렁 될 뿐 속도가 붙질 않는다. 서서히 그들을 향해 조여오는 가난처럼 케리 역시 그들을 봐줄 마음이 없는 것 같았다.

"어때 형. 이 돌 너무 좋지?"

그녀가 집에 도착했을 때 그는 석고로 떠놓은 복종의 기쁨을 손질하고 있었다. 어느새 그녀는 우울한 기색을 싹 지우고 처음 돌을 보고 좋아할 때처럼 밝은 표정으로 그를 바라보았다.

"왜 그랬어? 내일 함께 가자니까. 저번에 그렇게 당하고도 아직도 돌이 만만해 보이는 거야!"

그는 차에 실린 돌을 보지도 않고 우선 그녀를 나무랐다.

"만만해 보이긴, 예뻐 보이는데."

그녀가 짐짓 자신감에 찬 표정을 짓고 차에 실린 돌을 쓰다듬었다.

"다시는 그러지 마. 알았지. 이건 명령이야."

예린을 바라보는 그의 눈길 속엔 말로 다하지 않은 사랑의 마음의 그득 담겨있다. 아무리 돌이 좋다 해도 내겐 네가 만 배는 더 소중하다는. 그는 돌을 내리기 위해 도르레가 달린 체인을 걸면서도 그녀에게 몇 번이고 다짐을 받아놓는다.

"그만해, 이 돌이 화를 내겠다. 자기 사람만 좋아한다고."

그녀는 한옆으로 비켜서라는 그의 말을 듣지 않고 일을 거들었다. 꿈쩍도 하지 않을 것 같던 돌이 간신히 작업실로 옮겨졌다. 그의 이마에 송글송글 땀방울이 맺히고 땀이 번진 팔뚝에 돌가루가 묻어 났다. 초벌 깎기를 해왔으면 힘이 훨씬 덜 들 텐데, 위험부담도 없고. 그녀는 그가 돌 작업을 할 땐 마음을 놓을 수 없다. 그가 손을 다칠까봐 가슴이 쫙하고 오그라든다.

조각가에 있어 손은 생명과도 같은 거였다. 예민하고, 섬세하고, 유연하고, 지성적이며, 때로는 게으른 손이 필요했다. 그래서 그녀는 틈만 나면 그의 손을 마사지해 주었다. 자기도 잘 쓰지 않은 마사지 팩으로 씻어주고 닦아주고 지극한 정성으로 어루만졌다. 난, 네가 내 손을 만져 줄 때가 가장 기쁘더라. 나보다 손이 먼저 좋아하는 것 같애. 그는 항상 그렇게 말했다. 그럼에도 그는 자기 손을 아끼지 않았다. 손가락 지문이 다 닳도록 혹사하고, 그도 모자라 상처를 내기 일쑤였다. 지금처럼 밤낮을 가리지 않고 작업에 매달리기 때문이다. 앞으로 얼마나 더 많은 대일 밴드가 필요할지. 그녀는 밴드가 감긴 그의 엄지손가락을 바라보다 작업실 한쪽에 진열된 작품을 둘러보았다. 지문이 닳아 없어지고 상처투성이인 그의 손가락이 빚어놓은 것들이다. 지금 그가 만지고 있는 복종의 기쁨 말고도 몇 개가 더 있었다. 전부 그녀를 모델로 한 것으로 석고를 부어놓고 아직 거푸짚을 벗기지 않은 것, 석고만 떠놓은 것, 진흙의 살붙임 작업을 하고 있는 것 등등, 다발적이고 다 작이다. 그 가운데엔 작년 가을 국전에 출품한 작품도 있었다. 그 역시 그녀를 모델로 한 것인데, 그는 그 작품을 위해 꼬박 반년을 작업실에서 살다시피 했다. 점토를 이기고, 석고를 붙고, 다시 깨고, 긁고. 하지만 결과는 통보도 없는 낙선이었다. 그럴 수 있어. 국전이 어디 쉬운 건가. 그는 그렇게 말했지만 그녀는 그 일만 생각하면 지금도 속이 상하다. 결국 그를 힘들게 하는구나, 싶어 미안했다. 그는 대학미전에서 대상을 받은 이후 국전에 해마다 입선작을 냈던 것이다. 새삼, 강 교수의 압력을 떠올리지 않을 수 없다.

"먼저 들어가. 난 조금만 손을 더 보고. 모델링이 완전해야 작품이 잘 나오지."

저녁을 먹고 두 시간쯤 더 작업을 하고 났을 때, 그가 말했다. 아직 무더위도 오지 않았는데 벌레들이 기성을 부렸다. 천장에 매달린 형광등 주변에 나방이며 풍뎅이가 벌떼처럼 날아다녔다.

"됐어, 나 혼자선 못 잔다는 걸 알고 하는 말인 줄 잘 알아."

그녀는 방으로 들어가는 대신 벌레들을 쫓으며 그를 지켜보았다. 그는 이내 작업에 몰두했다. 초벌 깎기를 위해 새로 가져 온 돌에다 줄을 긋고, 1/2로 축소 제작된 석고상과 비례가 맞는지 재어보고. 그는 그녀의 존재까지 잊은 듯하다. 커다란 나방 한 마리가 목에 달라붙어 기어다니고 있는데도 그는 작업에만 열중이다. 자기 아버지의 피를 이어받은 것인가? 천상 조각가로 타고난 사람. 그녀는 일에 몰두해 있는 그의 모습을 바라보는 것이 좋다. 왠지 마음이 놓이고 걱정이 사라졌다. 언젠가는 꿈을 이루리라는 희망이 샘솟았다.

"다시 생각해 보아도 네 말이 옳았어."

한참 만에 허리를 편 그가 석고로 뜬 복종의 기쁨을 주시하며 입을 열었다. 실제 크기의 1/2로 축소 제작된 석고상엔 남자가 무릎을 꿇은 채 양팔로 여자의 하체를 감싸고 있고, 여자는 양손을 남자의 어깨 위에 올려놓고 남자의 숙인 머리에 시선을 주고 서 있었다.

"만약 이 작품을 청색 그리움처럼 눈썹과 입술 그늘까지 세부적으로 묘사

했다면 복종을 향한 강렬한 열망 뒤에 오는 환희심을 끌어 낼 수 없었을 거야. 자세가 주는 성적 도발을 도무지 막을 수 없을 테니까. 이렇게 표정을 안으로 향하도록 윤곽만 넣어줌으로써 남자와 여자가 밀착되어 있는 접촉면의 습기가 제거되고, 그 대신 자발적으로 복종하는 남자의 염원이 밖으로 흘러나올 수 있던 거지."

그가 그녀와 작품을 번갈아 보며 흡족한 미소를 지었다.

"그건 형의 생각이기도 했잖아. 아무래도 이 작품은 브랑쿠시의 '키스' 처럼 면을 단순하게 처리해야 할 것 같다고."

"그랬지. 하지만 그건 여러 의견 중 하나였어, 네가 힌트를 주기 전까지는. 인간의 내면 세계가 복잡하고 디테일한 표현 속에서보다는 오히려 하늘이나 큰 산처럼 지극히 단순하고 명료한 형태에서 그 본질이 드러날 거라고 네가 말했을 때, 확신한 거니까."

"아무튼 형이 좋으면 됐어. 여기 있는 것들 모두 형 거니까. 나를 포함해서."

그녀가 싱긋 웃으며 자신을 향해 빛나는 그의 눈길을 받았다.

"그럼, 뭐야. 정예린, 자기 것은 하나도 없는 거네."

그가 짐짓 놀라는 표정을 짓고 되물었다.

"아니, 딱 하나 있지. 이 모두를 가지고도 복종을 원하는 김민우, 내 남자인 형이 있잖아."

예린이 여전히 웃음을 띤 채로 그에게 다가갔다. 그러면서 그녀는 왠지 몸이 가뿐해지는 것을 느낀다. 커다란 돌을 가슴 위에 가득 올려놓아야 겨우 잠잠해질 것 같은 속살거리는 가벼움이다. 오늘 밤, 나는 이 사람 아래서 마음껏 복종의 기쁨을 누리리라. 그녀는 머리 위에 떠있는 별처럼 눈동자를 반짝이며 그의 팔에 바짝 들려서 작업실을 나왔다. 어디에 그런 힘이 숨어 있던 것일까. 그녀를 안고 방안으로 들어서는 그는 힘에 넘친다. 마치 그녀의 몸이 자기 몸의 일부인 것 같다. 아무런 무게를 느끼지 못한다. 그는 그녀를 안은 채 욕실로 들어갔다 잠시 후 다시 그녀를 바짝 안았다.

때묻지 않은 초여름 밤하늘과 별을 매달고 있는 투명한 어둠. 그녀는 그의 단단한 가슴 아래서 행복하다. 무한히 행복하다. 앞으로 평생을 불행의 질곡에서 헤맨다 해도 이 순간의 기억으로 버틸 수 있을 것만큼 그녀는 행복하다. 오로지 한 마음으로 사랑하는 이에게 바치는 복종의 기쁨, 그 기쁨은 자연과의 합일이고 우주를 향한 경배와 같았다. 그러기에 한없이 자신을 낮추고 있어도 깊은 산사의 풍경 소리처럼 가볍고 깨끗하다.

그녀는 한쪽 어깨를 자기에게 내어주고 숨을 고르고 있는 그의 손을 찾았다. 언제 만져봐도 따듯한 온기가 느껴지는 손이다. 하지만 그의 손은 무척 거칠었다. 어떻게 이런 손이 그토록 감미롭게 자신의 몸을 어루만질 수 있었을까, 싶을 정도로 굳은살이 박혀있다. 그녀는 그의 손을 들어 그녀의 살점 가운데 가장 보드라운 젖가슴 사이에 묻는다. 그리고 양팔로 그의 손을 보듬어 안았다. 하나, 둘, 셋, 넷……. 그녀의 심장 박동이 그의 팔을 타고 그의 가슴속으로 흘러들었고, 잠결에도 그 울림을 알아차린 그가 모로 누우며 그녀를 안았다. 마음 같아서는 그의 손가락 하나, 하나를 자궁 속에 넣고 싶다. 자궁 속에 넣어, 밤 동안만이라도 가장 아늑한 곳에서 쉬게 하고 싶다.

그녀는 자기를 가두고 있던 그의 팔에서 힘이 빠지자 그의 손을 다시 찾는다.

*

아침은 이래야 해. 다음 날 눈을 뜬 그는 가뿐하다. 머릿속에 찬물로 가셔낸 듯 개운하고 온몸에 불끈불끈 힘이 솟는 느낌이다. 그는 한껏 기지개를 펴고 조심스럽게 몸을 일으켰다. 어제 밤늦도록 손을 만져주더니……. 그녀는 아직 깊은 밤에 빠져있다. 그는 그녀를 내려다보며 엷게 웃었다. 그들은 항상 알몸으로 잠자리에 들었기에 그녀의 둥글고 깨끗한 어깨가 여명 속에서도 빛이 난다. 마치 생명이 깨어나기 직전, 더욱 깊은 고요가 어리는 커다란 알 같다. 그는 자기가 몸에서 떨어진 그녀의 팔을 가만히 이불 속에 넣어주고 침대를 빠져 나왔다.

언제 봐도 가슴 설레게 하는 여명의 푸른빛. 아직 가시지 않은 어둠을 끌어안고 점잖게 유동하는 여명의 푸른 안개 속에선 모두가 생명이다. 나무나 풀은 물론 바위까지도 뭔가 그리워 깨어나는 것 같다.

이른 새벽 맨 처음 눈뜬 자리 / 동맥을 타고 흐르는 청색 그리움.

그녀는 옳았다. 옳게 보았다. 그는 그녀가 더 잇지 못하고 있는 미완의 시구를 떠올리면서 그렇게 생각한다. 이렇듯 여명 속의 그리움은 동맥을 타고 온몸이 확장되는 그리움이고, 노을빛 속의 그리움은 정맥을 타고 심장으로 모아지는 그리움이다. 그는 서서히 엷어지는 여명을 창문을 통해 바라보고 있다가 다시 그녀를 본다. 그냥 저 푸른 창문을 뚫고 나가 그녀와 여명을 밟으며 무한히 걷고 싶다. 하지만 그는 그녀를 깨우는 대신 커튼을 쳤다. 저는요, 아침 공기도 좋아하지만 늦잠을 더 좋아해요. 언젠가 그녀는 그렇게 말했었다. 그는 그녀가 했던 말을 되뇌며 커튼을 꼭 꼭 여미어 방안을 어둡게 했다. 그러곤 부엌에 나가 쌀을 씻어놓고 작업장으로 향했다.

탕, 탕, 덜그럭, 탕. 꿈인가? 생시인가? 그녀는 꿈결처럼 아득한 곳에서 들려오는 소리를 듣는다. 분명히 돌을 쪼는 정 소리다. 어떤 남자가 푸른 안개에 싸여 커다란 돌을 쪼고 있다. 그를 닮은 것 같기도 하고 아닌 것 같기도 하다. 민우 씨? 밖은 아직 깜깜하다. 그녀는 잠결에 반쯤 떴던 눈을 다시 감는다. 탕 탕, 그래도 여전히 그녀의 귓가를 정 소리가 울린다. 그제야 그녀는 팔을 뻗어 그의 자리가 비어있는 것을 확인하고 몸을 일으켰다. 어젯밤 진하게 사랑을 나눈 탓일까. 아니면 이상한 꿈 때문인가. 잠을 많이 잔 것 같은데도 몸이 나른하고 눈꺼풀이 몹시 무겁다. 그녀는 잠에 취해 약간 비척거리며 창가에 다가가 커튼을 젖혔다. 아아, 이런. 그 순간 그녀는 짧게 외쳤다. 커튼을 젖히는 순간, 커튼 뒤에 기대어 있던 아침 햇살이 그녀의 얼굴을 향해 쏟아졌고, 그녀는 눈이 부셔 주춤 물러서며 햇살을 얼른 손으로 가린다.

전혀 예기치 않은 순간에 알몸으로 눈부신 아침 햇살을 받는 여인의 자세와 표정. 그건 예사롭지 않았다. 그곳엔 깨어나는 생명의 환희가 있고, 리듬이 있고, 그 환희와 리듬을 의식 이전에 반사적으로 반응하는 육체 고유의 백치미와 무한히 계속될 것 같은 몸의 정지가 있었다.

작업실에서 막 나오던 순간에 그는 그런 예린의 모습을 본다. 그는 그녀만큼이나 눈을 크게 떴다. 그러나 그녀는 영원히 계속될 것 같은 몸의 정지를 풀고 음영 깊숙이 사라졌다. 이런, 조금만 더 그러고 있지. 그는 재빨리 그녀가 보여주었던 모습을 되새겼다. 그 강렬한 이미지를 기억하기 위해서다. 그는 벌써부터 그녀가 의식하지 못하면서도 습관적으로 취하는 모습이나 특이한 자세를 포착하려고 노력해 왔다. 바로 그 순간이야말로 그녀의 특질이 있고, 개성이 있고, 그녀가 자기 내부로 숨어버리는 때여서 가장 그녀다운 그녀와 만날 수 있으리라고 생각한 것이다.

그는 다시 작업실로 뛰어 들어가 스케치북을 찾아 들었다. 그리고는 조금 전 그녀의 모습을 그리기 시작했다. 햇빛이 쏟아져 들 때, 입을 벌리고 경탄해 있던 그녀의 표정과 주춤 물러서며 취했던 매혹적인 자세. 그는 일체의 주관적인 가식을 곁들이지 않고, 순수하게 그 순간 그녀가 취했던 모습을 재현하려 애썼다. 하지만 막상 그려놓고 보니 영 아니다. 경탄에 젖던 그녀의 표정이 너무 밋밋하고, 자세 역시 어딘가 모르게 어색하기만 하다. 스스로 점수를 준다면 E학점 수준이다. 이를 어쩐다. 재연해 보라고 할 수도 없고. 그는 미간을 모았지만 별수없었다. 다시 들었던 연필을 놓고 만다.

"형, 고마워. 커튼. 하지만 그럴려면 형도 옆에 있어야지. 형이 내 수면제인 거 아직도 몰라?"

아침 준비를 다해 놓은 예린이 작업실에 들어서며 싱긋 웃었다.

"그렇다면 내 초상도 하나 만들어 놓을까?"

그가 드로잉을 하던 스케치북을 덮으며 마주 웃었다. 그는 오늘 아침 소중하게 얻은 영감을 그녀에겐 잠시 비밀로 하기로 한다. 보다 완벽한 이미지를 얻기 위해서였다. 그녀가 알면 아무래도 신경을 쓰게 될 것이고, 그러면 표정이나 자세가 자연스럽지 않을 거였다. 의식적으로 꾸민 표정에는 육체 고유의 백치미와 정지가 없는 것이다. 그는 그녀 자신도 모르는 그녀만의 특질을 그녀에게 보여주기를 원했다. 그리하여 그녀가 감동하는 모습을 보며 자기도 감동하고 싶었다.

"그런데 형, 나 오늘 새벽에 이상한 꿈을 꾼 거 있지."

그녀가 그가 벗어놓은 면장갑을 곱게 펴서 작업대 위에 놓고 말했다. 장갑은 검지손가락 끝 부분과 아귀가 헤어져 있었다.

"무슨 꿈인데?"

"있잖아. 푸른 안개 속에서 어떤 사람이 돌을 쪼고 있는 모습을 내가 우두커니 보고 있는 꿈인데 너무 생생한 거야."

"그것이 뭐가 이상해. 비몽사몽간에 내 모습을 생각한 거 같은데."

"아니야. 그 사람 복장이 너무 특이했어. 꼭 토우와 어울리는 복장이었거든. 그리고 더 이상한 건 그 꿈이 바로 현실로 이어졌다는 거야. 형이 작업하고 있는 꼭 그대로의 모습으로."

그 꿈이 그렇게도 신기한 듯 반짝이는 눈빛으로 그에게 동의를 구했다.

"아무튼, 넌, 어느 땐 꼭 어린애야. 앞으로 커튼을 치려면 네가 말한 것처럼 네 옆에 꼭 붙어 있어야겠다. 그런 시시한 꿈에 잠을 설치지 못하게."

그는 그녀의 꿈 이야기를 웃어넘겼다. 그러면서 일부러 커튼을 치고서라도 조금 전 그녀가 보여준 이미지를 재현하고 싶다는 생각을 굳힌다. 한편으로는 빛에 깨어나는 생명의 환희와 리듬이 있고, 다른 한편으로는 의식 이전의 육체가 고유의 백치미를 보이고 있는 여인의 상반된 이미지. 가을에 있을 국전에도 알맞은 주제 같았다.

그날 이후, 그는 그 영감을 끈질기게 추적했다. 밤늦도록 복종의 기쁨을 대리석에 새기고 아침엔 그녀보다 일찍 일어나 그녀가 잠에서 깨어나는 모습을 예리한 눈으로 지켜보았다. 어느 때는 그녀가 늦잠에 빠지도록 그 자신도 늦게 일어났고, 또 어느 날은 커튼을 쳐놓고 기다리기도 했다. 물론 그 모두 그녀가 눈치채지 못하게 한 행동이다.

다행히 여름밤은 짧고, 신혼의 아침잠은 길었다. 그녀는 내일 아침은 꼭 먼저 일어날 거라면서도 그에게 번번이 깨어나는 모습을 들켰다. 부지런한 여름 햇살이 눈에 부서 한쪽 팔로 햇빛을 가리며 일어나는 모습말고도 여러 가지였다. 먼저 깨어있는 그를 향해 안아 달라고 두 팔을 쭉 뻗는 모습, 양팔을 젖가슴에 얹어놓고 곤히 잠들어있다 불현듯 깨어나 주위를 둘러보며 짓는 표정, 달팽이처럼 등을 동그랗게 말고 있다가 몸을 일으킬 때 느껴지는 육체의 무게, 선잠이 든 상태에서 그를 찾아 이러저리 더듬는 그녀의 손길 등등. 그는 아무리 사소한 것이라도 그런 그녀의 모습을 그냥 지나치지 않았다. 그리고 또 그렸다.

그러는 사이 여름이 가고 있었다. 익을 대로 익은 진청색 나뭇잎에서 조금씩 푸른 물기가 빠지기 시작했다. 그의 작업실에 유진이 한 번 찾아오고, 이제 선생님 티가 제법 나는 다다와 진희가 다녀갔다. 그리고 푸덕거리던 케리가 기어이 고갯길에서 멈추는 바람에 예린의 속을 무진장 썩히고 얄팍한 저금 통장의 숫자를 더 줄여놓기도 했다.

그 동안 민우는 노련한 조각가가 되어 가고 있었다. 지금까지 그렇지 않다는 것이 이상할 정도로 그는 비약했다. 인체를 낱낱이 해부하는 예리한 눈매는 더욱 날카로워졌고, 사물의 본질을 짚어내는 직관은 더욱 정확해졌다. 진흙을 주무르고 석고를 긁어내는 그의 손 또한 이제 몸에서 독립되어 하나의 도구처럼 변해 있었다. 다만, 그런 사실을 그만은 모르고 있었다. 저번에 유진이 다녀왔을 때, 그토록 격찬을 했음에도 그는 그 점을 잘 납득할 수 없었다.

"민우 씨 정말 굉장하구나. 엄청나게 발전했어!"

그때 유진은 대리석 작업을 다 끝낸 '복종의 기쁨' 앞에서 입을 다물지 못했다.

"이게 다 사랑의 힘이야? 그런 거야?"

유진은 옆에 서 있는 예린과 민우를 번갈아 보며 웃었다.

"선배는 또 왜 그래요. 사람 무안하게."

"아냐, 듣기 좋으라고 하는 소리가 아니라고. 정말이지 민우 씨는 2년 사이에 몰라보게 달라졌어. 사면의 처리도 좋아지고, 주제도 훨씬 강해졌고."

"그건 선배가 다른 분위기에서 생활하다 온 때문일 거예요. 그 동안 파리에 가 있었다면서요, 지점을 내느라고. 아무래도 그곳 분위기와 내 분위기가 다를 테니까요."

"물론 그런 점도 있겠지. 하지만 예술의 세계엔 시대와 장소를 불문하고 공통적으로 흐르는 흐름이라는 게 있기 마련인데, 민우 씨 작품 속에선 그 중앙을 흐르는 맥이 점점 선명해지고 있다는 느낌이라고."

예린을 의식한 때문일까. 유진은 그에게 '너' 라는 반말을 삼가고 민우 씨, 민우 씨 하며 길게 말을 이었다. 그러나 예린이 없을 때는 여전히 직설적인 반말을 하며 애정 어린 눈길을 숨기지 않았다.

"정말 그렇다면 그건 예린이 덕분일 거예요. 나는 너무 좋은 공동 작업자이자 비평가를 옆에 두고 있으니까요. 선배가 좋다는 이 작품의 안면처리만 해도 실은 내 것이 아니거든요."

그가 예린을 눈길로 끌며 유진과의 대화에 동참해 주길 바랐다.

"예린 씨는 정말 행복하겠다. 이런 남자가 자발적으로 복종을 원하고 있으니까. 안 그래요? 예린 씨."

유진이 아무런 말도 하지 않고 웃고만 있는 예린을 향해 여러 가지 의미가 담긴 눈길로 쳐다보며 말했다. 질투라고 하기엔 좀 맑고 부러움이라고 하기엔 좀 진한 그런 눈빛이었다.

"어쨌든 이런 민우 씨 모습을 보니까 무척 기쁘다. 예린 씬 더 기쁘겠지만."

유진은 그 말을 끝으로 '복종의 기쁨' 속에 엉켜있는 두 사람의 모습을 지굿이 바라보고 나서 차에 올랐다. 들썩들썩 꽁무니를 흔들며 그들의 앞을 지나치던 유진의 고급 외제 승용차. 산골의 비포장 도로와는 영 안 어울리는 모습이었지만 그 차는 그의 작업실 앞에 바퀴자국을 깊게 남겼다. 언제라도 도시가 그리우면 그 자국을 따라오라는 것처럼.

이제 그는 더 이상 새벽에 그녀를 세밀하게 살피지 않았다. 그 동안 여명의 푸른빛 속에서 수없이 보고 그린 크로키와 프로필을 종합해서 그날 아침에 받은 영감을 완벽한 이미지로 완성한 덕분이다. 이만하면 되겠지. 그는 진흙작업을 마치고 아침 햇살 속에 손을 털며 예비작품을 한 번 더 보았다. 이번엔 자신의 시선이 아니라 그녀의 시선으로 보았다. 모델 없이 프로필만 가지고 작업을 한 거라고는 믿을 수 없을 만큼 완벽한 모습이다. 그는 젖은 천으로 진흙을 덮어놓고 기분 좋게 아침 햇살을 밟으며 그녀가 있는 방으로 향했다.

"무슨 일 있어요? 왜 그렇게 좋아해."

그가 집안으로 들어서자 밥상을 차리던 예린이 웃으며 맞았다.

"그렇게 보였어?"

"그래."

"하여튼, 뭘 감추질 못한다니까."

그가 식탁 겸용으로 쓰는 갈색 탁자에 앉아 수저를 들었다. 밥상엔 다른 날과 마찬가지로 국과 찌개가 올라와 있다. 마른 음식을 좋아하는 그녀에 비해 국을 몹시 좋아하는 그의 입맛에 맞춘 거였다.

"그게 뭔데?"

"아직 비밀이야. 좀 있다 보여줄게."

그가 밥을 푹 퍼서 토란국에 말며 웃었다. 그래요, 그럼. 우선 잘 드시고.

그녀는 맛없는 국도 맛있게 먹어주는 그를 따라 웃는다. 그것도 연륜일까, 아니면, 사랑이 가능토록 했을까. 학교에 다닐 때 거의 양식형으로 식사를 때운 그녀가 완전 토박이인 그의 입맛에 맞는 음식을 하기 위해선 적지 않은 노력이 필요했다. 그녀의 식성에 맞게 아침엔 그냥 토스트를 구워 먹자는 그의 말에 그녀는 우선 국을 끓이는 법부터 배웠다. 국거리를 장만하여 다듬고, 씻고, 끓이고, 간보고, 떠내고. 토스트를 굽은 일보다 몇 배는 더 어려웠지만 이제 그녀는 웬만한 국은 다 끓일 수 있었다. 콩나물국과 된장국은 기본이고, 호박과 잘 어울리는 새우젓국. 푹 익힐수록 맛이 나는 토란국, 길쭉하게 썬 대파와 찰떡궁합인 육개장 등. 그러다 보니 그녀 역시 그의 입맛에 길들여졌다. 아니, 어쩌면 그 동안 잊었던 입맛을 되찾고 있는 중이라고 해도 좋았다.

"형, 나도 이제 점점 아줌마가 되어 가나봐."

먼저 식사를 끝내고 그녀가 다 먹을 때까지 기다리고 있던 그녀가 말했다.

"아줌만, 무슨 아줌마. 아직 엄마도 되어 보지 못했으면서."

"아냐. 형이 맛있게 먹는 모습이 그렇게 좋아 보이는 걸 보면 아줌마가 아니라 할머니 차원이라고."

먼저 숟가락을 놓으며 그를 쳐다보는 그의 시선이 그윽하다.

"그런데 왜 그런 사람이 그렇게 식사를 해?"

그가 그런 그녀를 마주보며 걱정스러운 표정을 지었다.

"어디, 몸이라도 안 좋은 거야?"

"아냐. 그런 건."

"그럼, 왜 그래?"

"걱정하지 마. 내 몸은 내가 잘 아니까."

그녀가 그의 시선을 피하며 엷게 얼굴을 붉혔다. 그저께 청국장을 끓이다가 문득 확인한 사실에 그녀는 당황하고 있는 중이었다.

"그렇다면 안심이고, 아무튼 조심해."

"그럴게."

그녀는 아무튼 기쁜 일이기에 그를 향해 미소를 지었다.

"그럼 좋아. 이제부터 정예린, 그대가 아줌마가 아니라 가장 젊고 아름다운 여인이라는 것을 보여줄게. 따라 오시라."

그가 자리에서 벌떡 일어나 예린의 손을 잡아끌었다.

그는 지금 이 순간이 행복하다. 가장 행복하다. 남자가 행복이라니, 원. 그렇다면 최고로 기쁘다. 예술가가 자기 작품을 세상에서 가장 사랑하는 사람에게 처음으로 보여주는 순간의 기쁨은 세상을 전부 얻는 기쁨과 버금가는 것이었다. 그는 작업실로 들어가 작품을 덮어놓았던 젖은 천을 벗겨내며 새로운 탄생을 맞는 기분이었다.

"형, 정말로 대단해. 언제 이렇게……."

마치 새 생명이 태반을 젖히고 나오듯, 천을 젖히고 드러난 여인을 보고 그녀는 말을 잇지 못한다. 그녀의 눈에 비친 그 여인인 청색 그리움과는 또 달랐다. 자신도 의식하지 못했던 순간에 지은 표정과 자세여서 언뜻 낯설어 보였지만, 의식하지 못할 정도로 익은 분위기이기에 그녀가 알고 있는 것보다 더욱 그녀다웠고, 그러기에 그 분위기 속엔 그녀의 특질을 벗어난 인간 보편의 느낌이 있었다.

"생각나니? 내가 처음 커튼을 쳐놓았던 아침이."

"아, 그날. 이 작품을 보니까 생생하게 기억난다. 그때 내가 온몸으로 마구 쏟아지는 햇빛에 얼마나 눈부셔 했는지도……."

"바로 그때 네가 보여준 그 이미지야. 자세는 좀 변형시켰지만."

그가 그녀의 감동에 만족스런 표정을 짓고 말했다. 작품은 그가 말한 것처럼 처음 그녀의 모습에서 좀 변형이 되어 있었다. 입상이 아니라 와상에 가까웠다. 알몸의 여인이 몸을 반쯤 일으켰을 때, 갑자기 쏟아져 들어오는 햇살에 눈부셔 하는 모습으로 형상화되어 있었다.

"형, 수고했어. 그리고 감사해."

그녀가 자신도 모르고 있던 자기의 표정과 자세에 빠져있다 그의 손을 꼭 쥐었다.

"이제야 알았어? 네가 왜 아줌마가 될 수 없는지?"

"그래, 영원히 늙지 않겠지. 형의 손에 태어난 나는."

그녀가 그의 손을 잡고 있던 팔에 힘을 주었다. 자신도 알지 못하는 모습까지 포착해서 질투가 날 정도로 아름답게 새겨 놓은 그가 그녀는 너무나 고맙다. 혼자서 저렇게 작업을 해놓기 위해서 그는 얼마나 많은 새벽잠을 반납해야 했을까. 그녀는 그의 정성과 노력이 그의 따듯한 손을 타고 가슴 속으로 흘러드는 것 같아 더욱 기쁘다. 그리고 그녀는 이 순간이 그에게 또 하나의 기쁨을 말해야 하는 순간임을 안다.

"형, 눈부신 햇살을 받고 막 깨어나는 저 여인 말이야."

말을 하면서 그를 바라보는 예린의 눈동자가 형용할 수 없을 정도로 부드럽고 맑다. 마치 아기 사슴을 보고 있는 어미 사슴의 눈 같다.

"응."

"저 여인이 아이를 잉태하고 있었다면 어떻게 할 거야?"

"뭐라고, 아이를 잉태해! 나쁠 것 없지. 아니, 더욱 좋겠는데."

그가 아직 감을 잡지 못하고 다시 작품에 눈길을 돌렸다.

"내 눈엔 저 여인의 아랫배에서 태기가 느껴지는데. 형, 이곳처럼."

그녀는 내내 잡고 있던 그의 손을 끌어당겨 자신의 아랫배로 가져왔다.

"뭐라고? 그럼, 너?"

그제야 그가 그녀의 말을 알아듣고 눈을 동그랗게 떴다. 그러자 그녀는 대답 대신 고개를 끄덕이고, 그의 곁으로 한 발 다가섰다.

"이런 맹추같이. 그런 말을 왜 이제야 해. 나는 그것도 모르고……."

그가 끝내 말을 다 잇지 않고 그녀를 끌어안았다. 콩, 콩, 콩. 그 순간 그들은 서로 맞닿은 가슴을 타고 엉키는 두 사람의 심장 뛰는 소리를 듣는다. 새로운 삶의 태동을 알리는 소리였다. 그는 자신을 그토록 감동시켰던 작품조차 잊는다. 아기라니, 내게 아기라니. 어려서부터 외롭게 자란 그였다. 그는 이제껏 자기 작품 가운데 최고의 작품이라고 여겼던 작품을 옆에 두고 위대한 조각가 로댕의 말을 떠올린다.

중요한 것은 감동하는 것, 사랑하는 것, 희망하는 것, 전율하는 것, 산다는 것입니다. 생존만큼 큰 자존심은 없습니다. 그러니까 예술가에 앞서 인간이어야 하는 것입니다.

그는 로댕이 말한 것처럼 오로지 그녀를 위해 그렇게 살리라고 다짐하고 또 다짐한다. 새롭게 사랑해야 할 또 하나의 생명이 눈부신 햇살을 받고 깨어나는 여인의 몸에서 자라고 있는 것이다. 민우는 좀 더 힘을 주어 예린을 껴안았다.

"그래, 자기 말처럼 이 작품의 이름엔 '깨어남과 빛의 응축'이 좋겠어. 내가 생각했던 것보다는."

민우가 마무리 작업을 다 끝낸 작품을 한동안 보고 있다 말했다.

"대지의 환희는 너무 흔하고 자의적이라는 기분이 들어."

"형, 마음대로 해, 난 형이 좋다면 다 좋으니까."

작품에서 눈길을 떼고 그녀가 그를 쳐다보며 미소를 지었다.

"그런데 넌 어떻게 그런 이름을 짚어내는 거야. 직접 작업을 한 나보다 훨씬 잘 어울리고 주제에 딱 맞는 이름을."

그가 경탄이 담긴 눈길로 그녀를 보았다. 사실, 그는 지금처럼 작품에 이름을 달 때 좀 힘이 들었다. 어떤 이미지를 추적하여 작업을 하다보면 이미지라는 게 그렇듯 작품 역시 도저히 한 가지 말로는 이름을 붙일 수 없는 존재처럼 되어버리는 것이다.

"글쎄, 그걸 어떻게 설명해야 하나. 음…… 세부적인 느낌에 얽매이지 않고 전체적인 분위기를 통합해서 본다고 할까. 아무튼 그런 거야."

그녀가 말로는 표현하기 좀 힘든지 숫자를 헤아리듯 천천히 말했다. 그리고 자기 느낌을 한 번 더 확인하기 위해 작품을 다시 보았다. 아이보리색 키코라 대리석에 새긴 작품은 진흙으로 빚었을 때보다 몇 배는 나아 보였다. 우선 한쪽 팔을 굽혀 침대에 대고 반쯤 몸을 일으킨 여인의 드러난 상체가 안정적이면서도 동시에 깨어남의 동적인 리듬이 잘 표현되어 있었고, 살색과 거의 같은 대리석의 질감이 그녀의 자태를 훨씬 사실적이고 아름답게 했다. 그리고 무엇보다 이 작품의 강점은 그녀의 알몸에 무차별 쏟아지던 햇살이 반발하지 않고 전부 그녀의 몸에 스며들고 있는 듯한 분위기에 있었다. 그것은 햇빛이 쏟아질 때 무방비 상태에 있던 육체가 의식 이전의 반사적인 행동으로 육체 고유의 백치미를 드러낸 데서 왔다. 눈부신 햇살을 가리려는 듯, 아니면 햇살에 소스라치게 놀라는 듯, 허공을 헤집던 팔과 불현듯 일으킨 상체가 읽히지 않는 표정으로 머물며 오히려 빛을 안으로 끌어들였다. 그녀의 몸에 닿았던 빛은 다른 곳으로 흘러가지 못하고 우물쭈물 고여있다 결국 그녀의 몸에 응축되고마는 것이다. 그리하여 그의 작품은 생명이 안에서 밖으로 깨어나는 힘과 그 생명을 중심으로 밖에서 안으로 응축되는 빛이 머물러 있어, 사물과 빛이, 대지와 하늘이 서로 교감하는 분위기를 드러냈다.

"만약 이 작품이 이번 국전에서 좋은 상을 받게 된다면 모두 네 덕이야."

작품에서 눈을 돌리는 예린을 그가 대견스럽게 쳐다보았다.

"무슨 말을 그렇게 해, 형. 형이 이 작품을 위해 얼마나 노력했는데 그래. 나와 요녀석은 그냥 바라만 보고 있었잖아."

그녀가 자신의 아랫배에 시선을 주고 수줍게 웃었다. 엄마가 된다는 것은 저렇게 넉넉해진다는 것일까. 이제 겉으로 드러나기 시작한 아랫배를 보고 있는 그녀의 표정엔 자애로움과 평화가 흘러 넘친다. 그래, 저 사람을 위해 내가 할 수 있는 건 일하는 것뿐이었지. 그는 그녀를 바라보며 생명을 잉태한 그녀의 모습을 또 돌에 새기고 싶다. 그 동안 그는 가을 국전에 출품할 작품을 위해 틈을 낼 수 없었다. 오로지 작업에 매달렸다. 그의 작업은 뜨는 해를 몰고 온 여명의 푸른빛과 함께 시작되었지만 지는 해와 끝나지 않았다. 어둠이 내리고 별이 아스라이 멀어질 때까지 계속 이어졌다. 석고 가루와 돌가루를 하얗게 뒤집어쓰고 엄지손톱이 다 빠져나가도록 깎고 다듬고 문지르며 여름을 다 보내고 가을을 맞았다.

"형, 내일 서울에 다녀오려면 힘들 텐데 오늘은 그만 끝내자. 요녀석이 아빠의 손길이 그리운가봐. 일 좀 그만하고 자기를 봐 달래."

아직 빠진 손톱이 나질 않아 붉은 살점을 드러낸 그의 왼쪽 손에 감겨있던 눈길을 풀고 그녀가 말했다.

"알았어. 나도 그럴 생각이었어. 이것만 차에 실어놓고."

그가 부지런히 몸을 움직여 작품을 포장하기 시작했다. 서울까지 가는 동안 충격에 작품이 상하지 않도록 차 밑바닥에 두툼한 가마니를 깔고, 작품을 넣은 박스의 빈 공간에 포장용 스티로폴을 넣어 단단히 여몄다. 이로써 그가 할 수 있는 모든 노력은 끝난 셈이었다. 이제 작품을 출품하고 기다리면서 염원하는 일만 남은 것이다. 이 작품이 나름대로의 생명을 얻어 오래도록 존재해 주었으면 하는 간절한 염원. 그는 잠시 숙연한 표정으로 차에 실린 작품을 바라보았다.

그녀 역시 그런 그의 심정을 알기에 안으로 들어가 간단한 간식을 준비했다. 가까운 절이나 성당에라도 갈 생각이었다. 그녀는 종교를 가지지 않았지만, 아니, 사람 하나를 사랑하는 일이 그녀의 종교처럼 되어 버렸지만 오늘은 그러고 싶었다. 그의 손을 잡고 나란히 산길을 걸으며 새 생명과 함께 자연의 힘을 느끼고 싶었고, 작품을 위해 빌고 싶었다.

"야아, 언제 이렇게 단풍이 든 거야. 아주 불 길이네."

밖은 가을이 한창이었다. 아랫마을에 있는 성당에 잠시 들렀다가 비암사로 가는 산길에 접어들자 그가 감탄사를 연신 터트렸다.

"꽃에 묻혀 있는 사람은 꽃을 잊고 산다는 말이 맞나봐. 형."

그녀도 뱃속의 아이와 함께 하는 첫나들이에 조금 들뜨는 기분이었다. 마치 단풍을 처음 보는 사람같이 좋아하는 그를 함박 웃음으로 거들었다. 하긴, 그도 그녀도 그 동안 계절을 잊고 살았다. 언제 여름이 가고 가을이 왔는지 모를 지경이었다. 무더위가 가셨다 싶었는데 어느새 들판은 황금물결이고 호수에 잠긴 산은 붉게 물들어 있었다.

그들은 손을 꼭 잡고 좀 더 걸었다. 다방리라는 동네에서 비암사로 이어지는 언덕길이었다. 그녀에게 좀 무리가 아닐까 조심스러웠지만 뱃속의 아이도 좋아하는 것 같았다. 천년 고찰인 비암사 입구, 세심교(洗心橋)를 지나며 줄지어 서있는 은행나무에서 황금쪼가리가 흩날리듯 노란 단풍잎이 떨어지자 자기도 느껴진다는 듯 조용한 움직임을 보였다.

꽉 찬 이삭들이 보여주는 생명의 웃음과 떨어지는 단풍에 부서지는 가을빛, 그리고 새 생명의 요동과 사랑하는 사람의 냄새. 그 순간 그들은 세상에서 가장 행복했고, 그러므로 부자였다. 민우의 손을 끌어 자기 아랫배에 대보는 예린의 표정은 꼭 가을 들녘과 닮아 있었다. 입가엔 영근 이삭 위에 어려있는 햇빛처럼 깨끗한 미소가 흘렀고, 표정은 부드럽고 평온했으며, 눈빛은 넘치지 않을 만큼의 정열로 차있었다.

"그리고 보면 참 내가 내 욕심만 차렸다는 생각이 들어."

한 손으로 그녀의 아랫배를 쓸어보던 그가 그녀를 번쩍 들어올리듯 안아주고 나서 팔을 풀며 입을 열었다.

"그게 무슨 소리야? 형이 무슨 욕심을 부렸다는 거야?"

"봐, 네가 이렇게 좋아하는 모습을 보니까 그런 생각이 들었어. 매일 바쁘다는 핑계로 나들이 한번 못했잖아."

"난 또 무슨 소리라고. 나들이는 무슨 나들이. 난 형만 옆에 있으면 언제 어디서든 가장 행복한 나들이야, 최상의 나들이!"

그녀가 다시 그의 손을 잡으며 환하게 웃었다.

"그러니 그런 생각은 말고 저기 좀 봐요. 얼마나 좋은지."

여전히 미소를 머금은 채, 그녀가 몸을 반쯤 틀어 서향의 원경을 가리켰다.

“야, 정말 광장한데!”

무심히 그녀의 시선이 머물러 있는 곳으로 고개를 돌리던 그가 우뚝 걸음을 멈추었다. 역시, 원경을 보는 예린의 안목은 탁월했다. 먼 시선으로 잡히는 산맥과 들과 하늘의 거리가 한 10킬로쯤 될까. 그곳은 말이나 사진으로는 결코 표현할 수 없고, 오직 그 자리에 포함되었을 때만이 감동을, 아니, 경탄을 불러일으키는 풍경이 드넓게 펼쳐져 있었다. 사람의 양 시선을 잡아 주는 듯한 두 개의 봉우리가 양옆에 우뚝 서 있고, 그 두 봉우리를 자연스럽게 흘러내린 등선 너머에 하늘을 배경으로 큰 파도가 굽이치듯 몇 줄기의 차령산맥이 가로누워 있었다. 그리하여 한편으로는 시선이 쭉쭉 뻗어나가는 시원함과 원대한 기운이 느껴지고, 다른 한편으로는 양옆에 시립하듯 서 있는 두 개의 봉우리로 인해 안으로 모여드는 평온한 기운을 느낄 수 있었다.

“어때? 형. 광장히 맑은 기운이 느껴지지 않아?”

눈앞의 원경을 좀 더 멋있게 조망할 수 있는 곳을 찾아 행길에서 산기슭으로 몇 걸음 올라왔을 때, 그녀가 말했다. 그곳은 부챗살처럼 펼쳐져 있는 원경의 꼭지점에 해당되는 곳이었는데 한 삼천여 평쯤 되는 계단식 밭이었다.

“그러네. 여기 이렇게 서 있으니까 맺혔던 마음이 그냥 툭 터지는 것 같다. 신선한 새 기운이 가슴 가득 채워지는 것도 같고.”

그가 거침없이 내뻗는 시선을 전경에 둔 채 큰 숨을 내쉬었다.

“정말 그렇지, 형. 어떻게 이런 곳이 이제껏 남아 있었을까도 싶고.”

그녀 역시 자기가 발견한 자연의 절묘한 아름다움을 음미하는 듯 조용하고 정렬된 시선으로 앞을 내다보았다. 그러다 무슨 생각이 났는지 불현듯 눈을 동그랗게 뜨고 그를 향해 고개를 돌렸다.

"있잖아, 형."

"왜 그래, 또 뭔가를 본 거야?"

갑자기 표정이 진지해진 그녀를 향해 그가 부드럽게 웃었다.

"그런 게 아니고. 여기에 형의 조각공원을 꾸미면 참 좋겠다는 생각이 들어서."

"뭐라고, 내 조각공원을?"

"그래, 공원 한곁에 들러리로 있는 조각공원이 아니라 조각이 주가 되는 그런 공원 말이야. 조각갤러리처럼."

그녀는 이미 그의 조각공원이 머릿속에 그려지는 듯싶었다. 눈동자의 움직임과 숨결이 차분해지고 있었다.

"그럴 수 있으면 좋겠지. 그러나 아직은 꿈 같은 이야기지. 그러려면 이름도 얻고 돈도 엄청나게 벌어야 할 테니까."

그가 얼른 대꾸를 하지 않고 좀 뜸을 들이다 엷게 웃음을 지었다.

"하긴……."

그녀 역시 그를 따라 웃으며 말꼬리를 흐렸다. 그러나 그 순간 그녀는 그 생각을 버리지 않는다. 가슴 한 곳에 깊이 심어놓는다. 자연 경관과 멋지게 어루어진 김민우 조각공원이라. 아직은 꿈 같은 이야기지만 그녀는 상상해보는 것만으로도 기쁘고 힘이 솟는 것 같았다. 그녀는 천천히 주변 경관을 둘러보며 좀 더 상상을 이었다. 지금 뱃속에 있는 아이의 손을 잡고 그 공원을 걸으며 오늘 이 첫나들이에 대해 들려주는 자신의 모습을. 그리고 그를 위해 자신이 바쳐야 할 정열과 노력을. 사람이란 욕망하는 것이 되는 법이다. 더구나 예술가란 매일매일 스스로 욕망을 창조하며 그를 위해 모든 정열을 바쳐야 하는 것이 아니던가. 그 역시 말은 그렇게 했지만 그녀보다 깊게 그녀의 말을 되새긴다. 그 자신과 그녀. 그리고 나날이 자라고 있는 새로운 생명을 위해. 그들은 어느덧 많이 기울어진 햇빛처럼 숙연해져서 기도하는 심정으로 그곳을 내려왔다.

동행

거리에 빛이 없어도
짙어지는 그림자 하나 있습니다.
어두우면 어두울수록 밝아지는
그런 얼굴 하나 있습니다.
이젠 말을 하지 않아도
이젠 기도하지 않아도
무언가의 끝.
온 마음 모이는 그 자리에
환한 얼굴 하나 있습니다.

동행한다는 것은 그런 것,
그대가 밤하늘 건너에 있어도
늘 그대 그림자를 밟는 일입니다.
언제 어디서든
겹친 그림자로 누워
기쁘게 한 곳에 이르는 길입니다.

— 〈정예린 유고시집〉에서

뜰에 있는 조각상을 다 닦고

집안으로 들어 온 그는 다시 창 밖을 내다보았다. 어느새 해는 중천에 떠 있었다. 조각상들의 그림자가 짧아지고, 산골 풍경은 세기를 더한 햇빛 속에서 더욱 고요하다.

그래, 그런 거였다. 동행한다는 것은 그런 거였어. 멀리 있어도 너의 그림자를 밟는 일이고, 그리운 네 목소리를 듣는 일이었어.

그는 예린의 그림자가 드리워져 있는 집안을 종종걸음으로 서성였다. 가난했지만 동행의 기쁨이 있었기에 행복했던 나날들이 발자국을 옮길 때마다 그의 발목에 감긴다. 작업실에서는 그를 안쓰럽게 바라보던 그녀의 시선이, 식탁 위에는 정성스런 그녀의 손길이 그를 잡아끌었다. 결코 불행을 예감하지 않았던 순간이고, 둘이서 한 곳을 바라보며 언젠가는 하나가 될 것을 의심하지 않던 나날이었다.

국전 출품작을 끝내고 뱃속의 아이와 가을나들이를 갔을 때 그녀는 얼마나 행복해 했었던가.

그는 예린이 임신한 몸으로 모델을 서던 작업실 한켠을 물끄러미 바라보았다. 아직도 남아 있는 초록색 소파. 형, 어때, 몸매가 흐트러져서 밉지. 그녀는 그 소파에 앉아 세상에서 가장 따뜻하고 행복한 미소를 지으며 그렇게 말했었다.

그는 점심시간을 넘기고 있었지만 배고픔도, 위암 말기의 통증도 잊는다. 그때의 추억이 너무도 생생하다. 마치 이마 위에 문신으로 새겨놓은 것도 같다. 그녀는 모델을 서면서도 아기의 태교를 위해서라며 쉼 없이 웃었고, 그는 그런 그녀의 모습을 하나도 놓치지 않기 위해 혼신의 힘을 다했다. 그 순간 그들은 서로를 믿었고, 세상을 믿었고, 세월을 믿었다. 하지만 그 뒤 그들을 찾아온 것은 안개였다. 함께 길을 가다가도 옆 사람을 잃을 만큼 짙게 끼었던 한낮의 안개였다.

아, 어느새 흐른 눈물로 시야가 안개처럼 뿌옇게 흐려진 탓일까. 그는 작업실을 나서며 그때 눈앞을 가로막던 안개를 다시 본다.

안개

작품을 출품하기 위해 서울로 갈 민우는 출발을 좀 서둘렀다. 이왕 서울에 오는 김에 자신의 아틀리에에 들르라는 유진의 전화도 전화였지만 앞을 가로막은 지독한 안개 때문이었다. 원래 집 앞에 저수지가 있어 가끔 안개가 끼곤 했지만 오늘은 무척 심했다. 코앞에 있는 담장이 반쯤 잘려나갈 정도로 짙고 습기 또한 굉장했다. 거기다 그들을 고립시키려고 작정한 듯 시간이 지날수록 점점 짙어지기까지 했다.

"형, 운전 조심해야겠다. 아니면 좀 더 있다 가든가."

조금만 멀어져도 이내 서로의 모습을 잃고마는 안개 속에서 그가 차에 오르자 그녀가 걱정스러운 표정을 그대로 드러냈다.

"괜찮아. 요 앞 저수지만 지나면 좀 걷히겠지."

그는 차창 밖으로 얼굴을 내밀고 그녀를 향해 밝게 웃었다.

"안개야 곧 걷히게 마련이잖아. 언제 그랬나 싶게."

그 역시 이런 안개 속에 그녀를 혼자 두고 떠난다는 게 걱정스러웠지만 그렇게 말하고 차의 시동을 걸었다.

"아무튼 조심해서 다녀와요. 무슨 일 있으면 바로 연락하고."

"알았어. 금방 다녀올게. 늦어도 저녁 전에 도착할 수 있을 거야."

그래도 마음이 놓이지 않는지 꼼짝 않고 서있는 그녀를 향해 그가 목을 길게 빼고 바라보았다. 그러나 이내 그녀의 모습은 안개에 묻히고 그의 눈앞엔 짙은 안개만 자욱하게 남았다. 도대체 웬놈의 안개가 이렇게 엄청난 거야. 그는 쏘아보듯 앞을 내다보았지만 별로 소용이 없었다. 시내로 접어들수록 더욱 짙어진 안개가 시야를 가로막는다. 마치 삶이란 이렇듯 안개 속을 달리는 것처럼 불분명하다는 것을 은연중에 말해 주는 것도 같고, 그의 주의력을 시험하는 것도 같았다.

그는 괜히 불안해져서 핸들을 꼭 잡았다. 공모전에 처음 출품하는 것도 아니기에 그는 날씨 따위로 불안한 징조니, 예감이니 하며 결과를 점칠 마음은 없었다. 더구나 최선을 다한 작품이고, 아무리 뜯어봐도 결점을 잡아낼 수 없었기에 일말의 자신감도 있었다. 그럼에도 뭔가가 불안했다. 공모전에서 다시 낙선되는 정도가 아니라 그 이상의 무엇이 짙은 안개 속에서 자신을 노려보고 있는 것 같았다.

그나저나 유진 선배는 왜 보자는 거지. 전화로는 할 수 없는 이야기가 어디 있다고…… 아무래도 불안의 실체는 유진의 전화 같았다. 꼭, 다녀가라, 꼭이야, 꼭. 그제 전화를 끊으며 유진은 몇 번이나 꼭, 이라는 말을 되풀이했고, 그런 그녀의 목소리에는 자신도 어쩌지 못하는 착잡함과 염려가 배어있었다.

다행히 고속도로로 접어들자 안개가 좀 엷어졌다. 천안을 지나자 비상등을 끄는 차가 하나둘씩 늘어나고 차량의 전반적인 속도가 붙기 시작했다. 그 역시 비상등을 끄고 속도를 좀 내었다. 평소보다 두 배 이상 시간이 걸렸기 때문에 유진을 만나고 돌아가려면 서둘러야 할 것 같았다. 작품을 출품하는 미협에서 유진이 새로 냈다는 청담동 아틀리에까지도 결코 만만치 않은 거리였다. 더구나 유진이 전화로 할 수 없는 이야기라면 의외로 시간이 오래 걸릴지 모르는 일이다.

아직 안개가 덜 걷혀서일까. 그는 오랜만에 보는 서울 거리가 반갑기도 하고 낯설기도 하다. 저리 복잡한 곳에서 어떻게 살았는가 싶고, 한결같이 익명의 무미건조한 표정을 짓고 있는 사람들의 틈에 끼면 금방 질식할 것 같은 기분도 있다. 아마도 그런 기분이 더해져서이기도 하리라. 그는 갑자기 예린의 생각이 간절하다. 문득 사라지는 환영처럼 그녀가 안개 속에 묻힐 때, 끝까지 남아있던 걱정스러운 표정이 눈앞에 아른거린다. 그는 한강을 지나 한남동 고갯길에 이르러 차를 길가에 세워놓고 핸드폰을 꺼내 들었다. 안도감 섞인 그녀의 목소리가 이내 그의 귓가에 흘러들고, 그는 그녀의 조그만 숨결이라도 놓치지 않으려고 핸드폰을 밀착시킨다. 하지만 이제 구닥다리가 된 핸드폰은 감도 멀고 음색도 좋지 않았다. 그나마 몇 마디를 주고받고 나니 건전지가 다 되었다는 신호음이 흘러나왔다.

"이제 안개도 좀 걷혔으니 일을 보고 천천히 와요. 형."

그는 통화 말미에 그녀가 했던 말을 음미하며 다시 차를 출발시켰다. 그런데 차가 이상했다. 시동은 걸렸는데도 부르릉거리기만 할 뿐 앞으로 나가질 않았다. 그는 얼른 액셀러레이터를 있는 대로 밟았다. 그제야 차가 앞뒤로 출렁거리다 겨우 앞으로 나갔다. 그는 그래도 다행이다 싶다. 만약 안개 속에서 차가 퍼졌다면 어찌할 뻔했는가. 차는 그 이후 그런 대로 잘 굴러갔다. 더 이상 그의 속을 썩이지 않았다. 그가 미협 사무실에 작품을 출품하고 유진의 아틀리에가 있는 청담동 '팔래스' 빌딩 앞에 도착하는 동안 몇 차례 출렁거렸을 뿐이었다.

"좀 늦었네. 차가 좀 막히든?"

그가 빌딩의 맨 위층에 도착하자 유진이 연두색 카펫이 깔린 복도까지 나와있었다. 그녀는 잠옷 가운처럼 드레시한 자주색 드레스에 머리를 틀어 올리고 있었는 데 아주 섹시해 보였다.

"아니, 그 보단 사람에게 막혔어요."

"그러기에 내가 빌딩 앞까지 나가겠다고 했잖아."

유진이 조금 전 그가 겪었을 일을 생각하고 웃었다.

"도대체 사람이 사람을 만나러 왔다는데 그렇게 까다로워야 하는 거요. 의심하고, 재보고, 그러다 납작 허리를 굽혀 절하고."

34층 호화 맨션빌딩의 맨 위층에 꾸민 그녀의 아틀리에. 유별날 거라는 생각은 했지만 같은 조각가를 그렇게 멋쩍게 할 줄은 몰랐다. 덜덜거리는 그의 반 트럭이 건물에 접근하면서부터 그는 이 빌딩 안의 세계에서 이방인이 될 수밖에 없었다. 몇 호 찾아오셨습니까? 선약은 되었고요? 기다리십시오……. 수시로 앞을 가로막는 경비와 안내원, 빌딩 자동화 시스템이 그를 원시인으로 내몰았다.

"그건 민우, 네가 그 맛을 몰라서 그래. 필요 없는 사람을 일일이 골라내고, 막아주고, 돌려보내는 일을 대신해주는 것이 얼마나 편한지를. 여기선 내가 원하지 안으면 설사 남편이라 해도 못 와."

마그네틱 카드로 된 아틀리에의 문을 열고 그를 먼저 들여보내기 위해 한 옆으로 비켜선 유진이 너는 예외라는 듯 미소를 지었다.

"아무튼 난 이런 분위기 속에선 하루도 못살 것 같네요."

그가 아틀리에 안으로 한발 들여놓으며 말했다. 하지만 정말 그럴까. 유진은 그가 자기 앞을 지날 때 자기 앞가슴에 아련히 남겨놓은 그의 팔꿈치 감각을 음미하며 그냥 웃기만 했다.

"민우야 어떠니? 너도 하루 정도는 지루하지 않게 살 수 있겠지?"

놀라움이 침묵으로 이어진 듯 아무런 말없이 아틀리에를 둘러보고 있는 그에게 유진이 말을 걸었다. 예린이 없는 지금 그녀의 억양, 음색, 어투, 표정까지 예전에 그를 대할 때와 똑같았다.

"그러네요. 선배 말처럼 딱 하루 정도는 살 수 있을 것 같네요."

작업을 위한 것이라기보다는 작품전시나 파티를 위해 꾸며놓은 것 같은 유진의 아틀리에는 화려했다. 결국 예술이란 특수 계층의 최상급 사치에 바쳐진다는 말을 실감케 하고 있었다. 우선 높은 빌딩의 스카이 라운지처럼 한강이 한눈에 내려다보이는 백여 평의 환한 공간이 아틀리에 분위기를 이끌었다. 잘된 작품 앞에 섰을 때처럼 입구에 들어서자마자 탁 트인 전망이 시선을 뒤흔들어 자연스럽게 그 분위기에 빨려들게 했다. 거기다 수집된 조각품 또한 격이 높은 것들이고, 하나하나 그 조각의 특성에 알맞은 받침대와 조명, 실내장식의 화려함이 고급스러움을 더하고 있었다. 그리고 한강의 전경을 포함하여 모든 작품을 한눈에 바로 볼 수 있는 곳에 소파 하나가 놓여 있었는데, 만약 그 소파에 앉아 술이라도 한잔 기울이고 있으면 꽃잎에 둘러싸인 꽃술처럼 어느 한 세계에 중심이 된 듯한 기분이 들 법도 했다.

"그렇게 서 있지만 말고 거기에 앉아라."

유진이 턱짓으로 예의 소파를 가리키며 그의 곁으로 다가섰다.

"아니에요, 선배. 난 저기가 편하겠어요."

그가 유진을 향해 가볍게 손을 내젓고 창가 한 옆에 꾸며놓은 작업실의 작업대를 향해 걸어갔다.

"그래라, 그럼. 민우 너 편할 대로 해."

유진은 더 권하지 않고 음료를 준비하기 위해 안쪽에 별도로 꾸며진 홈바로 들어갔다. 아무리 그래도 아틀리에는 아틀리에다워야지. 작업대라고 해

야 고급스럽긴 매한가지였지만 석고며, 스케치북, 화집 등 눈에 익은 것들이
있어서일까. 그는 그제야 좀 마음이 편하다.

"아참, 너, 점심은 한 거니?"

유진이 오렌지 주스를 그에게 건네다 물었다. 홈바 진열장에 많은 음료가
있음에도 오렌지 주스를 내 온 걸 보면 아직도 유진은 그의 입맛을 기억하
고 있는 듯싶었다.

"간단하게 했어요. 미협 사무실 앞 그 우동집 있잖아요."

그는 그런 유진이 고마워져, 학생 때 유진과 가끔 들렀던 기억을 상기시키
며 웃었다.

"아, 국물이 시원한 우동집. 그래서 친구는 오래될수록 좋다는 거지."

유진 역시 옛 추억을 되새기는 것으로 이야기를 풀어나갔다. 그러면서 그
녀는 애정이 듬뿍 담긴 눈길을 애써 감추지 않는다. 잠시 대화가 끊기거나
서로 웃음을 주고받을 때, 그녀의 눈동자엔 강한 빛이 흘렀다. 수시로 변하
기도 하고, 때론 웃음 띤 표정 뒤로 숨기도 하는 등, 한마디로 표현하기 어려
운 눈빛이다. 그녀는 지금 무엇을 원하는 것일까. 그녀는 모든 걸 가지고 있
었다. 궁전처럼 화려한 아틀리에와 대학교수로서의 명예, 최상류층의 가족
과 아름다운 외모까지. 그럼에도 유진은 어딘가가 비어있는 듯하다. 오래도
록 익숙한 것에 대한 편안함 곁에 문득문득 긴장하는 그녀의 눈빛이 그것을
말해주고 있다. 그것이 무얼까. 민우는 그것이 궁금하다. 정? 아니면 사랑?
하지만 유진은 그런 건 없다고 말을 하는 여자였다. 사랑이라는 부드러운
얼굴 뒤엔 상대를 복종시키려는 엄청난 음모와 쾌락을 향한 거친 욕망이 도
사리고 있다고 단언하는 말을 그는 들은 적이 있다. 그렇다면 무얼까. 무엇
때문에 유진은 이토록 관심과 배려를 아끼지 않는 걸까. 그는 그것을 알 수

없다. 아니, 실은 유진조차 그 이유를 명확히 설명할 수 없다. 어째서 민우가 자신의 빈 구석을 채워줄 수 있는 유일한 존재처럼 느껴지는지. 화려하고 완벽하게 꾸며놓은 자신의 아틀리에가 그의 방문으로 비로소 꽉 차는 느낌이 드는지.

"그래, 민우야. 내 아틀리에를 둘러 본 소감이 어떠니?"

유진이 이런저런 생각을 하다 그에게 물었다.

"아까 선배가 말했잖아요. 하루 정도는 지루하기 않게 있을 만하지 않겠냐고."

"그건 그냥 한 말이고 네 생각을 말해봐."

"내 생각도 그래요. 난 이런 분위기가 익숙하지 않아서 그런지 모르지만 이 아틀리에는 선배에게나 어울릴 것 같은데요."

그가 채근하는 듯 자신을 바라보는 그녀를 보고 웃었다.

"만약 예린 씨와 함께라면 그렇지 않겠지."

"그거야 모르죠. 우린 이렇게 화려하고 멋진 아틀리에를 한번도 그려본 적이 없으니까."

그가 여전히 웃는 얼굴로 가볍게 대꾸했다.

"넌 다 좋은데 그렇게 고루한 생각이 탈이야. 왜 아틀리에, 하면 어수선하고 먼지투성이인 곳만 생각하니. 그런 곳은 그야말로 인부들이 작업하는 장소일 뿐이야. 최상의 이미지를 끌어내는데는 오히려 이런 곳이 나을 거라는 생각은 왜 못해. 어차피 예술을 향유하는 계층은 화려하고 고급스러운 분위기에 익숙하거나 그를 열망하는 사람들이야. 그들의 욕망을 읽어내려면 그들의 세계도 알아야 하는 거 아냐?"

"하긴요. 그게 정답일 수도 있겠죠. 그렇지만 난 그렇게 생겨먹은 걸 어찌

하겠어요. 일부 계층의 욕망을 위해 작품을 내고 싶은 마음은 없어요. 그렇다면 내 고유의 삶은 어디서 찾겠어요. 다른 사람이 좋아하는, 그것도 유행에 따라 변덕스럽게 좋아하는 작품을 낼 수는 있어도. 나는 그저 내가 원하는 작품을 하고 싶은 거고, 그러기에 작업실 역시 마찬가지인 거죠. 편한 게 좋아요.”

“알아, 안다고. 네가 지금 무엇을 말하는지도 알고, 네 생각이 현대미술의 경향엔 맞지 않지만 결국 옳다는 것도 알아. 그러나 예술가도 먹고 살아야 해. 돈이 필요하다는 말이지. 다행히 네 의지대로 창조해낸 작품이 생활에 지장이 없을 만큼 돈이 될 수 있다면 더 이상 말할 필요도 없지. 그러나 어디 그러니? 예술계만큼 승자 독식이 심한 분야가 어디에 있니? 소위 예술 애호가라는 사람들은 헌정된 작품이나 유명 작가의 한정된 작품만 원해. 그 외엔 눈길도 주지 않는다고. 그렇다면 답은 너무도 뻔한 거야. 외면하고 싶은 현실과 타협하거나, 아니면 그 끝이 보이지 않는 가난 속에서 재능과 정열을 허비하고마는 거지. 그러니 민우, 너도 이젠 생각을 유연하게 가질 필요가 있어.”

“결국 선배는 지금 내 방식으로 성공할 수 없다는 거군요.”

그는 그렇다 해도 나만은 그럴 수 없다고 잘라 말하려 하다 한발 뒤로 물러났다. 애원이라도 하는 듯 진지한 유진의 표정도 표정이지만, 돈, 돈은 이제 그가 더 이상 비껴갈 수 없는 문제였다. 예린이 말은 하지 않았지만 그도 알고 있었다. 조금씩 자라는 생명 앞에서 무한히 행복해하던 그녀의 표정을 가끔 흐리게 하는 게 돈이라는 것을.

“누가 그렇대? 조각가로서 너의 가장 큰 강점은 바로 그런 뚝심인데. 다만 유명해질 때까지만이라도 유연해지라는 거지.”

"알았어요, 선배. 명심할게요."

그는 더 이상 말을 해봤자 답이 없다는 것을 알고 적당히 얼버무렸다. 그리곤 벽에 걸린 시계를 바라보았다. 세시 반, 바로 출발해도 저녁식사 전까지 집에 도착하기에 빠듯한 시간이었다. 그는 유진과 함께 있는 시간도 좋지만 그만큼 예린이 기다릴 것을 생각하니 마음이 조급해진다.

"민우, 너, 너무 그러지 마라. 나를 위해 이 정도도 배려할 수 없니? 함께 앉아있는 사람 기죽는다."

유진이 시간을 재고 있는 그를 향해 곱게 눈을 흘겼다.

"미안해요. 외떨어진 작업실이잖아요. 거기다 차도 시원치 않고."

"알았어. 알았다니까. 좋은 사람에게 가겠다는 걸 누가 말리겠니. 나도 참 멍청하지. 어쩌다 이런 남자에게 끌려 다니는 신세가 되었는지. 아무리 생각해도 난 그 이유를 모르겠다, 정말."

유진이 과장된 웃음으로 진심을 감추고 농담처럼 말했다.

"이유는 무슨 이유요. 함께 대학을 다닌 인연이죠."

그는 잠자코 있다가 그 또한 어색해서 한마디 거들었다.

"그건 아니다. 우리 나라 대학이라는 곳이 어떤 곳인지 너도 잘 알잖아. 한쪽에선 자식을 공부시키기 위해 남의 옷을 빨고, 반찬을 팔고, 눈물을 웃음처럼 흘리는 사람들의 자식들이 말단의 일자리를 위해 엉덩이에 진물이 나도록 앉아서 공부를 하고 있고, 다른 한쪽에선 대학을 떠나는 순간 그 일자리에선 꿈도 꾸기 어려운 자리를 바로 차지할 애들이 엉덩이를 흔들며 몰려다니는 곳이 대학이야. 그러니 잠시잠깐 그곳에 함께 있었다는 것이 무슨 의미가 있겠어. 아무튼 그건 내 영원한 숙제다, 숙제. 좀처럼 풀릴 것 같지 않는."

유진이 말을 길게 늘어놓다 말미에 그를 똑바로 보았다. 뭔가 아쉽고 안타까운 마음이 짙게 밴 눈길이었다.

"그건 그렇고 민우야, 오늘 좀 늦는 한이 있어도 강 교수님을 찾아가 봐."

"강 교수님을요?"

뜨겁기조차 한 유진의 눈길을 슬며시 피하던 그가 고개를 들었다.

"그래, 강 교수님이 이번 공모전의 심사위원장이야. 내 말뜻이 무슨 뜻인지 알지?"

"그랬군요. 그래서 선배가 날 보자고 한 것이군요……."

그의 표정이 갑자기 무거운 짐을 떠맡은 사람처럼 굳어졌다.

"아냐, 그건. 이렇게 너를 보고 싶기도 했어."

갑자기 굳어진 그의 표정 때문일까. 유진은 서두르듯 속마음을 털어놓았다. 그리고 그녀는 내친 김에 그에게 더하고 싶은 말이 있다. 보고싶은 정도가 아니라 네게 안기고 싶다고. '복종의 기쁨'에서 네가 그랬듯 조각으로 단련된 네 팔에 꼭 안겼으면 한다고. 그러나 유진은 끝내 그 말을 하지 못한다. 여전히 굳은 표정으로 자신의 아틀리에를 나가는 그에게 강 교수를 꼭 찾아가라는 말만 더했다.

강인규 교수가 심사위원장이라니, 그렇다면 이번에도 힘들단 말인가.

아침에 올라올 때처럼 고속도로 사정이 시원치 않았다. 중간에서 사고라도 났는지 차가 굼벵이처럼 기어갔다. 그는 길까지 막히는 통에 마음이 더욱 무겁기만 하다. 강 교수가 설마 이번에까지, 하는 생각도 있었지만 그것이 순진한 생각이라는 것을 그는 알고 있었다. 예술작품의 심사란 달리기처럼 그렇게 명확한 기준이 있는 게 아니었다. 오직 심사하는 사람의 주관적 시각과 양심에 의지해야 하는 맹점이 있는 것이다.

유진 선배 말대로 한번 강 교수를 찾아가 봐.

그는 핸들을 꼭 움켜쥐고 벌써 몇 번 되풀이했던 생각을 다시 곱씹는다. 하려고만 들면 못할 일도 아니었다. 강 교수 역시 그런 권위를 위해서는 재능 있는 제자를 거느릴 필요가 있는 것이고, 무엇보다 그는 재능이 있었다. 그러나 그는 핸들을 틀지 못한다. 이미 예린이 있는 집을 향해 잡은 방향이었다. 그는 시간이 지날수록 강 교수가 있는 서울과 멀어진다. 다른 때보다 배나 걸렸지만 그를 태운 케리는 덜덜거리면서도 고속도로를 빠져나와 국도로 접어들고 있었다.

그래, 어차피 사랑을 선택하는 순간 가난은 각오한 일이었어. 이 정도에서 흔들린다면 그건 결심도 아니지.

집에 가까이 다가오자 아침에 끼었던 안개가 모두 노을이 되었는지 서쪽 하늘이 붉게 타고 있었다. 마치 거대한 분무기로 붉은색 물감을 뿌려놓은 것 같다. 그는 국도에서 들길로 접어들었을 때, 불타는 노을 속으로 근심을 훌훌 털어 버린다. 이것저것 재지 않고 열심히 작품을 하다보면 저 노을처럼 언젠가는 빛을 볼 수 있으리라. 그는 비암사 서산에 걸린 노을을 바라보며 액셀러레이터를 힘껏 밟았다. 아름다운 노을이 다 지기 전에 집에 도착하고 싶었다. 그래서 예린과 함께 노을을 바라보며 잠시 울적해진 마음을 달래고 싶었다. 그런데 바로 그 순간이었다. 이제까지 참고 있던 것도 어려웠다는 듯 차가 힘없이 서버렸다. 그는 얼른 시동을 다시 걸었지만 이번엔 시동모터까지 얼마간 돌다 꺼졌다. 이를 어쩐다. 저 고갯길만 넘으면 되는데. 그는 차에서 내려 습관처럼 본넷을 열었다. 그러나 그건 잠시잠깐 위안이 될 뿐이었다. 점점 식어 가는 차 주위로 어둠에 모여들 때까지 아무런 대책을 찾지 못했다.

그는 우선 예린에게 연락을 하기로 마음먹고 핸드폰을 꺼냈다. 그러나 그마저 건전지가 나가 불통이었다. 이거 원. 산길의 어둠은 그 속도가 무척 빨랐다. 골짜기를 메우던 어둠이 어느새 손가락 사이까지 차 올라와 있었다. 그는 짙은 어둠 속에 차를 놔두고 집을 향했다. 그런데 왜일까. 아침 나절 짙은 안개 속에서 느꼈던 불안의 연장인지 모른다. 발자국을 내디딜 때마다 앞을 가로막는 어둠은 고요가 아니라 명백한 두려움이었다. 엄청난 불행을 숨기고 있는 것도 같고, 한번 빠지면 영원히 헤어나지 못할 것 같은 그런 어둠이었다. 그는 정신없이 산길을 걸으며 어둠처럼 몸에 감기는 이상한 두려움에 몇 번이고 진저리를 쳤다.

*

"형, 괜찮아. 그럴 수도 있는 거라고 형이 말했잖아. 형이 그렇게 축 처져 있으니까 우습다. 꼭 어린애 같애."

아침 일찍 일어나 작업을 하겠다고 작업장에 나왔으면서도 그는 정신이 나간 사람처럼 우두커니 서 있었다. 그녀가 다가가는 것도 모를 지경이었다. 아침이면 언제나 여명의 푸른빛을 끌어 모으는 듯 빛나던 눈동자도 흐려 보이고, 신선한 공기를 들이마시느라 크게 오르내리던 허파도 잦아든 듯 싶었다.

"추운데 왜 나왔어. 나오려면 겉옷이라도 걸치고 나오지."

그녀가 그의 곁으로 다가가 다정스럽게 어깨를 기대자 그가 그녀의 어깨를 감싸 안았다.

"그렇게 말하는 형은. 내가 십분만 늦게 나와봤어도 꽁꽁 얼어버렸겠다.

그대로 동상이 되어버렸겠다고."

　예린은 그와 맞댄 어깨며 허리에서 따뜻한 온기를 느끼며 웃었다. 그러면서 그녀는 그 온기로 새삼 일찍 찾아 온 추위를 가늠한다. 단풍이 채 지지도 않았는데, 벌써 맹추위가 그들의 다리며 작업실 벽을 타고 기어 올라와 있었다. 유리창은 칼날 같은 성애로 뒤덮여 있었고, 점토가 꽝꽝 얼어 있었다. 아마도 그를 멍하니 서 있게 한 데는 추위도 한몫을 했으리라. 그녀는 그것을 알고 있었다. 연료는 거의 바닥이 나있고, 그런 현실이 돈걱정으로 이어졌을 것이며 또 한번 비참함밖엔 안겨주지 않은 가을 공모전을 곱씹게 했을 것이었다.

　예상했던 것처럼 공모전은 그를 외면했다. 아니, 강 교수는 그를 용서하지 않고, 그에게 한 번 더 거대한 문화권력의 매운 맛을 보여준 것이다. 그는 기어이 폐차장으로 실려간 '케리' 대신 채석장에서 빌린 트럭에 낙선 작품을 싫고 터덜터덜 내려와야만 했다. 그때 그의 표정이라니. 그녀는 지금도 그 표정이 생생하다. 동네 어귀까지 나온 그녀를 보자 그는 별것 아니라는 듯 웃었지만 그녀는 알 수 있었다. 그의 웃음이 얼마나 큰 분노와 슬픔과 걱정을 담고 있었는지. 그녀는 그를 따라 아무리 웃으려 해도 잘 되질 않았다. 입가가 괴상하게 뒤틀리며 눈물이 먼저 나왔다. 그래서 그녀는 그 작품을 하느라 상처가 났던 그의 손을 잡고 말없이 서 있어야 했다. 그러나 그 순간에도 예린은 그에게 강 교수를 찾아가지 말라고 한 것에는 후회하지 않았다. 그녀는 그가 진정한 예술가가 되길 원했다. 어떤 고난이 닥쳐도 자기 길을 가는 그가 좋았다. 자신이나 아이 때문에 그가 그 길을 포기하게 하고 싶진 않았다.

　"형, 나는 어떤 상황에서도 기다릴 수 있어. 우리가 첫키스를 하던 날 형이 말한 것처럼 시간을 정하지 않고 기다릴 수 있단 말이야."

그녀는 조금 흔들리는 듯한 그에게 말했다. 그가 누구 때문에 흔들리고, 무엇을 걱정하는지 잘 알고 있었지만 그녀는 단호했다. 어디서 저런 결단이 나올 수 있을까 싶을 정도로 놀랄 만큼 단호했다. 그게 바로 삼 주 전 일이다.

"형, 오늘 기름이 들어올 거야. 그러니 그렇게 청승 떨지 말고 작업실에 불이나 피워."

그의 어깨에 안기듯 기대어 방으로 들어서며 그녀가 말했다.

"돈이 어디 있어서 기름을 들여 와?"

"그런 건 형이 걱정하지 않아도 돼. 형은 내가 요술방망이를 가지고 있는 거 모르지. 돈 나와라 뚝딱! 하면 돈이 나오는 요술방망이 말야."

그녀는 정말로 방망이를 두드리는 시늉을 하며 활짝 웃었다. 그리곤 그를 찌개가 보글보글 끓고 있는 식탁 앞으로 끌어 당겼다. 그녀는 친구들에게 얼굴을 팔고, 목욕을 일주일에 한 번 할 거 한 달에 한 번으로 줄이는 한이 있어도 그의 작업실 불만은 꺼지게 하고 싶지 않았다. 그녀에겐 며칠 전 입금된 돈이 있었다. 많지 않지만 아끼고 또 아껴 쓰면 이번 겨울은 날 만했다. '봐라, 그래서 연애와 결혼은 달라야 하는 거야.' 하는, 객쩍은 소리를 들어가며 진희에게 빌린 돈이었다.

"아무튼 작업실은 걱정하지 마. 내가 알아서 할게."

그는 그녀가 어떻게 돈을 마련했는지 짐작하지만 차마 묻지 못한다. 못난 놈. 이제 돈까지 꿔오게 하다니. 그는 울컥 치미는 자책감을 깔깔한 입안으로 간신히 넘긴다. 가난을 각오했다고 해서 가난이 사람을 괴롭히지 않는 게 아니라는 사실을 그는 너무도 잘 알고 있었다. 가난은 활기찬 사람을 주눅들게 하고, 넉넉한 사람을 옹졸하게 하고, 착한 사람을 악한으로 만든 것이다. 그리고 하찮은 말 한마디로 사랑을 잊게 하고 싸움을 일으키기도 하는 것이다. 그는 이미 단련된 줄 알았던 가난이 새삼 두렵다. 혼자가 아니라 예린이 옆에 있기 때문에 겁이 난다. 가난 때문에 그녀를 아프게 할까봐. 가난이 혹시 두 사람 사이를 갈라 놓을까봐.

"실은 아까도 그런 생각을 좀 했어. 작업실만큼은 기름 대신 나무를 때면 어떨까 하고. 다행히 요즘은 기름과 나무를 병용해서 땔 수 있는 보일러가 나온 게 있다니까. 땔나무는 산에 널려 있잖아. 별로 힘을 들이지 않고 구할 수 있을 거고."

그가 반도 먹지 않은 밥그릇을 물리며 말했다.

"그런 건 걱정 말라니까. 내가 다 알아서 할게. 가난한 나무꾼의 아내로는 견딜 수 없을지 몰라도 가난한 예술가의 아내는 자신 있어. 그러니 형은 오직 작품에만 몰두해. 그게 날 행복하게 하는 거야."

예린은 여전히 웃는 낯으로 그가 놓았던 숟가락을 다시 잡게 했다. 마치 밥투정을 하는 아이를 달래듯이 그녀는 그랬다. 그는 그런 그녀를 앞에 두고 웃을 수밖엔 없다. 형이 안 먹으면 나도 안 먹겠다는 그녀의 협박에 그는 밥그릇을 비우기 시작했다.

가난도 이처럼 쉽게 비울 수 있다면……. 그녀는 그가 밥그릇을 말끔히 비우는 것을 보며 이 순간이 진심으로 행복하다고 생각한다. 사랑하는 사람이 곁에 있고, 따듯한 방에 밥도 있고, 거기다 엄마, 아빠의 이야기를 들어주는 아기가 함께하는 이 순간이.

"형, 우리 이따 따듯해지면 '우리 공원'에 나갈까?"

"우리 공원?"

"그래, 저번에 갔던 곳 있잖아. 비암사 근처."

"아, 거기."

그는 그제야 그때 보았던 아름다운 원경을 떠올리며 웃었다.

"형, 모르지. 내가 이미 그곳에 김민우 조각공원을 꾸미고 있는 거. 어디에 어떤 작품을 배치하고, 어느 쪽으로 길을 내면 좋을까 하고 틈만 나면 우리 아기와 함께 설계하는 중이라고!"

그녀는 눈앞에 조각공원의 전경이 그려지는 듯 행복한 미소를 지었다. 아직은 돈을 빌릴 곳이라도 있기 때문일까. 아니면 그처럼 절박하게 가난을 체험한 경험이 없어서일까. 그녀는 가난이 별로 두렵지 않았다. 조금 불편한 건 사실이지만, 배가 조금씩 불러오는 만큼 커가는 행복에 비하면, 그런 건 얼마든지 견딜 수 있을 것 같았다. 그래서 그녀는 가난을 당당하게 인정할 수 있었다. 그녀 자신에게는 물론이고 여기까지 찾아와서도 역정만 내시다 간 엄마 앞에서도.

"그래요, 엄마. 엄마 말대로 지금 우린 가난해요. 그렇지만 엄마가 생각하는 것처럼 그렇게 불행하지도 부끄럽지도 않아요."

그러니까 그가 작품을 출품하고 내려오던 다음 날이었다. 그녀의 엄마는 아무런 연락도 없이 그들을 불쑥 찾아 왔다. 물론, 딸이 궁금해서 찾아 온 거였지만 그녀의 엄마는 감정 조절에 서툴렀다. 아니, 처음부터 용서하고 보듬을 마음보다는 역정을 낼 마음이 더 컸기에 그랬는지 몰랐다. 엄마는 그들의 가난에 한 번 놀라고, 아기를 가졌다는 말에 두 번 경악했다.

"뭐라고. 애를 가져? 대체 너 정신이 있는 거냐 없는 거냐. 이런 살림에 애를 갖다니. 그 애가 잘도 크겠다, 잘도 크겠어!"

그녀는 격한 엄마의 성정을 접어둔다 해도 아직 태어나지도 않은 애까지 무시하려는 데는 어쩔 수 없었다. 그건 사랑이 아니었다. 사랑을 빙자한 폭력이고 화풀이였다. 사랑한다는 것은 어떤 순간에도 상대에 대한 최소한의 배려를 잃지 않아야 하는 것이다. 그녀는 딸로서보다는 애를 가진 여자의 입장으로 엄마를 이해하려고 애썼지만 열었던 마음의 문을 다시 닫아야 했다.

문제는 그였다. 그의 약해진 마음과 서두름이었다. 그는 그녀의 엄마가 다녀간 뒤부터 눈에 띄게 조급해 했다. 빨리 성공하고 싶어했다. 그가 강인규 교수를 한번 찾아가고 싶다는 말을 한 것도 그 때였다. 그는 적어도 장모에게는 인정받아 자기 때문에 예린이 엄마와 다투는 일이 없게 하고 싶었던 것이다. 그러기에 이번 낙선은 그에게 더욱 깊은 상처가 되었고, 그는 한동안 점토를 이기지 못하고 있었다.

오후에 그들은 작업실 연료를 가득 채워놓고 그들만의 공원에 갔다. 그곳은 시시각각 변하는 사람들의 마음과는 달리 변함이 없었다. 여전히 탁트이고 맑은 기운을 모으는 듯한 원경은 아름답고 환했다. 그는 그 자리에서는 순간 꽉 막혔던 가슴이 활짝 열리는 것 같았다. 도대체 무엇 때문에, 낙선이니 당선이니 하는 것 때문에 그렇게 속을 썩었는지 싶고, 흩어졌던 꿈이 다시 모아지는 듯도 싶었다.

"봐, 여기에 오기를 잘했지?"

그녀는 그의 눈빛만 보고도 그의 기분을 알아차린다.

"그래, 가슴이 탁 트이는 것 같다."

그는 그녀의 시선이 머물러 있는 곳으로 몸을 돌리며 웃었다.

"있잖아. 저쯤에 우리의 사랑, 아니, 인간 보편의 영원한 사랑을 상징하는 작품을 배치하고, 그 밑으로 유년시절, 청년시대, 중년시절, 황혼시대를 담은 작품을 배치하는 거야. 그래서 여기에 온 사람들이 인생의 단계별로 인간의 욕망과 희망과 아픔을 반추할 수 있게."

그녀가 마치 꿈에서 보았던 장면을 그곳에 펼쳐 보이듯 한곳 한곳을 손가락으로 가리키며 말을 이었다.

"그렇게 하려면 아마 형은 수십 년 동안 매일 일만 해야 할 걸. 나는 그 옆에서 열심히 점토를 이기고 석고를 부어야 할 거고."

"아주 조각품 전시기획자로 나가지 그래. 그러는 편이 좋겠다."

"못할 것도 없지. 그렇지만 난 여기에 내 평생을 걸고 싶어. 형의 작품으로 공원을 꾸며 여러 사람들이 위안받을 수 있는 곳으로 만들고 싶다고. 물론 형이 옆에 있어야 모두 가능한 이야기지만."

그녀는 그 꿈을 결코 허망하게 끝나게 하지 않겠다는 듯 그의 손을 꼭 잡았다. 스펀지처럼 부드럽고 양초처럼 매끄러운 그녀의 손이 전하는 무언의 힘이 힘줄을 타고 그의 심장에 흘러들었다. 그는 그 손을 타고 전해지는 따듯한 온기로 그녀의 간절한 바람을 읽는다. 그것은 하나의 약속이었고, 어떤 순간에도 용기를 내라는 무언의 당부였고, 당신은 이 모두를 할 수 있다는 확실한 믿음에서 오는 격려였다. 그래, 예린아. 이제 멍청히 서 있는 일은 다시 없을 거야. 그는 그녀의 손을 마주잡고 그녀가 가리켰던 곳을 일일이 둘러보며 마음속에 꼭꼭 새겨 넣었다. 그리곤 아직은 조각품 하나 없는 빈 공원을 내려오다 그녀를 향해 등을 내밀었다.

"자, 내 등에 업혀. 너라도 업어야 이 공원이 덜 허전하겠다."

"괜찮아. 힘들지 않아. 그리고 형 등에 내가 업히면 아이가 눌린단 말이야."

"그럼 이렇게 안으면 되지, 뭐."

그는 예린을 업는 대신 그녀를 바짝 안았다. 임신을 한 탓인지 그녀는 전보다 훨씬 무거웠다. 그의 허리가 휘청할 정도로 그녀의 몸무게가 그의 앞가슴에 얹혔다. 제아무리 예술이나 종교를 향해 치열하게 살다간 삶이라 해도 이보다 더 묵직할까. 그 순간 그는 자기가 진정으로 끝까지 사랑해야 할 대상을 다시 한번 깨닫는다.

그날 이후 그는 작업을 다시 시작했다. 이제 그는 어떠한 경우든 흔들리지 않을 것 같았다. 더 이상 공모전 같은 것에 연연하지 않으리라. 그녀를 안고 빈 공원을 내려오며 그는 생각한 게 있었다. 예술을 위한 예술이 아니라, 인간을 위한 예술을 하기로 마음먹었다. 시류에 영합하지 않고 인간 본질을 말하며, 어렵고 먼 곳보다는 가장 가깝고 가장 잘 아는 곳에서 주제를 찾자고 했다.

"형 내 몸매가 흐트러져 밉지 않아? 꼭 맹꽁이 같지?"

그녀는 뱃속의 아이와 그의 모델을 서면서 마음이 밝아지도록 웃으며 그에게 수시로 농담을 걸었다. 임신 5개월. 이제 겉으로도 확연히 드러났다. 아랫배가 볼록하게 올라오고 젖가슴도 커져 있었다.

"밉긴, 그보다 더 아름다운 여인의 모습이 어디 있겠어."

그가 새로 시작한 작품은 임신한 그녀의 모습을 형상화하는 거였다. 그녀가 임신한 사실을 알렸을 때 이미 떠올린 영감이 있었다. 햇빛이 그림자 주위로 모여들 듯 잉태한 아이의 중심으로 모체의 모든 신체 기관은 물론 대기의 기운까지 모여드는 이미지였다. 그는 그 이미지를 구체화하기 위해 부단히 노력했다. 이빨을 닦을 때도 생각하고, 밤늦도록 책을 보고, 벗은 그녀의 모습을 수십, 수백 번도 더 보았다. 그래서 얻은 자세가 지금 예린이 취하고 있는 자세였다. 마치 부처님처럼 정좌를 하고 앉되 태아가 있는 아랫배를 중심으로 허리를 약간 굽혀 앉고, 양팔을 둥글게 늘어뜨려 아랫배를 감싸듯 안고 있는 자세였다. 그리고 시선을 아랫배를 향하되 고개는 약간 옆으로 기울려 태아를 바라보는 엄마의 온유하고 경건한 표정을 드러나게 했다. 그래서 모체의 팔과 다리, 그리고 젖가슴과 모든 감각 기관이 자연스럽게 태아를 향해 집중되도록 했다.

“그래 됐어, 좀 어렵겠지만 그렇게 조금만 움직이지 말고 있어.”

그는 한편으로는 그녀를 보면서 또 한편으로는 점토로 그녀를 빚어내기 시작했다. 매우 정확하고 빠른 손놀림이었다. 그럴 때 그는 다정하게 농담을 받아주고, 어디 불편한 곳이 없는지 챙겨주는 자상한 남자에서 어떤 권위와 예측할 수 없는 힘을 지닌 사람으로 변했다. 두 손으로 흙을 주무르는가 싶었는데 어느새 팔이 다듬어지고, 그녀를 쳐다보고 있는 듯한 순간에 그녀의 표정이 흙에서 되살아났다. 그 순간 그는 창조자고, 권력자고, 흙으로 영혼을 불러내는 영매였다. 진정으로 작업을 사랑하고 즐길 줄 아는 예술가였다.

그녀는 그런 그의 모습이 좋았다. 믿음이 가고 확신이 섰다. 그런 그를 바라보고 있노라면 그녀 자신이 그의 열정에 빠져들어 그와 함께 창조의 세계, 신의 영역이라는 그 세계를 맛보는 것이다.

“오늘은 왜 이럴까. 작업이 신기할 정도로 잘되는데.”

한 4시간 정도 쉬지 않고 작업에 몰두해 있었을까. 잠시 작업에서 손을 떼고 그가 그녀를 향해 만족스런 웃음을 지었다. 그녀는 오랫동안 앉아 있어서 그런지 다리가 저려 그가 내민 손을 잡고 일어났다. 그러다 그녀는 순간적으로 얼굴을 찡그렸다. 아랫배가 띵, 하니 당겨온 때문이었다. 하지만 그녀는 아픔을 참고 옷을 입었다. 작업은 그가 말한 것처럼 그녀의 눈에는 더 이상 손볼 필요가 없을 만큼 진행되어 있었다. 어제까지만 해도 느낄 수 없던 생명감이 부드럽고 둥글게 처리한 육감에 의해 드러나 있었다. 그대로 구워 석고를 뜨거나 주조를 부어도 될 것 같았다.

"수고했어. 오늘, 난 마무리 작업을 하고 갈게 먼저 들어가."

그는 그녀를 먼저 들여보내고 다시 작업대 앞에 앉았다. 무엇보다 생명을 드러내는 일이 중요해. 그는 어느 한 가지도 소홀하게 넘기지 않았다. 아랫배를 감싸고 있는 여인의 팔이나 태아를 향하는 시선의 각도 등 어디서나 생명을 찾아내고 열성과 노력으로 그를 재창조하려 했다. 그는 추상이라는 이름으로 자기도 잘 해석이 안된 상상을 자기 조각에 넣고 싶지 않았다. 사실적인 표현, 그 명확하고 단순한 것을 통해 사유되는 이미지로 그 본질을 드러내고 싶은 것이다. 그가 작업실을 나왔을 때, 서산의 해는 이미 지고 깜깜한 어둠이 매서운 찬바람에 밀려오고 있었다. 내일은 몹시 춥고, 눈이라도 한바탕 내리려는 모양이었다. 차가 서던 날처럼 하늘엔 별 하나 보이지 않았다. 그는 집안으로 들어가려다 보일러실로 갔다. 이 추위에 보일러라도 서면 큰일이었다. 그는 홀몸도 아닌 예린이 걱정스럽다. 그는 헌 옷가지로 이미 보온이 잘 되어있는 수도관을 단단히 여미고서야 집안으로 들어왔다.

"왜 그래? 어디 아픈 거야?"

그는 방안으로 들어서다 눈을 동그랗게 떴다. 식탁에 앉아 이마를 집고 있던 그녀의 안색이 몹시 창백한 때문이었다.

"아프긴, 아까 일어나며 배가 좀 당겼었는데 이젠 괜찮아."

"어디가? 여기 아랫배가?"

그가 그녀 곁으로 다가가 그녀의 아랫배를 짚었다.

"이젠 아무렇지 않대도 그러네. 그렇지? 아가야?"

“아까 오래 앉아 있었던 게 좀 무리였나?”

그는 그녀가 금방 웃음을 지어 보였기 때문에 그쯤에서 걱정을 덜었다. 그리곤 저녁 식사를 끝낸 후 작업실로 달려가 이내 작품 속으로 빠져들었다. 좀더 완벽하고, 좀더 아름다운 작품을 그녀와 뱃속의 아이에게 선물하기 위해 그는 시간도 잊은 듯 작업에 매달렸다.

아, 그런데 도대체 이게 어찌된 노릇인가.

아침에 눈을 뜨자마자 이상한 예감에 작업실로 달려 온 그는 소스라치게 놀랐다. 간밤의 강추위 탓으로 돌리기엔 너무나 황당했다. 작품이 얼어 쩍, 갈라져 있었다. 그것도 모체의 모든 초점이 모아진 그녀의 아랫배 정중앙이 마치 잘 익은 수박에 금이 간 것처럼.

그는 혹시 그녀가 따라와 볼까봐 얼른 천으로 작품을 덮었다. 그리고 그곳을 때우려고 이겨 놓은 점토를 찾았다. 하지만 그마저 할 수 없었다. 난방이 살아있는데도 점토가 꽁꽁 얼어있었다. 그는 갑자기 온몸에서 기운이 쭉 빠지고, 가슴이 철렁 내려앉았다. 작품이야 다시 하면 그만이지만 아무래도 예감이 좋지 않았다. 갈라져도 어쩜 그렇게 갈라질 수 있나. 그제야 그는 어젯밤에 예린이 다른 날보다 심하게 뒤척였다는 생각에 미쳤다. 오로지 작품에 빠져 있었기에 놓치고만 그녀의 신음 소리가 천둥 소리처럼 그의 귓가를 할퀴고 지나갔다. 그는 딱딱하게 얼은 점토를 내던지듯 내려놓고 작업실을 박차고 나갔다.

그때, 방안에서 예린의 목소리가 가냘프게 들려왔다.

“아, 형, 형…… 민우 씨이…….”

분명히 신음 소리였다. 그렇다. 참다, 참다 더는 참을 수 없어 온몸을 쥐어짜는 듯 토하는 신음 소리였다. 그는 정신없이 방안으로 뛰어갔다.

청솔 옆에서

추울수록 그 푸름 더하는 소나무여
오늘은 네게 기대어 울고만 싶다.
곧고 단단한 밑둥치 아닌
폭풍 불 때 한철 시달리다, 굽은
등걸에 기대어 펑, 펑, 울고 싶다.

그러면 옹이진 이 마음 풀릴까
그러면 툭, 터진 눈물샘 막힐까
눈발 아래 더욱 굳센 솔잎처럼
긴긴 추위 깨치고 나갈 수 있을까.
꿈꾼 적 없으나 허리춤에 깃든 아픔
잉태했던 새 생명 잃어버린 슬픔.

지금은 그냥 울고만 싶다.
굽은 소나무 등걸에 기대어
펑, 펑, 소리내어 울고만 싶다
송진처럼 진한 눈물 다 마를 때까지
눈발 푸른 저 소나무, 그 푸름 다할 때까지

— 〈정예린 유고시집〉에서

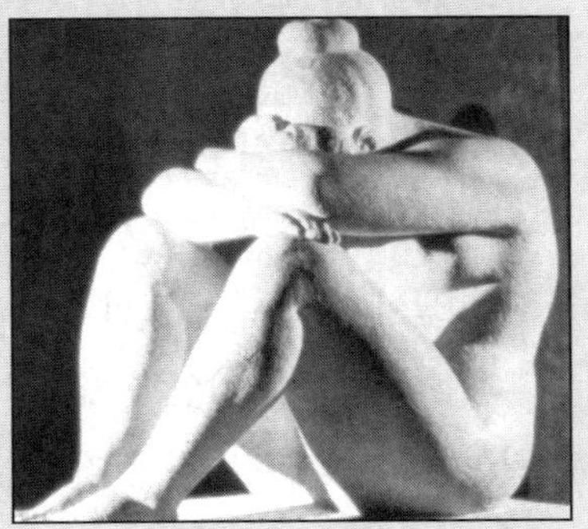

어쩌면 삶이란

가장 기쁜 순간에 슬픔을 준비해야 하는 건지도 모른다. 삶이 죽음에 기대어 있고, 빛이 어둠에 안겨있듯, 그들의 기쁨 또한 슬픔을 이끌고 있었던 것이다.

저 푸른 소나무의 푸름이 다할 때까지 울고 싶었다니…….

방에 들어와 산으로 가져갈 물건들을 챙기던 그는 또 한번 손길을 멈춘다. 어느새 해는 중천에 떠있고, 건너편 숲, 그녀가 바라보며 슬픔을 달래던 소나무는 맑은 햇빛에 더 푸르다. 물기를 토해내는 누런 갈잎 사이에서 홀로 강인한 생의 의지를 뽐내고 있는 듯도 싶다. 아마도 그녀는 짧은 생을 살아야 했기에 그토록 소나무의 푸름에 이끌렸는지 모른다. 좀더 오래 살고 싶어서, 좀더 푸르게 살고 싶어서.

그는 소나무를 망연히 바라보다 다시 짐을 챙기기 시작했다. 오전에 꺼내놓은 그녀의 시집과 일기장, 그가 파리에 있을 때 기념이 될 만한 날이면 e-메일 대신 꼭 육필로 써서 보내 온 그녀의 편지와 카드. 그리고 두 개의 토우를 작은 가방에 챙겨 넣었다.

이제 되었나? 그는 가방의 자크를 닫으려다 한번 더 생각한다. 지금 빠뜨리면 다시 할 수도 없는 일이었다. 그의 시선이 방안을 둘러보다 갈색 탁자 위에 놓인 약병에 머문다. 그가 이따금씩 뱃속을 뒤엎는 듯한 통증이 찾아 들 때 먹는 진통제가 담긴 약병이지만, 그의 눈길이 잠시 머뭇거리다 그냥 지나친다. 이제 통증을 줄일 이유가 그에겐 없다. 어차피 몇 시간 후엔 그의 몸에서 모든 것이 빠져나갈 것이었다. 격렬한 통증도, 슬픔도, 괴로움도 그녀에게 가는 동안 전부 희미해질 것이었다.

그는 약병을 그대로 둔 채 가방의 자크를 닫고 일어섰다. 그리곤 창문 밖, 소나무를 다시 바라보았다. 그날, 그녀는 굽은 소나무 등걸이 아니라 처진 그의 어깨에 기대어 한없이 울었다. 푸르기만 하던 시절 찾아온 슬픔이기에 어찌할 바를 모르면서 한없이 울기만 했다.

정말로 저 소나무의 푸름이 다할 때까지 울 것처럼, 그렇게.

슬픔수목 애정을 가지고

"예린아, 왜 그래? 왜?

그가 방안으로 뛰어 갔을 때 예린은 부엌 바닥에서 아랫배를 감싸쥔 채 쪼그려 앉아 끙끙거리고 있었다. 아마 막 쌀을 씻으려다 통증을 참지 못하고 쓰러진 듯 싱크대 주변이 흩어진 쌀로 낭자했다.

"어디, 아랫배가 아픈 거야?"

그는 얼른 그녀 곁으로 뛰어가 한쪽 팔로는 그녀의 어깨를 안고 한쪽 손으로 그녀가 감싸고 있는 아랫배를 매만졌다.

"아무래도 이상해, 너무 아파. 숨을 쉬지도 못하겠어."

그녀가 겨우 그에게 어깨를 기대고 감았던 눈을 가늘게 떴다. 그리곤 숨을 헐떡거리며 팔뚝으로 일그러진 표정 위에 번질거리는 식은땀을 닦았다. 이미 통증은 그녀가 참을 수 있는 한계를 넘고 있는 듯싶었다. 그녀의 눈동자엔 아이에 대한 모체의 본능적 걱정 때문에 어린 애원과 두려움만 가득했다.

"예린아. 안심해, 아기는 괜찮을 거야."

그는 우선 그녀를 편히 눕히기 위해 침대로 데려갔다. 그도 정신이 반쯤 나간 상태였다. 그는 예린이 이렇게 고통스러워하는 모습을 한 번도 본 적이 없었다. 감기에 몸살이 겹쳐 열이 펄펄 끓어도 간간이 미소를 지어 보이던 그녀였다. 그런데 침대에 누워서도 그녀는 달팽이처럼 몸을 말고 계속해서 신음 소리만 토했다.

"안되겠다. 이러다간 큰일나겠어. 병원에 가야겠다."

그녀의 손을 자기 이마에 대고 어찌할 바를 몰라하던 그가 몸을 일으켰다. 그러자 예린은 그런 경황에서도 그를 시선으로 잡아 끌려 했다. 그녀는 무엇보다 이런 아랫배의 통증으로 병원에 가는 일이 두려웠다. 그러면 어떤 예감을 추인하는 것만 같고, 또 치료비 역시 걱정이었다. 하지만 아랫배에 몰려드는 통증과 점점 흐려지는 시야가 그녀를 무력하게 만들었다.

아, 이럴 때 사람은 얼마나 무능해지는가.

그는 그녀의 신음 소리에 정신이 없다. 그녀를 병원에 데리고 가겠다고 마음 먹고도 두서없이 행동했다. 그녀의 옷을 입히다 말고 그녀의 이마에 흐른 땀을 닦아주고, 그러다 의료보험증을 찾으려고 서랍을 뒤지고, 또 그러다 불현듯 생각난 사람처럼 병원 구급차를 불렀다.

"예린아, 조금만 참아. 곧 차가 올 거야."

그는 구급차를 불러놓고도 마음이 조급했다. 조치원 시내에서 여기까지 오려면 적어도 한 시간. 그는 그 시간 동안 고통 속에 예린을 놔두어야 한다는 사실이 너무도 끔찍하다. 그는 그녀 대신 자기가 아플 수만 있다면 열 번이고, 백 번이고 그럴 것 같았다. 이럴 때, 그 터덜거리던 케리라도 있었으면. 그는 이런 산골에 살면서 중고 트럭 하나 유지할 수 없었던 자신의 무능이 한스럽고, 그런 무능이 지금 예린의 고통을 연장하고 있다는 사실이 미칠 것만 같았다.

"안되겠다. 내 등에 업혀, 어서."

여전히 침대에서 웅크린 채, 이젠 신음 소리마저 가늘어지고 있는 듯한 그

녀를 그는 무조건 들쳐업었다. 몇 초라도 빨리 그녀의 고통을 줄이고 싶은
것이다.

"아, 형, 아…… 민우 씨."

그녀는 그의 등에 업히며 그에게 뭔가 하고 싶은 말이 있었지만 그런 생각
이 말이 되지 못하고 신음 소리로 흘러나왔다. 왠지 정신이 자꾸만 혼미해
진 것이다. 마치 머릿속이 하얗게 비었다가 어느 정점을 향해 빨려 들어가
는 느낌이 그녀의 몸에서 모든 기력을 빼앗아가고 있었다.

"예린아, 정신차려, 예린아!"

그는 자기 목을 두르고 있던 그의 팔이 축 늘어지자 크게 소리쳤다. 하지
만 그의 목소리는 그녀의 귓가에 닿지 못했다. 거친 바람에 실려 차갑게 이
마를 스치는 싸락눈 속으로 흩어졌다. 안 돼, 예린아. 그러면 안 돼. 그는 자
신의 어깨 위에서 긴 물주머니처럼 덜렁대는 그녀의 팔을 곁눈질하며 있는
힘을 다해 달리고, 또 달렸다. 이내 그의 이마 위에 콩알만한 땀이 흐르고 더
운 숨결이 입이며 코에서 기차 화통처럼 흘러나왔다. 그렇게 이십여분을 달
렸을까. 멀리서 앵앵대는 구급차의 사이렌 소리가 들려왔다. 아, 그 반가움
이라니. 하지만 그도 순간이었다. 구급차가 굼벵이처럼 움직이는 것 같았
다.

"자, 이쪽으로요."

병원 구급차에서 내린 간호원이 익숙한 동작으로, 그러므로 아주 태연한
것 같은 느낌을 주며 그녀를 업고 있는 그를 재촉했다.

"예린아, 이젠 됐어! 눈 좀 떠봐, 예린아!"

그는 자기 등에 업혀있던 그녀를 내려놓으며 소리쳤다. 그런데 이게 어찌
된 일인가. 그의 눈동자가 화들짝 커졌다. 흐르는 땀에 젖은 줄만 알았던 그

의 상의가 온통 피로 범벅이었다. 그리고 그 가운데 일부가 쌓인 눈을 붉게 물들이며 뚝, 뚝, 떨어졌다. 그는 구급차 안 나무 침대에 죽은 듯 누워있는 그녀의 아랫도리를 다시 보았다. 역시 눈 위에 찍힌 핏자국처럼 붉게 물들어 있었고, 일부는 다리까지 흘러내려 있었다. 그는 자기 심장이 깨져 피를 흘리고 있는 것처럼 고통스러웠다. 하얀 눈 위에 선연하게 찍힌 사랑하는 사람의 붉은 핏자국이라니. 그는 그 순간도, 그 이후에도 그 핏자국을 잊지 못했다. 외국 생활을 하는 동안 가장 힘들고 외로울 때면 그는 그 핏자국을 떠올리며 이를 악물었다. 다시는 사랑하는 사람이 피를 흘리는 일이 없도록 해야 한다는 생각에서 오로지, 오로지 작업에만 몰두했다.

"이만한 것도 천만 다행입니다. 조금만 늦었어도 산모까지 위험할 뻔했어요."

조치원에 있는 의원에서 응급처치를 받고 대전에 있는 대학병원에 갔을 때였다. 여전히 의식을 잃고 있는 그녀를 수술실로 옮긴 후 담당 의사가 그를 불러 놓고 말했다.

"그럼 아기는?"

이미 그는 각오하고 있었지만 한 번 더 희망을 걸지 않을 수 없었다. 무엇보다 예린이 자기 생명처럼 아끼던 아기였다.

"여기 오기 전에 벌써 호흡이 멈춘 상태였습니다."

하얗게 질린 그와는 달리 의사는 너무도 담담히 사실을 말했다.

"저 정도면 산모가 며칠 전부터 통증을 느꼈을 텐데 아빠는 잘 모르셨나요?"

아기가 죽어있었다니. 의사의 말에 갑자기 멍해져 그가 입을 다물고 있자

의사가 그를 빤히 쳐다보았다. 마치 아빠의 무능과 무관심을 탓하는 것도 같고, 아기를 살릴 수 없는 게 병원의 책임이 아니라 바로 당신의 책임이라는 것을 못박고 싶어하는 것도 같았다.

"죄송합니다. 선생님. 그렇지만 엄마만큼은 이상이 없는 거죠?"

"제 소견은 일단은 그렇습니다. 하지만 좀 더 두고 봐야겠습니다."

의사는 그들 특유의 여지를 남긴 채 말문을 닫았다. 그래, 그만해도 얼마나 다행인가. 눈 위에 선연하게 찍히던 핏자국을 보는 순간 몰려들던 걱정에 비하면. 그는 그렇게 자신을 위로하며 의사 앞을 물러났다. 하지만 그는 그녀를 수술실로 보내놓고 두 팔로 머리를 감싸 안았다. 어제까지만 해도 뱃속에서 꿈틀거리던 아이는 죽고, 엄마는 의식을 잃은 채 수술실의 차가운 침상에 누워있고. 그는 이 모두가 꿈이기를 바라고 또 바랐다. 도대체 이런 일이 왜 벌어졌는지 인정하고 싶지 않았다. 만약 꿈이라면 꿈에서 깨어나는 순간 만사를 제쳐두고 그녀를 병원에 데려가 진찰부터 받게 하리라.

그러나 그 바람은 병원 원무과에 불려갔을 때 모조리 깨졌다.

"보호자님. 연대보증을 설 사람은 대도시에 집이 있거나 1분기 재산세 7만 원 이상인 분을 써 주셔야 합니다."

목이 잘린 석고상처럼 얼굴에 아무런 감정도 드러내지 않은 원무과 직원이 그를 사기꾼 대하듯 재촉했다. 그는 원무과 직원의 무표정과 사무적인 말투에 비로소 정신을 차렸다. 그 일은 꿈이 아니라 생생한 현실이었고, 그로 하여금 가난이 얼마나 사람을 초라하게 하고 상처를 주는지 알리는 신호였던 것이다.

대도시에 집이 있거나 재산세를 7만 원 이상을 내는 분? 그는 원무과 직원 앞에서 묘한 모욕감을 느끼며 보증인으로 세울 사람을 찾았다. 그러나 쉽지 않았다. 친구는 물론 그녀의 가족과도 외떨어져 생활한 3년 간의 산골 생활이 얼마만큼 자신을 고립시켰는가를 자꾸만 절감시켰다. 그는 생각 끝에 그녀 아버지 이름을 써넣었지만 주민등록번호를 몰라 전화로 확인하기 위해 일단 원무과를 나왔다.

당신의 딸이 아이를 잃고 입원중이라면 얼마나 놀라실까. 모르면 몰라도 걱정이 대단하시겠지. 그는 막상 공중전화 수화기를 드니 막막해진다. 할 수만 있다면 정말 피하고 싶고, 이런 일 하나 처리하지 못하는 자신이 초라해 견딜 수가 없는 심정이다.

"이런 살림에 애를 갖다니. 그 애가 잘도 크겠다, 잘도 커."

전화기 버튼의 숫자를 찾는 그의 눈길 너머로 역정을 내던 장모의 표정이 선명히 지나간다. 그는 끝까지 달라붙는 망설임을 한숨으로 몰아내고 발신음을 기다렸다. 어쨌든 사랑하는 사람을 낳아 준 엄마였다. 더구나 그는 이런 저런 자존심을 내세우기에는 그녀를 너무 사랑했다. 그녀만 곱게 되돌려 준다면 어떤 창피나 비난도 달게 받을 각오가 되어 있었다.

"장모님, 접니다. 저 민우입니다. 민우라고요."

역시 그녀의 어머니는 그를 인정하지 않았다. 그가 처음 인사를 드렸을 때, 분명 알아차리고도 그녀의 엄마는 그의 목소리를 기억하지 못하는 듯 긴 침묵을 이었다. 그는 그런 장모 자리에게 전후 사정을 말한 다음 간신히 장인의 주민 등록번호를 알아냈다. 중간 중간 말이 끊기고, 병고를 알리고 있는데도 길게 침묵을 잇던 장모의 태도. 그는 그녀 어머니가 보인 침묵에 피가 바짝바짝 마르는 것 같았다. 비참하고, 또 비참했다. 가난이 얼마나 무서운 줄 알면서도 그를 대비하지 않고 예술이다 뭐다 떠벌린 자신이 너무도 한심스러웠다.

그 사이 수술실에서 대기 상태에 있던 예린이 수술을 받고 있었다. 그는 그녀가 수술중임을 알리는 전광판에 한시도 눈을 떼지 않았다. 그녀는 비록 의식을 빼앗겨 아무것도 모르지만 아마도 그녀의 영혼은 알고 있으리라. 자신과 함께 아빠 조각공원을 설계하고, 같이 석양을 보고, 아빠의 손으로 자신이 조각품으로 빚어지던 것을 맥박으로 재보던 아기가 자기의 몸을 떠난다는 것을.

"예린아, 미안하다. 정말 미안해. 아기 하나 품고 있기도 무척 벅찼을 텐데. 그깟 놈의 조각이 무엇이라고."

그는 십분이 한 시간처럼 느리게 흐르는 수술실 앞 대기실에서 수없이 자신을 책망했다. 처녀나 다름없는 그녀의 몸에 칼을 대는 상상을 하며 한 번, 그녀의 다리에 흘러내리던 핏자국을 상상하며 또 한 번, 그는 자신도 모르는 사이에 중얼거렸다. 도대체 그깟 놈의 자존심이 뭐냐고, 아무려면 아기를 잃은 엄마의 슬픔만 하겠냐고. 그는 그 동안 자기 생활이 예술이라는 이름으로 치장된 이기적인 삶이었음을 다시 절감한다. 그렇지만 뒤늦은 깨달음으로 할 수 있는 일이 무엇이란 말인가. 이 세상에 그런 일이 있기나 한 것일까. 그런 것으론 아기를 살릴 수도, 그녀를 낫게 할 수도, 입원비를 대신 내 줄 수도 없었다. 후회, 후회, 길게 반복되는 후회만 남길 뿐이었다.

"이 사람, 이게 어찌된 일인가, 예린이는?"

전광판에 예린이 수술이 마치고 회복실로 옮겨졌다는 신호가 들어왔을 때, 맨 먼저 그녀의 아버지가 달려왔다, 그리고 그가 더듬더듬 경과를 말하는 사이 그녀 엄마와 식구들이 뒤따라왔다.

"어쨌든, 그만하길 다행이네. 자네가 걱정을 많이 했겠군."

그녀의 아버지는 처음 그들의 집으로 찾아와 '난 자네라도 그애를 설득해서 좀 기다려줬으면 싶었네.' 라고 말할 때처럼 담담한 표정으로 그를 위로했다. 상대에 대한 배려와 불행을 속으로 삭힐 줄 아는 넉넉한 도량이 엿보이는 태도였다. 예린이가 아빠를 닮았구나. 그는 그녀의 부모님께 깊이 머리를 숙이며 다시 한번 그렇게 생각했다.

"아, 저기 예린이 나오네요."

그들이 어색하나마 인사를 끝내고 이상한 침묵 속에서 삼십여분 기다렸을 때, 예린이 수술실에서 나왔다. 그녀는 아직 마취가 덜 풀린 듯 카트가 움직일 때마다 고개가 힘없이 흔들거렸다. 그녀의 안색은 창백했고, 머리카락은 엉망으로 엉켜있었으며, 잠긴 눈까풀 양옆에 눈물 자국이 희미하게 나있었다. 그는 그녀의 그런 모습을 보자 울컥 눈물이 나왔다. 아마도 저 눈물 자국은 아기가 자기 몸을 떠날 때 그녀의 영혼이 흘린 눈물 자국이리라. 아, 어떻게 해야 이 사람의 얼굴에 저토록 슬프게 남은 눈물 자국을 말끔히 지워줄 수 있을까. 그는 그녀의 가족에게서 침대 가장자리를 내어주고 자기는 그녀의 발치에 서서 다리를 주물러 주며 생각을 이었다.

"예린아, 이제 정신이 드니?"

그때 예린이 살며시 눈을 떴다가 그마저도 힘에 겨운지 다시 감았다. 그리곤 잠시 후 다시 눈을 뜨고 두리번거렸다.

"그래, 예린아. 엄마다, 엄마야. 아빠도 와 있고……."

그녀의 기척을 보고 그녀의 엄마가 그녀와 눈길을 맞추고 말했다. 하지만 예린은 여전히 두리번거리다 그와 눈길이 마주치자 비로소 눈길을 고정하고 희미하게 웃었다. 아, 형이구나. 형을 보니까 이젠 안심이야. 그녀의 희미한 미소는 그렇게 말하는 것 같았다. 그는 다시 눈을 감는 그녀에게 다가가 그녀의 창백한 얼굴에 남아있는 눈물 자국을 지워주었다. 이제 그는 아무의 눈치도 보지 않았다. 오랜 마취에서 깨어나는 순간 맨 먼저 그를 찾은 그녀는 바로 그의 사람이었다. 엄마도 아빠도 동생도 아니었고 바로 그의 사람이었다. 예린아, 정말 고맙다. 그는 희미한 미소가 어려있던 입술에 빨리 핏기가 돌아와 주기를 빌며 평소보다 더 깊은 그녀에 대한 믿음과 책임을 느꼈다. 행복한 순간뿐만 아니라 불행한 순간에도 둘이는 함께 있어야 함을. 그것이 자기들의 영원한 숙명임을.

*

바깥 날씨는 여전히 추웠다. 몇십 년 만에 닥쳤다는 추위다웠다. 소나무를 제외한 모든 나무들이 앙상한 몸통을 드러낸 채 차가운 바람에 잿빛으로 흔들렸고, 골바람이 허름한 농가 속을 헤집고 다녔다.

예린은 창 밖의 소나무를 물끄러미 바라보다 긴 한숨을 터트린다. 아기가 차있던 아랫배에 빈 공간이라도 생긴 것일까. 그녀의 한숨은 길고 규칙적이다. 마치 텅 빈 것 같은 아랫배에 한숨을 일으키는 근원지가 있어 시간이 되면 저절로 터져 나오는 것 같았다.

"이제 우리 그만 그 일을 잊자. 아기도 아마 이미 그것을 바랄 거야."

몸조리를 위해 친정으로 퇴원하자는 엄마와 싸우다시피 해서 집으로 돌아오며 그런 말을 한 건 바로 그녀였다. 그녀는 그보다 자신이 조금은 더 슬프기 때문에 슬픔을 감춰야 할 사람은 자신이라고 생각했다. 그래야 슬픔이 더 커지지 않고 그 슬픔을 이겨낼 수 있으리라고 생각했다. 그런데도 그녀는 지금 울고 싶었다. 저 푸른 소나무 등걸에 기대어 펑, 펑 소리내어 울고 싶었다. 피고름이 묻은 더러운 솜덩이에 싸여 어딘가에 처박혀 있을 아기의 모습이 되풀이되어 떠오르고, 자기 아기를 잃고도 치료비 때문에 마음껏 슬퍼하지도 못하는 그의 초췌한 얼굴이 그녀의 젖은 눈동자를 움켜쥐고 놓아주지 않는다.

그녀는 멍하니 소나무를 향해 있던 눈길을 거두고 몸을 일으켜 부엌으로 갔다. 이렇게 청승을 떨고 있을 때가 아니야. 그녀는 아침 일찍 곰국을 안쳐 놓고 서둘러 서울로 떠나던 그를 떠올린다. 자세한 말은 다녀와서 한다고 했지만 그녀는 그가 어떤 결심을 굳히고 있다는 것을 느낄 수 있었다. 아마도 돈 문제이리라. 그녀는 치료비를 아버님이 대신 냈다고 말할 때 지었던 그의 표정을 지금도 똑똑히 기억할 수 있다. 그 표정은 더할 수 없이 참담하고 우울한 것이었다. 마치 힘에 밀려 암컷을 빼앗긴 숫사자의 처진 어깨 같았다. 자기 사람을 지키지 못했다는 자괴감이 그렇지 않아도 처진 그의 어깨를 더 처지게 했다. 가난, 그가 혼자였다면 별 문제될 것이 없었을 가난이 그녀를 사랑함으로써 다시 그의 절대절명의 화두가 된 것이었다.

그녀는 그걸 알기에 오늘 그의 서울길이 걱정스러웠다. 그가 이제껏 힘들게 걸어 온 길을 포기할 것 같은 생각이 들었다. 천성이 강하고 끓어오르는 영혼을 가진 사람들은 희망이 그를 약동케 하는 만큼이나 절망의 깊은 구렁텅이로 빠지기도 하는 것이다. 하지만 그를 그렇게 되게 놔두지는 않으리라, 다시 병원에 실려 가는 한이 있어도. 그녀는 여전히 입맛은 없지만 그가 끓여 놓고 간 곰국을 한 그릇 가득 퍼 담았다.

"그러기에 내가 뭐랬어. 예술 작품은 이상으로 창조되는 거지만 예술가의 삶은 이상만 가지곤 절대로 되지 않는다고 말했잖아. 더구나 너는 예술가의 보헤미아적 삶보다 소시민적인 삶을 고집하고 있기 때문에 그 어려움이 더 큰 것이기도 하고."

그 시간 민우는 유진을 만나고 있었다. 청담동에 있는 그녀의 화려한 아틀리에에 자진해서 찾아간 것이다. 그들은 언젠가 그랬던 것처럼 작업대를 사이에 두고 마주보고 있었는데, 이번에는 전과는 달리, 주스잔 대신 반쯤 비운 술잔이 놓여 있었다.

"아무튼 잘 왔다. 그렇지 않아도 한번 더 찾아 가볼 생각이었는데."

유진이 새 담배에 불을 붙이며 묵묵히 술잔 위에 눈길을 얹고 있는 그를 살폈다. 어쩌면 그가 약해진 모습을 보인 까닭인지도 몰랐다. 민우를 대하는 유진은 어느 때보다 여유가 있었다. 명분이야 재능 있는 조각가 하나를 키워보겠다는 거였지만 이제껏 유진은 그를 안달하며 쫓아다니는 입장이었다. 그랬다. 때로는 안고 싶고 때로는 안기고 싶고, 또 어느 땐 떨쳐내고 싶어하기도 하면서 유진은 그 앞에서 잔뜩 긴장을 하곤 했다. 그런데 지금 유진은 태도를 바꾸어 남의 불행을 즐기는 사람처럼 느긋하게 그를 대했다. 이제야 그를 자기 뜻대로 움직일 수 있을 것 같고, 그가 조만간 자기에게 복종의 키스를 보낼 것이라는 예감도 했다. 하지만 연민일까, 아니면 그것도 사랑이라고 해야 옳은가. 그런 마음이 유진의 전부는 아니었다. 가진 게 쥐뿔도 없으면서 당당하기만 하던 어깨를 축 늘어트린 그를 대하자 새삼 안쓰러운 마음이 가슴 한 구석을 채우고 있었다.

"선배, 저번엔 정말 고마웠어요. 미안하기도 하고. 장인 어른이 치료비를 이미 낸 뒤여서 그냥은 받을 수 없었어요."

그가 술잔 위에 얹혀 있던 눈길을 들어 유진을 쳐다보았다.

"고맙긴 뭐가 고마워. 장래가 유망한 조각가에게 일종의 투자라고 생각하고 준 건데도 그냥 되돌려 보냈으면서. 그건 그렇고, 여기까지 일부러 날 찾아온 이유가 뭐야? 고맙다는 말을 하기 위해 온 거는 아닐 거고.”

유진이 부드러운 미소로 착 가라앉은 분위기를 띄웠다.

“어서 말해봐. 돈을 빌려달라는 것보다 더 힘든 이야기야?”

유진이 눈길로 재촉하는데도 그가 머뭇거리자 다시 말했다.

“그러죠. 여기까지 와서 미적거린다는 건 더 웃기는 거니까요.”

그는 마지막 망설임을 떨어버리려는 듯 남은 술을 단숨에 마서버렸다. 그리곤 눈을 내리깔고 아주 가는 미소를 지었다. 비록 짧은 순간이었지만 유진은 그의 웃음에 갑자기 긴장한다. 자조적이고 허탈해 보이는 그의 웃음 속에서 섬뜩할 정도로 깊은 비장감을 엿본 때문이었다. 마치 죽음을 앞둔 사람이 마지막으로 자기 내면에 있는 삶의 그림자를 돌아보며 그에 대한 애증을 털어 버리는 듯한 모습이었다.

“선배, 내 작품을 좀 팔아 줘요. 가격은 아무래도 좋아요. 재료값 정도만 건질 수 있으면 누구에게 팔든 상관없어요.”

그가 힘껏 당겨진 활시위처럼 팽팽하던 긴장을 풀며 비로소 입을 열었다. 그러면서 그는 여전히 가늘게 웃었다. 하지만 그 웃음은 이미 웃음이 아니었다. 그것은 그의 피눈물이었고, 절규였고, 절망이었다. 무엇이 그에게 저런 웃음을 짓게 했을까. 유진은 그가 작품을 위해 어머니까지 떠났다는 것을 알고 있었다. 그러기에 그에 있어 작품은 서른 살 그의 고뇌고 기쁨이고 삶, 그 자체였다. 그런데 그는 그를 내놓고 있는 것이다. 더구나 언젠간 자기 작품으로 조각공원을 꾸미겠다던 그가. 사랑이란 그렇게 힘이 있는 것인가. 유진은 기분이 묘했다. 실은 그의 첫 작품 ‘모정’과 ‘복종의 기쁨’은 처음 보는 순간부터 가지고 싶었던 작품 중의 하나였다. 그래서 유진은 몇 차례 그에게 그런 뜻을 내비치기도 했었다. 하지만 유진은 작품을 팔아달라는 그의 말에 선불리 대답할 수 없었다. 사랑은 곧 가벼움으로 통하는 이 시대에 오직 사랑하는 여자를 위해 생명처럼 귀중한 것을 내놓는 그가 괴물처럼 보이고 야속하다.

"물론, 선배님이 직접 사주셔도 좋고요."

유진이 침묵을 지킨 채 바라만 보고 있자 그가 말했다.

"이유가 뭐야? 단지 돈이 필요해서?"

유진은 한번 더 생각을 다듬기 위해 확답을 피했다.

"만약 그런 거라면 그만둬. 아예 조각을 하지 않을 거라면 몰라도 그런 식으로는 가난을 절대로 해결할 수 없어. 당장은 지금 있는 작품을 팔아 몇 푼 받기는 어렵지 않겠지. 하지만 네가 명성을 얻지 않은 한 그 일도 이내 한계에 도달하게 되어 있어. 그러니 문화 권력의 헤게모니를 지고 있는 사람들과 적당히 어울리면서 우선 명성을 얻으라는 거야. 그게 바로 내가 말하는 현실 타협이었어. 지금 너처럼 소시민적인 삶에 끌려 다니라는 게 아니라."

"그 이야기는 이미 끝난 거잖아요. 이런 상태로 다시 강 교수님에게 갈 수는 없어요. 사설 미술학원 강사를 하는 한이 있어도. 그건 예술에 대한 더욱 큰 모욕이라고 생각하니까요."

"뭐라고, 사설 미술학원 강사?"

유진은 깜짝 놀라며 되물었다.

"너 이번 기회에 아주 조각을 그만둘 생각이구나?"

"이렇게 해서도 안 된다면 하는 수 없겠죠. 적어도 가장 사랑하는 사람이 아플 때 치료비조차 구할 수 없다면 예술을 포기해야겠죠."

"뭐라고, 그깟 일로 조각을 포기하겠다고!"

이런 얼치기 같으니라고. 너도 별수 없는 삼류구나. 그의 말에 유진은 갑자기 힘이 쭉 빠진다. 소시민적인 정 때문에 천부적인 재능을 포기하고 시들고마는 예술가. 유진은 그런 사람들을 적지 않게 보아온 것이다. 어떻게 보면 가장 인간적인 모습일 수 있지만 유진은 그들을 절대로 용납할 수 없었다. 자신이 그런 것처럼 그들은 삼류고, 얼치기고, 거짓말쟁이인 것이다. 예술가란 예술을 위해서라면 타인의 희생은 물론 생명까지 요구할 수 있는 욕심과, 그 욕심을 끝까지 밀고 나갈 힘이 있어야 하는 것이다. 그런데 그깟 치료비 때문이라니. 안 돼 넌, 그러면 절대 안 돼. 예전에 조각을 위해 어머니를 떠났듯 필요하면 사랑하는 여자도 차버릴 수 있어야 한단 말이야. 비로소 유진은 이제껏 자신이 왜 그에게 그토록 매달리는 심정이었는지 명확하게 깨닫는다. 자기가 가지 못한 예술가의 길을 그를 통해 간접적으로나마 맛보고 싶었던 것이다. 모든 약한 사람들이 그러하듯 남의 성공을 자기 성공으로 받아들이고, 때로는 그와 로맨스를 꿈꾸며 그렇게 이어왔던 것이다. 유진은 심란했다. 아니, 불안했다. 그를 이쯤에서 멈추게 할 수는 없었다. 그러면 그 동안 십 년이 넘게 들인 정성은 어디에서 보상받는단 말인가. 하지만 속시원한 방법이 없었다. 돈을 대줄 수는 있지만 그와 강 교수가 대립하고 있는 한 소용이 없는 일이었다. 강 교수를 제치고 그를 화려하게 등장시킬 수 있는 힘이 아직 유진에겐 없었다.

"아, 잠깐만 민우야."

때마침 걸려 온 전화를 받기 위해 유진이 자리에서 일어났다. 그녀는 서둘러 전화기 앞으로 달려갔다. 전화는 프랑스에서 온 것 같았다. 입안에서 동글동글하게 굴러다니는 듯한 불어가 유진의 입을 떠나 그의 귓전에 와 닿는다. 그는 고개를 돌려 전화를 받고 있는 유진을 보았다. 유진은 마치 사람을 앞에 두고 말하는 것처럼 제스처와 표정을 바꾸어가며 능수능란하게 말을 이어나갔다.

　지금 예린은 무엇을 하고 있을까. 여전히 멍한 눈길로 소나무를 바라보며 울먹이고 있을까. 유진이 반갑게 전화를 받고 있는 모습을 보자 그는 예린이 더욱 궁금하다. 점심에 곰국은 잘 먹었는지. 작품을 팔든 못 팔든, 조각을 하든 못하든 어서 끝내고 내려가 그녀와 함께 있고 싶다. 그러면 다시 가난이 되짚어져 괴롭겠지만 말이다.

　"미안, 파리에서 같이 공부하던 친구야. 잔느라고. 지금은 '라꼴'이라는 유명 화랑에서 디렉터로 일하고 있지."

　무슨 반가운 소식이라도 들었는지 전화를 받고 온 유진의 표정이 무척 밝았다. 그 동안 둘 사이에 오가던 심각한 이야기를 모두 파리로 날려버린 것 같았다.

　"좋아, 내가 네 작품을 모두 사겠어. 단 나도 조건이 있어."

　유진이 말을 이으며 아예 자신의 말을 그의 눈동자에 못박겠다는 듯 그를 빤히 쳐다보았다.

　"조건요?"

　"그래, 내가 네게 처음으로 거는 조건이야."

　"그럼 말해 봐요."

　"민우 너, 프랑스로 한 삼 년 간 유학을 떠날 수 있겠니?"

　"유학요?"

　"그래."

　"나에게 조각을 다시 공부하란 말입니까? 지금?"

　그는 갑작스럽고 엉뚱한 유진의 제의를 이해할 수 없어 되물었다.

　"아니, 그런 게 아니고, 파리에 가서 작품을 하라는 거야. 마침 파리와 뉴

욕에서 현대미술을 주무르는 화랑들이 동양의 젊은 조각가들에게 관심을 보이고 있다는 정보야. 방금도 그 전화였어. 재능 있는 조각가 한 사람을 소개시켜 줄 수 없느냐는. 그것이 그들의 상투적인 수단이긴 하지만 우리가 지금 그런 걸 일일이 따질 이유는 없지. 문제는 네가 국제 공모전에서 입상을 해서 이름을 날리면 되는 거야. 그러면 강 교수의 그늘을 단번에 벗어 나 네 재능을 제대로 인정받을 수 있을 거야. 국내 언론과 지식인 사회가 그렇잖아. 국내에 있을 적엔 눈길 한번 주지 않다가도 외국에 나가 작은 상이라도 타오면 방방 띄우는 거. 사실, 그들의 작품 심사가 우리 나라보다 공정하기도 하고……. 그러니 우리 한번 생각해 보자. 너라면 충분히 할 수 있는 일이야. 비용은 내가 전부 델게. 파리에 있는 우리 회사 지사가 투자하는 것으로 해서!"

*

　예린은 좀처럼 잠을 들 수 없었다. 그의 파리 유학행이라. 이제 추위가 물러간 것처럼 그녀의 몸은 완전히 회복된 상태였다. 무엇보다 아침저녁으로 음식을 챙겨준 그의 덕분이었다. 며칠 전, 그들은 그녀가 병원에서 퇴원 이후 처음으로 깊은 사랑을 나누기도 했다.
　그녀는 어렴풋한 어둠에 싸여 다시 한번 그가 없이도 지낼 수 있는지를 따져 보았다. 아무래도 못할 것 같았다. 그도 없는 이 산골에서 혼자 지낸다는 게. 그렇다면 어떻게 해야 하나. 이 사람이 사설 미술학원의 강사나 하며 천부적인 재능을 썩히도록 놔두어야 한단 말인가.
　그녀는 자기에게 한쪽 팔을 팔베개로 내어주고 잠든 그를 물끄러미 올려다보았다. 요즘 작업을 하지 않고 있는데도 그의 턱이 홀쭉했다. 그에겐 무엇보다도 조각 작업이 필요한 것이다. 창조적 열정을 태울 점토와 석고와 돌이 있어야 하는 것이다. 그녀는 작업을 하지 않아 부드럽긴 하지만 바람 빠진 풍선처럼 뭔가가 빠져나간 것 같은 그의 손을 만져보며 또 그런 사실을 느낀다. 그러기에 그녀는 자기 작품을 팔자는 그의 뜻만은 따를 수 없었다. 소나무에 기대어 종일토록 울고 싶던 날 그녀는 서울에서 내려온 그와 처음으로 심하게 다투었다.

"뭐라고요. 형 작품을 팔겠다고 말했단 말이야?"

그녀는 아직 다 아물지 않은 상처의 아픔도 잊고 격렬하게 화를 냈다.

"누굴 위해서? 형, 마음 하나 다치지 않으려고? 왜 그렇게 마음이 약해. 가난이 무서운 게 아니라 가난에게 지는 마음이 무서운 거라고 말한 건 바로 형이었어. 그런데 이만한 일로 마음을 바꾸고 '우리 공원'을 포기한다구? 어떤 여자는 대여섯 번씩 유산도 한다는데!"

그녀는 그렇게 말해 놓고 그의 어깨에 기대어 얼마나 울었는지 모른다. 그가 왜 그런 결정을 했는지 잘 알고 있었지만 한없이 눈물이 나왔다. 정말이지 푸른 소나무의 그 푸름이 다할 때까지 울고 또 울 것 같은 심정이었다.

이후 그는 다시 그 이야기를 꺼내지 않았다. 물론, 유진이 제안한 파리 유학에 관해서도 마찬가지였다. 그러나 작업은 하지 못했다. 그녀가 봄부터 돈을 벌겠다는 말을 일언지하에 거절하고 여기 저기 사설 미술학원 강사자리를 알아보기 시작했다. 그녀가 그러면 안 된다고 아무리 말려도 듣지 않았다. 그는 무슨 짓을 해서도 그녀가 아팠을 때 병원에 갈 정도의 돈을 벌어놓고 작업을 시작하겠다고 우겼다.

그런데 그 이야기를 다시 꺼낸 건 유진이었다. 그렇게 한 달여가 흘렀을 때 유진이 직접 그들을 찾아왔다. 이번에 아무런 조건 없이 유학을 떠나라는 것이었다. 만약 예린이 함께 가겠다면 그 체류비용까지 대겠다는 뜻을 비치며 그녀에게 협조를 구해왔던 것이다.

　잠시 지난 일을 회상하던 그녀는 다시 그의 손을 찾았다. 그가 작업에 열중할 때, 그럴 수만 있다면 자신의 자궁 속에 넣어 쉬게 하고 싶었던 그의 손이다. 그녀는 그 손이 그전처럼 다시 조각을 할 수 있도록 해야 한다고 생각했다. 그래야만 되는 것이다. 그리하여 하나의 돌 속에서 우리의 진정한 사랑과 삶을 구축하여 영원히 함께해야 하는 것이다. 거기에 그의 삶이 있고 나의 삶이 있는 것이다. 그런데 육신이 서로 떨어져 있다고 달라질 게 뭐란 말인가. 그녀는 그의 손에 입을 맞추며 자꾸만 흔들리는 마음을 다진다. 그를 보내줘야 한다. 그가 재능을 마음껏 인정받고 좀 더 큰 세계에서 웅지를 펼칠 수 있도록. 그것도 누구에게 떠밀리듯 보낼 게 아니라 그녀 자신의 힘으로.

　다음 날 새벽, 그녀는 그보다 일찍 일어났다. 그리고 샤워를 한 다음 곱게 화장을 했다. 그를 파리로 보낼 작정이었다. 고운 옷으로 갈아입고 새봄의 기운을 느낄 수 있는 '우리 공원' 에 나가 그에게 말하리라. 이곳은 내가 지키고 있을 테니 걱정말고 잘 다녀오라고. 시간을 정하지 않고 여기서 기다리고 있을 테니 꼭 성공해서 돌아오라고.

*

　어느새 여명의 푸른빛이 걷히고 새하얀 햇빛이 창문을 흔들고 있었다. 아마도 어제 밤 깊은 사랑을 나눈 때문이리라. 그는 이별하는 꿈이라도 꾸는지 몸을 뒤척일 뿐 아직 잠들어 있었다.

예린은 그의 머리맡에 앉아 옆으로 흘러내린 그의 머리카락을 쓸어 올렸다. 이제 그를 한동안 볼 수 없다는 생각 때문일까. 늘 보아왔던 얼굴인데도 그의 모습이 많이 달라 보인다. 요 몇 달 사이 나이를 한꺼번에 먹은 듯 지쳐 보이고, 그가 그렇게 지쳐 보이는 만큼 그녀의 가슴이 저미듯 아프다.

그날 그녀가 그 이야기를 꺼낸 이후 그들은 무던히도 싸웠다. 그는 완강했다. 네 곁을 떠나느니 차라리 조각을 영원히 포기하겠다는 말도 했다. 그러나 그는 그녀가 파리로 떠나라고 말해놓고 눈물이 그렁그렁한 눈으로 아무 말 없이 쳐다보았을 때 자기 고집을 꺾었다. 그리고 그가 그렇게 결심한 데는 다른 이유도 있었다. 예린이 병원에서 입원해 있는 동안 의사에게 들은 말 때문이었다. 의사는 그녀가 다시 아기를 가지려면 비용이 엄청난 치료를 받아야 하며, 그렇지 않은 상태에서 다시 임신을 하면 위험에 빠질 수도 있다고 경고의 말을 했던 것이다.

파리행 항공 예약시간은 오후 4시였다. 집에서 공항까지 가는 데 걸리는 시간이 다섯 시간 정도이므로 좀 더 잠을 자도 되리라. 그녀는 침대에서 조용히 일어나 그가 가지고 갈 가방을 마지막으로 챙겼다. 그의 속옷이며 양복이며 여권 등등. 그녀는 그를 집 앞에서 보낼 생각이었다. 공항까지 따라가고 싶었지만 돌아오는 길이 너무도 쓸쓸할 것 같고, 또 파리에서 그가 이별 장면을 회상할 때 번잡한 공항이 아니라 정든 집이길 바랐기 때문이었다.

유진의 말에 의하면 '참, 독하다' 는 예린의 그러한 결심.

그러나 그녀는 절대로 독한 여자가 아니었다. 오히려 가늘고 투명한 튜브처럼 연약하고 착한 여자였다. 단지 사랑이 그것을 가능케 했을 뿐이었다.

그녀는 그가 집에서 점점 멀어져 까만 한 점으로 사라질 때까지 바라보다 그를 더 이상 볼 수 없는 순간에 쓰러져 울리라. 그녀도 그를 알고 있었다. 그러기에 그녀는 잠든 그를 깨우지 못한다. 이별의 시간이 더 길어질 것 같아서. 그러면 그를 더욱 보내기 힘들 것 같아서. 그리고 그녀의 마음 한 구석엔 그가 그대로 깊은 잠에 빠져 떠나지 못하게 되면 좋겠다는 엉뚱한 심정도 있었다.

아, 그 옛날 적국 신라로 아사달을 떠내 보내는 아사녀의 마음도 이랬을까. 그녀는 언젠가 한번 경험한 것만 같은 이별 장면을 상상하는 것만으로도 눈물이 흘러 잠에서 깨고 있는 그를 조용히 외면했다.

샛별

깊은 밤 지는 별빛을 모았습니다.
다른 별들이 쉬이 제 몸을 열 때
한번 더, 혼신의 힘 다해
안으로 불씨를 묻어 놓았습니다
버리고 버리고 또 버려도 남는
그리움 하나, 가슴에 꼭꼭 눌러 담고
그대 잠 깨는 새벽을 기다렸습니다.
눈 비비고 일어나 새 날 시작하는
그대 얼굴 한번 환하게 밝혀보고
홀연히 꿈처럼 지는 별 중의 별.
그리하여 그대 맑은 이마 위에
낮에도 뜨는 별이 되고 싶었습니다.

— 〈정예린 유고시집〉 에서

생애 마지막 날 오후 3

이제, 정든 이 집과도 영영 이별이구나.

그는 짐을 다 싸고 나서 잠시 우두커니 앉아있다 짐을 챙겨들고 일어섰다. 그리곤 자신과 예린의 손때가 묻은 집안을 천천히 둘러보았다. 모든 창문이 닫히고 커튼까지 내려져 있는 집안은 무덤처럼 고요하다. 유진에게 후일을 부탁하는 편지 한 통이 갈색 탁자 위에서 그의 눈길을 맞이할 뿐, 공기의 흐름마저 멈추어 있었다.

그는 언제 다시 열릴지 모를 방문을 조용히 닫고 집을 나섰다. 그리고 현관문을 잠근 다음 열쇠를 창틀 위에 올려놓았다. 철들어 지금까지 빈집을 무수히 나서 본 그였지만 지금만큼은 특별하다. 아쉽다기보다는 갑자기 등뒤에서 뭔가가 쑥 빠져나가는 것만 같다.

그는 몇 년 전 예린을 집에 홀로 놔두고 파리로 떠날 때처럼 몇 발자국 걸어가다 뒤를 돌아보았다. 예린아, 하지만 아무도 없다. 닫힌 현관문과 창문에 무겁고 어둡게 처진 커튼만 삭막하게 그의 눈동자를 헤집는다. 형, 잘 다녀와. 여긴 내가 지키고 있을게. 그렇게 말하며 눈물을 감추고 웃던 그녀의 모습이 어느덧 커튼 뒤로 숨어 버린다.

만약 그때 그렇게 떠나지 않았다면 우리의 운명이 달라졌을까.

　그는 다시 돌아서서 걸어 나갔다. 하지만 그의 발걸음은 입안에서 묵직하게 맴도는 그 질문처럼 무겁기만 하다. 답이 없기에 수없이 반복되는 그 질문. 그는 오른손에 들고 있던 가방을 왼쪽으로 옮겨 들었다. 삶은 무거우면 옮겨 들 수 있는 짐처럼 그렇게 만만한 것이 아니었다. 하나의 선택이 수많은 길을 이끌고 있다는 것을 그는 몰랐었다. 그녀에게 떠밀리듯 가야 했던 파리행. 그곳에서 그는 참으로 열심히 일했다. 예린이 새벽에 샛별을 보며 그를 그리워할 때, 그는 그제야 작업을 끝낸 적도 있었다. 하지만 그곳엔 예린의 따듯한 손길 대신 고독과 경쟁과 영광과, 그리고 유진이 곁에 있었다.

　그는 집이 더 이상 보이지 않은 언덕길에서 긴 한숨을 내쉬었다. 이렇게 모든 것을 운명으로 받아들이고 그녀 곁으로 가는데도 발목을 휘감는 아쉬움은 어쩔 수 없었다. 예린아, 잘 있어. 가급적 빨리 돌아 올게. 그날 아침 그녀에게 철썩같이 했던 약속을 그는 저버렸던 것이다. 그것도 그녀를 사랑하기 때문에 어쩔 수 없는 일이라고 변명까지 해가며.

제기랄, 파리

파리의 봄날은 따스했다. 겨울 내내 센 강변을 점령하고 있던 축축한 습기가 물러간 탓이리라. 부드럽고 상큼한 봄의 손가락 바람이 숲이라고 해도 좋을 강변 가로수를 흔들며 지나간다.

파리에 온 다음날 민우는 파리 제4구, 노트르담 대성당 정문 앞 광장에 있는 제로포인트 부근에 섰다. 그곳은 서울 경복궁에 있는 천하제일지(天下第一地)라는 표석처럼 파리의 중심을 나타나는 곳이다. 물론 그 혼자였다. 서울에서 그와 함께 왔던 유진은 몽마르트르 언덕의 동쪽, 콜랑쿠르 거리에 숙소를 잡아주고 다시 서울로 돌아갔다.

"민우야, 서두를 거 없어, 몇 개월 동안은 그냥 파리의 분위기를 익힌다고 생각하고 생활해."

유진의 말이 아니라 해도 그 역시 그럴 생각이었다. 그는 다시 실패하기는 싫었다. 아니, 예린을 생각하면 이제 실패할 여유가 없었다.

그는 떼지어 다니던 일본인 관광객이 제로포인트에서 기념사진을 찍은 다음 가버리자 정확히 그 지점을 밟고 섰다. 어쩌면 유배 온 듯한 기분이라서 그런지 몰랐다. 그는 그 자리에 서자 전의가 불타오르는 것 같았다. 기라성 같은 수많은 예술가가 살았고, 살고 있는 파리였다. 그가 신처럼 존경하는 로댕이 살았고, 그를 한순간에 매혹시켰던 에바의 작가 데스피오가 얼마 전까지만 해도 걷던 거리였다. 그는 유태인 관광객이 그 자리에서 사진을 찍을 양으로 기다리고 있었지만 무시하고 동쪽 하늘을 바라보았다. 이제 다른 사람의 사소한 눈치 같은 건 아무래도 좋았다. 당분간 작업을 위해서라면 양심도 영혼도 흔쾌히 저버리리라. 그런데 왜일까. 하늘이 너무 푸르고 맑아서만은 아니었다. 그의 양 눈가가 촉촉이 젖어 들었다. 집 앞에서 그렇게 웃도록 프로그램이 저장된 인형처럼 미소를 지은 채 꼼짝도 않고 서 있던 예린의 모습이 그의 눈동자에 선하다. 그녀는 그렇게라도 하고 있지 않으면 쓰러지고 말았으리라. 그는 그것을 알고 있었기에 다시 그녀에게 돌아가 끌어안고 싶은 마음이 더했었다.

예린아, 정말 열심히 할게. 네가 로댕의 ‘생각하는 사람’을 보고 말했던 것처럼 발가락에 근육이 붙을 만큼. 그러니 날 믿어, 다시는 아프지 말고.

그는 제로포인트를 떠나 센 강변을 더 걸었다. 미라보의 시가 있고, 퐁뇌프 연인의 사랑이 있고, 에펠탑의 그림자가 눕기도 하는 센 강. 맛난 음식이나 좋은 곳이 있으면 형이 먼저 생각난다는 예린의 모습이 센 강의 잔잔한 물결 위에 떠오른다. 그는 강물 속에서 그녀의 얼굴을 건져 올리려는 듯 물끄러미 바라보고 있다가 몸을 돌렸다. 그날이 언제일지 모르지만 꼭 예린과 어깨를 나란히 하고 이 강변을 거닐리라. 지금 이 시간을 행복하게 회상하면서.

그는 센 강가에 예린을 향한 그리움을 묻어놓고 몽마르트르 언덕을 향해 빠르게 걸어갔다.

파리는 지금 한낮이겠지. 민우 씬 지금 무엇을 하고 있을까. 시간이 그리움을 덜어준다는 말은 틀린 말이었다. 그가 떠난 지 두 달이 넘었는데도 예린은 여전히 그가 미칠 듯 그립다. 그녀는 입시학원 강의를 위한 교안을 작성하다 문득 손길을 멈추었다. 그가 파리로 떠난 뒤 그녀는 의도적이라고 할 만큼 몸을 바삐 움직였다. 조치원에 있는 고입학원의 강사자리도 마련했고, 여기저기 메모로 남겨놓았던 감정의 편린들을 몇 편의 시로 옮겨 놓기도 했다. 하지만 지금 그러는 것처럼 그를 한시도 잊은 적이 없었다. 긴 문장에 마침표를 찍거나 문득 하늘이 눈부실 때, 그녀는 그가 사무치게 그리웠다.

그녀는 교안을 대충 정리하고 컴퓨터 앞에 앉았다. 다행히 이번 봄, 동네가 면 단위 정보화사업 시범지로 지정되는 바람에 인터넷을 쓸 수 있게 되었다. 마음만 먹으면 언제라도 그와 연결할 수 있었다.

그녀는 학원 홈페이지에 올라와 있는 수강생들의 질문에 답글을 올린 다음 그에게 메일을 썼다. 오늘 따라 노을이 무척 아름다워 '우리 공원'에 갔었는데 당신이 몹시 보고 싶었다고. 그러나 그녀는 메일을 보내지는 않았다. 마음 같아선 하루도 빠짐없이 메일을 보내고 싶었지만 그 또한 그의 시간을 빼앗는 거 같아 보름에 한 번 보내기로 한 것이다. 그 대신 그녀는 일주일 전에 그가 보낸 메일을 불러냈다. 벌써 몇 번째 읽은 거여서 토씨 하나까지 기억할 수 있는 메일이었다. 그렇지만 그녀는 새로운 기분으로 문장 하나 하나에 감정을 이입하며 읽어 내려갔다.

제목 : 너무도 사랑하는 그대에게 3

그는 초등학교 저학년 생처럼 그녀의 말에 잘 따랐다. 보름 간격으로 날아 온 그의 세 번째 메일. 그녀가 한 달에 두 번만 메일을 보내라는 말을 그는 지키고 있는 거였다.

　예린아, 저번 메일을 쓸 때도 느낀 거지만 나는 이 순간이 무척 행복하다. 우리들 사이에 가로놓인 푸른 하늘을 뛰어 넘어 너와 온전히 연결되어 있는 것 같아서. 다만 우리가 연애할 때처럼 메일을 주고받으며 동시에 여명의 푸른빛을 볼 수 없는 게 안타깝긴 하지만 말야.

　저번 주에 이어 이번 주에도 미술관의 조각품을 감상했다. 어제는 파리 7구에 있는 마이욜의 미술관에 갔었어. 로댕 미술관보다 규모는 크지 않았지만 고대 그리스의 영감과 현대미를 조화시킨 마이욜 특유의 감성과 심미적 특징을 직접 볼 수 있어서 좋은 느낌을 받았다. 특히 고요하면서도 탄탄한 긴장이 있고, 육체의 풍부한 양감을 지니고도 우아하게 표현된 여인의 나상을 통해 너를 느낄 수 있어서 무척 기뻤고. 거기다 덤으로 전위 예술가들인 뒤쌍 형제의 작품도 볼 수 있어서 더욱 좋았고.

　다음 주는 현대 미술의 메카로 불리는 퐁피두 센터에 가볼 생각이야. 네가 좋아하는 '키스'의 작가 브랑쿠시의 전시실이 있고, 프랑스 국립 현대 미술관이 있는 곳이지. 그곳에서 내가 무엇을 느낄지 모르지만 아무튼 열심히 돌아볼 생각이다. 비평은 물론 무엇을 감상하겠다는 생각조차 버리고 그냥 닥치는 대로 느낌을 받아들이겠어. 그러면 그 느낌들이 내 내부에서 발효되어 자동으로 어떤 이미지를 이끌어 낼 것이라는 생각이 들거든. 만약 그렇게 되지 않는다고 해도 할 수 없지만, 반드시 무언가는 얻어질 거야. 그것이 너무 분석적이고 순간적인 서양 조각에 대한 반발이든, 아니면 나의 또 다른 절망이 됐든. 그때 가서 종합적인 감상을 적어 보낼게.

그리고 다음 주중엔 내가 작업할 아틀리에가 정해질 것 같아. 폴이라는 현대 조각가의 아틀리에인데 몽마르트르에 있어. 사크레 쾨르 대성당 바로 아래. 폴이라는 사람은 유진 선배의 친구인 마담 잔느와 연인 사이라는데 명망도 있는 편이고 사람도 좋아 보였어. 백제 미륵반가사유상의 미소를 직접 보기 위해서, 서울도 한 번 다녀왔다고 하더군. 고대 서양 조각에서는 발견되지 않는 그 불상의 미소가 너무 인상적이라며 충격을 받았다고 하더군. 그래서 그런지 동양인에게 무척 호의적이었어.

그러니 나에 대해서는 조금도 걱정하지 마. 난 오직 너만 괜찮으면 돼. 나는 네가 잘 있으면 나도 언제나 잘 있는 거야. 알았지? 그럼 다음에 또 쓰기로 하고 이만 줄일게. 잘 있어. 무엇보다 몸조심하는 것 잊지 말고. 네 몸이 곧 내 몸도 된다는 것을 꼭 명심하고.

— 파리에서 너의 민우

꼬리 : 나는 잠에서 깨자마자 메일을 쓰고 있는데 너는 지금 학원에서 한창 아이들을 가르치고 있겠구나. 그래서 생각해 보았는데 다음엔 어떤 일이 있어도 네가 깨어나는 시간에 맞춰 메일을 쓰려고 해. 단, 너무 일찍 써서 네가 좋아하는 아침잠을 설치지 않게 잘 헤아려서.

그래요. 민우 씨. 민우 씨 말처럼 몸조심할게, 형도 몸조심해.

메일을 다 읽은 그녀는 컴퓨터를 끄지 않고 한동안 메일을 쳐다보았다. 종이 편지라면 가슴에 꼭 껴안고 잠들고 싶은 그의 메일. 다른 내용도 그랬지만 특히 그가 남긴 꼬리말에서 그녀는 더욱 진하게 그의 따스한 가슴을 느낀다. 그것은 심금을 울리는 깊은 여운이고 마지막까지 상대를 배려하는 마음이었다. 그녀는 그 먼 곳에서 사랑하는 사람의 아침잠까지 헤아리는 그는 정말 사랑할 줄 아는 사람이라고 생각한다. 사랑이란 결코 거창한 것도 어려운 것도 아닌 것이다. 지금 그가 하는 것처럼 이렇게 사소한 일상을 챙겨주는 그 마음일 뿐. 그녀는 그가 곁에 있을 때보다 오히려 큰사랑을 느끼며 잠자리에 들었다.

*

　습기가 없는 파리의 여름밤은 감미롭고 활기가 있었다. 살갗에 와 닿는 공기는 따듯하고 이마 위 밤하늘은 맑았다. 민우는 그런 파리의 밤거리에서 홀로 지쳐 있었다. 그는 잠시 들었던 고개를 숙이고 유진을 만나러 몽파르나스 역을 지나 라쿠불 까페가 있는 들랭브리 거리를 향해 걸었다. 파리에 온 지도 벌써 4개월. 파리 시내에 있는 조각이란 조각은 다 돌아보고, 폴의 아틀리에서 작업을 시작했지만 그는 아직 작품을 구상조차 하지 못하고 있었다. 마치 뽀글거리는 거품처럼 머릿속에서 뭔가가 일어날 듯하다 꺼져버리고, 그래서 실망하고 있다보면 다시 뭔가가 꼬물거리길 몇 주째였다.

　내가 너무 거창한 것을 그리고 있는 게 아닐까? 괜히 파리의 분위기에 주눅이 들어서? 그는 자신에게 또 질문을 던진다. 하지만 모든 질문은 답에 명확할 때만 유효하다. 그런 질문 역시 꼬리를 무는 다른 질문에 덧없이 흩어진다. 아, 이런 때 예린이 곁에 있었으면……. 그는 새삼 고독하다. 국내에 있을 때와는 달리 유학 와 있는 동창생들도 만나고, 파티에도 곧잘 참석했지만 가슴 한 쪽이 빈 듯 여전히 허전하기만 했다.

그는 카페에 바로 갈 수 있는 길을 놔두고 일부러 우회로인 몽파르나스 묘지길을 걸었다. 그 유명한 사르트르와 시몬 보봐르가 잠들어 있는 묘지였다. 묘지 근처엔 각종 관상수가 그득하고 그들의 묘지 위엔 여러 사람들이 바친 꽃으로 가득하다. 계약 결혼이다 뭐다 하며 기존 관습에 도전하다 결국 합장된 채로 영원히 함께 누워있는 그들. 그는 불현듯 그들의 사랑 방식에 아이러니를 느낀다. 계약 결혼이라는 것까지 들고 나와 가장 현대식으로 살다 죽어서는 사랑의 가장 원시상태로 묻혀있는 것이다. 과연 그들이 추구했던 게 무엇인가. 전위적 현대인가, 아니면 원시적 과거인가. 하지만 그는 알 수 없었다. 괜한 질문에 빠져든 자신을 알 수 없듯 한때 최고 지성이라는 찬사를 듣던 그들의 마음을 이해할 수 없어 그냥 웃고 만다.

"좀 늦었네. 몽파르나스 역에서 전화를 한다며."

그가 라쿠불에 도착했을 때, 먼저 와있던 유진이 반갑게 그를 맞았다. 유진은 그의 전화를 받자마자 회사 지사에서 바로 나온 듯 재떨이엔 꺼진 담배 한 개비가 구부러진 채 놓여 있었다.

"미안해요. 선배. 오래 기다렸어요?"

"아니 별로……."

"약속 시간이 충분하기에 좀 걸었어요. 외국인들 틈에 혼자 앉아 있기도 뭣할 것 같아서."

"됐어. 그래서 내가 너 대신 혼자 앉아 있었잖아."

미안해 하는 그를 눈길로 잡아끌며 유진이 웃었다.

"그건 그렇고 요즘 잘 돼가니? 대충 밑그림은 그렸어?"

"보시다시피요. 하는 일없이 손가락만 통통하게 살찌우고 있잖아요. 선배를 생각해서라도 빨리 뭔가 보여주고 싶은데 잘 안되네요."

그가 유진 앞으로 손을 내밀어 보이며 멋쩍게 웃었다.

"아마 대작이 나올 모양이지. 그렇게 뜸을 들이는 걸 보면. 그렇다고 급히 서두를 건 없어. 어차피 올해는 비엔날레의 중간해야. 내년 봄이나 돼야 작품을 출품할 수 있잖아. 그러니 마음을 편하게 가져."

어쩌면 방학을 맞은 유진이 파리에 체류할 충분한 시간이 있기 때문인지 모른다. 유진은 다른 때와는 달리 큰누이처럼 여유가 있었다. 그가 미술관을 돌며 느낀 것들이며 폴의 아틀리에 작업분위기, 예린의 소식 등, 여러 이야기를 하는 동안 조급함을 좀 드러낸다 싶으면 특유의 상냥한 미소로 그의 마음을 삭혀주곤 했다.

"그런데 선배는 엄마 역할을 아예 반납한 거요?"

이리저리 흐르던 화제가 유진의 시댁 얘기에 닿았을 때 그가 문득 물었다. 유진이 결혼한 지도 꽤 되는데 아직 아이가 없기 때문이 늘 궁금하던 차였다.

"참, 일찍도 물어본다."

그의 난데없는 질문에 유진이 핀잔하듯 말했다. 그러나 어투와는 달리 그를 처다보는 유진의 눈길엔 애정이 듬뿍 담겨 있었다. 언제부턴가 유진은 그랬다. 이렇게 사생활을 물어오는 사람이 점점 줄어드는 것이 편하면서도 한편으로는 허전했던 것이다. 해봐야 시시하고 쓸데없는 이야기지만 이상하게 그런 시시콜콜한 얘기를 나눈 사람과 정이 든다는 것을 요즘 들어 느끼는 중이었다.

"그런 건 내게 물을 게 아니라 그 사람에게 물어야 할 거야. 나 역시 아이를 갖고 싶은 마음이 별로 없지만 주 모순은 그쪽에 있거든."

"주 모순이라고요?"

"그런 게 있어."

유진이 자세한 얘기를 피하고 싶은 듯 웃음으로 말을 잘랐다.

"아무튼 선배는 어려워요. 다 알 것 같으면서도 막상 들여다보면 하나도 모르겠다는 느낌이 들어서."

"그렇게까지 거창하게 생각할 필요는 없어. 그냥 편하게 생각해. 아이를 갖는 일보다 이런 밤을 더 좋아하는 체질인가보다 하고."

유진이 농담처럼 웃어넘기고 식사 후식으로 나온 포도주를 마저 마셨다. 그렇지만 유진은 그런 그가 고맙다. 아니, 정이 간다. 아이는 언제 가질 거예요, 하고 묻는 그의 관심이 서양 조각의 핵심을 짚고 현대미술의 원류를 끌어내는 그의 논설보다 몇 배는 듣기가 좋다.

"그건 그렇고. 우리 한잔 더 할까? 폴과 잔느가 오려면 아직 멀었고 하니까."

유진이 의미가 불분명한 웃음을 짓고 있다가 말했다.

"더 하고 싶어요? 선배는?"

"왜, 넌 그만 마시고 싶어?"

"아니, 그런 게 아니라 술 마시는 분위기가요. 아직 웨이터가 와서 잔에 술을 부어주는 식이 익숙하지 않아요. 내 술 내가 따라 먹어야지 하는 생각도 있고, 꼭 감시를 받고 있는 기분도 들고."

"그런 거라면 더 잘 된 일이네. 이제 너도 그런 고루한 생각을 떨칠 때가 됐어. 모든 걸 자기 위주로 생각해. 얼마나 좋아, 귀찮을 일을 다른 사람이 대신 해준다는 게. 그러니 오늘은 귀족처럼 즐겨 봐."

유진은 즉시 웨이터를 불러 백포도주 한 병을 더 시켰다. 그리곤 그에게 서비스를 즐기는 방법을 보여주듯 세련된 매너로 술을 마셨다. 그는 처음엔 역시 어색했지만 시간이 지나자 조금 마음이 편해졌다. 달콤한 술과 화려하고 격조 있는 조명, 거기다 창 밖의 부드러운 여름밤까지. 아닌게아니라 좋기는 좋았다. 어색한 건 네가 어색하게 생각해서 그런 거라는 유진의 말이 옳았던 것이다. 얼마 후 폴과 잔느가 와서 자연스럽게 합석했을 때, 그는 화려하고 자유분방한 파리의 카페 분위기에 젖기 시작했다.

"킴, 이제 와인 맛에 좀 익숙해졌어요?"

그와 잔느가 짝이 되고 유진과 폴이 나란히 앉은 그들은 가벼운 농담을 던지는 것으로 대화를 시작했다. 아직 불어에 서툰 그를 위해 그들은 영어로 말했고, 또 잔느는 사람을 아주 편하게 하는 재주가 있어서 그는 그런 대로 대화를 나누는 데 불편을 느끼지 않았다. 네 사람 전부 미술과 관련된 일을 하고 있기 때문에 화제는 자연스럽게 미술과 관련된 것으로 흘렀다. 요즈음 파리 화랑의 분위기며, 작품 경향, 유명 작가의 회고전 등, 공동 관심사가 잔느의 입에서 나와 폴의 눈동자로 머물렀다, 유진의 웃음으로 맺어지곤 했다. 그러다 그 화제의 말미에 잔느에 의해 그의 작품에 대한 가벼운 비평으로 이어졌다.

"다시 말하지만 킴의 작품 속엔 킴만이 가지는 아이덴티티가 있어요. 뭐랄까. 그냥 동양이 느껴지는 거예요. 이를테면 외부의 대상을 주관화하고 내면화하기 위해 대상을 관조하며 이를 통해 자연에 접근하고자 하는 동양의 정신 같은 거요. 자연의 대상을 객관화하여 주제가 대상을 분석하고 재구성하는 서양의 예술 시각과는 달리요. 그래서 나는 킴이 전위다, 포스트모던이다 하는 파리의 분위기에 휩쓸리지 말았으면 해요. 자기가 지니고 있는 강점을 그대로 밀고 나가는 게 어설픈 흉내보다 훨씬 좋겠다는 생각이니까요. 안 그래요? 폴?"

잔느는 파리 유명 화랑의 디렉터로서 그를 파리에 초청한 거나 다름이 없는 만큼 그의 작품에 대한 관심과 기대가 컸다. 이미 잔느는 저번 달에 유진과 함께 한국에 갔을 때, 시골 집까지 찾아가 그의 작품을 보고 나름대로의 평가를 끝낸 상태였다.

"그건 그래, 하지만 이곳 분위기를 전혀 무시할 순 없는 거 아냐?"

폴이 대답 대신 웃음으로 잔느의 말을 긍정하자 유진이 잔느의 말을 받았다.

"어차피 조각에도 흐름이라는 게 있으니까. 고매한 미술에 반기를 들고, 삶이 예술이고 예술이 삶이라며 작가의 주관적 내적 경험보다는 마치 기성품을 대하듯 외형적 요소들의 감각적 경험을 받아들이는 가벼운 분위기 말이야. 다시 말해 이성적이거나 합리적이지 않은 것, 무의미, 즉, 황당무계하고, 유희적이며, 도전적이고, 허무적이며, 직관적이고, 감정적인 것을 추구하는 경향을 고려해야 한다는 거지."

유진이 잔느에게 말한다기보다는 그를 보며 말했다. 아마도 유진은 이런 기회에 우회적으로 민우에게 충고하고 있는 것이리라. 그러나 그는 아무런 대꾸도 하지 않았다. 화제가 자기 작품에 관한 것이어서 대화에 끼어들기도 어색했지만 요즘 들어 그는 미술에 대한 새로운 정의를 가지게 된 이유때문이었다. 미술이란 언어로 도저히 표현할 수 없는, 아니, 적어도 언어로 표현하기에는 턱없이 부족한 그 무엇에 대한 절실한 표현인 것이라고 그는 생각했다. 그러기에 자신의 작품세계가 비평가들에게 글이나 말로 낱낱이 해부될 수 있는 것이라면 그것은 영광이 아니라 뭔가가 부족하기 때문이라고 여기게 되었으므로 더욱 입을 다물 수밖엔 없었다.

"물론, 유진 말에도 일리가 있어. 그렇지만 현대미술이 작가의 주관적 사상이나 외형의 아름다움을 무시하려는 경향은 잘못이라고 생각해. 이상주의가 빚어놓은 위선적인 도덕이나 엄숙주의는 분명히 문제가 있는 거지만 그를 빌미로 아무 것이나 허용되는 듯한 저질이 더욱 미술계를 씁쓸하게 하거든. 우리는 이미 정서의 온갖 복합성으로 가득 찬 예술 작품을 양산해 내고 있고, 또 나 자신도 그 대열에 동참하고 있지만 점차 회의적으로 빠지는 건 정해진 코스였어. 결국, 예술 작품 속에서 우리가 발견하고자 하는 것은 정서적인 흥분이 아니라 평화와 휴식과 평정일 테니까. 그런 시각에서 나도 잔느의 생각에 동감해. 킴이 파리의 전위적 분위기를 너무 민감하게 받아들일 필요는 없다고 봐. 지금 서양미술이 상실한 인간에 대한 따뜻한 시각과 긍정을 가지고 있다는 그것이 킴의 가장 큰 장점일 테니까."

유진의 말을 가만히 듣고 있던 폴이 말했다.

"그래요, 나도 그 점은 인정해요. 그렇지만 그 역시 문제가 있어요. 고대의 것을 베껴왔다거나 너무 감상적이라는 혹평이 뒤따르게 될 거예요. 더구나 민우의 경우 인간에 대한 해석이 너무나 긍정적이에요. 미켈란젤로가 젊어서 그린 아담 창조처럼 따뜻한 애정과 사랑으로 충만되어 있다고요. 난, 그것이 걱정이에요. 잘못하면 알맹이가 빠진 것처럼 보일 수 있거든요. 그리고 이 시대에 인간애를 가지고 주목을 받기에는 어딘가 역부족이라는 생각도 없지 않고."

"유진, 아니야, 그건. 그런 염려는 기우야."

이번엔 가만히 듣고 있던 잔느가 유진의 말을 받았다.

"일찍이 우리 인간이 지금처럼 스스로를 폄하한 적이 없어. 어딜 가나 삶은 고통이고, 그런 삶 속에 만나는 인간은 악한만 있고, 절망만이 세상에 가득해. 특히 진지하고 지성적인 사람일수록 그렇게 말하지. 물론, 1차 세계대전 이후 다다이즘이 등장한 이래 조각이나 회화에서도 지나치게 그를 강조한 측면도 있고. 그러나 그렇기 때문에 오히려 따뜻한 인간애는 이 시대의 화두가 될 수 있어. 조금 전에 폴이 말했듯 우리가 예술 작품을 통해 발견하려는 것은 결국, 그런 것들이니까. 그리고 킴의 작품에 녹아있는 인간애는 결코 옅지 않아. 초등학교 도덕 교과서에 쓰인 것처럼 그렇게 키치적이지 않다고. 굳이 비유하자면 미켈란젤로가 말년에 그린 최후의 심판에서 보여준 인간의 번뇌와 고통을 넘어 다시 청년 시대로 환원되는 인간애라고 말할 수 있어. 인간에 대한 인식이 긍정에서 부정으로, 다시 긍정으로 이어졌지만 이전의 긍정과는 달리 부정적인 것까지 긍정한다는 점에서. 그러니까 고전적인 듯한 작품 경향이 가장 현대적이고 포스트 모더니즘답다고 할 수 있지."

"뭐야? 잔느, 지금 폴과 합심해서 나를 공격하는 거야? 누가 연인 사이가 아니라고 할까 봐?"

유진이 폴과 잔느가 번갈아 가며 자기와 다른 의견을 내놓자 그들을 한눈 길에 넣고 조크를 던졌다. 그러면서 유진은 그들이 민우를 인정하는 것에 내심 안도의 미소를 지었다. 폴도 그렇지만 잔느는 파리 화단에서 나름대로의 영향력을 가지고 있었다. 그들이 이 정도로 칭찬의 말을 아끼지 않는다는 것은 민우의 파리 입성이 일단은 성공적이라고 말하는 것과 같았다.

유진은 그쯤에서 민우 작품에 대한 화제를 돌려 지극히 사적인 얘기로 대화를 이끌어 나갔다. 이를테면 조금 전 민우가 유진에게 왜 아이를 갖지 않느냐고 물은 것 같은 그런 이야기였다. 유진은 인간관계를 돈독히 하는 대화의 요령을 알고 있는 것이다. 거창한 주제를 놓고 논쟁을 하는 것보다는 간식을 즐기는 것처럼 사소하고 비밀스러운 화제를 서로 공유함으로써 정이 붙는다는 것을.

"그래 잔느, 어제 밤에도 폴이 그렇게 코를 골았단 말이야?"

이야기는 자연스럽게 네 사람의 시시콜콜한 사생활 쪽으로 흘렀다. 잠자리의 태도나 편식하는 버릇 등, 언제 그들이 예술을 논하고 새로운 미술사조에 대한 열을 올렸나 싶을 정도로 가볍고 감칠맛 나는 얘기들이었다. 그러면서 그들은 새로운 기쁨을 발견하기라도 한 듯 서로 경탄하고 웃고 떠들고 술을 마시며 깊어 가는 파리의 여름 밤에 자신들의 마무리 시간을 실었다.

"아무튼 재미있는 친구들이야. 부러운 구석도 많고."

열한시 반쯤, 카페를 나온 폴과 잔느가 마치 여행을 떠나온 부부처럼 어깨를 나란히 하고 호텔로 가버리자 유진이 가볍게 웃었다. 유진은 좀 술이 오르는 듯했다. 젊은 연인들처럼 한 몸이 되어 멀어지는 잔느와 폴을 향해 손을 들어 보일 때, 상체가 약간 흔들렸고, 조금 풀린 듯한 눈동자 아래 양 볼이 붉게 물들어 있었다.

"민우야, 숙소로 곧장 들어 갈 거니?"

파리의 여름 밤바람은 여전히 감미로웠다. 유진이 부드러운 밤바람에 흘러내린 머리카락을 쓸어 올리며 말했다 그리곤 그를 향해 몸을 반 바퀴 돌려 그를 빤히 쳐다보았다. 순간, 그녀의 눈동자 속에 한 점으로 모아진 화려한 파리 밤거리의 불빛이 흔들렸고, 그 불빛이 흔들릴 때마다 그녀의 눈동자 속에서 어떤 갈망이 품어져 나오는 듯 싶었다.

"좀 걷지, 뭐. 선배 아파트까지 바래다줄게요."

어쩌면 이곳이 파리였기 때문인지 몰랐다. 아무리 둘러봐도 아는 사람이라고는 유진이 전부인 낯선 도시. 그는 자기 얼굴에 다정하게 얹히는 유진의 눈길을 거절할 수 없었다. 아니, 정확하게 말하면 그 자신이 외로워서인지 유진도 외롭게 보였고, 외로운 가슴끼리 서로 비비며 달래고 싶은 마음이 충동적으로 일고 있다는 표현이 옳았다.

아, 예린아. 그는 말없이 쳐다보던 유진이 자신의 팔짱을 끼고 체중을 싣자 속으로 짧게 되뇌었다. 팔꿈치를 아련하게 압박하는 유진의 젖가슴과 밤바람에 실려오는 향수와 샴푸 냄새. 그는 가슴이 알싸한 슬픔과 동시에 엄청난 힘으로 가슴이 벅차 오르는 것을 느꼈다. 슬픔은 그의 감정을 압도하는 예린의 생각 때문이었고, 벅차 오름은 여자에 대한 육체의 본능적인 꿈틀거림이었다.

그 순간 두 사람은 뭐라 한마디로 표현할 수 없는 침묵에 빠져들었다. 그 침묵 속엔 엄청난 쾌락을 향해 일렁이는 모든 게 다 들어 있었다. 육체적 본능을 향해 질주하는 무의식적인 힘과, 그를 막아서는 이성의 고통스런 몸부림이 있었고, 그로 인해 더욱 고조되는 쾌락에 대한 기대가 있었다. 본능이 먼저 반응한 곳에는 말이 끊기는 것이고, 이내 시선을 차단할 준비를 하는 것이다. 만약 반보만 그가 그녀 쪽으로 몸을 돌리거나 약간의 팔 힘만 가한다면 두 사람은 그대로 멈추어 서서 눈을 감았으리라. 그는 엄청난 힘으로 폭발을 준비하고 있는 것 같은 침묵이 버거웠다. 아니, 두려웠다.

"참, 선배는 대단해요. 존경스럽기도 하구요."

그는 숨결이 흩어지고 아랫배에 묵직한 힘이 모아지자 불현듯 입을 열었다. 유진의 어떤 점이 대단하고 존경스러운지 헤아릴 틈도 없이 그렇게 말한 것이다.

"뭐가?"

유진 역시 그의 말이 아무런 의미가 없는 것임을 알면서도 침묵을 고집할 수 없어 대꾸했다.

"여러 가지요. 이것, 저것. 이를테면 교우관계 같은 것들요. 어디서든 사람을 끄는 재주를 천성적으로 타고 난 것 같아서요."

그는 앞뒤가 잘 맞지 않은 말들을 생각나는 대로 입에 올렸다. 그제서야 요동치던 숨결이 뒤로 숨고, 씁쓸하고 외로운 기분만 남았다. 불현듯 예린의 얼굴이 선명하게 떠오르고 갑자기 유진의 눈빛이 건조해진 것처럼 여겨졌다.

"그런 것들이 다 무슨 상관이니. 그저 이제까지 몸에 익은 타성일 뿐이야. 내가 정말 끌고 싶은 사람은 따로 있다는 것을 너도 알잖아."

유진이 뜻 모를 한숨을 길게 내쉬고 장난스럽게 웃어 보였다.

그러는 사이 그들은 유진의 아파트 진입로에 도착해 있었다. 몽파르나스 묘지가 전경처럼 펼쳐져 있는 곳이었다. 파리 시내에선 드물게 고층 빌딩으로 된 유진의 맨션아파트가 청회색 밤하늘을 바치고 그들 앞에 우뚝 서 있었다. 그는 여전히 한쪽 팔을 유진에게 맡기고 아파트 건물을 힐끔 바라보았다. 그 아파트는 유진과 그녀의 남편이 파리에 체류할 때 이용하기도 하고, 때론 지사를 찾은 주요 손님들의 접대를 위해 영빈관처럼 사용되는 곳이라고 했다.

"민우야, 어때? 차 한 잔 하고 가지 않을래?"

팔짱을 풀기가 아쉬운 듯 잠시 머뭇거리던 유진이 말했다.

"아니에요, 선배. 지금까지도 충분히 고마웠어요."

"그래라, 그럼. 숙소를 찾아가는데 헤매지는 않는 거지?"

유진이 자기 집으로의 초대를 의례적으로 한 것처럼 얼른 표정을 바꾸고 미소를 지어 팔짱을 풀었다.

"그럼요. 어서 들어가요."

"알았다. 잘 가."

유진은 그보다 먼저 몸을 돌려 아파트를 향해 뚜벅뚜벅 걸어갔다. 이곳이 프랑스 파리가 아니라 해도 이 시간에 집으로 남자를 초대하는 일이 얼마나 어려운 일인가. 유진은 그의 팔꿈치가 닿았던 젖가슴 한 곁이 결락된 것처럼 허전하다. 그가 그 말의 의미를 모를 정도로 센스가 없는 건 아니었다. 유진은 길게 이어졌던 침묵 속에서 그 역시 자신을 원하고 있다는 것을 알고 있었다. 그랬는데……. 유진은 아파트 창가에 서서 그가 떠나고 없는 빈자리를 바라보았다. 조금 전 격렬했던 열기만큼이나 큰 쓸쓸함이 그녀의 가슴에 앙금처럼 가라앉는다. 만약 그가 쉽게 초대에 응해, 폭발적으로 섹스를 했다 해도 이럴까. 아마도 마찬가지리라. 유진은 그를 순간적으로 소유하고 싶은 게 아니었다. 오래도록 사랑하고 싶은 것이었다. 그래서 도대체 어쩌자는 건지 자신도 알 수 없지만 유진은 냉정히 돌아서던 그의 모습을 잠자리에까지 안고 갈 수밖에 없었다.

그 시간 밤거리를 혼자 걷고 있는 민우는 심란하다. 머릿속이 실타래가 뒤엉킨 것처럼 복잡하고 어지러웠다. 유진의 초대를 웃음으로 가볍게 넘기긴 했지만 그도 그 순간 힘이 들었다. 참으로 힘이 들었다. 모든 것을 놓아버리고 본능이 원하는 대로 몸을 내맡기고 싶었고, 조각마저 잊고 어디론가 증발해 버리고 싶은 마음도 있었다.

아, 예린아. 그는 외로운 짐승처럼 긴 한숨을 파리의 밤하늘에 토해냈다. 새삼 묵직한 죄의식이 가슴을 친다. 유진이 팔짱을 꼈을 때, 예린의 얼굴을 떠올렸으면서도 유진을 안고 싶어하던 자신의 모습이 그로테스크한 모습으로 밤하늘에 그려진다. 작업은 손도 못 대고 있으면서 이렇듯 쓸데없는 일에 정력을 허비하다니. 예린이 곁에 있다면 무릎이라도 꿇고 펑펑 울고 싶은 심정이다. 그는 자꾸만 처지는 어깨를 추스리고 빨리 걸었다. 01시 10분, 이미 늦은 시간이었다. 지하철이 끊긴 몽파르나스 역 광장은 디지털 시계탑의 점멸하는 불빛만 살아있을 뿐 놀랄 만큼 고요하다. 그는 역 광장에서 조금 망설이다 심야버스에 올랐다. 지하철이나 버스와는 달리 제한적으로 운행하는 심야버스로 숙소까지 가려면 한 번을 갈아타야 하고 또 버스에서 내려서 숙소까지 한참을 걸어야 했지만 그는 그런 불편은 감내할 생각이었다. 몽파르나스 역에서 숙소가 있는 18구, 콜랭쿠르가까지는 꽤 긴 거리였다. 택시로 간다면 족히 50프랑은 요금으로 지불해야 하는 것이다. 비록 유진의 회사에서 나오는 후원금이 생활하고도 남을 정도로 풍족하지만 그는 돈을 함부로 쓸 수 없었다. 무엇보다 예린이 마음에 걸렸다. 저번 달부터, 얼마 안 되지만 보태써요, 하며 몇백 프랑이나마 송금을 해주는 그녀의 정성을 생각하면 동전 한 잎이 끔찍했다. 그는 버스 요금을 지불하고 빈자리를 찾아 의자 깊숙이 몸을 묻고 창 밖을 바라보았다. 몸은 몹시 피곤한데도 정신은 이마를 데울 만큼 말똥말똥했다. 버스는 파리 시내의 둘러싸고 있는 남쪽 외각도로를 지나 센 강을 건너고 있었다.

그는 불현듯 파리에 처음 왔을 때, 센 강변을 걸으며 다짐했던 말들을 떠올렸다. 언젠가 예린과 함께 행복하게 추억을 회상하며 강변을 걷겠다던 다짐. 그때의 그 다짐이 어둠 속에서 검게 누운 센 강에 머물러 있는 그의 눈길을 아프게 파고들었다. 그런데 이토록 허송세월을 보내고 있다니. 그는 그런 날이 점차 가까워지고 있는 게 아니라 한없이 멀어지고 있는 기분이 들어 미칠 것 같았다. 문제는 오늘처럼 그렇게 유혹하는 유진도, 그런 유혹에 흔들리는 마음도 아니었다. 그런 것들은 일시적인 것들이고 거죽이었다. 그런 것들의 뿌리엔 조금도 진척이 없는 작업이 있는 것이다. 그도 그를 알고 있었고, 그러기에 절망이 느껴질 정도로 괴로운 거였다.

버스에서 내린 그는 선승이 잠시 놓았던 화두를 들 듯, 다시 작품을 생각했다. 그 동안 미술관을 돌며 느꼈던 감상을 하나하나 되돌아보고, 잔느와 폴의 이야기도 회상하며 어떤 이미지를 모아보려고 애썼다. 하지만 여전히 제자리걸음이다. 출구를 찾지 못하고 땅속에서만 부글부글 끓고 있는 용암처럼 아직 익지 않은 이미지가 거대한 덩어리로 머릿속에서 흘러 다닐 뿐 선명하게 떠오르지 않았다.

"너, 예린 씨가 곁에 있어야 작업을 할 수 있는 거 아니니?"

그는 원룸으로 된 숙소에 거의 다다랐을 때, 문득 유진의 말을 떠올렸다. 아까 카페에서 이상하게 작업이 잘 안 된다고 말하자 유진이 웃으면서 농담처럼 말했었다. 어쩌면 그럴지도 모르지. 그럴지도 몰라. 예린이 보고 싶고 안고 싶어 가슴에 응혈처럼 굳어있는 그리움이 풀리는 순간에 작품의 실마리가 풀릴지도……

그는 작은 호텔처럼 지어진 숙소의 현관을 들어서며 예린에게 메일을 쓰리라고 생각했다. 그래야 잠이 들 것 같았고, 그래야 뭔가가 풀려도 풀릴 것 같았다. 그러다 그는 끌리듯 우편함을 쳐다보았다. 딱히 우편으로 연락 올 데도 없고 해서 언제나 비어있는 306호 우편함. 그런데 어슴푸레한 현관 형광 등불 아래 편지가 한 통 꼽혀 있었다. 예린의 편지였다. 그는 3미터쯤 전방에서도 그녀의 글씨를 한눈에 알아볼 수 있었다. 그 먼 거리를 뛰어넘어 뭔가가 통했을까. 그는 편지를 꺼내 들고 얼른 숙소로 올라와 편지 한쪽을 반듯하게 잘랐다.

민우 씨, 자기의 서른한 번째 생일을 진심으로 축하해.

이메일로도 보낼 거지만 종이 카드를 보내는 내 마음 알지? 그렇게 할 수만 있다면 동화에 나오는 우렁이 색시처럼, 자기 몰래 내일 새벽에 미역국을 끓여 놓고 오고 싶지만, 그런 내 마음을 담은 이 카드로 대신해.

내가 손수 그린 거야.

편지 봉투 속엔 짧은 글이 쓰인 편지와 카드가 한 장 들어 있었다. 그는 그제야 자기 생일이 내일이라는 것을 알고 미소를 지었다. 진척도 없는 작품 구상에 매달리느라 생일까지 잊고 있었던 거였다. 그는 언젠가도 말했듯 시간을 정하지 않고 기다릴 테니 편하게 생활하라는 그녀의 말을 되새기며 그녀가 그린 카드를 물끄러미 바라보았다. 카드엔 바닷가에서 일본에 끌려간 남편을 기다리다 망부석이 되었다는 신라 여인처럼 예린이 조각공원을 만들고 싶다는 곳을 배경으로 서서 기도하는 모습이 그려져 있었다. 비록 카드에 그려진 그림이 서툴게 끝낸 드로잉처럼 어설퍼 보였지만 그는 예린이 그림으로 다 표현하지 못한 마음까지 훤히 볼 수 있었다. 시간을 정하지 않고 기다리겠다는 말과 공원 부지에 서서 기도하는 그녀의 모습 속엔 그녀의 사랑과 염원과 정성과, 그리고 말이나 그림으로 표현할 수 없는 것들까지 녹아 있는 것이다.

"그래, 바로 이거야, 이거!"

그 순간, 그는 작품 구상으로 들끓기만 하고 어수선하던 머릿속이 전구의 필라멘트처럼 환하게 밝아오는 것을 느꼈다. 눈으로 직접 보지는 않았지만 온 마음을 실어 간절하게 염원하며 자신을 기다리는 예린의 모습이 생생하게 떠오른 것이다. 도대체 이런 이미지를 놔두고 뭘 그렇게 헤매고 다녔던

가. 그는 어떤 대상을 간절하게 기다리는 것이야말로 가장 윗자리의 따뜻한
인간애라고 생각을 했다. 그런 기다림에는 상대에게 자기를 강요하는 자기
구애적 욕망 대신 오로지 상대의 처지를 배려하고 따르는 이타적 사랑만이
존재하는 것이다. 그것이 바로 잔느와 폴이 말하던 동양인 특유의 항구적이
고 정적인 사랑이었다. 만약 그런 고귀한 인간애를 조각에 담을 수만 있다
면 남들이 어떻게 평가하든 그 자체만으로도 커다란 감동을 이끌어 낼 수
있으리라.

그는 예린의 편지와 카드를 든 채, 서둘러 스케치북을 꺼내들었다. 그리
고 미친 듯 드로잉을 시작했다. 예린의 편지와 그림은 머릿속에서 용암처럼
뜨겁게 흘러 다니던 영감을 이미지로 끌어내는 주술 같은 거였다. 그는 꽉
막혔던 물꼬에 물길을 트듯, 오랜 기다림 끝에 만난 연인이 격렬하게 사랑
을 나누듯, 영감을 끌어당기고 모아 하얀 백지 위에 이미지로 토해냈다. 그
것은 거의 무의식에 가까운 행위이자 카타르시스였고, 오르가슴의 체험이
었다. 그는 그 순간 시간과 공간에서 벗어나 있었다. 아, 예린아. 예린아, 하
고 그녀의 이름을 불렀을 뿐, 자신이 작업을 하고 있다는 사실도 잊은 채 드
로잉에 몰입했다. 그리하여 끝내는 섹스의 클라이맥스에 이를 때처럼 환희
를 느끼고, 또 느꼈다.

어느새 여명의 푸른빛이 창문을 두드리고 해가 높이 떠올랐지만 그는 작
업을 멈추지 않았다. 아니, 멈출 수가 없었다. 하나의 영감이 하나의 이미지
로 그친 것이 아니었다. 마치 깊은 슬픔이 수많은 눈물을 이끌고 있듯 여러
개의 영감을 이끌고 있었다. 하나의 밑그림이 완성되었을 때, 그 밑그림이
또 하나의 이미지를 이끌었고, 그 이미지가 또 다른 영감을 완성시켰다. 그
는 삼 개월 동안에 한 장도 그리지 못했던 밑그림을 단숨에 세 장이나 그려

냈다.

　하나는 바닷가에서 남편을 기다리다 망부석이 되었다는 신라 여인의 이미지를 차용하여 이타적인 인간애를 표현한 여인상이었고, 또 하나는 기다리는 여인의 이미지와는 정반대였다. 목과 팔다리가 잘린 토로소가 황금빛 술잔에 담긴 여자의 알몸에 기를 쓰고 닿으려고 전신을 굽히고 있는 모습으로 포착하여 현대인의 욕망을 섬뜩하게 그렸다. 그리고 다른 하나는 수백 마리의 누에가 꿈틀거리며 뽕잎을 먹고 있는 모습을, 마치 거친 바다에서 일고 있는 파도처럼 형상화해 인간의 무의식 속에 잠재하고 있는 생의 의지와 욕구를 표현한 것이었다.

　그는 정오가 훨씬 지나서야 스케치 연필을 놓고 긴 숨을 몰아쉬었다. 그제야 그는 자신이 거의 탈진해 있다는 것을 느낄 수 있었고, 반나절이나 작업에 몰입해 있었다는 것을 알았다. 그는 토스트와 우유 한 잔으로 생일날 아침 겸 점심을 때우고 또 작업에 몰두했다. 거칠게 그려진 드로잉을 좀 더 세밀하게 다듬기 위해서였다. 내일부터라도 당장 작업을 시작할 생각이었다. 아무리 기발한 영감이라도 얼마간 시간이 흐른 뒤에 다시 보면 엉터리인 경우가 많다는 것을 알지만 이번만큼은 그렇지 않을 거라는 믿음이 있었다. 그는 세 가지 모두 점토작업을 마칠 때까지 다시 손보지 않아도 될 만큼 지우고, 살리고, 긋고, 평면과 측면까지 스케치해 보며 오후 여덟시경 밑그림을 끝냈다.

　이제 이만하면 되겠지. 그는 마지막으로 완성된 세 장의 밑그림을 나란히 펼쳐놓고 자족한 웃음을 지었다. 다시 보아도 수작이었다. 어제 밤 유진을 만나러 갈 때만 해도 머릿속에 검은 투포환이 든 것처럼 무거웠다는 것이 아득한 옛일처럼 느껴진다. 불현듯 다가와 팔짱을 끼고, 화려한 파리 밤거리의 불빛이 아롱거리는 눈동자로 쳐다보던 유진의 모습이 꿈결처럼 흘러간다. 아마도 허리춤으로 감기던 유혹을 뿌리치지 못하고 유진의 아파트로 함께 올라 갔다면 결코 이 작품은 나오지 않았으리라.

그는 책상 한 곁에 놓여 있는 카드를 바라보고 문득 시계를 쳐다보았다. 프랑스 파리의 밤 아홉시, 예린이 잠자리에서 일어날 시간이었다. 그는 한 번 더 시간을 가늠해 보고 옆에 있는 PC를 부팅시켰다. 그리곤 잠에서 깨는 예린의 모습을 상 상하며 자판을 두드리기 시작했다. 어제 밤 편지를 보지 못했다면 몹시 쓰기 힘 들었을 메일이었다. 하지만 자판을 두드리는 그의 손가락이 어느 때보다 날렵했 고, 모니터 화면에 한 자 한 자 찍히는 자신의 마음을 바라보는 그의 눈빛은 기쁨 으로 충만해 있었다.

너무도 그리운 그대에게 8

예린아, 오늘은 맨 처음 눈뜬 자리에서 너를 끌어안고 있을 때만큼이나
기쁜 마음을 너에게 보일 수 있어 참으로 행복하다.

메일은 이내 쓰여졌다. 다른 때보다 사연이 길고, 작품에 대한 그의 자신감이 넘치는 메일이었다. 이 메일을 보고 예린이 얼마나 좋아할까. 그는 메일을 가슴 에 새기듯 천천히 읽어보고 나서 성전에 꽃을 바치는 기분으로 보내기 버튼을 눌 렀다. 그리곤 이내 쓰러질 듯 잠자리에 들었다. 만 48시간 만에 드는 고단한 잠자 리였다. 그러나 파리에 온 이래 가장 편한 잠자리이기도 했다. 그는 출렁이던 침 대의 진동이 채 가시기도 전에 잠에 떨어졌다.

*

밤사이 첫눈이 내렸다. 함박눈이었다. 그녀가 곤한 잠에서 깨어났을 때, 세상은 온통 흰빛이었다. 눈부시게 아름다운 하얀 눈꽃이 한번쯤 복잡한 삶을 잊어보라는 듯 세상을 품안에 감추어 놓고 있었다. 때마침 일요일이서 따듯한 이불 속에서 토끼처럼 움츠리고 마음껏 게으름을 피우고도 싶었지만 그녀는 벌떡 일어났다. 그냥 누워있기엔 설경이 너무 아름다웠고, 무엇보다 하얀 눈이 덮인 공원 부지를 보고 싶었다. 이제 눈을 감아도 선명한 그곳. 그곳에 서서 아무도 손대지 않은 첫눈을 밟고 그의 이름을 마음껏 부르고 싶었다.

그녀는 아침 식사도 않고 서둘러 집을 나섰다. 워낙 많이 내린 눈밭이라 발목까지 폭폭 빠졌다. 그러나 그녀의 발걸음은 나는 듯 가벼웠다. 그렇지 않아도 너무나 익숙한 길이었다. 그녀는 민우가 파리로 떠난 뒤부터 습관처럼 그곳을 찾았다. 일주일에 한 번은 보통이었고, 어느 땐 아침에 갔다가 저녁에 또 들른 적이 많았다. 그녀는 그곳이 좋았다. 뚜렷한 이유 없이 그냥 좋았다. 꼭, 민우와의 추억이 있고, 빼어난 경관 때문만은 아니었다. 언젠가는 아이를 뱃속에 넣고 민우에게 안기어 내려오던 생각이 나서 격렬한 슬픔을 느낀 적도 있지만, 만약 전생이라는 것이 있다면 그곳에서 살지 않았을까, 싶을 정도로 그곳이 편했다. 그래서 그곳은 어느덧 그녀의 꿈이자 그리움과 외로움을 달래주는 성지 같은 곳이 되어버렸다.

"민우 씨, 민우 씨, 지금 내 목소리 들려요? 몸 건강하게 잘 있죠?"

역시, 흰 눈이 덮인 그곳은 아름다웠다. 저절로 세상이 잊혀지고 마음까지 흰빛으로 물드는 듯했다. 그녀는 그곳의 한 중앙에 서서 그의 이름을 목청껏 부르고, 또 불렀다. 뭐라 이름할 수 없을 정도로 깨끗하고 아름다운 설경의 아침. 그녀는 그럴 수만 있다면 그 아침을 통째로 그에게 보내주고 싶었다. 그러면 아마 그도 느낄 수 있으리라. 그 아침에 눈꽃처럼 가장 깨끗하고 고운 마음이 실려있다는 것을. 그녀는 허기가 지도록 그의 이름을 부르다 눈을 꽁꽁 뭉쳐 서쪽 하늘을 향해 힘껏 던졌다. 눈덩이는 이내 하늘 높이 솟아오르며 그녀의 시선을 자연스럽게 푸른 하늘에 닿게 했고, 그녀는 오래도록 하늘을 바라보았다. 그와의 사이에 놓인 푸른 하늘이 점점 좁아져 그녀의 마음이 그에게 닿을 때까지. 어느새 그녀의 눈가는 촉촉이 젖어들었고, 그녀는 눈가를 훔치며 엷게 웃었다. 못 견딜 만큼 그가 그리워 눈물이 나는데도 눈꽃처럼 깨끗하고 잔잔한 행복감이 가슴을 흠뻑 적신 것이었다. 기쁨의 눈물이었다.

"민우 씨, 민우 씨. 정말, 사랑해. 민우 씨."

그녀는 한 번 더 그의 이름을 불렀다. 이번엔 입 안에서 맴돌 정도로 작은 목소리였다. 그리고 그의 얼굴을 마음속으로 그리면서 큼지막하게 눈을 뭉쳐 굴리기 시작했다. 시간이 갈수록 그를 향한 그리움이 커지듯 눈덩이는 점점 커졌고, 그녀는 그 눈덩이를 가지고 눈사람을 만들었다.

마치 두 개의 토우가 나란히 서서 푸른 하늘을 바라보고 있는 것 같은 눈사람을. 언제부턴가 그녀의 가슴속에 새겨지기 시작한 그 모습을.

눈꽃

거기에 무얼 더 붙이겠습니까.
함박눈 내린 밤 산사의 아침
하얀 눈꽃 위 하늘 더욱 푸르고
나는 잠시 그대마저 잊을랍니다.
그대마저 잊고, 눈꽃처럼
가장 깨끗한 마음 똘똘 뭉쳐
하늘 향해 힘껏 던지겠습니다.
거기에 무얼 더 원하겠습니까.
그대 그 마음 받아 볼 수 있다면
그대 따듯한 품속에서 그대로
눈꽃처럼 녹아 버릴 수 있다면
아, 세상에 무얼 더 바라겠습니까
그렇게 우리 하나될 수 있다면

— 〈정예린 유고시집〉에서

예린이 남긴 다른 시들도 마찬가지지만

그는 이 시만 떠오르면 아직도 심장이 멎을 것만 같았다. 이 시 속엔 그녀의 마음이 너무도 잘 그려져 있는 것이다. 잠시 사랑하는 사람마저 잊고 싶을 정도로 아름다운 설경의 아침, 그 눈부신 아침에 눈꽃처럼 곱고 깨끗한 마음만 모아 주고 싶어했던 그녀의 깊고 간절한 마음이 그의 가슴을 헤집었다.

그는 파리에서 돌아와 그녀의 시를 보는 순간 파리 국제전에서 영광을 안겨 주었던 자기 작품에 대한 자만을 버려야 했다. 그것은 충격이었고, 뒤늦은 깨달음이었다. 그도 열심히 했지만 그녀가 시에서 보여준 것처럼 그토록 깊은 감동을 끌어낼 순 없었다. 그녀가 사랑하고 염원했던 것은 바로 그였기 때문에, 즉 인간 그 자체였기 때문에 작품에 빠져있던 그는 결코 그를 넘을 수 없었다. 사랑은 그 어떤 것보다 사람을 대상으로 했을 때 가장 위대한 것이므로.

그는 예린이 그 시를 지었던 그곳을 향해 걸어가다 문득 하늘을 보았다. 하늘은 그때 그녀가 바라보던 하늘처럼 맑고 푸르렀다. 금방이라도 쩍 하고 갈라질 것같이 투명하고 그녀의 이마처럼 깨끗했다. 그는 그런 하늘 한

가운데 나도 너를 사랑했다고, 아니, 사랑한다고 크게 쓰고 싶었다. 그리고 할 수만 있다면 그녀의 영혼을 불러내어 그 하늘 밑에 함께 서고 싶었다.

어느덧 그녀의 얼굴이 하늘 한가운데 동그라니 떠올랐다. 그런데 이상했다. 그의 기억 속에 그녀는 항상 웃는 모습이다. 현대미술관 앞에서의 환한 모습이나 아이를 가졌을 때 지었던 꽉 찬 미소 등, 그토록 서럽게 세상을 떠났으면서도 그녀는 행복하고 기쁜 모습만 그의 가슴속에 남겨 놓았다.

진실로 사랑을 아는 사람은 죽어서 웃는 모습만 남겨놓는다더니 그런 것인가. 남아 있는 사람이 속상해 하지 말라고, 죄의식에 시달리지 말고 행복하게 살라고……. 그는 가던 길을 멈추고 한동안 하늘을 쳐다보았다.

그런데 왜 나는 한순간이나마 그녀를 잊었던 것인가. 뒤늦은 갈채가 그토록 좋아서? 아니면 다시 가난해질까 두려워서? 이제 한낮 열심히 이삭을 익히던 가을빛이 조용히 서산을 향해 드러눕고 있었다. 생의 마지막 날이 길게 드러눕는 그림자를 따라 서서히 기울고 있는 것이다. 그는 다시 길을 가며 영광과 후회가 뒤섞여 있는 파리의 날들을 떠올렸다.

회랑의 시간

　　파리 청년작가 비엔날레가 열리는 퐁피두 센터.

　　민우는 그곳에 작품을 출품하고 나서 파리 시내를 무작정 돌아 다녔다. 어느 땐 걷기도 하고, 또 어느 땐 노선도 모르는 버스를 타고 가다 그냥 내리고 싶은 마음이 들면 내려서 다시 걸었다. 그러나 지하철은 타지 않았다. 그는 지하의 전등불빛이나 어둠이 싫었다. 끝없이 이어지는 계단도 싫었다. 높고 청정한 하늘 아래서 점점 가벼워지는 초여름 햇빛을 맞고 싶고, 햇빛이 속살거리는 거리와 나무와 하늘을 느끼고 싶었다. 아니, 꼭 그런 것만도 아니었다. 그는 이상한 결락감에 싸여 있었다. 그것은 허전하다거나 허망하다는 것과는 달랐다. 문득 자기 몸에서 몸의 일부가 떨어져 나간 것 같은 느낌이었다. 작품을 출품하고 돌아서는 순간부터 몇 시간 동안 그런 기분이 지속되고 있는 것이다. 그래서 그는 음지에 있는 식물이 본능적으로 햇빛을 향해 촉수를 뻗치듯 무작정 싸돌아다니고 있는지 몰랐다.

　　그렇게 서너 시간쯤 돌아 다녔을까. 문득 고개를 드니 버스는 파리의 중심인 시테섬을 지나 퐁뇌프 다리를 건너고 있었다. 많은 연인들의 심금을 울린 영화 ‘퐁뇌프의 연인들’ 의 주무대인 다리였다. 그는 버스에서 내렸다. 그리고 다리 위를 천천히 걸었다. 예린아……. 그는 파리에 처음 왔을 때의 결심을 떠올렸다. 그녀와 함께 행복한 마음으로 이 다리를 걷겠다던 결심.

벌써 해가 기울어 서쪽 하늘이 노을로 붉게 물들어 있었다. 그제야 그는 정처 없던 발걸음처럼 이리저리 흘러 다니던 생각이 한 곳으로 멈추는 것을 느꼈다. 그는 예린의 얼굴을 떠올렸고, 그녀의 기다림을 생각했다.

이렇게 한가하게 그녀를 그려 본 게 얼마 만인가.

그는 생일 카드를 받고 작품 구상을 끝낸 이후 오로지 작업에만 몰두했다. 다람쥐 쳇바퀴 돌 듯 숙소와 폴의 아틀리에만 오가며 점토를 이기고 대리석을 깎고 청동주물을 부었다. 그는 쉬지 않았다. 아니, 작품이 그를 쉬게 놔두질 않았다. 처음엔 각오와 오기로 작업에 임했지만 얼마 가지 않아 작업이 작업을 이끌었다. 세 작품의 모델링 작업이 끝날 쯤 그는 조각의 또 다른 경지를 보았고, 그 속에서 지속적으로 머무는 동안 또 다른 경지에 이르렀다. 곁에서 보면 전혀 변화가 없어 보이는 곳에서 미세하게 연속되는 변화를 볼 수 있었고, 고민에 고민을 거듭한 끝에 끌어낸 영감은 반드시 생각지도 않던 다른 영감을 이끌고 온다는 것을 경험한 것이다. 그리고 그런 과정을 통하여 그는 강력한 집중이 성욕을 정신력으로 승화시킨다는 것도 알았다. 그는 유진의 유혹은 물론 가끔 예린마저 잊곤 하였다. 그런데 왜일까. 그토록 치열했던 시간들이 그는 텅 빈 것만 같았다. 출품한 작품마저 어디론가 사라지고, 아틀리에의 소음과 먼지, 잔느와 폴과 유진의 놀라는 얼굴, 그리고 별과 함께 잠자리에 들던 사소한 기억들만 그 시간을 채우고 있다. 예린의 모습이 작품 내 여인의 몸 속으로 녹아들었듯 모든 시간들이 작품 안에 갇혀버린 것일까.

그는 센 강변을 걸으며 지난 1년을 돌아보다 숙소로 향하는 버스에 올랐다. 갑자기 몸이 무겁고 졸음이 쏟아졌다. 그 동안 쌓였던 피로와 잠이 한꺼번에 어깨로 밀려오는 듯했다. 그는 버스에 빈자리가 없어 서서 있었는데도 깜박 졸다 한 정거장을 지나쳐 내렸다.

"나야, 들어오는 대로 전화 좀 해줘. 잔느와 함께 있어."

숙소로 돌아와 수신된 전화가 있기에 확인해 보니 유진의 전화만 두 통 와 있었다. 무슨 일이지. 오전에 봤으면서. 이번 작품 전에 중요 포지션을 맞고 있는 잔느와 함께 있다는 말에 궁금증이 생겼지만 그는 그냥 넘겼다. 그 대신 그는 예린을 떠올렸다. 그러나 조금 망설이다 들었던 수화기를 내려놓았다. 일곱시 반, 집으로 전화를 하기엔 너무 이른 시간이었다. 지금 한국은 깊은 밤이었다.

— 민우 씨, 잘 자. 내 꿈도 꾸지 말고 그저 편하게.

그의 졸리운 눈동자 위에 그녀의 모습이 얹힌다. 그녀는 그의 팔베개를 하고 잠들 때조차 곧잘 작별 인사를 하곤 했다. 그는 우선 욕실에 들어가 대충 씻고 찬물을 한 컵 들이켰다. 그런데도 졸음이 물러가지 않았다. 눈꺼풀이 몇 시간 사이 열 배는 무거워진 듯 저절로 눈이 감겼다. 그렇지만 그는 허리를 세우고 PC 앞에 앉았다. 지금 그대로 눈을 붙였다간 며칠이 지나도 깨어날 것 같지 않았다. 다른 사람은 몰라도 그는 예린의 기다림만큼 조금이라도 덜어주고 싶었다. '여백의 기다림'이라는 표제를 붙인 작품을 하면서 그는 느낀 게 많았다. 기다림이야말로 가장 깊은 인간애의 표상이라 할 수 있지만 기다리는 사람의 심정이 얼마나 간절하고 애타는 것인지를 그는 작업을 하는 동안 작품 속의 여인과 예린의 모습이 수도 없이 겹치던 기억을 떠올리며 메일을 쓰기 시작했다.

너무도 사랑하는 그대에게 24.

유진의 세 번째 전화가 온 건 바로 그때였다. 잠든 예린의 모습과 그녀의 고른 숨결에 잠기던 그의 마음을 깨며 벨이 울렸다.

"집에 있었던 거야?"

그가 수화기를 들자 유진의 핀잔 투의 말이, 그러나 기쁜 마음이 배어있는 목소리가 그의 귀에 흘러들었다.

"방금 들어왔어요. 마음이 심란해서 좀 돌아다니다."

"그랬구나. 하지만 이제부터 그러지 않아도 좋을 거야. 잔느가 그러는데 네가 작품을 출품하자마자 호평이 뒤따랐대. 스텝진 사이에서 작은 소동이 일 정도로. 아주 뛰어난 작품이라고."

유진이 그녀답지 않은 호들갑스러움을 보이며 말했다.

"참, 선배도. 아직, 심사도 시작되지 않았는데 뭘 그래요?"

그는 좋은 반응이다 싶으면서도 선뜻 받아들여지질 않았다.

"그렇긴 하지만 잔느가 일부러 와서 그런 말을 할 정도면 결코 앞서가는 게 아니야. 이번 작품전의 주제나 심사 방향도 그렇고. 그러니 안심하고 인터뷰 준비나 해둬. 물론 나도 나름대로 준비할 거지만. 그래서 전화를 했던 거야. 조금이라도 빨리 이 기쁜 소식을 너에게 알려주고 싶어서. 이런 내 마음 너도 알지?"

유진은 아주 결정이 난 것처럼 기뻐했다. 그는 전화기 너머로 유진의 미소 띤 표정을 짚어보며 그 말이 사실이라면 그녀가 그럴 만도 하다고 생각했다. 그녀로서도 기나긴 기다림이었다. 어정어정 10여 년이었다. 더구나 유진은 저번 학기부터 교환교수를 자청해서 아예 파리에 상주하며 그를 돕고 있었다.

정말, 유진 선배의 말처럼 그런 영광이 나에게 올까?

그는 전화를 끊곤 쓰던 메일마저 멈춘 채 유진의 말을 계속 되뇌었다. 비로소 상에 대한 기대와 흥분이 몰려들기 시작하고 시상식 장면까지 머리 속에 그려졌다. 고마워요, 유진 선배. 그는 예린에게 쓰던 메일조차 멈추고 흥분을 계속 이었다. 어느 틈에 잠은 그렇게 멀리 달아났는지. 사람의 마음이란 그렇듯 간사하기도 한 것이다. 그는 말똥말똥해진 정신으로 기자와 인터뷰하는 장면을 상상하며 호평을 받고 있다는 작품 하나하나를 되새기기 시작했다.

이번에 출품한 세 작품 가운데 가장 힘들었던 건 주작이라고 할 수 있는 '여백의 기다림' 이었다. 토로소가 술잔 속에 담긴 여자의 알몸을 향해 끈질기게 다가가려는 모습을 통해 현대인의 욕망을 표현한 '욕망의 고집' 이나, 뽕잎을 갉아 먹는 수백 마리 누에의 모습을 통해 인간의 잠재된 의지와 욕구를 드러낸 '생의 원천' 은 오히려 쉬었다. 겉으로 드러나는 모양과 움직임이 있는 것이다. 하지만 기다림은 달랐다. 대상을 향한 간절한 사랑과 배려가 모두 마음의 움직임이기에 자연히 겉모습으로 드러남이 적어 정적일 수밖에 없었다. 더구나 대상을 향한 사랑이 지속되는 기다림은 초조함이나 지루함을 넘어선 무엇이기에 표정만 가지고 그를 드러낼 수 없었다. 표정을 잘못 처리하면 기다리는 사람의 숭고한 마음이 원망과 갈등으로 표현될 수 있기 때문이었다. 그래서 그는 그 작품을 하면서 얼마나 고심했는지 모른다. 수백 번도 더 생각했고, 그 이상으로 고치고 다듬었다. 아마도 집에서 그를 기다리고 있는 예린이 없었다면 그는 그 작품을 끝내 완성하지 못했으리라. 그는 집 앞에서 자신을 파리로 보내며 웃던 그녀의 모습과 동양화의 여백을 결합함으로써 정적이면서 동적이고, 순간적이면서 영원하고, 애절하면서도 숭고한 사랑이 담은 여인상을 조각할 수 있었다. 한 손을 젖가슴 한 가운데로 가볍게 올리고 마치 저 먼 바다에서 회항중인 배를 바라보는 듯 서있는 여인의 얼굴을 극사실적인 묘사로 고요함과 염원을 드러낸 대신, 턱에서 어깨로 흘러내리는 목선이나 바람에 휘날리고 있는 듯한 옷자락 등은 아주 단순한 선으로 힘차고 빠르게 처리하여 동적인 여백을 느끼게 했던 것이다.

그는 작품 속의 여인을 회상하다 그 모습이 예린의 모습과 겹치자 잠시 쓰기를 중단했던 메일을 다시 쓰기 시작했다. 고요히 서서 뭔가를 기다리는 여인, 그것은 그의 정신과 감정의 원천이었음을 그는 다시금 깨닫는다. 예린을 알기 전부터 있었던 것 같은 이미지. 유진이 헌신적으로 도와준 준 것은 사실이지만 결국 예린의 덕분이리라. 그는 메일을 쓰면서 그렇게 생각했다. 그러나 메일 쓰기는 이내 끝났다. 처음 생각했던 것보다 무척 짧아진 메일을 그는 시간도 헤아리지 않고 그녀에게 보냈다. 출품하자마자 평이 그 정도로 좋았다면 어떤 상을 탈 수 있을까. 대상? 아니야, 그런 상은 서양인에게 돌아갈 거야. 그렇다면 특별상 정도? 그는 잠자리에 들면서까지 영광의 그 순간을 상상하며 그와 함께 쏟아질 갈채를 미리 즐겼다.

*

'아, 민우 씨, 드디어 해냈군요, 해냈어. 수고했어요, 정말. 어디 아픈 데는 없고요.'

이른 아침, 파리행 비행기에 몸을 실었을 때, 그녀는 비로소 그의 수상 소식을 실감할 수 있었다. 기내에서 나누어준 조간 신문에 그에 관련된 기사가 실려있던 것이다.

'김민우. 파리 젊은 작가 비엔날레에서 조각부문 대상 수상'

예린은 그에게 전화를 받을 때만큼이나 설레는 마음으로 그 기사를 읽기 시작했다. 기사는 문화면의 거의 전체를 채울 정도로 길고, 격찬의 말을 더 이상 찾을 수 없을 만큼 호의적이었다.

……좋은 예술가는 스승이 따로 존재하지 않는다. 그런 예술가에게는 언젠가는 개발될 잠재력이라는 것이 있으며, 문제는 시기다. 이제 세계 조각 무대에 화려하게 등장한 김민우의 수상 소식을 접하면서 기자가 맨 처음 떠올린 생각이다.

기사는 자못 감동적인 어투로 시작되고 있었다.

《르몽드지》, 《파리 데일리》 등 프랑스 유력 신문으로부터 미술의 메카나 다름없는 그곳 미술계를 깜짝 놀라게 했다는 김민우, 그는 국내에선 잘 알려지지 않은 작가다. 몇 년 동안 자신만의 세계를 구축하기 위해 마치 큰스님이 더욱 치열한 정진을 위해 안거에 들어가듯 시골에 묻혀 있던 까닭이다. 하지만 그는 대학 미전에서 금상을 받았을 정도로 일찍부터 재능을 인정받기도 했다. 단지 오늘처럼 더 큰 무대에서 성취하기 위해 무명과 가난을 감내하는 용기와 인내를 보여 주었을 뿐이다. 어쩌면 그런 그이기에 국내 전 미술인들이 그 영광에 동참해도 좋을 이번 수상이 당연한 건지도 모른다. 더욱이 그가 이번에 정적이며 항구적이고 깊은 동양 정신, 아니, 한국 정신을 들고 나가 수상의 영광을 거머쥐었다는 데 큰 의미가 있다. 그는 '여백의 기다림' 등 세 작품을 통해 동양 정신의 정수를 보여주었다는 현지의 평가를 받고 있다. 헨리 무어가 조각에 공간을 도입했듯, 그는 동양화에서 보여주는 여백을 조각에 적용한 것이다. 원래 회화에서 여백은 서양에서는 볼 수 없는 것으로 빈 공간이면서도 그림의 골격을 이루고, 아무것도 드러내지 않음으로써 마치 신이 해석의 여지를 남겨놓은 것처럼 그 자체로 하나의 메시지로 전달한다. 또한 그것은 곧 비어있되 차있고, 움직임이 없되 동적인 동양의 선(禪, zen)과 맥을 이루고 있는 것인데, 이번에 김민우는 그런 심오한 동양 정신을 조각을 통해 서양인에게 인식시키고 감동을 끌어낸 것이다. 그러기에 그에게 거듭 찬사를 아껴도 좋을 이유 중에 하나가 여기에 있다. 그가 한국인으로서 자기 주체성과 자존심을 지켜가며, 가장 한국적인 것이 곧 세계적임 것임을 다시 한번 일깨워 준 까닭이다.

신문 기사는 또 해외에서 어떤 상을 수상한 사람에겐 늘 그랬듯 장황하다 싶을 정도로 그에게 한국 정서를 찾기 시작했다. 언론들이라니. 국내에 있을 때 곁눈질조차 주지 않던 그들이.

……그리고, 그 역시 많은 예술가가 그렇듯 가난한 어린 시절을 보냈다. 아버지를 일찍 여의고 홀어머니 밑에서 진흙으로 뭔가를 만드는 일을 친구삼아 자라난 것이다. 그래서 지금의 그가 있기까지 그의 행적을 더듬

다 보면 그가 가장 존경한다는 로댕과 자연스럽게 만난다. 무명 시절의 로댕이 그랬듯, 가난이 그를 쾌락에 물들 시간을 주지 않았고, 오직 작업에 작업을 반복하며 어려움을 이겨낼 수 있는 인내와 힘을 주었던 것이다.

말미에 이르고 있는 기사는 대중지 특유의 센세이션을 잊지 않았다. 극도의 불행과 뜻밖의 출세는 감동의 멜로 드라마를 위해 언제나 공존해야 하는 것이다. 비극이 전제되지 않은 성공은 격이 떨어지는 것이고, 그의 성공은 그런 요소를 고루 갖추고 있었다. 아이러니와 반전. 고독한 싸움과 화려한 승리. 그녀는 그 기사를 읽으며 다시금 그의 고단한 삶을 떠올렸다. 그리고 그런 그의 삶이 적나라하게 그려진 신문 기사의 뒤에 유진의 그림자를 느낄 수 있었다. 아마도 유진은 그의 수상이 결정되기도 전에 이런 내용이 신문에 실리도록 세심하게 보도 자료를 준비했으리라. 그녀는 문득 그의 영광된 자리에 자신만 소외되어 있는 것 같은 감정이 들어 기분이 묘했다. 그러나 그녀는 그런 미혹을 가볍게 지우고 신문에 실린 그의 사진을 자세히 보았다. 그가 모르는 사진인 것으로 보아 가장 최근에 찍은 사진 같았다. 예린의 눈길은 작품 사진보다 그의 사진에 오래 머물렀다. 그전보다 뺨이 홀쭉해진 그의 모습이 그녀는 무척 안쓰러웠다. 토란국을 그렇게 좋아하는 사람인데. 그녀는 어느새 젖어드는 눈길을 창 밖으로 돌려 눈길 아래 뭉게구름을 망연히 바라보았다.

"레디 앤 젠틀맨, 디스 플레인 이즈 컴잉 순 파리 드골 에어포트."

기내식을 두 번 먹고, 지상 여행보다 훨씬 단조로운 시간이 지겨운 듯 몇몇 탑승객이 이리저리 몸을 뒤틀 쯤 기내 방송이 흘러나왔다. 여자의 마음이라니. 그녀는 자리에서 일어나 화장실 거울 앞에 섰다. 이제 몇 분 후면 그의 앞에 서는 것이다. 그녀는 그에게 예쁘게 보이고 싶었다. 환하고 멋있게 보이고 싶었다. 이렇게 그의 앞에 설날을 얼마나 기다렸던가. 길고 외로운 밤을 홀로 뒤척여야 했던 나날들이었다. 그녀는 자리로 돌아와서도 재삼 화장을 다듬으며 설레는 가슴을 엷은 미소로 달래고 내릴 준비를 서둘렀다.

"여기야, 예린아!"

"민우 씨!"

드골 공항의 출구에서 그녀는 손을 들어 보이는 민우를 향해 달려들었다. 백인, 흑인, 아랍인, 동양인 등 각양 각색의 사람이 서있었는데도 그녀의 눈엔 오직 그만이 거인처럼 커 보였다. 그런데 왜일까. 그의 품에 안겨 익숙한 피부 감촉과 그의 냄새를 확인하자 웃음보다 눈물이 먼저 흘러나왔다.

"바보처럼 울긴. 너답지 않게 왜 그래?"

얼마나 많은 시간이 흘렀을까. 그녀가 울음을 터트리고 그가 등을 두드릴 때까지. 비록 짧은 순간이었지만 그녀는 그 동안 그를 기다렸던 1년, 아니 현대미술관에서 그가 토우를 건네줄 때부터 쌓였던 시간이 다 흐른 것만 같다. 민우 씨 나다운 게 뭔 데요, 아직도 그걸 모르겠어요. 나는 그렇게 강하지 않아요. 지금 어린애처럼 울음을 터트리는 내가 가장 나다운 거라고요. 그녀는 비로소 눈길을 들어 그의 얼굴을 자세히 보았다. 그의 얼굴은 신문에서 보았던 것처럼 홀쪽했다. 아, 민우 씨. 그녀는 다시 그의 품에 얼굴을 묻고 그의 손, 부지런한 농사꾼처럼 굳은살 투성인 그의 손을 잡고 몇 번이고 쓸어 내렸다.

"예린 씨, 왔어요? 나도 좀 봐줘요. 두 분의 사랑은 그 정도로 과시하고."

그때서야 저만큼 서 있던 유진이 웃으며 그들을 향해 다가섰다. 유진은 예린에게 눈길을 주고 말을 걸면서도 민우 곁에 섰다.

"오랜만에 뵈요. 그리고 감사드려요, 저희를 위해 여러 모로 도와줘서."

예린은 유진이 왜 공항까지 나왔을까, 의아해 하면서도 그녀에게 진심으로 고개를 숙였다.

"고맙긴요. 내 일이기도 한 걸요. 예린 씨."

유진은 그녀 특유의 세련된 매너로 그녀의 인사를 받고 그들을 자기 차로 안내했다.

"고마워요, 선배. 그냥 택시를 타고 가도 되는데……."

유진의 차에 올랐을 때 민우가 아무래도 걸리는 듯 토를 달았다.

"민우 씨가 고마워할 건 없어요. 예린 씨 때문에 나온 거니까. 이번 민우 씨가 큰상을 받게되기까지 제일의 공로자는 예린 씨 잖아요."

유진이 백미러 너머로 예린을 보고 씽긋 웃었다. 그리곤 그녀에게 그의 수상 소식에 관한 국내 반응을 묻는 것으로 자연스럽게 이야기를 일에 국한시켰다. 그래서 세 사람이 아주 좁은 공간에 함께 있었지만 예린은 어색하지 않았다. 다만 그가 이 차를 종종 탔겠구나, 하는 생각이 스쳤을 때 택시를 타고 가는 편이 훨씬 좋았을 것을 하는 생각이 들기는 했지만.

"굿 나잇, 좋은 밤 보내요. 예린 씨."

차가 그의 숙소에 도착하자 유진은 그대로 차에 남아 두 사람을 향해 인사를 했다.

"잠시, 들어가 차라도 한잔하고 가시죠?"

그런 유진에게 예린이 말했다.

"아니에요. 나는 늘 여기까지만이에요."

유진이 여러 가지 뉘앙스가 담긴 웃음을 보이고 차를 전진시켰다.

그래요, 예린 씨. 나는 늘 거기까지만이었어요. 유진은 백미러를 통해 그들이 숙소 건물로 들어가는 것을 바라봤다. 각기 양손에 짐을 들고 있으면서도 그들은 착 붙어서 현관을 향해 걸어가고 있었다. 유진은 그런 그들의 모습이 참, 보기 좋다는 생각을 하면서도 가슴 한구석이 알싸하다. 홀어머니가 아들을 며느리에게 보내는 심정이 이럴까. 아니, 그런 것과는 다르리라. 유진은 자신을 빈틈없이 채우고 있던 무언가가 쑥, 빠져나간 듯 허망하고, 아직 타다 남은 것 같은 이상한 열기를 느낀다. 유치한 마음이라니. 앞 유리 위로 예린을 얼싸안고 격렬하게 키스를 퍼붓는 민우의 모습이 떠올랐다 사라지고 다시 눈길 위에 얹힌다. 그래, 그러는 게 너무나 당연하지. 그런데 그게 나와 무슨 상관이란 말인가. 하지만 유진의 입에선 긴 한숨이 새어 나왔고, 자신도 모르게 액셀러레이터를 힘껏 밟고 있었다.

유진이 그들을 상상하고 있던 그 시간, 그들은 유진을 벌써 잊고 서로 힘껏 껴안은 채, 마치 브랑쿠시의 '키스'처럼 온몸을 정지시키고 있었다. 그녀는 그의 심장에 심장을 맞대고 그의 입술에 입술을 포개고 그를 확인했다. 이 냄새, 이 감촉, 이 숨결, 이 심장의 고동 소리와 팔의 힘, 그리고 먼저 알아보고 열리고 젖어드는 몸의 중심. 그것은 눈으로 보고 귀로 들어서 확인하는 것보다 명확하고 정교했다. 훨씬 강하고 미세했으며 두 몸을 하나로 되게 하는 힘이 있었다. 그래, 이 사람이야. 바로, 이 사람. 내가 그토록 그리워한 사람은.

"민우 씨……."

"아, 예린아……."

그들은 발끝에서 머리끝까지 서로를 자기 몸처럼 확인하면서 거의 동시에 일 년 동안 참았던 숨을 터트렸다. 그리고 비로소 몸을 움직였다. 한 번은 천둥치듯 짧게, 또 한 번은 아주 길게. 그러면서 계속해서 서로의 몸 속에 몸을 집어넣고 그들은 길고 긴 사랑을 나누었다. 그리고 집에서 그랬던 것처럼 발가벗은 채 잠들어 있다가 여명의 푸른빛 속에서 함께 깨어났다.

다음날, 시상식에 참석했던 그들은 축하 리셉션이 끝나자마자 센 강으로 갔다. 날씨는 그들의 눈빛처럼 맑았고, 바람은 예린의 속살처럼 감미로웠다. 그들은 어깨를 나란히 하고 퐁뇌프 다리 위를 걸었다. 한 번은 동쪽의 난간을 걷고 한 번은 에펠탑이 보이는 서쪽으로 갔다가 다리 중앙의 난간에 몸을 기대고 센 강을 바라보았다.

"내가 파리에 오자마자 맨 처음 결심한 것이 뭔 줄 알아. 자기와 이렇게 이 다리를 걷는 거였어."

그가 그녀의 어깨 위에 얹고 있던 손을 들어 토닥이며 말했다.

"그 때만 해도 이 날이 이렇게 빨리 올 줄은 몰랐는데, 이렇게 너와 함께 있으니까 꼭 꿈만 같다. 왜 그런 꿈 있잖아. 꿈속에서조차 제발 꿈이 아니기를 빌어보는 그런 꿈 말이야."

"고마워요. 민우 씨. 내게 이런 시간을 안겨줘서. 실은 나도 그래. 시간을 정하지 않고 기다리겠다고 말을 했지만 늘 시간을 꼽아보는 게 내 일과였는데 이렇게 기쁜 날도 있구나 싶어서."

예린이 자신의 어깨에 얹혀있던 그의 손을 끌어 입술에 대었다. 그러면서 그녀는 정말 꿈만 같던 순간들이 현실임을 다시 확인한다. 사실, 그녀는 그의 수상 소식을 전해들은 순간부터 이제껏 느끼지 못했던 이상한 기분에 빠져있었다. 마치 비행기가 막 이륙할 때처럼 귀가 멍멍하고 구름을 밟고 서듯 걸음걸이가 경중거리는 것도 같았다. 그래서 파리행 비행기를 타고, 그와 사랑을 나누고, 시상식에 참석하여 여러 사람들 앞에서 그에게 감사의 키스를 받고, 센 강을 바라보고 있는 지금까지 그녀는 몽롱한 기분이었다. 고통과 기다림의 시간이 강물처럼 흘러간 뒤, 맞이한 것이기에 더 컸을 그 가슴 벅찬 순간들.

하지만 전부 그런 것은 아니었다. 그런 기쁨 속에서도 언뜻언뜻 그녀를 침묵시키곤 하던 순간이 있었다. 이를테면 축하 리셉션이 한창일 때 느꼈던 기분 같은 것들이었다. 축하 리셉션은 그를 비롯한 수상자들을 위한 자리였고, 자연히 그는 화제의 중심이었다. 유진과 잔느와 폴 등, 그 동안 그와 친하게 지냈던 사람들을 비롯하여 많은 사람들이 그의 주위에 몰려들었다. 그때 그녀는 그와 유진의 소개로 그들과 일일이 몰려드는 사람들과 인사는 나누었지만 금방 소외될 수밖에 없었다. 말을 할 수도 알아들을 수도 없어 그녀는 민우 옆에 소품처럼 서서 안면이 뻣뻣해질 만큼 웃고만 있어야 했다. 그에 비해 민우는 그녀가 놀랄 만큼 잘 적응해 나갔다. 때로는 웃고 때로는 제스처를 쓰고 눈짓까지 해가며 그녀가 이제껏 보지 못했던 모습으로 주인공 역할을 톡톡히 해냈다. 만약 그 자리에 그녀만 없다면 리셉션이 열리는 넓은 홀을 구석구석을 헤집고 다녀도 될 듯싶었다. 그 순간 느껴야 했던 어색함과 소외감이라니.

잠시 지난 시간을 더듬던 그녀는 새삼스럽게 그에게 몸을 깊숙이 기댔다. 그때 그녀는 처음으로 자신이 그에게 짐이 될 수 있음도 느꼈고, 그의 달라진 모습을 보고 놀라기도 했다. 그리고 그 자리에서 유진과 그가 불어로 이야기를 나누며 웃을 때, 천상 속 좁은 여자가 되어야 했다. 자격지심 뒤에 몰려든 의구심이 웃고만 있어야 했던 그녀를 더욱 힘들게 했다.

"이젠 그러지 않아도 될 거야. 대상을 받았다고 금방 달라지진 않겠지만 적어도 우리가 떨어져 있는 시간은 줄일 거야. 이제 여기 일이 대충 정리되는 대로 바로 돌아가야지."

그녀를 안고 흘러가는 강물을 가만히 응시하던 그가 말했다.

"그렇다고 너무 서두르지 마. 유진 선배 입장도 있으니까. 내 걱정은 하지 말고 천천히 생각해. 아마 지금 이처럼 행복한 시간이 몇 년은 더 기다릴 수 있는 힘을 주었을 걸."

그녀는 잠시 샛길로 샜던 생각을 지우고 그를 쳐다봤다.

"아냐, 그럴 순 없어. 너를 더 이상 기다리게 할 수는 없어. 저 강물을 바라 보며 너를 그리워하기도 힘들고, 내가 빨리 귀국하든, 네가 이리로 오든 조 만간 결정을 해야지. 이렇게 너와 기쁜 마음으로 이 다리를 걸어봤다고 된 게 아냐."

그는 그녀의 어깨를 잡아끌고 다시 다리 위를 걷기 시작했다.

*

그런데 그의 귀국이 늦어지고 있었다. 벌써 여름이 가고 가을도 막바지였 다. 삶이란 시시각각 변하면서 흩어지는, 그러면서도 연속되는 무엇인 것처 럼 사람의 마음 또한 그런 것인가.

예린은 모처럼 친정에 와 있었다. 어제 저녁, 만 4년 만에 친정에 온 것이 다. '참, 독하기도 하지. 누굴 닮아서 그런지 모르겠다, 너는.' 예린을 맞은 그녀 엄마의 첫마디였다. 그러나 예전처럼 말 속에 가시는 전혀 없었다. 그 러기는커녕 오히려 부드럽고 자상하기 이를 데 없는 목소리였다. 엄마, 그 걸 아직도 모르시겠어요. 엄마가 이렇기 때문에 나와 자꾸만 엇갈린다는 걸. 상황에 따라 수시로 변하는 것 말이에요. 그의 큰 상 수상은 그 자신을 변하게 했을 뿐 아니라 많은 것들을 변하게 했다. 우선 그들을 잊고 있던 사람들의 기억이었다. 예린이니, 예린아, 정예린 씨 맞죠. 그녀는 한동안 전화를 받기에 바빴다. 집중 취재로 그의 전 작품이 연이어 언론에 실리자 그녀는 그만큼이나 유명해진 것이다. 그의 작품이 전부 그녀를 모델로 한 것이고, 더구나 대부분 발가벗은 몸이었다. 그녀의 엄마가 그렇게 다른 사람들에게 감추고 싶어하던 그녀의 사랑이 그녀의 알몸과 더불어 여성 잡지의 표적이 되면서 많은 여자들의 선망과 질투를 동시에 받는 멋진 로맨스로 변했고, 엄마 역시 단번에 재해석을 내렸다. 우리 딸이 누굴 닮아서 그런지 어려서부터 남다르게 열정적이고 대범한 구석이 많았다고. 그리고 유명하고 가난한 예술가는 없다는 유진의 말을 증명하듯 파리로 송금되던 돈이 입금되기 시작한 것도 변화 중의 하나였다.

예린은 오랜만에 옛날 쓰던 방에서 편히 누워 지난 몇 달을 생각하다 일어났다. 그녀의 아버지는 당직이라 일찍 나가고 그녀의 엄마만 부엌에서 늦은 아침을 준비하고 있었다. 그녀는 작은 방으로 들어가 안방에서 옮겨진 할머니의 영정을 바라보았다.

– 밥은 잘 챙겨 묵은나? 치 뿌르라 고마, 핸드폰이라는 거.

그녀는 새삼 할머니의 따듯했던 정이 그립다. 할머니, 아직도 저에게 전화를 하고 싶으신가요? 그녀는 할머니 영정을 향해 가벼운 미소를 보내다 엄마의 부름으로 방을 나왔다.

"편하지? 그래도 집이. 어서 아침 밥 먹자."

예린이 식탁으로 다가서자 그녀의 엄마가 밥상을 차리기 시작했다. 식탁에는 햄과 소시지 등 그녀가 예전에 좋아하던 반찬이 이미 놓여 있었고, 가스레인지 위에서는 국이 끓고 있었다. 그녀는 식탁에 앉아 차려진 음식을 바라보며 엄마와 떨어졌던 시간을 또 느낀다. 햄이나 소시지 등 서양 음식을 좋아하던 식성이 옛날 할머니가 해주던 토속적인 음식으로 변했다는 것을 엄마는 모르는 것이다.

"그 동안 네 생일을 챙겨주지 못해 미역국을 끓였다. 네 생일날이면 얼마나 어미 마음이 아팠는지 몰라, 이것아!"

그녀의 엄마가 국이 끓고 있는 냄비 뚜껑을 열어보며 말했다.

"미안해요. 엄마. 이제부터 제가 엄마 생일날 미역국을 끓여 드리도록 할게요. 그 동안은 그런 경황이 없었어요."

예린은 엄마의 말에 반발하지 않았다. 이제 그녀도 엄마의 말이 진실일 거라는 것을 안다. 다만 그런 마음이, 자기를 실망시킨 딸을 받아들일 수 없는 감정보다는 작았을 것이라는 것도.

"그럼 됐다. 큰 일을 위해서 마음 고생이 왜 없었겠니."

"예진이는 자주 와요? 좋은 사람이 생긴 모양인데."

"그럼, 그 애는 너처럼 대범한 구석이 없지 않니. 저번 주에도 와서 곰살궂게 굴다 저녁 늦게서야 갔다."

국이 마저 끓는 동안 모녀는 모처럼 정답게 집안의 대소사에 대해 이야기를 나누었다. 아버지가 다음 정기 인사에서 교장으로 승진할 것 같다는 이야기며 예진이 약혼을 하려고 한다는 것 등.

"그건 그렇고 이제 너희들은 어떡할 거니? 늦었지만 결혼식을 올려야 되지 않겠어. 예진이 문제도 있고."

"엄만, 이제 와서 결혼식은 무슨 결혼식요."

그녀는 결혼식이라는 말이 새삼스러워 눈을 동그랗게 떴다.

"그래도 사는 게 그런 게 아니다. 의식은 꼭 필요한 거야."

그녀의 엄마가 미역국을 퍼서 그녀 앞에 놓고 의자에 앉았다.

"사람의 마음이라는 것이 언제 어떻게 변할 줄 아니. 그런 의식을 통해서 서로의 마음을 단단하게 묶어놓을 필요가 있어."

"엄마도 참……. 요즘 이혼하는 사람들이 결혼식을 하지 않아서 그러나요."

그전에 그렇게 말리더니 이제 헤어질 것을 걱정하고 있는 듯한 엄마 앞에서 그녀는 더 이상 할 말이 없다. 그녀는 입을 그만 다물고 미역국을 한 숟가락 떴다. 그러다 순간적으로 고개를 돌렸다. 미역 냄새에 갑자기 욱, 하는 욕지기가 치밀었기 때문이었다.

"애, 왜 그러니? 속이 안 좋은 거야?"

"글쎄요. 갑자기 그러네요."

예린이 한 차례 더 욕지기를 해댄 다음 말했다.

"너, 혹시 임신한 거 아니니?"

그녀의 그런 모습에 그녀의 엄마가 눈을 동그랗게 떴다.

"임신은요, 무슨! 그이도 집에 없는데. 아마 빈속이어서 그럴 거예요."

"너, 두 달 전에 파리에 다녀왔잖아, 그때 같이 있지 않았니?"

"그렇긴 하지만 겨우 이틀 밤이었는걸요. 배란기도 아니었고."

"하긴, 네 몸이야 네가 더 잘 알겠지. 그렇지만 한 번 더 살펴봐라. 넌 원래 생리가 불규칙했잖아. 그러니 병원에 한번 가봐. 저번처럼 고생하지 말고."

"걱정 말아요, 엄마. 그렇지 않아도 조심하고 있으니까. 어서 식사나 하세요. 국 식겠어요."

그러나 그녀는 미역국이 그런 대로 뱃속에서 받자 그를 그냥 넘기고 이야기를 끝낸 결혼식에 대한 생각을 더 많이 했다.

결혼식이라…….

그녀는 집으로 돌아오는 열차 안에서 신혼 부부를 보고 다시 그 생각을 꺼내들었지만 역시 새삼스럽다. 그가 파리로 떠나기 전까지만 해도 종종 생각했던 문제였지만 이후 잊고 지냈던 것이다. 아마 그도 나처럼 결혼식을 잊고 지내겠지. 점점 결혼식 자체가 없어지는 나라에 살고 있으니까. 그런데 왜일까. 그가 결혼식을 잊었을 거라고 생각하니 갑자기 기분이 처졌다. 요즘 들어 그가 많은 것을 잊는다는 사실과 겹쳐져 서운함으로 이어졌다. 그는 매번 챙겨주던 그녀의 생일까지 잊고, 이틀이 지나서야 돈을 붙였다는 말로 대신했었다.

그럴 수도 있지. 전시회다 뭐다 해서 무척 바쁠 테니까. 그녀는 자꾸 마음만 상하게 하는 생각도 돌릴 겸 서점에 들러 몇 권의 시집과 평론집을 샀다. 그 동안 써놓은 시가 꽤 되었다. '첫키스'를 비롯하여 '석순', '명화', '동행', '샛별', '눈꽃' 등등 그녀는 그 시들을 한 권의 시집으로 묶어 볼 생각이었다. 문예지나 신춘 문예 등 소위 제도권 문학의 등단을 거치는 것도 좋겠지만 그녀는 그런 것에 매이고 싶지 않았다. 그녀의 생각에 그런 것들은 거죽이고 주변적인 것이었다. 적어도 그녀는 남들이 자기 시를 시가 아니라고 할까 봐 겁내고, 남들이 평가해야 비로소 안심하는 시인은 되기 싫었다. 남의 시선보다는 자기 내부의 울림에 더 귀를 기울이고, 다른 삶에 유혹되지 않은 단단한 정신을 키우며 시를 쓰고 싶었다. 그것이 그녀가 그를 옆에서 지켜보며 이심전심으로 쌓은 일종의 예술관이었다.

그녀가 버스에서 내렸을 때, 날이 저물고 있었다. 어느새 바람은 스산해져 가벼워진 나뭇잎을 사삭사삭 흔들고 있었다. 그녀는 버스정류소 앞에서 산 제과점 단팥빵을 아랫집 할머니께 드리려 하다 기척이 없어 그냥 들고 집으로 돌아왔다.

어디 마실이라도 가셨나? 아니면, 아들 집에 다니러 가셨나? 그녀는 집으로 올라오며 잠시 아랫집 할머니를 생각했다. 아마 그 할머니가 아니었다면 산골 생활이 더욱 힘들었으리라. 그 할머니는 마치 그녀의 친할머니 같았다. 챙겨주고, 지켜주고, 당신도 혼자 사시는 게 외롭다며 가끔은 그녀와 자기도 하면서 한 집안 식구처럼 지냈다.

집에 들어서던 그녀는 갑자기 외로움을 느꼈다. 오늘따라 작품이 놓여있던 빈 공간이 더 커 보인다. 작업실과 뜰을 메우고 있던 그의 작품들이 두 차례에 걸쳐 파리로 실려갔던 것이다. 한 번은 그가 상을 받은 직후 퐁피두 센터에서 주관한 수상자들의 이전 작품을 모아 그룹전을 위해서였고, 또 한 번은 늦여름 그의 개인전을 열기 위해서였다. 그래서 작은 소품은 물론이고, 그가 한동안 그녀의 눈에 띄지 않게 숨겨놓았던 미완성작, '잉태한 여인의 시선'까지 남아있는 게 하나도 없었다.

그와 작품들을 파리에 놔두고 떠나올 때 얼마나 허전했던가.

어느 틈에 그녀의 눈가에 물기가 번졌다. 그를 파리로 떠나보낼 때만큼이나 그녀는 슬펐다. 그녀는 입에 물었던 마른 빵을 도로 놓았다. 눈물과 함께 번지는 그와의 이별 장면이 그녀를 사로잡은 때문이다.

"예린아, 다시 생각해봐. 파리도 사람 사는 곳이야."

그때, 공항에서 민우는 파리에서 눌러 살자는 말을 다시 했다.

"알아요. 그렇지만 지금은 때가 아닌 것 같아. 아직 자기가 유진 선배에게 독립한 것도 아니잖아. 그리고 조각공원을 만들겠다는 우리의 꿈은 어쩌고. 난 좀더 기다릴 수 있으니까 편하게 생각해."

"알았어. 정 네 뜻이 그렇다면 할 수 없지. 작품 전시가 끝나는 대로 귀국

할게. 그때까지만 조금 더 고생해.”

그러면서 민우는 그녀를 꼭 껴안았다. 그리곤 이내 팔을 풀었다.

“그럼, 잘 있어, 형. 몸 건강하고.”

그녀는 돌아서기 직전 그를 뚫어져라 쳐다보았다. 그리고 그가 지켜보는 가운데 몸을 돌려 탑승구를 향해 씩씩하게 걸어갔다. 그러나 그녀는 그 순간만큼 마음이 복잡한 적이 없었다. 그와 멀어지는 것이 그렇게 아쉬우면서도 빨리 걸었고, 그가 한 번 더 말려주기를 바라는 마음도 있었다. 형, 민우 씨. 그러다 그녀는 뒤로 돌아서고 말았다.

“그래, 잘가. 예린아……”

그때까지 그는 가지 않고 그녀를 지켜보고 있었고, 그녀는 그런 그의 모습에 안심하고 다시 돌아섰다. 그런데 한 열 발자국 더 걸었을까. 그녀는 뭔가에 끌리듯 재차 뒤를 돌아보았다. 그러나 그는 이미 등을 보인 채 멀어져가고 있었다. 주머니에 손을 폭 집어넣고. 민우 씨. 그녀는 그 자리에서 꼼짝없이 그가 점으로 사라지는 것을 지켜보았다. 꼭, 다시는 보지 못할 사람을 마지막으로 지켜보는 기분으로.

그랬다. 그런 순간이었다. 그녀는 어느새 흘러내린 눈물에 아롱진 그 짠한 장면을 손등으로 지우고 한숨을 크게 몰아 쉬었다.

“민우 씨, 민우 씬 지금도 나를 생각하나요? 내가 이러고 있는 것처럼.”

그녀는 작은 목소리로 중얼거리고는 벽에 걸려 있는 달력을 물끄러미 바라보았다. 이제 달력은 한 절기밖에 남아 있지 않았다.

달력 앞에서

그리움밖에 다시 무얼 붙잡겠습니까.
달력에 동그라미를 치다
그대 그리워한 날 줄줄이 이어보니
한 송이 환한 꽃이 되었네요.
소국(小菊)처럼 다발로 피었네요.
그 꽃,
푸른 하늘에 걸어 놓으렵니다.
그대와 나 사이에 가로놓인
바다 한가운데 띄워 놓고
그대, 그 꽃 등대삼아 돌아올
그 날을 손꼽아 기다리렵니다.
오, 사랑하는 사람아
그리움밖에 다시 무얼 붙잡겠습니까.
나 죽거나, 그대 항상 내 곁에 있어
그리움 끝날 그 날이 올 때까지.

— 〈정예린 유고시집〉에서

생애 마지막 날 저녁 2

다방리 뒤편 고갯길에 이르자

멀리 공원 부지가 내다보였다. 그곳은 몇 년 전이나 지금이나 변함이 없었다. 산과 들, 바위와 흙의 육질, 그리고 산등성이에 걸린 하늘이 첫나들이 때 보았던 그 모습이다.

그는 고갯길을 오르느라 차오른 숨을 토해내고 양손에 들고 있던 가방을 한번 추슬렀다. 눈으론 볼 수 없지만 그녀의 그리움과 몸짓이 스며있는 곳. 그는 파리에서 돌아온 뒤 1년여 동안 그곳을 거의 매일 찾아왔으면서도 오늘은 새삼스럽다. 이 생의 마지막 길, 그 말이 안겨주는 막막함 때문일까? 그는 문득 고개를 돌려 오던 길을 뒤돌아보았다. 방금 그가 지나 온 산길은 지금까지 그를 스친 세월만큼이나 굽어돌아 나 있었다. 그는 다시 걸으며 지난 생을 돌아보았다. 하지만 그의 눈동자에 미련이나 번민의 그림자는 없다. 그의 그리움은 지난 추억에 있지 않고 저 앞 공원 부지에 있었다. 거기에 쩍혀 있는 그녀의 발자국에 있었다.

"말도 안 돼. 네가 지금 사춘기 소녀냐? 생명을 담보로 그리움 타령이나 하고 있게. 예린씨는 어쩔 수 없는 일이었어. 그건 네 책임이 아니라 그녀의 운명이라고. 만약 그 때문에 네가 치료를 거부한다는 것은 미친 일이야. 위암 1기 같은 건 그리 심각한 병도 아닌데."

그는 이런저런 생각 끝에 유진을 떠올리고 씁쓸히 웃었다.

"더구나 그렇게 감상에 빠져 모든 걸 포기하기엔 넌 너무 젊어. 얼마든지 다시 시작할 수 있는 나이이고, 한두 번쯤의 잘못은 허물이 되지 않는 나이이기도 해. 그러니 지금이라도 생각을 바꿔."

그러나 그는 유진의 말을 끝내 듣지 않았다. 아니, 들을 수 없었다는 말이 옳았다. 그가 치료를 거부하고 이 길을 선택한 이유가 유진이 말한 것처럼 책임감이나 허물 때문이 아니었다. 예린이 시에서 보여준 그리움을 그도 가지고 있었다. 자신이 죽거나, 사랑하는 사람이 항상 곁에 있어야 끝나는 그런 그리움을. 그러기에 그에겐 다른 길이 없었고, 지금 그 길을 가는 것이다.

이 세상을 다 준다 해도

"축하합니다. 정예린님, 임신 2개월째입니다."

그녀는 병원 문을 나서며 문득 하늘을 쳐다보았다. 하늘은 전형적인 가을 하늘이었다. 고개가 저절로 젖혀질 정도로 높고 파랬으며, 아이의 환한 웃음처럼 깨끗한 뭉게구름 몇 점이 오전의 힘찬 햇빛에 걸려 있었다.

임신이라, 다시 임신이라……. 의사가 이미 예감하고 있던 임신을 확인해주었을 때 그녀는 무척 기뻤다. 어쩌면 한 번 실패한 적이 있기에 더욱 그랬는지 모른다. 이제 조심해야지, 하는 다짐과 함께 아직 표시도 나지 않는 아랫배가 갑자기 불러오는 듯한 느낌이 들 정도였다.

민우 씨, 아기래요. 아기. 우리의 새로운 아기래요. 민우 씨, 기쁘죠?

그녀는 여전히 푸른 하늘에 눈길을 둔 채 가만히 그의 얼굴을 떠올렸다. 그녀가 첫 임신을 했을 때, 그 모습을 조각하며 즐거워하던 그의 모습이 다시 생생하다. 그런데 왜일까. 하늘이 너무 눈부신 탓인가. 하늘로 향했던 눈길을 거두는 순간 그녀는 와락 달려든 현기증 때문에 다리가 풀릴 정도로 휘청거렸다.

그래, 가을 하늘이 너무 눈부셨기 때문일 거야. 그녀는 주춤거리는 사이 현기증이 연기처럼 사라지자 그를 한 옆으로 제쳐놓았다. 그보다는 임신한 사실을 그에게 알리고 싶은 마음이 앞서 있었다. '카드 전화기가 어디?' 그녀는 버스 정류장을 향하며 공중전화를 찾아 두리번거렸다. 그러나 조치원만 해도 시골이었다. 국제 전화를 할 수 있는 공중전화기가 드물었고, 역전 사거리에서 겨우 발견한 카드 전화기엔 '수리중' 이라는 팻말이 꼽혀 있었다.

그녀는 우체국에라도 갈까 하다 문득 역전 시계탑의 시간을 보고 발걸음을 집으로 돌렸다. 오전 열시. 파리는 지금 새벽 두시였다. 그가 한참 자고 있을 시간인 것이다. 더구나 어제 저녁 그녀는 그와 통화를 했었다. 저번 여름 전시회 때 주문을 받는 '청색 그리움', '빛의 깨어남과 응축' 등 몇 작품의 복제품을 주문자에게 인도했다는 소식과 그래서 돈도 송금했다는 말을 들은 것이다. 이런 기쁜 소식을 무슨 사고처럼 이 시간에 알릴 건 없지.

집으로 돌아 온 예린은 그에게 전화를 거는 대신 컴퓨터를 부팅시켰다. 우선 이메일을 보낼 생각이었다. 아직 그가 깨어 나려면 몇 시간은 더 기다려야 했다. 그녀는 메일을 쓰기 전에 혹시나 싶어 메일 수신 창을 살펴보았다. 하지만 그의 메일은 없었다. 쓸데없는 스팸 메일이 두 통, 가끔 농담을 섞어 보내는 다다의 메일 한 통만 와있을 뿐이었다. 그녀는 이미 익숙해진 일임에도 뭔가가 아쉽고 허전하다. 그가 파리로 간 뒤부터 그녀의 위안이었고 즐거움이었던 이메일이었다. 그녀는 통화가 끝나면 이내 흩어지고마는 전화와는 달리 흔적이 남는 메일이 좋아 계속해서 그에게 이메일을 보냈지만 그는 달라졌다.

너무도 사랑하는 그대에게 24.

그의 메일은 상을 받기 직전에 보낸 스물 네 번째 메일로 끝나 있었다. 그녀는 그가 보낸 마지막 메일을 불러내어 물끄러미 바라보다 자판을 두드리기 시작했다.

너무도 사랑하는 그대에게 36.

그녀는 그가 바빠졌기 때문에 전화를 이용한다는 것을 알면서도 뭔가가 서운하다. 그가 조금씩 변하고 있다는 생각이 메일을 쓸 때마다 점점 짙어졌다. 아냐, 그런 하찮은 일로 사람을 의심한다는 것은 잘못이야. 의심이 문틈으로 스며들기 시작하면 사랑은 창문으로 사정없이 빠져나가는 법이니까. 더구나 지금은 가장 기쁜 소식을 전하고 있지 않은가.

그녀는 그에게 메일을 보내면서 처진 기분을 스스로 달랬다. 그러나 좀 더 짙어진 의심이 나쁜 예감으로 변했을 뿐, 한번 처진 기분은 좀처럼 나아지지가 않았다. 병원 앞에서 현기증을 느꼈을 때부터 이상하게 무거워진 몸처럼 자꾸 가라앉기만 했다. 그녀는 다시 시계를 보았다. 열한시. 아직 파리는 한밤중이다. 그래, 이럴 때 몸을 움직이는 것이 최고지. 그녀는 다른 때보다 무척 느리게 가는 것 같은 시계를 바라보고 있다 불현듯 집을 나섰다. 기분도 전환하고 뱃속의 아이에게 보여줄 겸 공원 부지에 가 볼 생각이었다.

'민우 씨, 미안해요. 지금쯤 곤하게 자고 있을 사람을 공연히 의심했던 거. 그러나 이해하죠? 우리 아이가 뱃속에 자라고 있다고 생각하니 민우 씨가 더욱 그리워서 그랬던 것뿐이라는 것을.'

그녀는 저만큼 공원 부지가 보이자 언제나 그랬듯 그를 향한 그리움을 다시 붙잡았다. 그리고 아랫배를 가만히 쓸어 내렸다.

그 시간, 민우는 그녀의 생각과는 달리 숙소에 있지 않고, 몽파르나스 묘지의 넓은 숲이 내다보이는 유진의 아파트에 있었다. 유진의 아파트에서 폴과 잔느와 함께 그를 위해 열렸던 파티의 뒤풀이를 하고 있는 중이었다.

"이제, 모두들 가고 우리 식구만 남았네. 아주 좋은데."

　스무 명 가까이 되던 손님들이 일시에 가버리자 집안이 갑자기 헐거워진 듯했지만 그들은 여전히 파티 분위기에 싸여 있었다. 끝없이 오가던 잡담과 웃음소리, 형형색색의 화려한 의상이 남긴 잔영, 여러 사람의 코끝과 입술 위를 떠다니며 취하게 했던 포도주 향기가 네 사람의 얼굴에 붉게 물들어 있었다.

　"자, 지금부터 우리 본격적으로 마시기 시작할까?"

　파티를 시작할 때보다 더욱 밝은 표정으로 유진이 술잔을 집어들고 세 사람을 향해 치켜들었다. 유진은 어느 때보다도 기분이 좋아 보였다. 언제나 표정을 매혹적으로 관리하며 사람을 대하는 그녀 특유의 세련된 매너를 벗어버린 탓인지 순수해 보이기까지 했다.

　"선배, 그만 하는 게 어때요. 밤도 깊었는데."

　유진의 눈길이 소파에 나란히 앉아 서로 열중하고 있는 잔느와 폴을 스쳐 민우에게 머물자 그가 말했다. 그러나 그는 말뿐이었다. 그를 옭아매겠다는 듯 달려드는 유진의 눈길을 웃음으로 받아넘기며 새 술잔을 들고 있었다. 그 역시 맞은편 소파에 깊숙이 몸을 묻고 서로에게 열중하고 있는 폴과 잔느처럼 취기가 올라와 있었지만 파티를 그대로 끝내기는 아쉬웠다. 어느 자리에서나 여러 사람의 중심이 된다는 것은 좋은 일이었다. 그는 달콤한 포도주보다 오히려 파티가 시작되는 순간부터 자신의 얼굴에 모여든 많은 사람들의 경탄 어린 시선과 관심에 잔뜩 취해 있었다.

　"그만두긴. 지금까지가 오픈 게임이었다면 이제부터가 메인 게임인데. 날이 새면 커튼을 내리면 되는 거고 음악이 멈추면 다시 틀면 되는 거야. 더구나 여긴 서울이 아니고 파리야, 파리. 안 그래요, 폴."

　유진이 그의 얼굴에 못박고 있던 눈길을 풀고 폴을 바라보았다.

"미안, 유진. 우리는 지금 서로 열중하고 있어. 커튼을 내리든 음악을 틀든 자기 마음대로 해. 우리는 모르는 일이니까."

유진의 말에 잔느의 목덜미를 핥고 있던 폴이 고개를 들고 유진과 그를 향해 윙크를 했다. 그리곤 여자의 열기가 식을 것을 겁내는 초보 플레이보이처럼 폴은 재빨리 원 위치로 돌아가 다시 잔느에게 열중했다.

"뭐예요, 두 사람. 그러고 있으려면 아예 방으로 들어가든지."

갑자기 대화 상대를 놓친 유진이 그들을 향해 눈을 흘겼다. 그렇지만 그들은 유진의 말에 아랑곳하지 않고 자유분방하게 애정 표시를 했다. 눈을 감고 서로의 입술을 받으며 양어깨를 감싸 안기도 하고, 때로는 입 안에서만 돌아다니던 신음 소리를 토해 내어 두 사람을 긴장시키기도 했다. 그러나 민우와 유진에겐 이미 익숙한 일이었다. 그들이 그러다가도 언제 그랬냐는 듯 대화에 뛰어든다는 것을 알고 있기 때문에 서로에게 안면을 돌리는 것으로 그들을 묵인했다.

"민우야, 난 말이다. 오늘 같은 날을 얼마나 기다렸는지 몰라. 성공한 너를 위해 지금처럼 근사한 파티를 열어주고 기꺼이 호스테스 역할을 하는 거. 언제부턴가 꿈을 꾸듯 했으니까."

폴과 잔느에게서 눈길을 돌린 유진이 짙은 핑크빛 포도주에 입술을 적시고 나서 그를 향해 입을 열었다.

"사실 따지고 보면 내겐 아무런 득이 될 게 없는 일인데도 그랬어. 내가 줄곧 그 일을 위해 살아 온 것처럼 느껴질 정도로. 그래서 한편으로는 즐겁기도 했지만 또 한편으로는 그런 내 자신이 우습기조차 했어. 알잖아, 너도. 내가 어떤 여자라는 걸. 나는 섹스를 하고 나서도 담담하게 금전적 손익계산을 하는 그런 사이가 가장 이상적인 관계라고 생각하며 살아 왔고, 사랑

의 감정이 이성으로 제약할 수 없을 만큼 압도적인 무엇이라는 순진성이 내
겐 없다는 것을. 그런데도 이상하게 너한테만은 예외였어. 손익을 따지고
싶은 생각은커녕 내가 갑자기 내 눈앞에서 사라질까봐 노심초사하며 10여
년을 살아왔던 것 같아. 알고 있었니? 너, 그런 거.”

　무슨 말을 하려는 걸까. 무슨 말을 하려고 갑자기 저런 표정을 짓는 걸까.
말이 길게 이어질수록 얼굴에 웃음기가 가시고 있는 유진을 보며 그는 난감
해했다. 하지만 그 순간 난감한 건 그만이 아니었다. 길게 말을 잇고 있는 유
진 자신도 그에게 무엇을 말하려고 했는지 잘 모르고 있었다. 새삼스럽게
사랑을 고백하는 거라면 시간이 너무 많이 흘렀고, 그렇다고 정이라고 말하
기에는 열기가 너무 강했다.

　“아무튼 그건 그렇고, 오늘 진짜 기분이 좋다. 자, 한 잔 더 받아.”

　한동안 자기 심정을 토로하던 유진이 그에게 술잔을 내밀었다. 어느새 그
들은 파리식이 아니라 한국식으로 술잔을 주고받고 있었다.

　“그러고 보면 선배와의 인연도 참 특별해요. 우리가 이렇게 얼굴을 맞대
기 시작한 지도 벌써 10년이 훨씬 넘었잖아요. 그래서 그런지 이젠 선배가
남이라는 생각이 들지 않아요. 뭐랄까. 그림자처럼 늘 마음 한 구석을 차지
하고 있는 느낌이에요.”

　그는 점점 농도를 더 해가는 폴과 잔느의 행동도 신경이 쓰여 일부러 말을
찾아가며 길게 이었다. 그러면서 그는 이제 일어나야 할 시간이 넘었다고
생각했다. 새벽 3시, 시간도 시간이지만 문제는 조금씩 쌓여 가는 숨결이었
다. 자연스럽게 이어지던 옛 추억의 회상이 갑자기 두 사람의 간격을 좁히
며 어느덧 가슴을 답답하게 하는 숨결로 변해 말이 겉돌기 시작한다는 것을
그는 느끼고 있었다.

“폴, 안되겠어요. 우리 이만 가요.”

그때 갑자기 잔느가 비음이 섞인 목소리로 속삭이듯 말했다. 그 바람에 두 사람은 문득 대화를 중단하고 그들을 바라봤다.

“잔느, 지금 이 시간에 어딜 간다는 거야.”

유진이 폴의 상체를 가볍게 밀어내고 있는 잔느의 붉어진 표정에서 더는 참을 수 없는 욕정을 발견하고 웃었다.

“여기가 불편하면 방으로 들어가면 되지.”

“유진, 정말 그래도 되겠어?”

잔느가 유진이 아니라 민우를 바라보며 싱긋 웃었다.

“아니면, 우리가 방으로 들어갈까?”

유진이 눈길로 손님을 위해 비워 둔 방을 가리키며 말했다.

“그것도 괜찮은 방법이고.”

소파에서 몸을 일으킨 폴과 잔느가 그들을 향해 미묘한 웃음을 보내고 방 안으로 사라졌다. 오, 폴! 이내 방문 너머로 잔느의 갈급한 목소리가 들려오더니 다시 쥐 죽은 듯 조용해졌다. 그러자 갑자기 집안은 이상한 침묵에 휩싸였다. 그것이 어떤 힘에 강요된 침묵처럼 적막했지만 미묘한 흐름을 느끼게 하고, 어떤 말보다 무수한 생각과 상상을 불러내는 무엇이었다.

“아무튼 재미있고 유쾌한 친구들이야.”

갑작스러운 침묵에 하려던 말을 잊고 허둥대는 사람처럼 한동안 그를 바라보고만 있던 유진이 싱긋 웃었다. 그리곤 앞뒤가 잘 맞지도 않고 굳이 답을 요하지도 않은 이야기를 쭉 늘어놓았다.

“자유로움과 방종의 경계가 어디에 있는지 생각하게 하기도 하고.”

얼마간 겉돌기만 하는 이야기를 나누었을까. 얼굴이 더욱 붉어진 유진이 그의 얼굴에 시선을 못박은 채 한마디를 더 얹었다.

"그러게요. 저들을 편하게 받아들이기에는 아직 힘들기도 하고요."

그 역시 유진의 말을 받으며 유진을 향해 웃음을 지어 보였다. 그러나 그의 웃음은 격하게 출렁이는 마음과 유리된 것이기에 그의 표정을 어색하게 일그러지게만 했다. 보다 자유분방한 파리의 성 모랄(moral). 그 역시 파리에서 생활을 하며 그를 알고는 있었지만 바로 옆에서 벌어지고 있는 그들의 섹스에 자유로울 수 없었다. 더구나 그의 옆에는 유진이 있었다.

"선배, 저는 이제 가야겠어요. 집에 가서 할 일도 있고……."

그는 어서 쓸데없는 말문을 닫고 열정에 빠지라는 듯 두 사람 사이에 침묵이 스며들자 자리를 박차고 일어났다. 오오, 폴. 드문드문 들려오던 잔느의 신음 소리가 침묵으로 더욱 커지는 순간이었다.

"그럴래?"

그가 자리에 일어나자 유진도 따라 일어났다. 그래, 가라, 가. 자리에 일어나며 유진은 체념하듯 되뇌었다. 그러나 유진의 타는 듯한 눈동자는 여전히 그의 얼굴에 꽂혀 움직이지 않았다.

"민우야."

그러다 그녀는 거의 반사적으로 그를 불러 세웠다.

"민우야, 가지 마. 조금만 더 있다 가."

유진은 열에 들떠, 그러나 굉장한 슬픔이 느껴지는 것도 같은 심정에 싸여 그에게 애원의 눈길을 보냈다.

"선배."

그는 유진의 눈길을 피해 시선을 내리깔고 현관을 향해 막 발걸음을 옮기려다 고개를 들었다. 유진 선배. 그는 말없이 그녀를 부르며 엄청난 힘으로 밀려오는 열기를 삼켰다. 꼭, 술에 취한 탓만이 아니었으리라. 그 순간 그는 가만히 서서 자신을 주시하는 유진의 모습을 통해 기다리는 여인의 모습을 보았다. 너무 익숙하고 그리워하던 그 모습. 그는 그 여인의 곁을 도저히 지나칠 수 없었다. 그는 그 자리에 우뚝 섰다.

"민우야, 아직도 너는 남자만 여자를 안고 싶어한다고 믿고 있는 거니? 그런 거야? 그렇다면 이 순간 그 생각을 바꿔. 나는 지금 지독하게 너를 안고 싶단 말이야. 그래, 아주 지독스럽게."

그가 서자 유진이 망설이지 않고 그에게 한발 다가섰다.

"선배, 알아요, 알아."

"아니, 넌 날 몰라. 어쩌면 이런 날 너는 비웃을지도 모르지. 이미 결혼한 여자가 그런다고. 하지만 이게 나의 진실이야, 피카소가 해석한 인간의 모습은 옳았어. 시각에 따라 여러 모습으로 변하는 이중적인 인간의 모습 말이야. 나는 결혼하고도 별다른 갈등 없이 줄곧 너를 원했으니까. 그래, 그랬어. 내 두 개의 유방은 따로따로 임자가 있다고 생각하면서 말이지. 한쪽은 안정적이고 부드러운 손길에. 다른 한쪽은 격렬하고 강한 손길에 맡기고 싶었다고. 알았어? 민우야."

유진은 이미 그의 가슴에 얼굴을 묻고 신음 소리처럼 말했다.

"그런데…… 넌 어느 쪽일까, 부드러운 쪽, 아님 거친 쪽, 아니, 그런 질문은 틀려, 너는 그 두 가지를 다 가지고 있는 매력적인 존재야. 그러기에 나는 너를 더 원했는지 몰라. 목이 타 들어갈 정도로."

아, 선배. 그는 타 들어갈 것 같다며 스스로 안겨오는 그녀를 물리치지 못했다. 오히려 이런 상황에서도 자신을 설명하려 드는 유진의 달뜬 목소리에서 엄청나게 큰 빈 구석을 발견하고 그녀를 꼭 껴안았다. 모든 걸 갖추고 살아왔다고 믿었기에 더 커져버렸을지도 모를 그녀의 빈 공간. 그는 본능적으로 그 틈을 채우기 위해 질주하는 자신을 느꼈지만 제지하지 않았다. 이미타 들어오고 있는 유진의 몸을 받아내기 위해 그때까지 꼭 붙잡고 있던 예린에 대한 생각을 놓아 버리고 있었다.

"민우 씨, 지금, 깨어났나요? 깨어났으면 여길 좀 봐요."
공원 부지에 도착한 예린은 지난겨울, 첫눈이 왔을 때 그랬던 것처럼 하늘을 향해 그를 불러보는 것으로 우선 그리움을 달랬다. 민우 씬 아직 모르고 있죠. 지금 내 몸 속에선 새 아기가 자라고 있는 거. 그래서 여기에 왔어요. 아기에게 우리의 꿈을 느끼게 하려고.
가을의 중반, 오후 세시의 여문 햇빛이 쏟아지고 있는 그곳은 아름다웠다. 시야가 탁 트인 전경엔 여전히 맑은 기운이 감돌았고, 서쪽을 향해 비스듬히 나있는 구릉지엔 갖가지 갈꽃 향기가 진동했다. 그녀는 다른 때보다 오래도록 하늘을 보다 시선을 구릉지 맨 위로 돌렸다. 그곳은 언젠가 그녀가 그에게 사랑을 가장 잘 표현한 조각품을 놓고 싶다고 한 자리였고, 지난 겨울 토우를 닮은 눈사람을 만들어 놓았던 자리기도 했다.
민우 씨, 생각나요? 이 꿈의 공원에서 중심이 되는 저 곳을……. 그녀는 그 곳을 향해 천천히 걸어가며 처음 임신한 몸으로 그와 걷는 추억을 떠올렸다. 그런데 왜일까. 눈부시게 맑은 하늘을 주시하고 있었기 때문일까. 아니면, 그의 생각에 너무 골몰했기 때문인가. 그녀는 그의 얼굴을 이마에 매단 채 몇 걸음 걸어가다 갑자기 눈앞이 캄캄해져서 다리를 휘청거렸다. 아, 민우 씨. 그녀는 비명처럼 그의 이름을 부르며 앞쪽으로 기울던 몸을 가까스로 일으켜 세웠다. 순간 그녀의 온몸에서 식은땀이 배어 나왔고, 그녀는 황급히 아랫배를 움켜쥐었다. 하지만 그녀는 이미 불행을 예감한 사람이 그 불행을 강하게 반발하듯 스스로 별일 아니라고 생각했다. 잠시 서 있는 동안 침침해졌던 눈이 밝아지자 그녀는 발걸음을 옮기기 시작했다. 조금 전처럼 시간이 흐를수록 더욱 그리워지는 그를 생각하면서.

"아아, 민우야, 민우야. 민우야아."

워낙 오랜 기다림 끝에 터트리는 욕망인 탓일까. 그를 탐하는 유진의 몸짓은 격렬했다. 마치 하나뿐인 생명을 단 한 번의 교미와 맞바꾸는 벌레처럼 집요하고 끈질기고 필사적이었다. 양팔로 그의 목을 엇갈려 끌어안은 채, 하체를 그의 하체에 빈틈없이 밀착시키고 무언가에 짓눌린 사람처럼 숨이 넘어갈 듯한 신음 소리를 연신 토해냈다. 오, 폴. 그때 방안에서 잔느의 달뜬 목소리가 크게 새어나왔지만 유진은 조금도 개의치 않았다. 오히려 그 소리에 자극을 받는 듯 그의 입술을 삼켜버리려는 듯 빨아드리며 그를 더욱 세게 끌어당겼다.

그것은 사랑이 아니라 교미였고, 쾌락을 이끄는 것이 아니라 쾌락이 끌려다니는 광란의 몸부림이었다. 유진은 그렇게 자신을 태우기 시작하면서도 한편으로는 그것이 슬펐다. 사실, 유진이 그 동안 수없이 그려 본 그와의 사랑은 이런 것이 아니었다. 관능이 있고, 멈춤과 몰아침이 있고, 때로는 은밀한 대화로 정신과 몸의 일치를 이루면서 최대의 쾌감과 행복에 이르는 사랑이었다. 유진은 지금도 그를 알고 있었다. 하지만 유진은 두려웠다. 망설이거나 질질 끌면 이런 순간마저 사라질 것을 알기에 조급했다. 유진에게 있어 그는 단순한 육체적 욕망의 대상이 아니었다. 진심으로 한쪽 유방을 내어주고 함께 생을 살고싶은 동반자였고, 자신이 포기한 꿈과 연결시켜줄 메신저였다. 유진은 그러기에 더욱 그에게 가까이 다가가고 싶었다. 그가 돌덩이를 어루만져 생명을 불어 넣어주듯 그의 눈빛과 손길로 자신이 포기함으로써 시들어버린 꿈에 다시 온기를 불어넣어 주었으면 했다.

"아, 민우야, 그래, 그렇게. 좀더 세게, 좀더……."

이윽고 그가 반응하기 시작하자 유진은 몸을 부르르 떨며 그의 가슴을 헤집었다. 그러면서 그가 자신의 몸을 번쩍 들어 소파 위든 바닥이든 어디든 눕히기 쉽도록 허리를 활처럼 휘어 상체를 아래로 기울였다.

"아, 선배!"

비로소 그의 입에서도 신음 소리가 터지기 시작했다. 무슨 일이든 한쪽이 격렬해지면 상대도 결렬해지는 법이다. 더구나 점잖은 섹스란 애초부터 존재하지 않는다. 유진의 뜨거운 입김과 감겨드는 몸짓에 예린을 완전히 잊어버린 그는 본능적으로 움직였다. 뒤로 한껏 젖혀진 유진의 목에 키스를 퍼붓고, 한 손으로 엉덩이를 주무르며, 또 다른 손으로는 그녀의 한쪽 젖가슴을 강하게 움켜쥐었다. 유진이 그렇게 그에게 주기를 열망했던 바로 그 젖가슴을.

"민우 씨, 바로 여기야, 여기. 우리 사랑의 작품이 놓일 자리가."

공원 부지의 맨 위 자리에 올라 온 예린은 다시 하늘을 보며 가만히 중얼거렸다. 그리곤 그곳에 서서 사방을 둘러보았다. 그곳은 행길과 맞닿은 아래쪽과는 또 달랐다. 시야가 좀 더 환하게 트인 곳이었고, 삼천 평쯤 되는 부지를 병풍처럼 싸고 있는 산기슭과 맞닿아 있어 무척 아늑했다. 그리고 먼 시선의 양쪽 끝에 위치한 두 국사봉과 정삼각형을 이루는 꼭지점으로 부지의 중심에 해당되는 곳이었다.

그녀는 돌을 하나 찾아들고 그곳에 이미 쌓여있는 돌 더미에 그 돌을 얹어 놓았다. 사랑을 가장 잘 그린 조각품이 놓일 자리에 점점 쌓이고 있는 돌 더미. 그것은 그녀가 작년겨울 첫눈이 왔을 때, 토우를 닮은 눈사람을 만들어 놓았을 때부터 쌓기 시작한 것이었다. 처음엔 그저 녹아 없어진 눈사람을 생각하며 무심히 쌓았지만, 이곳을 찾을 때마다 돌을 하나 둘씩 쌓아 가다 보니 이제 하나의 형상을 이루게 되었다. 그것은 첨성대처럼 속이 빈 구조로 그녀가 그 자리에 만들어 놓았던 눈사람과 비슷했다. 두 개의 토우가 다정스럽게 어깨를 맞대고 멀리 내다보이는 차령산맥 너머로 하늘을 바라보는 모습이었다. 이제 겨우 기반을 쌓은 정도였지만 그녀의 머릿속에는 조각공원의 마스터플랜과 함께 그 모습이 다 들어 있었다.

"그래요. 민우 씨. 이제 점점 우리의 꿈이 실현되고 있는 거예요."

그녀는 거기에 그의 몫으로 돌을 하나 또 얹어놓으며 간절한 마음으로 기원했다. 그가 건강하게 돌아오기를, 아이가 아무 탈도 없이 자라주기를. 그리곤 돌 하나를 또 찾아 나섰다. 그건, 아이의 몫이었다. 아직 핏덩이에 지나지 않았지만 그녀는 그 아이를 위해 그 동안 간절한 그리움으로 쌓아올린 그 자리에 한 마음을 더 얹고 싶었다.

그런데 알맞은 돌이 눈에 띄지 않았다. 아이를 위해 처음 놓을 돌이기에 예쁘고 잘생긴 돌을 찾았기 때문인지 몰랐다. 그녀는 이리저리 돌아다니다 좀 가파른 곳에서 잘생긴 돌을 겨우 발견했다. 그리곤 조심스럽게 발을 내딛었다.

"앗, 민우 씨."

순간 그녀는 아득하게 밀려드는 현기증에 몸을 휘청거렸다. 병원 앞에서부터 몰려들던 바로 그 현기증이었다. 그 현기증이 이번엔 단발에 그치지 않고 밀려오는 파도처럼 층층이 머리위로 쏟아지기 시작했다. 아, 민우 씨. 그녀는 간신히 몸을 가누다 한 차례 더 현기증이 밀려오자 그 자리에서 푹, 고꾸라졌다.

"오오, 민우야. 민우야, 여보!"

그가 한쪽 젖무덤을 움켜지자 유진은 자지러졌다. 그의 손 위에 자기 손을 올려놓고 더욱 세게 눌렀다. 아, 얼마나 고대하던 손길인가. 이제 너는 이쪽 젖의 주인이야, 주인. 앞으로 이쪽 젖가슴은 주인의 손길을 영원히 기억할거라고. 그러면서 유진은 자유로운 한쪽 손으로 그의 바지를 헤집고 이미 강대해진 그의 중심을 움켜잡았다. 으윽, 선배, 그는 유진의 손길이 느껴지자 반사적으로 하체를 뒤로 뺐다. 그의 의식보다 먼저 그곳의 예민한 감각이 이전의 것과 다름을 느낀 것이다. 이 손은 아니라고, 이 손은 따뜻하고 부드러운 예린의 손과 다르다고.

"민우 씨, 민우 씨. 나 좀 어떻게 해줘요."

비탈에서 쓰러진 예린은 도무지 정신을 차릴 수 없었다. 몸 속의 온 힘이 손에 쥐고 있던 모래처럼 다 빠져나가고 정신까지 가물거리고 있었다. 남아 있는 그녀의 온 의식은 그의 얼굴에 모아져 있었고, 그마저 놓치면 그녀는 이내 정신을 잃을 판이었다.

"민우 씨, 도와줘요, 우리 아이가 위험하단 말이에요. 민우 씨!"

그녀는 젖 먹던 힘까지 끌어 모아 한 번 더 외친 다음 조금 치켜들고 있던 고개를 뚝, 떨구었다.

“민우 씨. 아, 민우 씨.”

반사적으로 하체를 뒤로 뺀 그는 문득 온몸을 경직시켰다. 그의 중심 감각이 이질감을 느끼는 순간 그는 누군가가 부르는 것 같은 소리를 들었다. 그것은 아주 먼 곳에서 들려오는 것 같기도 하고, 기이한 빛줄기처럼 내면에서 흘러나온 것 같기도 했다. 그리고 그의 눈앞엔 붉은 핏자국이 보였다. 예린이 첫 임신을 했을 때, 구급차에 실려가며 하얀 눈 위에 떨구었던 바로 그 핏자국이 돌아가다 멈춘 영화의 한 장면처럼 눈앞에 펼쳐져 있었다. 그는 차가운 눈발 아래 그 핏자국을 볼 때처럼 열기가 싹 가시는 것을 느꼈다.

“안되겠어요. 선배님. 미안해요. 아니, 죄송해요.”

그는 무슨 영문인지 몰라 순간적으로 동작을 멈춘 유진을 밀어냈다. 그리곤 잔느가 마지막으로 지른 신음 소리를 뒤로하고 황급히 아파트를 빠져 나왔다.

아아, 도대체 이 꼴이 뭐란 말인가, 이 몰골이…….

그는 엘리베이터 앞에서 옷맵시를 다듬으며 꺼질 듯 한숨을 내쉬었다. 새벽 다섯시, 밖은 아직 깜깜했다. 졸고 있는 가로등 너머로 시커먼 어둠이 그 커다란 등치로 시야를 가로막았다.

예린아, 미안하다. 미안해. 나는 이 정도밖엔 안 되는 인간이었어.

그는 후회와 자기 연민에 싸여 미친 듯 거리를 걸었다. 이름 모를 거리를 휘돌고 분주히 움직이는 청소차를 지나쳤다. 파리 뒷골목의 칙칙한 어둠과 더럽고 불결한 낯선 냄새들. 그는 화려한 거리를 걸으며 그런 것들만 발목에 감기는 것 같아 한숨이 절로 터졌다.

그렇게 몇십 분을 걸었을까. 그는 이리저리 돌다보니 몽파르나스 묘지 옆 길을 걷고 있었다. 언젠가 한번 걸었던 그 길이었다. 우리 나라 묘지와는 달리 고즈넉한 공원처럼 나무와 산책로가 있는 프랑스의 묘지. 그는 망설이지 않고 묘역 안으로 들어갔다. 그는 조용한 묘지 길을 걸으며 뭔가를 정리하고 싶었다. 유진의 손에 헤쳐졌던 바지 가랑이처럼 흩어졌던 마음, 그 마음을 묘비에 쓰여 있는 묘지명처럼 선명하게 정리하고 싶었다. 처음 파리에 와 파리시의 제로포인트에 서서 다짐했던 순간하며 작품구상을 위해 고심했던 나날들, 그리고 상을 받은 이후 쏟아진 찬사와 바로 이어진 전시회의 성황 등이 줄줄이 떠올랐다. 그러나 모든 게 어수선했다. 그 동안 쏟아졌던 환호와 갈채조차 누군가에 의해 만들어진 것 같고, 작품에서조차 자신이 소외된 것 같았다. 묘비명처럼 선명한 것은 오직 예린의 얼굴이었다.

"예린아 미안하다. 정말."

그는 살아 생전처럼 다정하게 붙어있는 사르트르와 시몬 보봐르의 묘지 앞에서 하늘을 보았다. 하늘엔 서서히 어둠이 물러가고 청회색 여명이 깃들고 있었다. 예전에 우리는 저 푸른 여명을 보며 얼마나 가슴 설레었던가. '실존은 본질에 앞선다.' 그는 문득 사르트르의 철학적 명제를 떠올렸다. 수많은 젊은이들을 열광하게 했던 지성사의 한 텍스트. 그러나 그는 사르트르가 실존을 위해 어떤 행동을 했느냐보다는 시몬 보봐르와 나란히 누워 잠든 모습에 더 이끌린다. 결국, 그것이 그의 치열한 실존의 결론이고, 그는 사랑에 다름 아닐 것이므로.

그는 그들의 묘 앞에 서서 물끄러미 바라보다 다시 걸었다. 묘역의 북쪽 출구인 에미리사르 거리로 향하는 길이었다. 그곳엔 잠들어 있는 모든 영혼을 흔들어 깨우듯 묘지 위로 여명의 푸른 안개가 피어오르고 있었다. 그는 여명의 푸른빛에 다른 아침보다 깊은 영혼의 울림을 듣는다. 마음속에 있던 모든 찌꺼기를 말끔히 가셔내고 무언가가 맨 밑바닥에서부터 다시 차 오르는 것 같다.

그런데 저건?

그는 묘지 북쪽 입구에 다다랐을 때, 끌리듯 그 자리에 섰다. 찬이슬을 머금은 채, 여명 속에서 깨어나고 있는 조각상 하나. 언뜻 보기에 우리 나라 묘지석을 닮은 브랑쿠시의 '키스'였다. 그는 조각품 가까이 다가섰다. 다정하게, 그러나 굳건하게 끌어안고 입맞춤을 하는 연인의 모습을 극도로 단순하게 묘사한 작품, 그 걸작 앞에서 그는 자신도 모르는 사이에 전율했다. 그 작품은 키스가 안겨주는 관능을 안으로 향하게 하고 그 대신 두 사람의 영혼과 영혼이 만나고 있다는 인상을 안겨 주었다. 돌의 기본적인 형태를 가능한 한 훼손하지 않고, 포옹하는 연인의 남녀 구별만 식별케 하는 간결한 형태가 인간의 근원적인 사랑을 연상하게 한 것이다. 그리고 그것은 관능과 관능이 만나는 로댕의 입맞춤과는 달리, 영혼과 영혼이 만나 영원히 지속할 사랑의 또 다른 절정을 보여 주고 있었다.

"예린아."

그는 갑자기 그녀가 너무 그리웠다. 그는 브랑쿠시의 키스에서 그녀를 발견한 것이다. 조각품 속의 여자처럼 그의 몸과 마음을 한 몸처럼 다정하고 굳건하게 껴안고 있는 예린의 모습을. 그는 서둘러 전화를 찾았다. 그는 말하고 싶었다. 당장 그녀에게 말하고 싶었다. 너를 사랑한다고, 정말 너를 사랑한다고, 이 세상을 다 준다 해도 너를 사랑하겠다고.

다행히 공중전화는 그리 멀지 않은 곳에 있었다. 그는 전화기에 카드를 집어넣고 버튼을 눌렀다. 00-82-41-863-0830. …… 어디에 갔을까. 혹시 버튼을 잘못 눌렀나 싶어 다시 걸었지만 계속 발신음만 들려왔다. 6시 반, 서울은 오후 세시 반이었다. 일요일이니 그녀가 집에 있으려니 생각하던 그는 갑자기 불안해진다. 그는 여명에 걷히고 있는 묘역의 안쪽을 끌리듯 바라보고 행길로 나왔다.

"몽마르트르구, 콜랑쿠르 거리요."

택시는 쉽게 잡혔다. 그는 택시에 타자마자 행선지를 말하고 시계를 다시 보았다. 혹시 e-메일로 남겨놓은 뭔가가 있을까. 그는 어제가 정기적으로 메일을 주고받던 날임을 오랜만에 기억한다.

한 달에 한 번씩 늘 여명의 아침을 함께하곤 했는데…….

그는 택시가 센 강 다리를 건널 때 동쪽 하늘을 바라보았다. 그녀가 그리우면 곧잘 바라보곤 하였던 하늘이었다. 그런데 무슨 징조라도 보이려는 것일까. 오늘따라 동쪽 하늘엔 아침 노을로 붉게 물들어 있었다. 아주 드문 광경이었다. 마치 해가 떠오르면 시들고마는 달맞이꽃처럼 잠시 동녘에 머물렀다가 문득 사라지는 아침 노을. 그는 어쩐지 저 멀리 지평에 맞닿은 붉은 동녘 하늘에서 눈을 뗄 수 없다. 택시가 반대편으로 가고 있는데도 그는 고개까지 돌려 그 노을을 오래도록 바라보았다.

생애 마지막 날 저녁 3

노을

불장난 아니라 불타오르는 일입니다.
푸른 하늘 밑 꼭, 꼭, 숨겼던 연정
처음이 아니라 맨 끝이었습니다.
내 사랑 저렇게 태우고 싶은 건
긴 기도 합장 끝에 모이는 시간
이제 모든 것 내려놓고 타는 노을이여
이내 잠들어도 아쉽지 않게
그리워, 다시는 깨어나는 일 없게
한낮 열심히 흘러왔기에
미련 없이 지는 비암사 저녁노을

— 〈정예린 유고시집〉에서

브랑쿠시, '키스', 1915

그녀는 쓰러지기 전에

이미 자신의 죽음을 예감한 것 같았다. 그는 이 시만 생각하면 그런 생각을 지울 수 없었다. 이제 모든 것 내려놓고 타는 노을이여 그리워, 다시는 깨어나는 일없게, 라니. 그렇지 않고서야 노을을 보며 어떻게 그런 시어를 찾아낼 수 있단 말인가. 그가 공원 부지에 다다랐을 때 그곳은 석양에 붉게 물들어 있었다. 그는 예린이 그곳에 오면 자주 그랬던 것처럼 가만히 하늘을 올려다보았다. 노을은 그녀가 시를 쓰던 그날보다 훨씬 짙었다. 커다란 홍시 같은 석양이 걸려 있는 서쪽 하늘은 물론 온 세상이 빨간 물감에 적셔 놓은 듯 붉게 물들어 있었고, 석양빛에 젖은 산과 들은 간절한 염원과 경건함을 안겨주며 조용히 드러누워 있었다.

"예린아, 너도 지금 타고 있는 저 노을을 보고 있니?"

그는 시선을 석양에 둔 채, 마치 그녀가 옆에 있기라도 한 것처럼 다정하게 말했다. 이제 그녀가 말했던 것처럼 모든 것을 놓아버린 때문인가. 그는 아무런 미련도 아쉬움도 남아있지 않았다.

어서 그녀와 함께 영원히 잠들고 싶은 생각이 그의 마음 전부였다.

그는 잠시 땅에 내려놓았던 가방을 다시 들고 공원 부지의 맨 위쪽으로 올라갔다. 일 년 전, 그녀가 돌 더미를 쌓던 바로 그 곳이었다. 그곳엔 그때와는 달리 거의 완성된 작품이 붉은 석양빛을 받고 서 있었다. 그 작품은 그녀가 생각했던 것과 거의 똑같았다. 다만, 그녀가 그린 밑그림보다 외형이 더 정교해졌고, 그 내부가 묘실처럼 한 사람이 누울 공간이 만들어졌다는 점이 달랐다.

　이윽고 그 작품 곁에 다다른 그는 집에서 가지고 온 가방을 내려놓고 마지막 작업을 서둘렀다. 아마도 저 석양이 지기 전에 작업은 모두 끝이 나리라. 그러면 이생의 모든 것이 끝나는 것이다. 그는 가방을 열고 토우 두 개를 꺼내 들었다. 이상한 인연으로 경주에서 이태리로, 다시 파리로 옮겨 다니며 그들의 사랑을 지켜보았던 토우, 그는 그 토우를 물끄러미 바라보며 이제 다시는 반복되지 않을 추억을 마지막으로 회상했다. 그녀를 먼저 보내면서 가슴이 찢어지는 아픔을 느껴야 했던 그 막막한 시간들을.

영원히 함께 눈뜨는 아침

"정예린 환자, 보호자 되십니까?"

예린을 대전의 대학 병원에서 신촌 세브란스 병원으로 옮겨 정밀검사를 받은 다음 날이었다. 민우가 제1내과 과장실로 들어서자 그녀의 주치의인 성 박사가 우선 그의 신원부터 확인했다.

"예, 그렇습니다. 박사님."

그는 오진도 다반사라는 말에 기대를 걸고 성 박사의 입을 똑바로 주시했다.

"먼저 병원의 진단과 다름없습니다. 정예린 환자는 선천성 재생불량성 빈혈을 앓고 있는 게 확실합니다."

성 박사가 의사 특유의 신중한 목소리로 그녀의 병명을 들려주었다. 그리곤 그 말을 확인이라도 하듯 잠시 침묵을 지켰다.

"그렇다면 4개월 정도로 시한을 못박은 것도……."

성 박사의 말에 정신이 하나도 없어진 그가 간신히 입을 열었다.

"예, 그렇게 꼭 못박을 순 없지만 대략 그 정도라고 보면 무리가 없을 겁니다. 그러니 환자에게 알려서 준비할 시간을 주는 게 좋을 듯싶습니다. 요즘엔 다들 환자에게 숨기지 않고 그렇게 하니까요."

이런 경우, 환자의 가족이 아예 미련을 갖지 못하게 딱 잘라 말하는 것이

낫다는 듯 성 박사는 그에게 보충 설명을 하기 시작했다.

"이미 아시겠지만 그 병은 골수기능 저하로 백혈구를 만들어내지 못하는 병입니다. 독극물이나 유기화합물 등, 이물질의 감염에 의한 후천성과 선천성이 있는데 후천성의 경우 골수이식이나 약물치료로 가능하지만 선천성은 아직 이렇다할 치료 방법이 없어요. 더구나 정예린 환자의 경우 선천성이면서 합병증으로 당뇨가 있어 아주 절망적인 경우입니다."

"박사님, 성 박사님!"

그는 의사의 말을 듣다가 의자에서 일어나 무릎을 탁 꿇었다. 의사의 입에서 준비할 시간을 주라는 말이 떨어지면서부터 그의 귀엔 아무런 말도 들리지 않았다. 갑자기 이름을 알 수 없는 벌레가 떼를 지어 윙윙대고 있는 것만 같았다. 그 대신, 안 돼, 안 돼, 그러면 절대로 안 된다는 절규가 그의 이마 위로 입술 위로 치밀어 올랐다.

"안 됩니다. 박사님. 그 사람은 절대 죽어서는 안 됩니다. 박사님."

그는 무릎을 꿇고 성 박사의 손을 잡고 자신도 모르는 사이에 눈물을 줄줄 흘렸다. 준비하라니, 준비할 시간을 주라니, 무엇을 준비한단 말인가. 그날 오후 파리에서 급히 돌아와 그녀를 이 병원 저 병원 끌고 다니면서 간신히 참았던 울음이기에 그의 눈물은 진하고 그칠 줄 몰랐다. 그는 그저 바라볼 뿐 아무런 말도 하지 않는 성 박사 앞에서 한참을 더 흐느끼다 비척거리며 자리에서 일어났다.

예린아. 예린아. 아, 예린아.

하지만 이럴 때, 눈물이 무슨 힘이 있단 말인가. 성 박사 방을 나온 그는 그녀가 누워있는 별관 병동에 바로 가지 않고, 아니, 그대로는 도무지 그녀 앞에 설 수 없어 병원 위로 나있는 언덕길을 좀 걸었다.

이제 거리엔 겨울의 잿빛이 완연히 내려있었다. 얼마 전까지 석양의 노을처럼 화려하던 단풍을 모두 떨군 나무들은 봄, 여름, 가을, 빼곡이 차 올랐던 숨결을 뿌리에 거두고 찬바람을 맞을 채비를 하고 있었고, 사람들 역시 몸을 움츠린 채 옷깃을 여미고 그를 지나쳤다.

겨울, 더 이상 봄을 기대할 수 없다면 삭막하기 이를 데 없을 겨울. 그는 앙상한 나뭇가지 밑을 걸으며 그것이 가능하다면 깊은 동면에 빠지고 싶었다. 땅속이든 물속이든 그 어디든 그녀와 함께 개구리처럼 포개져서 영원히 깨지 않을 깊고 깊은 잠 속으로 빠져들고 싶었다. 그리하여 파리의 갈채도, 가난도, 조각도, 그녀의 병명도 모두 잊고 그녀와 최소한의 체온을 나누며 그렇게 살고 싶었다. 그랬다, 그는 그랬다. 그녀가 추운 겨울을 견디기 위해 모두를 떨군 나뭇가지처럼 가느다란 생기라도 유지할 수 있다면 십 년이고 백 년이고 그렇게 살면서 견딜 수 있을 것 같았다.

"그래, 의사 선생님이 뭐라고 하던가?"

별관 병동 1129호, 그가 병실 문을 열자 병실을 지키고 있던 그녀의 아버지가 잠들어 있는 그녀를 바라본 뒤, 조용히 걸어나왔다.

"아버님."

그는 그녀의 아버지가 병실 밖으로 나오자 고개를 숙였다. 아버지. 참으로 오랜만에 불러보는 이름이었다. 그는 그렇게도 부르고 싶었던 아버지를 부르며 자기 설움에 겨워 말을 이을 수 없었다.

"이 사람아, 그러지만 말고 어서 말해 보게."

"아버님, 죄송합니다. 정말로 죄송합니다. 아버님."

아, 이럴 때, 기대어 울 수 있는 사람이 있다는 것이 얼마나 큰 위안인가. 그는 그녀의 아버지에게 의사의 말을 전하며 생애 처음으로 다정하고 묵직한 부정을 느끼고 더욱 흐느꼈다. 이제라도 그녀가 벌떡 일어난다면 이런 따듯한 정을 우선하며 살아갈 수 있을 텐데……. 그는 그런 아쉬움에 또 슬퍼져 다시 눈물을 쏟았다.

"하는 수 없지. 어쩌겠나. 그것이 그 애의 운명이라면 받아들여야지."

그녀의 아버지는 긴 한숨을 터뜨리며 병실로 들어와 그녀를 물끄러미 바라보고 나서 병실을 떠났다.

"예린아."

그녀의 아버지가 병실을 떠나자 병실이 물밑처럼 조용해졌다. 간간이 삑, 삑 하는 심장 박동기의 기계음만 울릴 뿐이었다. 그는 듣고 있으면 이상하게 마음이 안정되는 심장 박동기 소리에 귀를 기울이다 그녀 곁으로 다가섰다. 재차 사형 선고나 다름없는 진단이 내려진 것 때문일까. 링거 주사바늘이 꽂힌 그녀의 팔뚝이 더욱 창백해 보였다. 마치 가늘고 투명한 링거줄 같았다. 그를 대신해서 무거운 돌을 나르고, 점토와 석고를 이기던 손이라고는 도무지 믿기지 않았다.

"형, 왜, 이제야 오는 거야. 그 동안 내가 얼마나 아팠다고."

그는 문득 그녀의 입원 소식을 듣고 파리에서 달려왔을 때, 그녀가 했던 말이 생각나 심장이 찢어질 듯 아팠다.

"그렇지만 됐어, 이젠. 형이 내 곁에 있으니까 안심이 돼. 우리 아기도 잘 클 거고."

그러면서 그녀는 아직 표도 나지 않는 자기 아랫배에 눈길을 던지고 부끄러운 듯 가늘게 웃었었다.

"그래, 예린아. 이제 다시는 네 곁을 떠나지 않을 거야. 이 세상을 모두 준다 해도 네 곁에 있을 거라고. 그러니 너도 그래야 해. 무슨 일이 있더라도 내 곁을 떠나지 말아야 해. 알았지, 예린아."

그는 링거 주사가 꼽혀 있지 않은 그녀의 손을 자기 이마에 가져갔다. 아, 사람의 손이 이렇게 가벼울 수 있다니. 점점 피가 마르고 있는데다가 당뇨를 합병으로 가지고 있어 그녀는 몰라보게 야위어 있었다. 그는 그녀가 자주 그랬듯, 그녀의 손을 자신의 가장 따듯한 곳에 대었다. 자신의 살점이라도 떼어 그녀의 손에 붙여주었으면 싶었다. 마치 점토 작업을 할 때처럼 앙상한 뼈대에 살을 붙여나가듯 그렇게 그녀에게 생명의 온기를 나누어 주고 싶었다. 그리하여 그녀가 자기 곁에서 다시 싱싱하고 건강한 팔뚝으로 씩씩하게 점토를 이기며 오래도록 살아가게 하고 싶었다.

그러나 그녀는 인간의 손으론 어찌할 수 없는 생명이었다. 오로지 생명을 좌우할 수 있는 건 신만이 할 수 있는 것이다. 그것이 진실인지 살아있는 자들의 위안으로 만든 허구인지 알 수 없지만, 아무튼 그녀를 위한 그의 온갖 정성에도 불구하고 그녀의 손은 푸른 물기를 다 토해 낸 나뭇가지처럼 점점 더 야위어 갔다.

받아놓은 시간이라니. 시간은 빠르게 흘러갔다. 그녀가 입원한 지도 벌써 2개월이었다. 그 동안 그는 그녀를 보살피며 한편으로는 파리에 있는 유진에게 도움을 청하고, 그 병에 좋다는 한방과 민간요법을 알아보고, 무당까지 찾아가 굿판까지 벌려 보았지만 모두가 허사였다. 시간이 갈수록 그녀는 지쳐 가는 가족들의 표정처럼 생기를 잃어갔다. 다만, 그녀의 뱃속에 있는 아기만이 끈질긴 생명력을 보이며 그녀를 더욱 빨리 시들게 하고 있었다.

아, 이젠 정말 어떻게 해야 하나. 그냥 지켜만 보고 있어야 하는가. 매일 아침 회진을 돌긴 했지만 이렇다 할 처방이 없기에 그녀의 기분만 묻고 가는 성 박사를 보내고 그는 또 고민하기 시작했다. 다시 한번 낙태를 설득해 봐. 그는 이런저런 생각 끝에 성 박사의 말을 다시 떠올렸다. 성 박사는 결코 권할 일은 아니지만 그녀의 생명을 조금이라도 연장하고 싶으면 낙태도 한 방법이라고 말했었다.

"예린아."

그는 점점 강해지는 현기증 때문에 간신히 소변을 보고 나오는 그녀를 병상에 앉히고 어렵게 입을 열었다.

"왜 그래, 민우 씨. 성 박사님이 더 안 좋아졌대?"

"아니냐, 그런 건. 성 박사가 자기에게 말했잖아. 마음을 편하게 가지라고, 그러면 모든 게 좋아질 거라고."

"그렇지? 형."

예린은 희미하게 웃으며 표정에 드리웠던 의혹을 거두었다.

"오늘은 이 녀석이 더 활발하게 움직였거든."

"그랬니? 어디 좀 보자."

그는 하려던 말을 목젖 깊숙이 넘기고 그녀의 아랫배에 손을 대보았다. 하지만 그는 움직임을 전혀 느낄 수 없었다. 한번도 아기를 낳지 않았음에도 탄력을 잃은 그녀의 뱃가죽만 손의 감각을 타고 가슴을 아프게 할 뿐이었다. 그는 너무도 가슴이 저려 그녀의 아랫배에서 손을 떼지 못하고 낙태를 권하려던 생각을 바꾸었다.

"형도 느껴지지? 이 녀석이 꼬물거리는 게."

그녀는 정말로 그렇게 믿는 듯 모처럼 눈빛까지 빛냈다.

"정말 그런데, 정말 그래."

그는 그녀의 밝아진 눈빛을 도무지 거슬리지 못하고 감격스런 표정을 지었다. 그러면서 그는 그런 그녀가 안쓰러워 미칠 것만 같았다. 그녀도 자신이 불치병을 앓고 있다는 것을 이미 알고 있는 것이다.

"형, 미안해. 나도 다 알고 있으면서 못된 말을 한 거. 그렇지만 어떻게 해. 정말로 살고 싶은 걸. 이 아기를 낳고 우리가 꿈꾸었던 조각공원을 하나하나 꾸며가며 재미있게 살고 싶은 걸."

그가 처음 낙태 이야기를 꺼낸 날이었다. 그녀는 그 말을 꺼내자마자 짐이 될까봐 그러느냐고 그를 혹독하게 몰아세우고 나서 설풋 잠들었다가 그렇게 말했었다. 그리곤 둘이서 이마와 이마를 맞대고 얼마나 서럽게 울었는지 모른다. 그런데도 그녀는 그것이 죽음을 멀리하고 싶은 생명의 본능인지, 아니면 강렬한 모성 본능인지 모르지만 곧 퇴원을 해서 아이를 낳을 것처럼 해동하고 있는 것이었다.

"알았어. 이제 다시는 그런 생각을 안 할게. 네가 이만큼이라도 견디어주는 게 어쩌면 이 아기의 힘인지도 모르니까."

그는 어느새 잠이 든 그녀의 옷깃을 여며주며 낮게 중얼거렸다. 그러다 울컥 치미는 욕지기를 느끼고 화장실로 달려갔다. 그녀의 첫 진단이 내려지던 순간부터 치밀어 오르기 시작한 욕지기였다. 그는 그럴 때마다 욕지기를 몇 차례 하고 나면 가라앉았었기 때문에 습관처럼 변기에 입을 대고 토할 준비를 했다. 그런데 이번엔 달랐다. 욱, 하고 토하는 순간, 입안에 피비린내가 확 풍기면서 이내 변기를 붉게 물들였다. 그리고 위장을 쥐어짜는 것 같은 통증이 그의 얼굴을 일그러트렸다. 하지만 그는 놀라거나 당황하지 않았다. 계속해서 등줄기를 타고 흐르는 통증에 오히려 마음이 편해지는 것 같았다. 그녀가 통증에 시달리는 모습을 지켜볼 때마다 그는 자신을 얼마나 자책했던가. 그는 그녀와 똑같은 고통을 느끼고 싶었고, 그녀와 함께 앓아눕고 싶었다. 그는 피비린내로 가득 찬 입안을 찬물로 가셔내고 거울을 보았다. 그리곤 낯설 정도로 변한 자신의 모습에 쓴웃음을 지었다. 꼭, 입가에 묻어 있는 핏자국 때문만이 아니었다. 파리에 있을 때보다 그는 확연히 다르게 마르고, 검어지고, 생기를 잃고 있었다. 저번 달, 예린의 문병을 온 유진이 깜짝 놀랄 만도 했다.

"예린 씬 그렇다 해도 도대체 넌 어떻게 된 거야. 왜 그렇게 상했어. 병까지 같이 앓고 있는 거야?"

그는 간단히 세수를 하며 문득 유진의 말을 떠올렸다.

"차라리 이참에 그렇게라도 되어버린다면 좋을 텐데……."

그는 하수구에 빨려 들어가는 세숫물에 유진을 생각하면 아직도 어른거리는 그날밤 일을 흘려보내며 중얼거렸다. 그리곤 다시 거울을 보았다. 역시 그의 얼굴은 초췌하고 창백하기까지 했다. 눈에 띌 정도로 기미도 끼어 있고, 거울을 보고 있는 그 순간에도 뱃속의 통증이 가라앉질 않았다. 정말 병이라도 난 것일까. 그는 갑자기 걱정스러웠다. 그녀와 함께 고통을 느끼고 싶은 마음은 간절하다 해도 그는 그럴 수조차 없는 것이다. 그녀에게 희망을 주기 위해서도 그랬고, 그녀의 간병을 위해서도 아직은 건강해야 했다.

그렇지, 지금은 아니야. 지금은 나는 앓을 자격조차 없는 거야.

그는 양손으로 얼굴을 문지른 다음 지친 몸과 마음을 추스리고 화장실을 나왔다. 그때였다. 그녀의 손가락과 연결되어 있는 심장 박동기에서 경고음이 들려오기 시작했다. 삑, 삑, 삑. 마치 숨이 넘어갈 듯 다급하게 울리는 알람 소리였다. 그 알람 소리는 심방 박동에 이상이 있거나 그녀의 손가락과 연결되어 있는 센서가 빠졌을 때만 울리게 되어 있었다. 그는 뱃속을 할퀴는 통증도 잊은 채 재빨리 그녀 곁으로 달려갔다. 일전에 심장 박동에 이상이 있어 중환자실에 실려간 적이 있었기 때문이었다. 그렇지만 다행이었다. 이번엔 센서가 빠져 있었다. 센서를 다시 손가락에 끼우자, 심장 박동수 71, 건강할 때보다 무척 낮기는 하지만 종전과 다른 변화는 없었다.

"휴우……."

비록 짧은 시간이었지만 그녀의 맥박보다 배는 뛰었던 그의 심장이 다시 가라앉았다. 그는 한숨을 놓으며 그녀의 머리맡에 앉아 심장 박동기를 가만히 바라보았다. 그녀의 손과 가느다란 선으로 연결된 심장 박동기. 그 박동기의 화면에 파동으로 이어지는 선이 그치고 숫자가 0을 가리키면 그녀는 죽은 것이다. 그는 새삼스럽게 그녀의 생명이 소멸되고 있다는 것을 느낀다. 그녀의 손가락에 연결된 가느다란 선처럼 그렇게 연약해졌다는 것을 절감한다.

예린아, 어쩌다 네가 이렇게 되었니. 속이 꽉 찬 배춧잎처럼 싱싱하던 네가.

이제 그는 눈물도 나오지 않았다. 마냥 막막하고 고통스럽기만 했다. 그는 심장이 빠개지는 것처럼 마음이 아파 여전히 뱃속을 할퀴는 육체적 통증도 잊고 그녀의 머리맡 침대에 얼굴을 묻었다.

다시, 밤이었다. 사위는 고요하고, 간간이 병실을 드나드는 간호사의 발자국 소리만 들려왔다. 지금 몇 시나 되었을까. 예린은 간신히 고개를 들어 벽에 걸린 시계를 바라보았다. 새벽 세시, 그는 간병인 침상이 있는데도 그녀의 머리맡 침대에 얼굴을 묻고 잠들어 있었다.

"민우 씨."

예린은 그가 깰까 봐 조용하게 그의 이름을 불렀다. 저리 가서 편히 자지 않고요. 그녀는 그를 깨워 그렇게 하고 싶지만 그가 듣지 않을 것임을 알기에 그만둔다. 그렇게라도 그가 잠을 자게 하고 싶어서. 입원한 이래 그녀는 그가 잠을 자는 모습을 별로 본 적이 없었다. 잠을 잔다고 해야 거의 지금과 같은 자세로 잠깐씩 눈을 붙이는 정도였다.

민우 씨 미안해. 정말로 미안해. 그 동안 잘못해 줘서 미안하고, 아파서 미안하고, 불편하게 한 거 미안하고, 정신이 혼미할 때 마구 욕한 거 미안하고……. 그래, 민우 씰 놔두고 먼저 가야 하기에 정말 미안해.

그녀는 정신이 좀 맑아졌을 때 그에게 고마워하고, 미안해 하고, 용서를 빌고, 그를 위해 기도하고 싶었다. 병은 참으로 치사한 것이었다. 환자의 의지와는 상관없이 온몸을 헤집고 다니듯, 사람을 제 마음대로 약하게 만들고, 짜증나게 하고, 원망하게 하며 이기적으로 만들어 버린다. 그녀 역시 통증이 몰려오면 어쩔 수 없이 비명을 질렀고, 괜한 사람을 원망하고, 욕설을 마구 토해내야 했다. 살고 싶어서, 정말로 살고 싶어서 그렇게밖엔 할 수 없었다. 병이야말로 사람이 느낄 수 있는 가장 치열한 현실인 것이다.

그녀는 그 동안 그에게 잘못한 일을 하나하나 떠올리며 고단한 새처럼 고개를 침대에 박고 있는 그의 머리를 쓸어봤다. 그리곤 그 손을 아랫배로 가져가 조금 볼록해진 배를 쓰다듬었다. 요 며칠 사이 움직임이 잦아든 태아는 잠이 들었는지 아무런 동요가 없었다. 그녀는 다시 슬픔이 몰려왔지만 다부지게 마음을 먹었다. 이제 시간이 얼마 남지 않았음을 그녀도 알고 있었다. 회진을 와서 기분만 묻고 가는 주치의. 점점 가빠지는 숨결, 나날이 줄어드는 심장 박동수, 그리고 이제 그의 얼굴조차 흐릿하게 보이는 시력 등 모든 정황들이 더 이상의 생애 대한 애착이 부질없는 것임을 알리고 있는 것이다.

그래, 이미 늦었어, 서둘러야 해, 언제 마음이 또 변할지 모르니까.

"민우 씨."

그녀는 76으로 떨어진 맥박수를 바라보고 있다가 그를 불렀다.

"여보."

그가 깊은 잠에 빠진 듯 깨어나지 않자 그녀는 처음으로 그를 그렇게 불렀다. 여보, 언젠가 그에게 환갑이나 지나야 그렇게 부를 수 있을 거라고 했던 그 호칭, 여보. 그녀는 다시 가슴이 파이듯 저려와 멈칫거렸다. 이 나이에 삶을 준비하려는 것이 아니라 죽음을 준비하려 하다니. 다시 어떻게든 살아야 하겠다는 생각이 솟구쳤다. 그래서 정말 그 나이가 되어 그를 그렇게 부르며 행복하게 살고 싶었다.

"아, 민우 씨, 흑흑!"

그녀는 정신이 산란해져 자신도 모르는 사이 울음을 터뜨렸다.

"예린아, 왜 그래? 왜?"

그녀의 울음 소리를 듣고 깬 그가 놀라서 불을 켰다.

"민우 씨, 나 어떻게 해, 어떻게 하느냔 말이야?"

그의 모습이 선명하게 보이고 그의 손길이 와 닿자 그녀는 더욱 서러웠다. 그녀는 어깨를 감싸는 그의 가슴에 기대어 서럽게 울기 시작했다. 예린아, 그래 울어라, 실컷 울어라. 그는 다른 때처럼 그녀를 달래지 않고 울게 그냥 놔두었다. 형, 나, 울지 않을래, 절대 울지 않을래, 하며 그녀가 얼마나 힘들게 눈물을 참아왔다는 것을 알고 있었던 것이다. 그는 가랑잎처럼 가벼워진 그녀의 어깨를 껴안고 그녀의 눈물로 앞가슴이 축축해질 때까지 조용히 눈을 감고 있었다.

그렇게 얼마를 울었을까. 그녀는 그의 가슴에 닿아있는 볼로 전해지는 심장 파동에 비로소 고개를 들었다. 그리고 잠시 걷잡을 수 없던 슬픔 때문에 잠시 놓았던 결심을 다시 들었다. 어째든 그는 살아야 하는 것이고, 그러므로 더 이상 그를 힘들게 해서는 안 되는 것이다. 지금까지 그는 충분히 애태웠고 얼굴까지 저렇게 상했지 않은가. 그녀는 양 손바닥으로 눈물을 훔치고 나서 그의 손을 꼭 잡았다.

"실은 형에게 할 말이 있었어."

그녀는 말을 꺼내며 그를 똑바로 쳐다보았다.

"이제 실컷 울었니?"

그러자 그가 그녀의 눈가에 남아있는 눈물을 닦아주며 엷게 웃었다. 얼굴에 와 닿은 따듯하고 부드러운 그의 손길. 그녀는 다시 마음이 흔들렸지만 마음을 단단히 다졌다.

"형, 나 빨리 집에 가고 싶어."

"그래, 조금만 참어. 그러면 곧 그렇게 될 거야."

그는 평소처럼 그녀를 달래주듯 대답했다.

"아니, 그런 게 아니라 당장……."

"뭐라고, 당장?"

"응!"

"자기, 지금 그걸 말이라고 해?"

그제야 그는 그녀의 의도를 알아차리고 목소리를 높였다.

"빈말이 아니야, 민우 씨. 많이 생각하고 말하는 거예요. 여기에 있어봤자 진통제로 통증을 줄이는 것뿐이잖아. 진통제는 집에서도 얼마든지 먹을 수 있어."

"왜 진통제뿐이야. 의사도 있고, 간호사도 있고…….”

그가 그녀의 양 팔을 잡고 그녀를 똑바로 보았다.

"형!”

그녀는 또 복받치는 눈물을 삼켰다.

"조금이라도 정신이 말짱할 때 집으로 돌아가 푸른 창문을 통해 여명을
보고 싶어서 그래. 그리고 집에서 형이 지켜보는 가운데 눈을 감고 싶어.”

그녀는 차마 죽음이라는 말을 입에 담지 못하고 둘러 말했다.

"알아, 네 마음, 안다고. 하지만 그런 건 나으면 얼마든지 할 수 있어. 그러
니 다시는 그런 말 하지 마. 알았지?”

그는 자기 결심을 추스리듯 단호하게 그녀의 말을 잘랐다.

"민우 씨…….”

"아무튼 안 돼. 누구에게 무슨 말을 들었는지 모르지만 몇 달 뒤에 어쩌고
저쩌고 하는 말은 떨쳐버려.”

그는 더 이상 그런 말을 듣지 않겠다는 듯 벌떡 일어났다. 그리곤 성큼성
큼 창가로 걸어갔다.

"민우 씨.”

그녀가 다시 그를 불렀지만 그는 대답하지 않았다. 언제까지나 그렇게 서
있을 것처럼 꿈쩍도 하지 않고 밖을 내다보았다.

창밖엔 어느새 어둠을 조금씩 헤집고 여명이 내리고 있었다. 비록 매연에
찌든 도시 한복판이지만 여명의 푸른빛은 생기를 느끼기에 충분했다. 젊은
나이에 저런 말을 꺼내기까지 얼마나 아팠을까. 그는 그녀의 말을 되새기며
말없이 울었다. 깜깜한 어둠을 밀어내며 푸른 새벽이 저렇게 오고 있는 것
이다. 그는 연애시절 e-메일을 주고받을 때부터 멀리 떨어진 두 사람을 연결

시켜주곤 했던 여명의 푸른빛을 향해 눈을 부릅떴다. 그렇지 않으면 그녀를 향해 돌아서서 펑펑 울 것 같아서. 그녀의 말처럼 모든 걸 포기하고 말 것 같아서.

"민우야, 이젠 어떡할 거니? 아까 예린 씨를 다시 보니 정말 마음이 아프더라. 그 동안 너무 많이 상했어."

벌써 올해도 다 가고 있었다. 대부분 사람들이 시간을 돌아보고 내다보는 연말이었다. 새해를 가족과 함께 보내기 위해 귀국한 유진이 문병을 끝내고 병원 식당에서 그와 마주하고 있었다. 그것이 어려움을 당한 사람의 마음일까. 처음엔 문전성시를 이루던 문병객들의 발길이 하나 둘 끊어지던 차에 다시 찾은 유진이 그는 고맙기도 하고 힘이 되기도 했다.

"어쩌긴 어째요. 마지막 순간까지 최선을 다해보는 거죠."

그는 유진에게 할 수 있는 한 선배의 예우를 다해서 말했다.

"좀 냉정한 말 같지만 편하게 보내주는 것도 사랑이야. 꼭 안락사를 말하는 게 아니라 환자가 원하는 대로 하라는 얘기야."

"알아요, 선배가 무슨 말을 하는지."

"가족들과 상의해서 예린 씨 말대로 해. 아까 병실에서 네가 잠시 나가 있는 사이 집에 갈 수 있도록 너를 좀 설득해 달라고 하더라."

"선배에게요?"

"그래, 얼마나 가고 싶으면 그랬겠니?"

그는 유진의 말에 문득 입을 다물었다. 그도 이제 더 이상 고집을 부릴 수만은 없었다. 성 박사는 이미 퇴원 처방을 내린 상태였고, 그녀의 아버지조차 그렇게 하는 것이 좋겠다는 의견을 내놓고 있었다. 그러니 그만 고집을 세우고 있는 꼴이었다.

"선배도 그렇게 생각해요?"

어쩌면 지푸라기라도 잡고 싶은 심정 때문인지 몰랐다. 어떤 인연이었던 간에 예린을 유진만큼 아는 사람도 드물기에 그는 의견을 구하고 싶었다.

"그래, 더 이상 병원에 있어야 할 이유가 없잖아."

"그럼, 그렇게 할 수 있도록 선배가 절 좀 도와주세요."

그는 진심 어린 표정으로 유진에게 말했다.

"뭐를 어떻게? 돈이 필요한 거니?"

"아니요, 그보다 더 어려울지 몰라요."

그는 때마침 식사가 나왔기에 잠시 말을 멈췄다.

"염치없는 일이기도 하고요."

"말해봐. 돈 이야기도 아니라면서 뭔데 그렇게 힘들어?"

"지금 파리에 있는 제 작품을 좀 가져다주세요."

"작품을?"

"예."

"그건 왜?"

"예린을 집으로 데려간다 해도 집을 전처럼 꾸며놓고 데려가고 싶어서 그래요. 내가 파리에 가 있는 동안 예린이 제 작품을 가지고 어떻게 집을 꾸며 놓았는지 선배도 보셨잖아요. 그렇게라도 해서 그 사람을 기쁘게 해주고 싶어요. 사실, 그 작품들은 그 사람 것이나 다름없기도 하고요."

"글쎄…… 그런 거라면 그렇게 어려운 일은 아니지."

유진은 죽음을 앞에 두고 그가 너무 감상적이지 않나 싶었지만 애원과 염원이 담긴 그의 눈빛을 도무지 거절할 수가 없었다. 남자가 어떻게 저런 눈빛을 할 수 있을까, 싶을 정도로 그의 눈동자는 깊었다. 저런 게 바로 사랑의 힘일까, 아니면 그만 특이한 것일까. 세상에서 가장 사랑하는 사람을 보내는 일이란 누구나 단 한 번밖엔 경험할 수 없는 일이기에 그녀로선 그를 알 수 없지만 마음이 움직였다.

"그리고 한 가지 더 있어요. 그 사람의 시집을 내주셨으면 해요."

"시집? 시집이라니, 무슨? 예린 씨가 시를 썼어?"

"예, 내가 파리에 있는 동안 쓴 시들인데 표지 기획까지 마친 상태예요. 바로 출판에 들어가도 될 정도요. 비용은 내가 부담할 테니 나머지는 선배가 좀 수고해 줘요."

"아니, 예린 씨가 쓴 거라면 그럴 필요조차 없을 거야. 인세 출판도 가능할 거라고. 시를 읽어보진 않았지만 왠지 그런 생각이 들어. 너만 괜찮다면 내가 발문을 쓰고 싶기도 하고."

"고마워요. 선배. 매번 신세만 지는군요."

"알고 있으면 됐어. 이렇게 하다보면 고맙다는 말 대신 다른 말을 들을 날도 오겠지."

유진이 의미심장한 말을 가벼운 웃음에 섞었다. 그러나 그것은 그녀의 오랜 습관일 뿐 그전과 같은 욕심은 아니었다. 예린의 입원을 계기로 유진은 새삼스럽게 느낀 게 있었다. 그가 진정으로 사랑했고, 사랑하고, 사랑할 사람은 오직 예린뿐이라는 것을.

"그건 그렇고 어서 식사나 해. 국이 식겠다."

유진이 수저와 젓가락을 챙겨주며 비쩍 마른 그를 안쓰럽게 쳐다보았다.

"알았어요, 선배. 선배도 어서 들어요."

그는 유진을 향해 희미하게 웃고는 수저로 설렁탕 국물을 한 숟가락 떴다. 그러다 국물에 섞인 고기 냄새에 갑자기 치밀어 오는 욕지기를 느끼고 얼른 손을 들어 입을 막았다. 며칠 전, 화장실에서 피를 토하게 한 바로 그 욕지기였다.

"왜 그러니? 속이 안 좋은 거야?"

그가 자꾸만 치밀어 오르는 욕지기를 참아내지 못하고 고개까지 숙이고 어깨를 들썩이자 유진이 소리쳤다.

"아니, 별일 아니에요. 곧 괜찮아질 거예요."

그는 여전히 손으로 입을 틀어막고 말했다. 그러나 이미 늦었다. 그의 손가락 사이에선 시뻘건 핏덩이가 흘러나오고 있었다. 위를 쥐어뜯는 듯한 통증이 뱃속에서부터 밀어 올린 핏덩이였다.

"괜찮긴 뭐가 괜찮아? 그렇게 피까지 토하면서!"

계속되는 토악질에 그가 할 수 없이 자리에서 일어나자 유진이 따라나서며 비척거리는 그를 재빨리 부축한 다음, 남자 화장실 안까지 따라와 그가 입안 가득 물고 있던 핏물을 뱉고 피범벅이 된 손과 입가를 씻을 때까지 그를 도왔다.

"아무래도 안되겠다. 우선 응급실에 가서 검사를 받아보자."

그렇지 않아도 날로 수척해 가는 그의 모습이 염려스럽던 유진이었다. 막상 피를 쏟고 있는 그를 보자 뭔가 집히는 것이 있었다. 그가 파리에 있을 때도 유진은 종종 속이 쓰리다는 말을 들었던 것이다.

"응급실이라니요. 난, 상관없어요. 선배. 그보다는 조금 전에 부탁했던 일들을 좀 서둘러 주세요. 시간이 그리 많지 않은 것 같아요."

그는 걱정스러운 표정을 짓고 자신을 바라보는 유진을 향해 단호하게 말한 후, 마지막으로 해야 할 일을 끝내기 전엔 어떤 나약함도 보이지 않겠다는 듯한 단호한 몸짓으로 성큼 걸어 나갔다.

*

　한적하기만 한 겨울의 시골 마을이 갑자기 외지에서 찾아 온 사람들로 술렁였다. 가깝게는 그들과 이웃해 살던 할머니로 시작해서 멀게는 파리에서 날아 온 사람들이 하나 둘 모여들었기 때문이었다.

　'정예린 시집 출판 기념회 겸 김민우 작품 전시회'

　오늘은 그녀의 처녀작이자 바로 유고 시집이 될, '비익조'의 출판을 기념하기 위한 날이었다. 비록 여느 식장처럼 떠들썩한 플래카드나 화려한 화환은 없었지만 집안 분위기는 무척 격조가 있었다. 전시 경험이 많은 유진이 성심을 다해 직접 준비한 덕택이었다. 유진은 우선 파리에서 가져온 그의 작품을 뜰에 배치하는 데 심혈을 기울였다. 전에 예린이 꾸며놓았던 모습을 그대로 복원해 놓았음은 물론이고 조각품을 놓는 좌대를 새로 준비해서 그의 작품이 더욱 돋보이게 했다. 그리고 예린이 얼마를 더 창문을 통해 작품을 바라볼 수 있을지 알 수 없지만, 그녀가 누워서도 작품을 바라볼 수 있도록 창문의 방향을 좀 틀고 늘이는 수고도 아끼지 않았다.

　"오셨어요? 예, 이쪽으로. 이렇게 찾아 주셔서 감사합니다."

　유진은 대문 앞에 서서 하나 둘 도착하는 손님들을 맞으며 몸을 분주히 움직였다. 민우와 예린의 대신이었다. 그러면서 그녀는 좀처럼 느끼기 힘든 감정에 휩싸여 있었다. 그가 아니라 예린을 위해 식장을 꾸미고 음식을 준비하고 손님을 맞고 있는 이 순간. 그녀는 이런 일을 상상조차 한 적이 없었다. 엉뚱하다면 참으로 엉뚱하다고밖엔 말할 수 없었다. 하지만 유진은 예린을 향한 민우의 간절한 마음을 뿌리칠 수 없었다. 그것은 상대편에서 설득하기 이전에 이미 동의할 수밖에 없는 그 무엇이었다. 자신이 위암 1기라는 진단을 받고도 그가 예린을 생각하며 보여주던 눈빛이라니…….

"설혹, 수술 시기를 놓쳐 죽는 한이 있어도 그렇게 할 수 없어요. 그 사람이 저렇게 죽어가고 있는데 어떻게 나만 살겠다고 수술을 받아요. 그건 그 사람에 대한 예의도, 내가 사랑하는 방식도 아니라고요."

그러면서 그는 예린에겐 제발 그 사실을 알리지 말라며 죽어 가는 짐승의 눈빛으로 애원했던 것이다.

"그래, 그게 그들의 운명이라면 누가 말려서 될 일은 아니겠지."

유진은 겨울 하늘답지 않게 맑고 푸른 하늘을 쳐다보며 우울한 것도 같은 기분을 씻어냈다. 그리곤 슬프고도 안타까운 이 파티를 주관하는 대모로 돌아갔다. 그를 위해 멋진 파티를 열어주고 싶었던 오랜 열망이 오늘에야 비로소 실현되고 있음을 어렴풋이 느끼면서.

손님은 그와 유진이 예상했던 것보다 훨씬 많았다. 그녀의 가족을 비롯하여 대학 친구인 다다와 진희, 그녀가 학원에서 가르치던 학생들, 그리고 채석장의 김 반장과 파리에서 일부러 날아 온 잔느와 폴까지 좁은 시골 농가를 꽉 메우고 있었다. 잔느와 폴을 제외하면 하나같이 그녀와 잔정을 나누었던 사람들로 그녀를 아끼고 사랑하는 사람들이었다. 이들 모두가 단지 축하를 위해 모인 거라면 얼마나 좋을까? 민우는 여러 사람들과 일일이 인사를 나누면서도 한시도 그런 바람을 놓지 않았다. 비록 그를 대하는 사람들의 안쓰러운 눈빛이나 조심스럽게 잡는 손아귀 힘을 통해 그들이 이곳에 온 이유가 축하보다는 이별의 정을 나누기 위함임을 확인할 수 있었지만 그는 그랬다. 그는 그녀가 눈을 감은 뒤에도 한동안 잊기 힘들 사람들 틈에 섞여 다시 활기차게 생을 살아가는 그녀의 모습을 얼마나 열망했는지 모른다.

삶이란 그런 것이다. 기뻤든, 슬펐든, 아팠든, 행복했든……. 지난 시간을 압축하고 또 압축해 놓으면 몇몇 사람의 얼굴들로 남는 그 무엇인 것이다. 그러므로 여기에 모인 사람들의 표정과 몸짓 속에는 그녀의 삶이 고스란히 스며있는 것이다. 그는 그녀와 인연을 맺은 사람들을 눈앞에 두자 더욱 그녀의 삶을 되살리고 싶었다. 하지만 이미 예정된 일이었다. 어떤 기적을 바라는 것조차 민망할 정도로 그녀의 병은 깊어 있었다. 이제 그녀는 정다운 얼굴들을 다시는 볼 수 없을 거라고 생각하며 사람들을 대해야만 되는 것이다. 아, 그 순간 그녀의 심정이 어떨까. 그는 그녀의 아픔을 상상하는 것만으로 숨이 차고 통증이 몰려와 잠시 사람들의 눈을 피해 복받치는 설움을 달랜 뒤 그녀가 있는 방으로 들어갔다.

"어때요? 민우 씨. 오늘 예린이 정말 예쁘죠?"

그가 방에 들어서자 그녀의 화장을 돕던 진희가 장난스럽게 웃었다. 그리곤 예린에게 이런저런 표정을 지어보라고 닦달하면서 애초부터 눈물을 감추기 위해 지었던 미소를 간신히 이어갔다.

생의 마지막이 될 화장을 하고 있는 여자의 모습.

화장품의 화사한 색조 탓일까. 아니면 오랜만에 화장한 모습을 본 까닭일까. 연분홍 루즈까지 바른 그녀는 아름답고 활기차 보여, 금방이라도 벌떡 일어나 민우 씨, 나, 다 낳았어요, 하고 말할 것도 같았다. 예린아, 정말로 좋아진 거니. 그러나 그는 그녀가 이미 몇 차례 흘린 눈물로 다 된 화장을 다시 해야 했음을 알기에 조심스럽게 그녀를 바라보았다.

그 순간, 거울 안에서 그와 그녀의 눈길이 마주쳤고, 그들은 거의 동시에 미소 지었다. 아주 잔잔하면서도 깊은, 마치 달맞이꽃잎같이 깨끗하고 연약한 미소였다. 예린아, 민우 씨. 그들은 오랜만에 한 거울 안에서 서로의 얼굴을 확인하며 감격스러워했다. '이렇게 생긴 내가 저렇게 잘생기고 듬직한 사람을 사랑했구나.' 생각하면서.

"형, 어때? 정말 진희 말처럼 괜찮아 보여요? 흉은 되지 않을까?"

예린은 더 이상 울지 않기로 작정하고 있는 듯했다. 거울 속에서 마주 바라보다 고개를 들어 그를 쳐다보며 환하게 웃었다.

"그래, 정말 괜찮아. 드레스도 무척 잘 어울리고."

그는 그녀의 얼굴에 머물러 있던 시선을, 희고 가는 어깨선을 감싸고 있는 흰색 드레스로 옮기며 말했다. 그러면서 또 한번 격렬하게 밀려드는 슬픔을 삼켰다. 지금 그녀의 야윈 몸을 감고 있는 드레스, 그녀가 처음이자 마지막으로 입어 보는 그 드레스는 아주 특별한 거였다. 유진이 다시 손을 보긴 했지만 맨 처음 그녀가 그의 모델이 되어 완성한 '청색 그리움'을 덮었던 바로 그 천을 바탕으로 만든 것이었다. 그 천 위에서 그들은 첫 사랑을 했었다.

"그러면 됐어. 형만 좋다면 나는 전부 좋으니까."

예린은 그의 기분을 빠르게 짚어내고 오히려 더 환하게 웃었다. 가장 아름답고 가슴 뛰던 첫날의 그 추억. 그녀는 단 몇 시간만이라도 그 추억 속으로 온전히 빠지고 싶었다. 지금껏 자신을 괴롭혔던 병마와 슬픔과 죽음에 대한 공포도 잊고, 그와 함께 그 시간으로 돌아가고 싶었다. 그래야만 눈을 감을 때 미련이 적을 것 같았다.

"자, 준비되었으면 나가자. 손님들이 기다리고 있어."

어느 틈에 방으로 들어 온 유진이 그들의 모습을 가만히 지켜보고 있다 말했다. 그 소리에 그는 그녀의 손을 잡고 그녀를 조심스럽게 일으켜 세웠다.

"예린아, 괜찮겠어?"

워낙 많이 여윈 상태에서 아기까지 있는 몸이라 그는 그녀가 걱정스러웠다. 그러나 그녀는 놀랄 만큼 기운차게 일어서서 그와 어깨를 나란히 했다. 아마, 촛불이 꺼지기 직전에 마지막으로 밝게 타는 것과 같은 것이리라. 그녀는 자기 의지를 넘는 힘을 내어 그의 손을 꼭 잡았다. 그리고 그토록 많이 그의 손을 잡았었지만 처녀처럼 떨면서 사람들이 모여 있는 곳으로 한 발 한 발 걸어나갔다. 어쩌면 남들이 다 경험한 결혼식의 웨딩마치를 못해 봤기 때문에 더욱 떨었을지 모를 두 사람이었다.

"짝! 짝! 짝!"

조용한 박수로 두 사람을 맞은 손님들의 표정은 경건했다. 모두들 그녀를 향해 애정과 격려를 아끼지 않고 표현했다. 다가가 그녀의 여윈 손을 잡아 보는 사람. 아무런 말없이 그녀를 바라만 보고 있다 한숨을 짓는 사람, 그냥 그녀를 향해 맑은 미소를 보내는 사람들로 식장이 잠시 술렁였지만 이내 조용해졌다.

그가 나를 품에 안고 가만히 속삭일 때, 내겐 인생이 장밋빛으로 보이지요. 그가 내게 사랑을 말할 땐, 언제나 같은 말이라도 난 정신이 어떻게 되고 말아요. 내 마음속에 행복의 분신이 들어온 거죠.

그들은 잔느가 준비한 상송, '장미빛 인생'을 들으며 유진의 안내에 따라 준비된 케이크를 자르고, 짧고 가벼운 입맞춤을 나누었다. 그녀의 창백한 손에 얹혔던 그의 손과 그의 입술에 닿았던 그녀의 흰 이마. 민우는 새 신랑처럼 웃고 있었지만 실은 슬펐다, 아니, 그보다 그녀에게 미안했다. 번듯한 결혼식도 못 올려주었으면서 이 정도가 그녀를 위해 할 수 있는 전부라는 게. 예린아, 미안하다, 정말 미안해. 그는 케이크를 자르면서도 입맞춤을 하면서도 예린에게 용서를 빌고 또 빌었다.

"민우 씨, 고마워요. 정말 꿈만 같다."

이래서 예식이 중요한 것인가. 처음 출판기념회에 대한 이야기를 꺼냈을 때 그냥 조용히 지내고 싶다던 그녀도 무척 좋아했다. 이제 다시는 볼 수 없는 정다운 사람들에 둘러싸인 그녀는 활짝 웃은 것조차 힘들기에 인사말조차 건네지 못했지만, 한 사람 한 사람과 눈 도장을 찍듯 눈길을 교환하며 감사한 마음을 전했다.

"우리는 지금 정말로 사랑할 줄 아는 사람을 곁에 두고 있습니다."

아쉬운 시간은 금방 흘러갔다. 그녀가 사람들과 인사를 나누며 처음 이 집에 오던 날 약혼기념으로 나누어 낀 커플링을 열 번쯤 돌렸을 때 출판기념회의 마지막 순서인 유진의 시평이 뒤따랐다.

손님들의 시선이 일제히 그녀에게 집중되고, 장내가 물밑처럼 조용해지자 유진이 떨리는 목소리로 발문을 읽어내리기 시작했다.

" ……그녀는 지극히 평범한 사람입니다. 자신이 유명해지려고 노력한 적도 없고 그를 부러워해 본 적도 별로 없는 사람입니다. 언제 어디서든 길거리에서 마주치면 편하게 인사를 나눌 수 있는 그런 사람입니다. 그러나 그녀의 자취를 더듬다 보면 우리는 금방 그녀가 아주 특별하다는 것을 느낍니다. 이제껏 느끼지 못했던 무엇을 느낍니다.

그러나 오해는 하지 말기 바랍니다. 그녀의 특별함은 꾸며지고 덧댄 스

타성과는 다른 것입니다. 우리 모두의 가슴속에 자리하고 있는 사랑의 감정처럼 지극히 평범한 것을 바탕으로 하기에 그렇습니다. 다만 그녀가 특별한 것은 그렇게 평범한 것을 하나의 가치로 우리 앞에 명료하게 보여주었다는 데 있는 것입니다.

그것은 바로 기다릴 줄 아는 사랑의 모습입니다. 사랑이 뭔가를 묻지 않고 사랑했기에 더욱 고귀해진 사랑입니다. 함박눈 내린 밤 산사의 아침, 그 깨끗한 아침을 사랑하는 사람에게 통째로 주고 싶은 마음, 바로 그 따듯한 마음입니다. 우리는 그녀의 시집 곳곳에서 그를 발견하게 되는데 이는 지극히 평범하면서도 고귀한 것입니다.

그녀의 사랑은 강했습니다. 평범함을 바탕으로 하고 있었기에 강했습니다. 그녀에 있어 사랑은 일상이었고, 나날이 쌓여 가는 일상을 통해 그 사랑은 더욱 강해졌던 것입니다. 그래서 결국 우리에게 우리의 고단한 삶을 이끄는 힘이 누군가를 강하게 그리워하는 데 있다는 것을 알게 했고, 그런 사랑만이 불완전한 우리 삶을 완전하게 한다는 것을 느끼게 한 것입니다.

그렇지만 정녕 그녀는 이런 사실을 알지 못할 것입니다. 누군가가 만약 그녀에게 당신이 특별하다고 하면, 그녀는 아마 이렇게 대답할 것입니다. 그래요? 난 단지 한 사람을 사랑했을 뿐인 걸요. 외눈 외날개를 한 전설의 새 비익조처럼 한 사람을 의지하며 살았을 뿐이라고요, 라고 말입니다. 그렇습니다. 이미 무엇을 얻은 사람은 그 자체에 포함되었기 때문에 잘 알 수 없는 것입니다. 한 사람을 진정으로 사랑했기 때문에 세상 전부를 사랑할 수 있는 힘을 얻었다는 사실조차도 말입니다.

정예린, 이제 나는 그녀의 이름을 불러야겠습니다. 자신이 얼마나 굉장

한 사랑을 했는지 모르기에 더욱 굉장한 그녀의 이름을 다정하게 불러야
겠습니다. 그래서 평범하지만 아주 특별하고, 작지만 큰 울림으로 우리
모두의 가슴속에 오래도록 남을 그녀의 사랑 이야기를 듣자고 합니다.
결코 길지 않은 생을 살면서 그녀가 보여준 사랑을 그대로 묻어두기에는
너무 아쉽고 안타까운 까닭입니다. 이것이 제가 능력도 되지 않으면서
그녀의 시집에 발문을 쓴 이유이고, 여러분과 이 자리를 함께한 목적이
었습니다."

길게, 길게, 아주 길게 여운으로 남던 유진의 시평도 끝이 났다.
　연극의 막이 내리듯 마당에 쳐졌던 천막이 걷히고, 음악이 그치고, 골목에
세워두었던 차들이 하나 둘씩 빠져나가자 시골 마을은 다시 정적에 싸이기
시작했다. 한 마당 가득했던 손님들의 발자국들도 서산으로 기우는 해걸음
을 따라 하나 둘 어둠에 덮이고 있었다. 마치 우리들 인생의 퇴장이 그러하
다는 것을 보여주는 것 같았다. 파리에서 가져온 조각품을 뜰에 설치하고
음식을 만들고 시집을 찍어내는 등의 오랜 준비 기간에 비해 너무 쉽고 빠
른 산회였다. 축하 케이크에 촛불이 켜진 지 불과 몇 시간 만에 집안엔 그들
만 남겨졌다. 몇 년 전 그들이 이 집에 처음 도착했을 때처럼 오직 둘뿐이었
다.
　고요와 정적. 가끔, 잿빛 나뭇가지를 스치는 바람소리.
　얼마를 잤을까. 아니, 정말 잠을 잔 것일까. 한참 만에 정신이 든 그녀의
기억 속엔, '예린 씨, 진심으로 좋은 밤 되기를 빌어요.' 하는 유진의 목소리
만 맴돌고 있다. 유진이 발문을 읽으며 정예린, 하고 부르는 순간부터 정신
이 몽롱했었는데 그 뒤부터 잘 생각이 나질 않았다. 또 정신을 놓았던 모양

이구나. 손님들에게 제대로 인사도 못하고. 그녀는 낮게 한숨을 터트렸다. 그런데 유진 씨의 그 인사는 뭐지. 막 정신이 들 때 그녀가 갔단 말인가. 그녀는 눈을 뜨려 해도 잘 되지 않아 고개를 움직여 보았다. 아주 약간. 민우 씨. 그녀는 그조차 너무도 힘에 부쳐 그를 불렀다. 한 번, 두 번, 다시 한 번. 하지만 왠지 그의 다정한 목소리를 들을 수 없다. 그저 자신의 목소리가 가냘픈 숨소리로 되돌아올 뿐, 양 귓가가 무덤 속처럼 적막하다. 그가 어디로 간 걸까. 아니면……. 이게 끝인가. 그녀는 덜컥 겁이 났다. 안 돼, 그럴 순 없어. 그에게 꼭 하려던 말이 있는데 이렇게 갈 수는 없다고. 그녀의 힘없는 눈동자에 흰 드레스를 입고 그와 나란히 서서 케이크를 자르던 모습이 어린다. 그녀는 양손에 움켜쥐고 있던 드레스 자락을 더욱 세게 잡고 도리질을 쳤다.

그러나 그녀만 몸이 움직였다고 생각했을 뿐, 그녀를 지켜보고 있는 그의 눈에 그녀는 깊은 잠에 빠진 모습이다. 그는 벌써 몇 시간 동안 드레스를 꼭 쥔 채, 잠들어 있는 그녀를 지켜보고 있는 중이었다. 그녀는 그녀가 생각했던 것처럼 정신을 놓았던 것이다. 떠나는 손님의 맨 끝줄에서 자신을 한동안 바라보던 유진의 인사를 받고, 빚만 잔뜩 지고 간다는 답례를 하고 나서였다. 그때까지 간신히 버티고 있던 몸을 무너뜨리며 그대로 잠이 든 거였다.

화장을 지워 도로 창백해진 얼굴과 파리한 입술. 그는 그녀의 머리맡에서 그녀를 바라보다 한숨을 내쉬었다. 몇 시간 전, 식장에서 그녀가 보여준 활기가 꼭 연극만 같다. 그는 조용히 앉아 불과 몇 시간이 지났건만 오래 전에 꾸었던 꿈결처럼 느껴지는 그 시간을 곱씹었다.

"예린아, 다시 그런 자리가 마련되면 또 그런 활기를 보여줄 수 있겠니?

그럼 내 몸을 팔아서라도 그렇게 해줄게."

그는 다시 그녀를 향해 나지막하게 말했다. 그래도 그녀는 아무런 움직임도 없이 죽은 듯 누워있었다. 말은 못해도 눈이라도 떴으면 하는 그의 바람을 저버린다. 그는 그녀의 가슴에 손을 얹어 그녀의 숨결을 살핀 다음 커튼이 걷혀있는 창문 밖으로 시선을 돌렸다.

밖은 깊은 밤인데도 무척 환했다. 잔치를 하느라 걸어 놓은 외등을 끄지 않은 이유도 있지만 그보다는 달빛 때문이었다. 그들이 맨 처음 이사 와 창문을 내고 사랑을 했던 날처럼 커다란 달이 창밖에 걸려 있었다.

정말로 세월을 거슬러 올라 그날로 돌아 갈 순 없는 것인가.

그는 시리도록 차갑고, 그러기에 어느 계절의 달보다 깨끗한 겨울 달을 망연히 바라보았다. 어느새 달빛에 시린 그의 눈가가 촉촉하게 젖어들었다. 그도 이젠 알고 있었다. 그녀가 저렇게 잠을 자다 단 한마디 말도 못하고 그대로 죽을 수도 있다는 것을. 이미 그녀의 뱃속에 있는 태아의 움직임이 멈춰 있었다. 아기의 죽음을 껴안고 서서히 눈을 감을 거라는 의사의 예견이 한치도 틀림없이 진행되고 있는 것이다. 다만 강력한 진통제 덕분에 그녀가 그 고통을 느끼지 못하고 있을 뿐이었다.

형, 민우 씨. 간신히 눈을 뜬 그녀가 눈을 깜박이며 그를 불렀다. 그러나 그녀의 목소리는 여전히 그의 귀에 닿지 않는다. 아주 미세한 신음 소리로 솟아나다 다시 목젖 너머로 사라진다. 그녀는 좀 더 고개를 돌려 그를 바라보았다. 흐릿한 시야 속에 그가 그림자처럼 서 있는 모습이 보였다. 형, 나야, 나, 예린이. 그녀는 좀 더 크게 그를 불렀다. 하지만 마찬가지다. 그는 그녀를 다시는 안 볼 것처럼 등을 돌린 채 밖을 바라보고 있었다. 아, 죽음이란 이런 것인가. 사랑하는 사람을 아무리 불러도 소용없는 것. 사랑하는 사람

곁으로 다가서려 해도 다가갈 수 없는 것. 그건 슬프고 겁나는 일이었다. 어둡고 막막한 일이었다. 그러나 그녀는 슬픔도 두려움도 모두 잊는다. 오직 간신히 뜬 이 눈이 영원히 감기기 전에 그에게 하고 싶은 한마디의 말에 일념을 모았다. 지금 하지 않으면 영원히 하지 못할 말, 그러기에 꼭 해야 될 말을 위해 그녀는 사력을 다해 다시 입을 열었다.

"그래, 예린아. 나야 나, 나 여기 있어."

그는 그녀가 뒤척이는 소리를 듣고 황급히 그녀 곁으로 다가섰다. 그녀는 눈을 말똥말똥 뜨고 그를 바라보고 있었다. 그는 얼른 고개를 숙여 얼굴을 더욱 그녀와 가깝게 하고 그녀의 눈길에 눈을 맞추었다.

"왜 그래? 물이 마시고 싶어? 아니면 소변?"

그는 그녀와 눈길을 맞춘 채, 한동안 대화를 시도했다. 그러나 그녀는 여전하다. 눈을 뜨고 있는 것조차 힘이 든 듯 스르르 눈을 감았다. 그는 그녀를 새알을 손에 들 듯 바싹 끌어 안았다. 그리고 한쪽 손으로 그녀의 머리를 받쳐들고 자기 볼에 그녀의 볼을 가져왔다. 그리곤 자신도 눈을 꼭 감고 그녀의 몸을 요람에 태우듯 흔들었다.

감촉, 따스한 감촉…….

그의 팔과 얼굴에 맞닿은 살갗을 통해 그녀는 따스한 그의 감촉을 느낀다. 그녀는 그의 품에 둥지의 새알처럼 안겨 어느새 하려던 말도 잊고 잠시 눈을 감았다. 편했다. 아주 편했다. 먼 옛날, 엄마 뱃속의 따뜻한 양수에 떠 있을 때처럼 온몸의 무게가 전부 소멸된 듯하다. 이대로 모든 생각을 멈추고 잠들고 싶은 생각도 있다. 그런데 왜 나는 이이에게 그런 슬픈 말을 하려고 했을까.

죽어, 다시 태어나도 다시 당신과 살고 싶다는 그런 말을…….

얼마 만에 그녀는 다시 눈을 떴다. 여전히 그의 품에 안겨있는 채였다.

"어때, 정신이 좀 드니? 여기가 어딘지 알겠어?"

그는 그녀가 눈을 뜨자 그녀의 눈동자 초점에 눈길을 맞추고 절규하듯 말했다. 서서히 식고 있는 그녀의 다리와 손의 차가움. 그는 그 차가움이 조금씩 그녀를 빼앗아가고 있다는 것을 절감하고 있었다.

그럼 알지, 형. 우리 집인데 왜 몰라. 텅 비어있던 집을 우리가 하나 둘씩 장만해서 꾸민 집인 걸. 그녀는 그를 똑바로 보고 말했다. 그러나 그건 그녀의 생각이었다. 그녀의 말은 목젖조차 울리지 못하고 눈동자 위에 잠시 머물렀다 사라졌다. 그녀는 그제야 그에게 마지막으로 하고 싶던 말을 다시 생각했지만 이미 늦어있었다. 눈을 뜨고 있기조차 힘이 들고, 시야까지 뿌옇게 흐려지고 있었다.

그래, 말하기 힘들면 말하지 마. 그냥 그대로 있어. 저기 창 밖을 바라보면서. 그는 그녀를 향해 입을 여는 대신 그녀가 창문 밖의 조각품들을 바라볼 수 있게 자세를 잡아 주었다. 그것이 죽어 가는 사람에게 어떤 의미가 있는지 알 수 없지만 그는 그러고 싶었다. 그녀가 죽은 순간까지 홀로 두지 않고 그녀와의 삶을 공유하고 싶었다.

청색 그리움, 복종의 기쁨, 깨어남과 빛의 응축, 여백의 기다림 등……. 그녀보다 더 그녀다운 조각품들이 달빛을 받아 살아있는 것처럼 그녀의 시선을 파고들었다. 그녀는 천천히 그 조각품들을 짚어나갔다. 활기차게 일하고 사랑하며 살아가던 날들. 흘러간 세월이 거꾸로 흘러 가슴 한 곳에 모이고, 그럴 때마다 수많은 영상들이 이마 위에 떠오른다. 과천 현대미술관 앞뜰에서 그를 만나던 날의 푸름과 그가 불쑥 내밀던 토우를 받아들 때의 놀라움이 눈에 어리고, 처음 이 집에 와서 창문을 내고 사랑할 때 비치던 달빛이 수

많은 추억을 이끌고 눈꺼풀 위에 얹힌다. 그 속에서 그녀는 거의 웃는 모습이다. 달빛 아래 더욱 빛나는 조각품들처럼 아름다운 자태로 삶을 긍정하는 미소를 짓고 있다. 슬프고 괴로운 표정도 분명히 있었지만 그조차 아련한 그리움으로 남아있다. 그것은 그녀 자신과의 마지막 대화였고, 자신이 이끌고 온 삶과의 행복한 이별이었다. 그녀는 그 순간 진정으로 자신의 삶이 행복했다는 것을 느꼈다.

감사해, 민우 씨. 내가 당신을 사랑할 수 있도록 해줘서.

그녀는 진심으로 그에게 그 말을 하고 싶어 그에게 시선을 돌렸다. 하지만 입술만 조금 떨릴 뿐 그 말은 눈동자에 맺히고 만다.

아, 어떻게 하든 이 말을 해야 하는데…….

그녀는 자신의 시선을 따라 온 그의 눈동자에 눈길을 맞추고 간절히 염원했다. 그 순간, 그녀의 두 눈에서 눈물이 주르르 흘러내렸다. 아주 맑고 투명한 눈물이었다. 그에게 하고 싶은 말이 담긴 눈물이다.

"울지 마, 울지 마, 바보처럼 울긴……."

그녀가 눈물을 흘리자 그가 손바닥으로 그녀의 눈물을 닦아 주었다. 그역시 울고 있었다. 아주 엷은 웃음으로 눈물을 감추고는 있었지만 가슴으로 하염없이 울고 있었다. 입술을 들썩일 뿐 말도 못하면서 흘리는 그녀의 눈물, 그는 지금 그녀가 흘리는 눈물이 흔한 눈물이 아니라는 것을 안다. 그것은 간절한 그녀의 마음이고 기원일 거였다.

알아, 예린아. 네가 무슨 말을 하려는지.

그는 그녀가 눈물을 흘린 것처럼 말없이 자신의 마음을 전하기 위해 그녀를 꼬옥 껴안았다.

됐어요, 형, 그럼. 됐어요. 그렇지만 꼭 말로 하고 싶었는데…….

그녀는 말을 하는 대신 희미하게 웃었다. 그리고 간신히 손을 움직여 그의 손을 찾았다. 자신을 조각으로 아름답게 남겨놓은 손, 눈이 멀고 귀가 멀어도 자신의 몸 전부를 세세하게 기억하고 있을 손, 매일 밤 자궁 속에 넣어 쉬게 하고 싶었던 유일한 그 손을 그녀는 사력을 다해 꼭 잡았다. 그리고는 그때까지 힘들게 뜨고 있던 눈을 스르르 감았다.

예린아, 예린아. 그가 그녀의 이름을 조용히 부르며 그녀의 손을 잡고 있는 동안 얼만큼 달빛이 기울었을까.

툭, 그의 손을 꼭 잡고 있던 그녀의 손이 힘없이 풀어졌다. 좀 더 간절히, 좀 더 세게, 바르르 떨며 손아귀에 힘을 준 직후였다. 그의 손에서 떨어진 그녀의 손이 밑으로 축 처졌다. 끝내 아쉬운 듯 떨어지고 나서도 한동안 손가락을 꼼짝거리는 그녀의 가냘픈 손.

"아, 예린아, 예린아. 안 돼, 예린아."

그 순간 그는 이미 정적에 휩싸였던 방안이 더욱 고요해지는 것을 느끼고 그녀의 손을 얼른 다시 잡았다. 그러나 그녀의 손은 이미 모든 무게를 잃은 뒤였다. 그 동안 숨을 쉬며, 사랑하며, 그리워하며 쌓았던 삶의 무게를 잃고 양초처럼 차갑게 식고 있었다.

그는 한동안 그녀의 손을 눈물로 뒤범벅이 된 자신의 얼굴에 비비다 브랑쿠시의 키스처럼 그녀를 빈틈없이 끌어안았다. 그리곤 첫키스의 그 순간처럼 전생의 마음을 입술에 모아 창백한 그녀의 입술에 오래도록 입을 맞추었다. 그러면서 그는 본능적으로 깨닫고 있었다. 자신의 손을 잡고 있던 그녀의 손이 힘없이 떨어지는 순간 자신의 손에서도 모든 힘이 소멸되었다는 것을. 그리하여 짝을 잃은 비익조처럼 다시는 하늘을 날 수 없다는 것을.

어느새 기울던 달빛이 흐려지고; 하나 둘 눈송이가 흩날리기 시작했다.

창 밖에서 그녀의 죽음을 지켜보던 조각품 위에도 눈이 쌓이고 이내 세상이 깨끗하게 변했다. 언젠가 그녀가 그에게 통째로 주고 싶었던 하얀 아침이 온 거였다. 하지만 그때까지 그는 언제까지나 그럴 것처럼 그녀를 꼭, 껴안고만 있었다.

* * *

그래, 그랬다. 그 날 이후 나는 아무 일도 할 수 없었다. 예린아, 하늘을 날기는커녕 날려는 생각조차 할 수 없었어.

토우를 손에 들고 회상에 잠겨 있던 그는 마지막 작업을 위해 몸을 움직이기 시작했다. 작품에 그녀 이름이 새겨진 작은 명패를 붙이는 거였다. 그러나 작업은 생각보다 더뎠다. 필생의 힘으로 암과 싸우며 1년여 동안의 작업 끝에 완성한 작품에 손질을 가하면서 그는 몇 차례 작업을 멈춰야 할 정도였다.

이윽고 힘들게 이어지던 작업이 끝났다. 어느덧 석양도 많이 기울어 있었다. 서쪽 하늘을 붉게 물들이던 석양이 노을을 몰고 서산을 넘기 직전이었다. 그는 주변을 깨끗이 정리하고 작품을 천천히 둘러보았다.

크지만 위압적이지 않고, 조형물이면서도 주변 자연과 잘 어울리는 황토색 작품이 석양빛에 빛나고 있었다. 그 작품은 그녀가 밑그림을 그렸던 것과 거의 같았다. 4미터 정도로 큰 토우 한 쌍을 기본 골격으로 한 것이었다. 하지만 각기 남녀 성이 구별된 토우는 한 쌍이라기보다는 한 몸체에 가까웠다. 마치 날개 하나씩을 내어 하늘을 나는 두 마리의 비익조처럼 바짝 붙여 서로 의지해야 비로소 존재의 의미를 갖게 했고. 실제로 내부는 하나의 공간으로 되어 있기 때문에 더욱 그랬다.

　사랑.

　그는 가장 흔하고 평범한 말로 이름을 붙인 마지막 작품을 바라보며 깊은 평화를 느꼈다. 잠시 후면 그녀 곁으로 갈 수 있다는 생각 때문일까. 그는 이상하리만큼 마음이 차분하다. 길고 긴 여정을 끝내고 집 앞에 막 당도한 것 같았고, 그녀가 '노을' 이라는 시에서 말했듯 모든 걸 전부 내려놓은 기분이었다.

　이제 그는 이 작품을 하며 수없이 상상했던 일만 남겨 놓고 있었다. 집에서 챙겨 온 그녀의 유골 단지와 시집, 그리고 항상 그녀의 머리맡에 놓여있던 토우 두 개를 들고 들어가 작품 속 빈 공간을 자신의 몸으로 채우는 일이었다.

　"민우 씨, 나 말야, 나중에 내 몸이 한 줌의 재가 되면 우리 조각공원에 뿌려졌으면 좋겠어. 내가 하늘을 보며 형을 그리워하고 뱃속의 아기에게 이야기를 들려주던 그 곳 말이야."

　그녀가 죽기 얼마 전이었다. 그녀는 힘들게, 참으로 힘들게 그렇게 말했었다. 그러나 그는 그럴 수 없었다. 그쯤에 그의 병 역시 되돌릴 수 없이 깊어진 탓도 있지만, 그는 이미 그녀가 시작한 작품을 완성하고 그 속에 함께 묻힐 결심을 굳혔던 것이다.

　예린아, 알지? 내가 왜 너의 마지막 청을 들어줄 수 없었는지.

　그는 잠시 그녀의 얼굴을 떠올리고 나서 한옆에 놓았던 가방을 들었다. 이로써 이 생과 마지막이었다. 조각도, 꿈도, 갈채도, 슬픔도……. 그는 불현듯 하늘을 쳐다보았다. 언제나 그녀의 위안이었고, 그녀로 하여금 시를 쓰게 했으며, 지금 그녀가 살고 있을지 모를 하늘. 어느새 하늘은 한 귀퉁이에 노을을 남겨 놓고 어둠에 물들고 있었다. 그는 마지막 남은 노을빛을 등지고 작품 안 빈 공간 속으로 사라졌다.

그러고는 얼마만큼의 시간이 흘렀을까. 제 몸을 쉽게 열었던 초저녁별이 지고 새벽별이 떠오를 즈음이었다. 그가 그녀를 만나 제 몸의 일부처럼 사랑했기에 남은 작품, '사랑' 위로 유성 하나가 떨어졌다. 은백색의 아주 밝고 아름다운 꼬리를 가진 유성이었다.

"예린아."

그때 작품 속 공간에서 미동도 하지 않던 그가 조금 꿈틀거렸다. 머리맡에 토우 두 개와 그녀의 시집을 놓고, 등을 동그랗게 말아 그녀의 유해가 담긴 백자항아리를 알처럼 껴안은 채였다.

깜깜한 어둠 속이 갑자기 환하게 밝아지는 느낌…….

그는 좀더 움직이고 싶다. 아니, 그것이 불가능하다면 눈이라도 한번 뜨고 싶다. 그러나 그의 육체는 이미 시신과 같았다. 가냘프게 뛰던 맥박과 숨이 거의 멎고, 남겨진 시간이 너무도 짧다. 불과 몇 초 정도? 아마 그럴 것이다. 그는 마지막 힘을 모아 품에 안고 있던 그녀의 유골 단지를 껴안았다. 그리곤 그만이다. 그의 육체는 완전히 정지했다.

그런데 저 빛은 뭘까? 환영인가? 아니면 다른 세계?

이미 모든 무게를 잃은 그의 몸이 이상한 빛줄기를 따라 비상하다 이내 정지한다. 예린아. 그는 문득 그녀를 발견하고 소리쳤다.

그래요. 민우 씨, 내가 왔어요. 1년 전 형에게 꼭 하고 싶었던 말을 하기 위해 온 거예요. 내가 형을 사랑할 수 있어 참 기뻤다는 그 말.

그녀는 언제나 그랬듯 환하게 웃으면서 그에게 손을 내밀었다.

그래. 예린아. 알고 있었어, 나도. 그렇지만 정말로 듣고 싶었다. 1년 내

내, 네 고운 목소리로 네가 직접 하는 그 말을.

이미 숨이 끊긴 그의 몸에서 눈물 한 방울이 주르르 흘러내렸다. 그 눈물은 전에 그녀가 그의 품에 안겨 흘린 눈물처럼 아주 맑고 진했다.

그녀를 사랑했던 그의 마음이 온전히 담겨 있는 그의 눈물.

때마침 밖엔 어둠이 걷히고 푸른 여명이 내리고 있었다. 밤 사이 어둠에 묻혀 있던 그와 그녀가 이룬 사랑의 작품이 서서히 그 몸체를 드러냈다. 이른 새벽, 잠에서 깨어난 그들이 어깨를 맞대고 푸른 햇살을 맞이할 때의 바로 그 모습으로. 이제야 그들은 영원히 변함없이 함께 눈뜨는 아침을 맞게 된 것이리라. 그들은 진정 사랑할 줄 아는 사람이었으므로.

에필로그

그가 그렇게 죽은 뒤 두 해 만이었다.

충남 연기군 전의면 다방리에 있는 산기슭. 그들이 조각공원을 꾸미고자 염원했던 그 자리에 아담하고 정겨운 소공원이 생겨났다.

김민우 정예린 사랑의 아틀리에.

그들과의 묘한 인연으로 그들을 사랑해야만 했던 유진의 덕이었다. 유진이 그의 유작과 자신이 소장했던 작품을 합쳐 꾸민 것이었다. 공원의 전체적인 이미지나 주제는 예린이 구상했던 그대로였다. 비암사에 이르는 도로변, 그러니까 공원의 맨 아랫부분에 유년 시절의 사랑을 형상화한 조각을 배치하고 그 다음부터 청소년 시절과 중장년 시절, 그리고 노년 시절을 각기 청색시대, 황색시대, 회색시대로 구분하여 단계별로 그에 맞는 조각을 설치했다. 그래서 아래쪽부터 시작되는 공원 안 소로를 따라 조각품을 감상하다 보면 자연스럽게 인생의 단계별로 마주치는 사랑의 모습을 느끼게 했다. 그리고 맨 나중에 이미 여러 연인들의 입을 통해 영원한 사랑의 상징으로 알려지기 시작한 그들의 최후 작품과 만나게 되어 있었다.

"민우 씨, 그리고 예린 씨. 이제야 나도 당신들의 사랑 속에 포함된 것 같네요. 어때요, 지금? 당신들의 조각공원을 보는 기분이?"

오늘은 그의 2주기 기일이었다. 손에 소국(小菊) 한 다발을 들고 공원을 찾은 유진이 그들이 묻혀 있는 작품 앞에서 다정하게 웃었다. 그리고 이곳을 찾는 많은 연인들이 그러하듯 손에 들고 있던 꽃다발을 그 앞에 놓았다.

"물론. 행복하죠? 나말고도 여기를 찾는 사람들이 이렇게 많으니."

유진은 자기가 가져온 것말고도 작품 앞에 수북이 싸여있는 꽃다발을 내려다보며 중얼거렸다.

사람들에게 감동을 주는 소문의 힘이라니. 직접 공원을 만든 유진도 예상하지 못했던 일이었다. 그들의 사랑이야기가 입과 입을 통해 알음알음 알려지자, 한 사람 두 사람이 이곳을 찾기 시작하더니 이제는 연인들이나 신혼부부들이 빼놓지 않는 데이트 코스가 되어갔다. 그들의 공동작이자 묘지인 작품, '사랑' 앞에 소국 한 다발을 놓으면 좀처럼 헤어지지 않는다는 속설과 함께.

그리움밖에 다시 무얼 붙잡겠습니까.

달력에 동그라미를 치다

그대 그리워한 날 줄줄이 이어보니

한 송이 환한 꽃이 되었네요

소국(小菊)처럼 다발로 피었네요

그 꽃,

푸른 하늘에 걸어 놓으렵니다.

그대와 나 사이에 가로놓인

바다 한가운데 띄워 놓고

그대, 그 꽃 등대 삼아 돌아올

그날을 손꼽아 기다리렵니다.

318

……

　유진은 문득 '소국'을 소재로 한 그녀의 시를 되뇌다 잠시 그들의 사랑을 생각했다. 다시 생각해도 아름다운 사랑이었다. 모든 것에 우선하여 사랑을 선택하고, 그 선택에 책임을 지고 사랑하다 결국 자신들의 작품 속에 함께 묻힌 그들.

　그러나 유진이 공원을 꾸밀 결심을 한 것은 꼭 그 때문만은 아니었다. 처음 그의 유고작이 된 '사랑'을 대하는 순간 그녀의 감동은 컸다. 그 작품 속엔 사랑의 모든 것을 구현해 놓은 것 같았다. 작품의 전체적인 자세는 사실적인 형태 감각을 따르되 얼굴, 손, 발 등 부분적인 이미지는 추상화시킴으로써, 시각적으로 보이는 다정한 모습을 통해 살갗에 와 닿는 현세적 사랑을 느끼게 했고, 마음의 눈으로만 볼 수 있는 추상을 통해 사랑의 영원성을 획득하고 있었던 것이다. 그리고 그가 의도했든 의도하지 않았든 자신의 작품에 자신의 몸을 묻어 진정한 예술은 예술가 자신과 작품이 하나가 되었을 때 비로소 그 광휘를 발휘한다는 상징의 메시지를 담아 놓았던 것이다.

　그렇지만 그의 작품을 다시 대하는 유진은 이젠 확연히 알 수 있었다. 빼어난 예술품에는 그렇게 복잡하고 어려운 해석이 아무런 쓸모가 없다는 것을. 오히려 거추장스럽다는 것을. 그런 작품은 그냥 사람의 마음을 끌어당기는 힘이 있는 것이다. 그래서 무언가를 느끼게 하는 것이다. 지금 그들의 작품이 수많은 연인들의 푸른 마음을 사로잡은 것처럼.

　"그래요. 민우 씨, 예린 씨. 당신들의 작품이 이만큼 성공할 수 있는 건 아마 재능보다는 사랑할 수 있었기 때문일 거예요. 외눈, 외날개의 비익조가 지극한 마음으로 서로 의지하며 하늘을 날 듯이……."

　유진은 진심으로 그들의 사랑과 삶을 축복해주고 돌아섰다. 그리고 때마침 소국 한 다발을 들고 웃으며 올라오는 한 쌍의 젊은 연인들에게 지름길을 비켜주며 하늘을 바라보았다. 그들이 바라보며 사랑을 더하던 그 하늘을.

　오늘따라 유난히 맑게 보이는 푸른 하늘을.